I0740864

Für meine Eltern

J. R. Hollmann

Himmel & Hölle

Band 3

Bibliografische Information der Deutschen Nationalbibliothek: Die Deutsche Nationalbibliothek verzeichnet diese Publikation in der Deutschen Nationalbibliografie; detaillierte bibliografische Daten sind im Internet über dnb.d-nb.de abrufbar.

TWENTYSIX – der Self-Publishing-Verlag
Eine Kooperation zwischen der Verlagsgruppe
Random House und BoD – Books on Demand

© 2018 J. R. Hollmann

www.j-r-hollmann.com

Herstellung und Verlag:
BoD – Books on Demand, Norderstedt

ISBN 9783740752651

*Die Menschen wenden sich in ihrer
Suche nach den verborgenen Tälern
nach außen, doch ist das echte und
wahre verborgene Tal dein eigener
Geist.*

Chögyam Trungpa Rinpoche
(Lehrmeister und wiedergeborener Lama)

*Das Leben ist ein Traum
und es ist das Erwachen,
das uns tötet.*

Virginia Woolf

KAPITEL 1

Es schneite. Dicke Flocken fielen vom Himmel. Dicht an dicht. Ohne Zahl. Unendliche Formen. Ich liebte Schnee.

Man sah nur weiß durch die zwei kleinen Fenster der Hütte. Es schneite seit Tagen ohne Unterlass und so stark, dass wir alle paar Stunden die Tür des kleinen Hauses freischaufeln mussten. Nach nur fünf Schritten war die kleine Bauernkate durch den vielen Schnee kaum noch auszumachen. Von zu Hause kannte ich so etwas nicht, aber es war sehr schön.

Der Schnee fiel leise und nahm jedes Geräusch mit sich. Lissi meinte, sie könne auch den Schnee fallen hören. Ich hatte den Verdacht, sie wollte mir da einen Bären aufbinden.

Es fing gerade erst an, hell zu werden. Heller genau genommen. In der Feuerstelle sah ich noch kleine Flämmchen und Glutnester. Darum musste ich mich also erst einmal nicht kümmern.

Ich zog die Felle unter mir zurecht und die dicke Steppdecke bis über meine Nase. Nach zwei, drei Atemzügen war ich wieder eingeschlafen. Traumlos, zufrieden.

Es schneite noch immer, als ich das nächste Mal wach wurde. Wenig überraschend. Es hatte in den zehn Tagen, die wir jetzt hier waren, nicht einmal aufgehört.

Lissi war nicht da. Sie war viel draußen, hing ihren Gedanken nach. Manchmal jagte sie für mich und brachte mir Hasen oder andere Wildtiere mit.

Sie musste dagewesen sein, während ich schlief. Am Rand der Feuerstelle aber noch in der Glut stand jetzt ein Tontopf. Ein feiner Dampffaden stieg am Rand des Deckels auf. Etwas abseits stand auch der Blechnapf wieder.

Jeden Morgen kamen drei Kinder von einem höher gelegenen Bauernhof auf dem Weg zur Schule in der Nähe vorbei und brachten mein Essen mit. Nachmittags nahmen sie das saubere Geschirr wieder mit hoch. Und als 'Bezahlung' meist etwas von dem Wild, das Lissi erlegte.

Der Abt des nahen Klosters hatte die Bauern 'gebeten', uns zu versorgen. Anfänglich gab es etwas Probleme, weil die Kinder Angst vor Lissi hatten und keiner der Erwachsenen die Zeit, bis zu uns und wieder zurückzulaufen. Die Kinder aber kamen eh hier vorbei und sprachen gut Englisch.

Lissis Wirkung erstaunte mich weniger. Wir hatten zum Teil zweistellige Minusgrade und sie lief draußen in T-Shirt und Caprihose herum. Und dazu noch vollständig in Weiß. Sie würde also wie ein Geist aus dem Nichts auftauchen und kurz darauf im Schneetreiben verschwinden. Tja, und die Leute hier im Himalaya waren extrem abergläubisch.

Ja, ich hatte endlich meinen langersehnten Urlaub mit Lissi. Sechs Wochen in Bhutan. Keine Verpflichtungen, kein Stress. Leider mied Lissi gerade meine Nähe. Ich hatte ihr die Geschichte in der Arena schon verziehen, bevor ich im Krankenhaus angekommen war. Lissi aber haderte noch immer mit sich und der

Frage, ob sie mich nicht vielleicht bei Gelegenheit wieder im Stich lassen würde.

Einmal fragte sie mich doch tatsächlich während einer unserer Diskussionen, was denn wäre, wenn ich durch ihre Feigheit verletzt würde. Meine prompte Antwort hatte sie dann auf der Hose, als mir durch meinen Lachanfall eine innere Verletzung wieder aufsprang und ich ihr Blut auf das Beinkleid hustete.

Sie schmollte darauf zwei Tage, bis Charlotte der Kragen platzte und den Vampir eines Nachts, begleitet von vier Engelskriegern und vorgehaltener Waffe, ins Krankenhaus 'geleitete'.

Charly erzählte mir auch, wie schlecht Lissi meine erneute Beinahe-Tötung aufgenommen hatte. Diesmal war sie ja sogar mit meinem Geist verbunden, als mir die Lichter ausgingen. Erst das pragmatische Eingreifen Perach'els brachte sie wieder zur Vernunft. Lissis hysterischer Anfall war nach zwei schallenden Ohrfeigen des blinden Engels schnell beendet.

Als ich nach drei Wochen strenger Bettruhe für reisefähig erklärt wurde, hatten Lissi und ich fast zeitgleich die Idee mit dem Urlaub. Der Vorschlag, nach Bhutan in den Himalaya zu fahren, kam erstaunlicherweise von Ariel. Dorthin zog sich der sonst so jähzornige und menschenfeindliche Erzengel zurück und meditierte in einem der vielen Klöster, die es dort gab. Er hatte uns auch mit dem Abt bekanntgemacht. So waren wir dann an diese Hütte gekommen.

Der Eigentümer war vor längerem in das benachbarte Kloster gegangen, um 'Gomchen' – Laienmönch – zu werden. Und sein Haus diente jetzt Gästen als Unterkunft. Man zahlte keine Miete, zeigte sich aber mit einer Spende großzügig. Bei dem, was hier als großzügig galt, hatten wir gleich am Anfang überlegt, vielleicht sogar länger zu bleiben.

Das Essen roch gut. Dazu musste ich aber aufstehen. Ich lauschte in mich hinein und beschloss, dass ich ausreichend Hunger hätte. Natürlich könnte ich meine geistigen Kräfte nutzen, um den Topf heranzuholen, aber ich brauchte auch die Bewegung.

Ich schob die Decke beiseite und schwang die Beine raus. Der Boden bestand aus gestampfter Erde. Er war zwar kalt, aber nicht frostdurchzogen. Ich hielt es auch barfuß eine Weile aus. Letztlich siegte die Vernunft und die mahnenden Worte meines Arztes. Kälte war schlecht für die Muskeln, also warm anziehen. Blabla.

Mit dicken Socken und einer Jogginghose bewaffnet, folgte ich meinem Jagdinstinkt. Ich wollte endlich wissen, was in dem Krug auf mich wartete. Die Bauern kochten einfach, aber gehaltvoll. Gut gewürzt, aber meist höllisch scharf. Beim ersten Mal dachte ich noch, meine Zähne fallen aus und mein Hirn steht in Flammen. Langsam gewöhnte ich mich daran. Und es war auch nicht jeden Tag so scharf.

Heute war sogar etwas Fleisch dabei. Aber Lissi war vor zwei Tagen auch erfolgreich und hatte etwas größeres erlegt.

Da ich nicht – o.k., nicht mehr – so viel aß, konnte sie den größten Teil den Kindern mitgeben. Die staunten nicht schlecht, als meine untote Freundin sie mit einer selbstgebauten Trage erwartete. Sie konnten ja nicht wissen, dass Lissi selbst quasi ein Raubtier war und damit sogar bei diesem Wetter noch Beute aufspüren konnte. Die Bauern versuchten es nicht einmal.

In dem Blechnapf fand ich etwas Brot. Knochenhart, aber köstlich, wenn man es in der heißen Brühe einweichte.

Ich machte mich über das Essen her, immer auf der Hut, mir nicht den Mund zu verbrennen. Gut gefüllt, lehnte ich mich zurück und schaute zum Fenster. Der Schnee hatte tatsächlich in der letzten halben Stunde nachgelassen. Seufzend stand ich auf. Das Geschirr musste noch sauber gemacht werden. Und etwas frische Luft tat nicht nur dem Haus gut.

Der Wind hatte an der Seite des Hauses eine Schneewehe aufgetürmt, die auch das halbe Dach noch bedeckte. Sie fiel auf der Vorderseite sanft ab und hatte bei der Haustür zwar fast die volle Höhe, wenn wir nicht daran arbeiteten, ließ aber die kleinen Fenster weitestgehend frei. Jetzt stand mir die weiße Pracht hinter der Tür nur bis zu den Knien. Lissi war fleißig gewesen.

Der Abt des Klosters hatte uns Hilfe angeboten. Sein Kloster war nur etwa einen Kilometer entfernt und die Mönche hätten uns immer wieder einmal freigeschaufelt. Wir hatten aber dankend abgelehnt. Die Bauernkate war zwar für die Region untypisch klein, dafür aber auch schnell von den Schneemassen befreit.

Ich schippte jetzt nur etwas Schnee in den Tonkrug und den Blechnapf. Die Tür ließ ich gleich auf zum Lüften. Die Gefäße stellte ich kurz in die Glut, um das Schmelzwasser wenigstens auf Handwärme zu bekommen.

Während ich wartete, sah ich den Staubflöckchen zu, die im Sonnenstrahl tanzten, der durch die Fenster fiel. Oh, Sonne! Sie musste in dem Moment durch die Wolkendecke gebrochen sein.

Etwas munterer machte ich mich ans Geschirr. Mit Wasser, Sand und Stroh ließen sich die Speisereste gut entfernen. Und das bisschen Fett, das sich so nicht lösen wollte, landete halt im nächsten Essen. Die Behältnisse würden ja jetzt nicht für Monate im Schrank verschwinden. Bhutan war ein sauberes Land, so weit ich das mitbekommen konnte. Sie erreichten sicherlich nicht sterile europäische Verhältnisse, aber Reinlichkeit wurde hier hoch gehalten – relativ.

Und tief religiös waren sie hier, weswegen ich gleich noch die sieben Wasserschalen des kleinen Hausaltars säuberte und neu befüllte.

Die kleine Gebetsnische bestand aus einem Tischchen für die Schalen und zwei Talglichtern, sowie drei Bildern mit Götter- oder Buddha-Darstellungen, die von bunten Tüchern umrahmt waren. Alles war schlicht, aber farbenfroh, und wirkte irgendwie entspannend auf mich. Wieder war es Ariel, der uns bat, den Hausaltar zu versorgen. Ich musste innerlich lächeln, als er die Bitte äußerte. Oder vielmehr darüber, wie er sie vortrug.

Ariel, so dämmerte uns langsam, war nicht grundsätzlich ein Menschenfeind. Mit der Art, wie er über Land und Leute sprach, als er uns den Vorschlag zum Reiseziel machte, oder wie er sich mit dem Abt unterhalten hat, zeigte er uns ein vollkommen anderes Gesicht.

Obwohl selbst arrogant und selbstherrlich, hasste er diese Eigenschaften bei anderen, besonders bei Menschen. Im Buddhismus aber waren diese Charakterzüge unter anderen verpönt, da sie für schlechtes

Karma sorgten. Und der Buddhist konnte den Wiedergeburtskreislauf nicht durchbrechen, wenn er dieses schlechte Karma anhäufte. Vielleicht galt das ja nicht nur für Buddhisten.

Die Menschen in diesem Land, das wohl als einziges in der Welt den Buddhismus zur Staatsreligion erklärt hatte[1], hatten daher eine vollkommen andere Sicht auf die Welt, weshalb sich der Erzengel hier auch so wohl fühlte.

Lustig fand ich den Gedanken, dass die Bhutaner in ihrem Glauben überall Dämonen und Geister sahen – oder wenigstens vermuteten – aber nach meiner Einschätzung wahrscheinlich die geringste Zahl an Besuchern aus der Unterwelt zu erwarten hatten. Soweit ich die Grundzüge ihrer Religion verstehen konnte, boten sie kaum eine Angriffsfläche für Satanaels Interessen.

Ich kippte das Spülwasser vors Haus und trocknete den Tontopf und den Blechnapf oberflächlich mit einem Tuch. Den Rest besorgte die Natur. Und ich wollte die Sonne genießen.

Vor dem Urlaub war ich genötigt, erstmals einen Fuß in einen sogenannten 'Outdoor-Shop' zu setzen. Nachdem ich im Internet zufällig eine vage Wetterprognose für das Land gefunden hatte, war der Entschluss schnell gefasst. Ich hatte schlicht weg keine auch nur annähernd geeignete Bekleidung und wäre hier schneller erfroren, als die Anreise dauerte. Lissi hatte viel Spaß und stopfte mich ein ums andere Mal in die dicksten Jacken, die sie finden konnte. Und sie genoss es sichtlich, dass sie derlei Ballast nicht benötigte.

---

[1] auch Thailand und Kambodscha, aber in anderer Ausprägung

Ich schmiss mich also in meine Neopren-Stiefel und Kevlar-Hose, warf mir einen Fleece-Pullover über und trat vor die Tür.

Atemberaubend! Und das nicht nur wegen der dünnen Luft. Immerhin befanden wir uns auf etwa Vier-, Fünftausend Metern Höhe. Nein, es fiel noch immer Schnee, aber die Sonne beschien auch ein unglaubliches Gebirgspanorama. Ob der Mount Everest dabei war, konnte ich nicht sagen. Ich wusste ja nicht einmal, wo genau wir uns befanden.

Es war nicht mehr ganz so kalt. Und sehr angenehm in der Sonne. Ich stapfte einige Schritte in den Schnee, vom Hauseingang weg, um aus der Wehe herauszukommen. Jetzt konnte ich auch das Kloster sehen. Schemenhaft, aber immerhin.

Lissi? Wo bist du gerade?, fragte ich in die Stille meines Geistes. Sie hatte sich weiter von mir zurückgezogen, was mittlerweile schon ein ungewohntes, sogar unangenehmes Gefühl für mich war. Normalerweise spürte ich sie immer mindestens in der Peripherie meines Geistes, wenn sie nicht sogar direkt mit mir verbunden war.

Ich bin direkt unter dir, kam ihre Antwort leise.

„Uaah!“, entfuhr es mir. Ich riss ein Bein hoch. Welches war das richtige? Und schon war mein Gleichgewicht flöten. Ich ruderte wild mit den Armen und verschwand mit einem Kreischer in einem Schneeberg. Lissis Kichern perlte durch meine Geistsphäre.

Ich kämpfte mit dem Schnee, aber eine schmale kalte Hand schob sich in meinen Kragen und zog mich langsam aus dem Schlamassel. Mühelos hob Lissi mich hoch und stellte mich auf die Füße.

„Na, mein kleiner Yeti?!", grüßte sie mich lächelnd. „Was hat dich denn getrieben?"

„Och, ich wollte einen Schneeengel machen", antwortete ich schulterzuckend, „aber ich bin wohl zu doof dafür."

Lissi lachte leise.

„Hast du wirklich unter meinen Füßen gelegen?", wollte ich wissen. Ihre nassen Haare sprachen dafür, aber seltsam fand ich es schon.

„Ja", antwortete sie einfach.

„Warum?"

„Ich hab nachgedacht." Diesmal zuckte sie mit den Schultern.

Ich zog sie zu mir heran und strich ihr die langen weißen Strähnen nach hinten. Meine Arme ließ ich dann gleich auf ihren Schultern liegen und genoss, was ich sah. Ihre weißen Augen waren das Größte für mich.

„Und bist du zu einem Ergebnis gekommen?", forschte ich nach. Sie spielte natürlich auf ihr Verhältnis zu mir an und die Probleme, die sie gerade damit hatte.

„Nein", gab sie kurz angebunden zurück. Als sie sich anschickte, sich von mir wegzudrehen, zog ich sie enger an mich.

„Hey, ich brauche dich", flüsterte ich ihr ins Ohr, „Ich liebe dich." Und in einem Nachsatz: „Trotzdem, wenn es das ist, was du hören willst."

Sie seufzte tief.

„Was schlägst du vor?"

„Komm erstmal mit rein. Ich habe dich seit wir hier sind kaum zu Gesicht bekommen und ich vermisse dich. Ich wollte den Urlaub mit dir gemeinsam verbringen und nicht nur zur gleichen Zeit."

„Ich bin mir nicht sicher ...“

„Ob das mit dem Urlaub eine gute Idee war?“

„Du liest meine Gedanken?“

„Das muss ich nicht. Wir sind lang genug Teil des anderen. Und wenn das nicht reicht, hab ich immer noch meine Intuition und gesunden Menschenverstand.“

„Und?“

„Zapple, zapple, kleiner Fisch“, sang ich und schaukelte sie dabei hin und her.

„Karl!“, knurrte sie und gab mir einen Klaps auf den Rücken.

„Ungeduld in Person!“, stöhnte ich. „Erst seh’ ich dich eine Woche nicht und dann kann’s nicht schnell genug gehen.“

Lissi seufzte etwas gequält.

„Du willst noch ein bisschen Salz in die Wunde streuen, oder?“

„Na, vielleicht ein ganz klein wenig quälen“, gab ich zu. „Dabei will ich damit nur sagen, dass ich doch die ganze Zeit uneingeschränkt auf deiner Seite stehe.“

„In der Arena hattest du, glaub ich, andere Gedanken.“

„Ha“, lachte ich, „da stand mir auch ein Dabol mit einem scharfen Schwert gegenüber. Und der war nicht einmal mein größtes Problem.“

„Hätte ich denn zulassen sollen, dass du ihn einfach tötest?“

„Was ich letztlich ja getan habe. Aber ich weiß, worauf du hinaus willst. Und es war o.k..“

„War es das?“

„In dem Moment? Nein!“

„Ich hätte dich fast ans Messer geliefert.“

„Nicht nur fast, mein Schatz", sagte ich sanft und strich ihr über die kalte Wange. „Aber es war auch Charlottes und dein Training, das mich gerettet hat."

„Er hätte dich fast getötet. Und das nur, weil ich dich abgelenkt habe."

„Es war für dich wichtig und du bist es für mich. Ich wollte deinem Problem ein Ohr leihen und Rabal hat mir geholfen, es ab zu bekommen. So einfach ist das."

„Und noch mal aufs Schlimme", lachte sie bitter.

Ich konnte meinen Kopf nicht schnell genug wegziehen, um Rabals Schwert auszuweichen. Die Klinge trennte mir dann ein halbes Ohr ab. Meine Hörfähigkeit war dadurch nicht beeinträchtigt, aber Brille tragen könnte sich als problematisch erweisen. Aber ich hätte auch wichtigere Körperteile für sie hergegeben.

„Lass uns reingehen, bevor meine Füße so kalt sind, wie dein Arsch", flüsterte ich ihr in die Haare. Sie hatte sich mit dem Gesicht in meiner Halsbeuge an mich gelehnt und hielt mich an der Hüfte umklammert.

„Trägst du mich?", fragte sie leise.

KAPITEL 2

Es schneite jetzt wieder stärker. Die Sonne hatte sich hinter die Wolken verzogen. Dafür stürmte es. Kräftige Windböen pfiffen ums Haus und durch alle Ritzen. Das Wetter konnte hier in den Bergen innerhalb weniger Minuten komplett umschlagen.

Wir würden bald wieder Holz auf die Feuerstelle geben müssen. Der Wind, der seinen Weg in die Hütte fand, fachte die Glut kräftig an, auf dass sich das Feuer schneller durch das Brennmaterial fraß. Es war auch so schon empfindlich kälter geworden, da konnte ich ein Erlöschen des Feuers nicht auch noch gebrauchen. Dank Lissis 'Körpereinsatz' war ich etwas abgehärteter, aber alles hatte seine Grenzen.

Auch jetzt lagen wir – endlich! – wieder Haut an kalter Haut unter der dicken Decke zusammen. In den letzten zwei Stunden hatten wir uns nicht ein einziges Mal losgelassen. Und mir graute vor dem Moment, wo ich dazu genötigt wäre. Doch ein weiterer Blick zur Feuerstelle verriet mir, dass dieser Moment sehr nah war. Außerdem würde Lissi bald zum verabredeten Treffpunkt aufbrechen müssen, um den Kindern auf dem Rückweg von der Schule das Geschirr wieder mitzugeben.

Bald, aber nicht sofort. Ich zog uns die Decke bis über die Köpfe und arbeitete mich noch enger an Lissi heran.

„Wir müssen gleich los", ermahnte sie mich.

„Ich weiß", seufzte ich. „Gib mir noch zwei Minuten."

Sie drehte sich langsam in meinen Armen und schaute mir in die Augen. Jedenfalls nahm ich das an. Unter der schweren Decke sah ich rein gar nichts.

„Lass uns lieber gleich aufstehen", schlug sie vor. „Aus zwei Minuten werden sonst fünf, und so weiter."

„Das war der Plan", erwiderte ich fröhlich und versuchte mit meinen Lippen ihren Mund zu verschließen.

Schon fast auf ihr liegend, hatte sie leichtes Spiel. Sie stemmte mich am Becken hoch und ließ mich samt der Decke über die Bettkante fallen.

Lachend befreite ich mich aus dem Stoffberg. Noch auf den Knien, beugte ich mich zu ihr rüber, um sie wenigstens noch einmal zu küssen. Ich schüttelte die Decke aus und breitete sie komplett über den Vampir, der mir lächelnd bei meiner Aktion zusah.

Ich zog mir meine warmen Sachen wieder an. Mitten im Raum stehend, sah ich mich um. Was war zu tun? Den Altar hatte ich ja schon versorgt. Und das Geschirr war auch sauber. Prima! Ich hockte mich neben die Feuerstelle und schob die Glut vorsichtig mit einer kleinen Eisenschaufel zusammen. Gleichzeitig schippte ich die Asche in einen alten rostigen Blecheimer. Ein wenig Holz und ein paar getrocknete Kackehaufen aufgelegt und fertig war die Laube (ja, hier wurden noch die Gesäßkuchen der heimischen Yak-Rinder verfeuert).

Zwischenzeitlich hatte sich auch Lissi erhoben.

„Ist das denn o.k., wenn ich dich heute begleite?", fragte ich sie. Viel hatte ich außerhalb der Hütte noch nicht gesehen. Und alleine loszuziehen, hätte ich mich nicht getraut. Dichtes Schneetreiben förderte nicht gerade die Orientierung.

„Na, sicher. Dann sehen wenigstens die Kinder mal, für wen das Essen gemacht wird."

„Sie haben aber keine Angst mehr vor dir, oder?"

„Ich bin mir nicht sicher", gestand sie. „Richtig viel reden wir ja nicht miteinander."

„Ich denke mal, das Wetter hat sich auch nicht gerade angeboten."

„Nicht wirklich."

Wir stapften durch den tiefen Schnee zum Treffpunkt. Lissi lief vorne weg und bahnte mir einen Weg. Trotzdem war es für mich immer noch äußerst anstrengend.

Lissi war für mich manchmal kaum auszumachen, obwohl es jetzt wieder weniger schneite. Weiße Haare, weiße Klamotten und helle Haut vor einer Schneewand. Das bot wenig Kontrast. Ich musste dabei an ein Bild denken, dass ich einmal bei einer Kunstausstellung in Berlin gesehen hatte. Der Titel war, glaub ich, „der rote Vogel". Den Künstler hatte ich längst vergessen[2]. Aber man steht tatsächlich vor einer rein weißen Leinwand und fängt an, diesen dämlichen Vogel zu suchen, bis man sogar glaubt ihn zu sehen. Dann suchte ich doch lieber einen weißhaarigen Vampir in einem Schneefeld. Der ist wenigstens da, im Gegensatz zu dem Vogel.

Nach Lissis Schätzung waren es etwa fünfhundert Meter von der Hütte bis zum Treffpunkt. Ich hätte auf mindestens zwei Kilometer getippt, als wir endlich die bunten Gebetsfahnen sahen, die an einem kleinen Türmchen festgemacht waren.

---

[2] Agnes Martin (*1912-+2004); „Roter Vogel", 1964

Wie ich später lernen sollte, wurden diese Bauten 'Stupa' genannt und standen überall in der Himalaya-Region. Sie waren wohl zu Ehren der Ahnen oder Geister gebaut. So gut war das Englisch nicht, dass der von uns befragte Mönch sprach.

Die Kinder waren noch nicht in Sicht – was auch bedeutet hätte, dass sie uns mehr oder weniger auf den Füßen stehen müssten. Ich stellte die Tasche mit den Gefäßen auf einen flachen schneefreien Stein im Windschatten der Stupa und gesellte mich zu Lissi, die regungslos in den zunehmenden Wind blickte.

„Der Schnee wird weniger", rief ich ihr zu, hatte aber schon das Gefühl, meine Worte würden vom Wind verschluckt. Die Gebetsfahnen knatterten jetzt lautstark.

Der Schnee wird weniger, wiederholte ich über unsere Kopfleitung.

Ich hatte dich schon verstanden, lachte sie gutmütig. *Dafür nimmt der Wind zu*, antwortete sie dann auf meinen Kommentar.

Sturm?

Ich geh davon aus.

Dann sollten die Kinder lieber bald hier auftauchen, merkte ich an. Lissis Unruhe war mir natürlich nicht entgangen.

Langsam wird's eng.

Was nicht mehr als Flocken vom Himmel fiel, wurde jetzt als feine Eiswolken vor dem Wind hergetrieben. Die Sicht wurde nicht besser.

Plötzlich tauchte aber ein dunkler Fleck vor uns auf. Eines der Kinder kämpfte sich zu uns heran. Das älteste, ein Mädchen stand zitternd vor uns. Sie mochte vielleicht zwölf sein. Das Eis unter den Augen und die frostigen Spuren entlang der Nase verrieten uns, dass sie weinte.

Lissi kniete sich vor sie hin und befragte sie in einfachstem Englisch. Das Mädchen erzählte stockend, dass ihre Geschwister vom Weg abgekommen und in eine Felsspalte gestürzt seien. Sie konnte sie nicht sehen, hatte aber einen ihrer Brüder rufen gehört.

Lissi ließ sich noch, so gut es ging, den Ort beschreiben. Sie stand auf und führte sie um die Stupa herum in den Windschatten. Trotz aller Not, weigerte sich das Kind aber, auf der rechten Seite herumzugehen und zog uns in die andere Richtung[3]. Die Geister wollten es so. Sie weigerte sich auch, allein weiterzugehen, was uns etwas Sorgen bereitete.

Wenn wir sie hier sitzen lassen, erfriert sie uns, merkte ich an.

Lissi überlegte nur kurz.

Wartet hier! Ich hole ihr die dicke Decke aus dem Haus.

Sie stob davon, die Schneise entlang, die sie kurz zuvor geformt hatte. Nur in einem Schneewirbel waren ihre Umrisse kurz zu sehen. Trotz aller Aufregung, fiel dem Mädchen die Kinnlade herunter.

„Who are you?[4]", fragte sie ängstlich und mit riesigen Augen. Sie musste fast schreien, um über den Sturm hinweg verstanden zu werden.

„Friends[5]", antwortete ich lächelnd.

Ich wollte mich schon hinknien, nachdem sie sich dann doch hingesetzt hatte, als Lissi auch schon

---

[3] Traditionell wird die Stupa im Uhrzeigersinn umkreist, so wie die Gebetsmühlen gedreht werden.

[4] Engl.: „Wer seid ihr?"

[5] dto.: „Freunde"

wieder auftauchte. Ohne lange zu erklären, breitete sie die Decke aus und wickelte das Mädchen darin ein. Sie instruierte das Kind noch, sich nicht wegzubewegen, wenn keine Lebensgefahr drohe, und zog mich dann in den Sturm hinein.

Weißt du ungefähr, wo wir hinmüssen?, fragte ich sie. Jetzt machte sich unsere Besonderheit bezahlt. Wir konnten uns unterhalten, ohne uns anbrüllen zu müssen.

Sogar recht gut, kam ihre selbstsichere Antwort. Und sie gab auch gleich die Begründung: *Dort hab ich vor zwei Tagen das Reh erlegt.*

Während ich ihr hinterher rannte, zog ich mir noch meine Skimaske über den Kopf und Kapuze und Kragen dicht ins Gesicht. Das half, wenigstens die gröbste Kälte fernzuhalten. Was ich nicht beeinflussen konnte, war die dünne Luft. Ich hatte zwar schon eine gute Woche, um mich zu akklimatisieren, aber körperliche Anstrengung war immer noch nicht drin.

Bis zu der ungefähren Unfallstelle war es lange nicht so weit, wie zu Lissis Frühstücksweide. Dennoch brannten mir die Lungenflügel und ich keuchte wie nach einem Marathon – den ich auch im Flachland nicht schaffen würde.

Lissi drehte sich nur kurz zu mir um.

Du bist soweit o. k.?, fragte sie besorgt.

Ein Sauerstoffzelt wäre jetzt toll. Aber wir haben Wichtigeres zu tun. Sogar meine Gedanken hörten sich kurzatmig an.

Keine Heldennummer! Wenn du seltsame Dinge siehst, sag sofort Bescheid.

Seitdem ich dich kenne, ist meine Reizschwelle für „seltsam" ziemlich gestiegen.

O.k., lachte sie, *mach schlechte Witze. Dann weiß ich auch, dass es dir zumindest im Kopf noch gut geht.*

Im Kopf?! Ja, klar.

Sie grinste kurz und arbeitete sich dann durch fast hüfthohen Schnee von der Vertiefung weg, die ich als Pfad zu erkennen glaubte.

Da wären die Kinder doch nie durchgekommen, merkte ich kritisch an.

Aber von der Talseite schon. Ich denke, sie wollten einen leichteren Weg nehmen.

Soll ich dir hinterher?

Warte noch.

So gut es ging, hatte ich mich auf sie konzentriert. Dann war sie aber hinter einem Felsen verschwunden und tauchte auch in den nächsten Minuten nicht auf.

So, jetzt bräuchte ich mal deine Hilfe, sagte sie. Ich spürte ihre Anspannung und schob mich sofort in den Hohlweg, den sie gerade hinterlassen hatte. Sie hockte direkt hinter dem Felsen, so dass ich beinahe über sie gefallen wäre. Ich hätte dann den Kindern Gesellschaft leisten können, weil sich knapp zwei Meter hinter dem Felsen eine breite Spalte auftat. Da nur wenige Meter weiter der Riss noch von Schnee und Eis verdeckt war, war mir auch klar, dass die Kinder keine Chance gehabt haben. Die Gefahr wäre in der eintönig weißen Landschaft nicht zu erkennen gewesen.

Ah, hier steckst du, grüßte ich. *Kannst du sie sehen?*

Der ältere Junge sitzt direkt unter mir auf einem Felsvorsprung.

Und das andere Kind? Ich hatte nie ganz mitbekommen, ob die Kinder Jungen oder Mädchen sind.

Der Kleine ist tiefer gestürzt.

Kannst du spüren, ob er am Leben ist?

Gerade noch so. Aber er muss schnell da raus.

Irgendeine Idee?

Meine Arme sind zu kurz und ich hab kein Seil, oder so etwas. Gerade fällt mir nichts ein.

Nimm doch deinen Bogen, schlug ich vor.

Lissi stand auf und drückte mich kurz, aber fest.

Du bist genial, Karl.

Sie zog den Elbenbogen aus ihrem privaten Nichts, rutschte auf allen Vieren zur Kante des Felsabbruchs und legte sich auf den Bauch. Langsam robbte sie vorwärts, bis sie mit dem Oberkörper in der Luft hing.

Karl, setz dich auf meine Beine.

Ich ließ mich auf ihre Unterschenkel nieder und machte mich schwer.

O.k., dann wollen wir mal.

Sie rief etwas in den Schlund. Der Wind verschluckte die Worte auf dem Weg zu mir. Ich spürte, wie sie unter mir die Muskeln spannte. Das erste Kind kam aus den Tiefen hervor. Einmal mit klammen Fingern an den Bogen gekrallt, konnte Lissi den Jungen hochziehen.

Zu verängstigt und zu erschöpft, wunderte er sich nicht einmal mehr über meine Gegenwart. In feuchten Sachen und durchgefroren, saß er schlotternd da. Es war nur eine halbe Rettung, wenn er nicht bald in die Wärme kam. Er wusste das auch.

Etwas mühselig pellte ich mich aus meiner dicken Jacke und legte sie ihm um. Der Größenunterschied war von Vorteil. Dem Jungen reichte sie bis zu den Kniekehlen Er war gut eingepackt und konnte langsam auftauen.

Jetzt kam der schwierigere Part. Lissi wartete noch bis ich den Ersten versorgt hatte. Sie stand unschlüssig an der Felskante und starrte nach unten, als ich mich zu ihr gesellte.

Lebt er noch.

Ja!

Du gehst runter?

Muss ich wohl. Ich hab nur gerade keinen Schimmer, wie ich wieder hoch komme.

Zu wenige Haltemöglichkeiten. Würden dir Griffe auf einer Seite genügen?

Sie schaute mich fragend an.

Du könntest Pfeile dort in die Wand schießen und ...

Schon hatte sie einen Arm um meinen Hals und ihre Lippen auf meinen.

Ich wusste, dass du eine Lösung hast, schnurrte sie in meinem Geist.

Mit einer fließenden Bewegung beförderte sie noch den Köcher aus dem Nichts hervor, legte einen Pfeil auf die Sehne und hämmerte den mit einem Knall in die Felswand, der sogar über den Sturm hinweg zu hören war. Sie ließ drei weitere folgen, die sie zielsicher in gleichmäßigen Abständen setzte.

Bogen und Köcher verschwanden wieder in der anderen Dimension. Sie schaute mich einmal mit großen Augen an, hatte sich dann aber entschieden, nickte kurz und sprang in den Spalt.

Ein erschrockenes Quieken hinter mir, zeigte mir an, dass der Junge seine Lebensgeister wiedergefunden hatte. Ich drehte mich zu ihm und lächelte, so gut es der Wind und die Kälte zuließen. Es beruhigte ihn nicht sonderlich.

Ich blickte kurz über die Kante, konnte aber in der Tiefe nicht viel erkennen. Durch die Helligkeit des Schnees hier oben, wirkte es in der Felsspalte doppelt dunkel.

Und? Wie steht's?, wollte ich wissen. Ich hatte vorher keine Gedanken oder Emotionen von ihr empfangen können.

Ich musste gerade noch warten, bis kein Geröll mehr runterfällt. Sie war einen Moment mit der Untersuchung des Kleinen beschäftigt. Die Geistverbindung zu ihr stand jetzt wieder etwas fester, weswegen ich auch Live und in Farbe mitbekam, welches Programm sich bei ihr abspulte. Systematisch tastete sie mit ihrem Geist den Körper des Jungen ab.

So. Auf die Schnelle: ein Bein ist gebrochen und eine Rippe. Die ausgekugelte Schulter hab ich gerade schon gerichtet. Die Wunde am Kopf macht mir Sorgen. Ich komm jetzt rauf.

Ich konnte Bewegungen in der Tiefe ausmachen. Ich richtete mich wieder auf und musste erst einmal meine Muskeln lockern. Vor Anspannung hatte ich es kaum gewagt, mich zu bewegen. Und der Frost tat sein Übriges.

Der Junge starrte mich mit großen Augen unter der Kapuze hervor an. Ich deutete mit einem Finger kurz auf ihn.

„Cold?[6]“, fragte ich. Er schien nicht mehr so stark zu zittern, aber ich wollte sicher gehen.

Er verneinte mit einem Kopfschütteln. Plötzlich schwankte er auf den Füßen. Er hatte Lissi bemerkt, die mit seinem kleinen Bruder auf dem Arm aus dem Abgrund emporstieg. Seinem Bruder wollte er entge-

---

[6]   Engl.: „Kalt?“

geneilen, vor Lissi wäre er gerne weggerannt. Zumindest er hatte Angst vor ihr.

Wir müssen uns beeilen, sagte sie schnell. *Meinst du, du findest den Weg zu dem Türmchen?*

Ich denke schon. Wo gehst du hin?

Ich bringe den Jungen zum Kloster und folge euch dann.

O.k., dann machen wir das.

Ich drehte mich zu dem älteren Jungen, der uns immer noch mit großen Augen ansah. Er zuckte heftig und keuchte erschrocken, als Lissi in einer Wolke aus Eis verschwand.

Ich gab ihm keine Zeit, sich über eine Flucht Gedanken zu machen. Ich öffnete ihm meine Jacke wieder und kniete mich mit dem Rücken zu ihm vor ihn hin.

„On my back", rief ich in den Sturm. Als er zögerte, deutete ich energisch mit meinem Daumen über meine Schulter. „Go on!"[7]

Langsam kletterte er auf mein Kreuz. Das mit der Jacke hatte er verstanden und öffnete die Seiten, bevor er die Arme um meinen Hals legte. So hatte ich wenigstens noch ein bisschen Schutz vor der Unbill der Natur.

Wie heftig der Sturm geworden war, bekam ich auf der anderen Seite des Felsen zu spüren, als ich mit dem Jungen im Huckepack unserem Trampelpfad zurück folgte. Die erste Böe schmiss mich fast um. Ich rutschte mir mein neues Gepäck zurecht, suchte mir einen sicheren Stand und verfiel in einen leichten Trab, sobald ich unsere Spur wiedergefunden hatte.

---

[7]   Engl.: „Auf meinen Rücken", „Mach!"

KAPITEL 3

Das Gebetstürmchen mit den langen Schnüren daran für die Unzahl an Wimpeln und Tüchern der Gläubigen, die hier vorbeikamen, war kaum zu erkennen. Dafür war das Knattern der Stofffahnen sogar über den Sturm zu hören.

Ich stand im eigenen Saft, als wir die Stupa endlich erreicht hatten, und ich schnappte nach Luft. Ob die Punkte vor den Augen von meiner Atemnot herrührten, oder von den umherfliegenden Eisstücken, vermochte ich nicht zu sagen, aber es war egal. Ich war froh, ein Etappenziel erreicht zu haben.

Zielstrebig steuerte ich erst die falsche Seite an, um die Stupa zu Umrunden, erinnerte mich aber noch rechtzeitig an den Aufstand des Mädchens – die hoffentlich noch immer im Windschatten unter meiner – o.k., unserer – Decke wartete.

Und tatsächlich hatte sie dort ausgeharrt und sprang mit einem Freudenschrei auf, sobald sie uns bemerkte.

Stürmisch nahm sie ihren Bruder in den Arm, der jetzt von meinem Rücken gestiegen war. Dann schaute sie sich um. Lissi und ihr kleiner Bruder fehlten noch. Aufgeregt, ängstlich bearbeitete sie den Jungen mit Fragen, der aber nicht viel wusste. Sie musste sich ein wenig überwinden, fragte dann aber mich. Alles Erlernte kam in der Aufregung wohl ins Straucheln. Ich hatte einige Mühe sie zu verstehen, konnte mir aber natürlich denken, was sie wissen wollte.

Ich erklärte ihr also, so gut es ebend ging, dass ihr kleiner Bruder überlebt hat und dass meine Freundin ihn zum Kloster bringt. Mit einiger Mühe konnte ich sie auch davon überzeugen, dass hier der falsche Ort wäre, auf Lissi zu warten.

Sie schaute immer wieder hoffnungsvoll zurück, während ich auf sie einredete, nickte dann aber.

Einem Einfall folgend, zog ich dem Jungen meine Jacke wieder aus und tauschte sie gegen unsere Decke. Ich half dem Mädchen mit den Verschlüssen. Mit der Kapuze in Position und der breiten Halsschließe war sie gut eingepackt. Auch ihr war die Jacke viel zu groß, aber so brauchte sie keine Handschuhe und die Beine waren bis zu den Knien geschützt.

Den Jungen nahm ich wieder auf den Rücken. Seine Aufgabe war es, die Decke vor meiner Brust zusammenzuhalten. Ansonsten konnten wir uns gegenseitig wärmen.

Ich gab dem Mädchen das Zeichen zum Aufbruch. Sie würde auch den Weg weisen müssen, ging also vorne weg.

Der Sturm hatte nochmals zugelegt und gemeinerweise die Richtung geändert. Er kam jetzt direkt von vorn, bergab. Da wir ihm entgegenlaufen mussten, um den Berg hochzukommen, kamen wir nur langsam voran.

Mein eh schon nur wenig ausgeprägtes Zeitgefühl war hier vollkommen außer Kraft gesetzt. Wir waren sicherlich mehr als eine halbe Stunde unterwegs. Es hätten aber auch vier oder fünf Stunden gewesen sein können, als das Mädchen mir merklich erleichtert etwas zurief und mit einem Jackenärmel auf einen dunklen Flecken vor uns deutete.

Durch den dichten Schnee, der jetzt wieder dazugekommen war, konnte ich erst nicht allzu viel erkennen. Beim Näherkommen zeichneten sich dann aber mehrere Gebäude ab.

Die dreietagigen Wohnhäuser waren mit der Rückseite zu einer Felswand gebaut, die die Dächer nur wenig überragte. Mehrere kleinere Hütten standen frei dazwischen, oder waren etwas vorgelagert in den Boden gebaut. Eine Lawine würde glatt über die größeren Gebäude hinwegrauschen, ohne Schaden anzurichten. Und der Sturm, der uns bei unserem Aufstieg so zu schaffen machte, würde ebenso wenig Probleme bereiten.

Nicht nur mein Hintern freute sich jetzt auf einen Platz am warmen Ofen. Ich war nass bis auf die Knochen. Erschöpft von dem langen Aufstieg, mit Zusatzgepäck, durch tiefen Schnee und viel zu wenig Sauerstoff für meine Flachland-Lungen. Wie jeder Mensch, der gerne sein Leben aushauchen möchte, hätte ich mich gleich hier hinlegen und schlafen können. Aber jetzt hatten wir es ja geschafft.

Kurz darauf entdeckte man uns auch. Einige Menschen kamen von den Häusern herab auf uns zu. Das Mädchen mobilisierte noch einmal alle Kräfte und rannte ihnen entgegen. Einer, der Vater, fiel ihr gleich um den Hals. Die anderen besahen sich nur kurz die Szene und wendeten sich dann mir zu. Als sie den Jungen auf meinem Rücken entdeckten, jubelten sie und pflückten das Kind von mir herunter.

Erst wurde gelacht, dann aufgeregt durcheinander geredet, als das Fehlen des dritten Kindes bemerkt wurde. Soweit das Heulen des Windes es zuließ, berichtete das Mädchen kurz, was sie von ihrem Bruder und von mir wusste.

Als Fremder war ich außen vor, aber ein junger Mann winkte und bedeutete mir, ihnen zu folgen.

Wir steuerten auf das Größte der Häuser zu. Breit gebaut, aus Stein und dunklem Holz, erinnerte es mich an die Bauernhäuser in Tirol, die ich mal auf einer Klassenfahrt gesehen hatte. Dieses hier war vielleicht nicht ganz so groß, wie seine Alpenländischen Gegenstücke. Außerdem kam man hier scheinbar nur über eine Außenleiter in den ersten Stock.

Das Mädchen, das am besten Englisch sprach, erklärte mir später die Bauweise. Auf Bodenniveau waren die Stallungen. Die natürliche Abwärme sorgte in der ersten Etage, die für Gäste und Verwandte auf Besuch gedacht war, für warme Füße. Und in der zweiten Etage wohnte dann die Familie. So sah in Bhutan das traditionelle Bauernhaus aus.

Trotz der Kälte und klammer Finger war das Mädchen, flink wie ein Wiesel, die Leiter hoch. Der Junge durfte auf dem Rücken eines Älteren mitreiten, wobei das, wie auch bei dem Rest der Gruppe, dann etwas gemächlicher lief. Auch ich schaffte noch den Weg nach oben, obwohl ich nun wirklich nicht mehr viel Kraft zuzusetzen hatte.

Endlich tat sich dann auch die Haustür auf und wohlige Wärme umfing uns. Die Kinder wurden umgehend über eine steile Stiege in die oberen Wohnräume gebracht, wohin dann auch ich – nach kurzer aber hitziger Diskussion – geleitet wurde.

Das Familienoberhaupt, ein alter Mann mit wettergegerbtem faltigen Gesicht, sprach ein Machtwort ... oder hielt eher eine 'Machtrede'. Die Argumente der anderen wurden von ihm mit offenbar wohlgesetzten, zum Teil aber sehr scharfen Worten weggewischt. Ich verstand nicht, was das Problem war. Wahrscheinlich war ich einfach nur der fremde Riese mit der langen Nase. Und da der Alte mehrmals besonders auf den

Vater des Mädchens einwirkte, hielt er den Leuten bestimmt die Rettung der Kinder vor.

Zu guter Letzt wies er energisch auf die Altarnische im Raum, worauf alle wie die begossenen Pudel dort hinschlurften und beteten. Ich schloss mich ihnen an und kniete mich ebenfalls hin, wenigstens um meine Gedanken zu sammeln.

Betest du etwa zu mir, oder wirst du mir untreu?, fragte das Buch amüsiert. Ich musste grinsen.

Schön, von dir zu hören, antwortete ich. *Beten ist aber nicht so mein Ding.*

Ich weiß.

Schaust du nur so vorbei, oder gibt es einen Grund?

Wenn man davon absieht, dass ich gerne regelmäßig über deinen Zustand informiert bin, dann gibt es keinen besonderen Anlass.

Und bist du zufrieden mit meinem Zustand?

Er könnte besser sein, aber ich weiß natürlich, woher es kommt.

Hätte ich die Rettungsaktion sein lassen sollen?, fragte ich etwas unsicher. Ich wusste selbst, dass ich meine Grenzen gefährlich ausgereizt hatte.

Unsinn! Außerdem hättest du das gar nicht über dich gebracht.

Nein, wohl eher nicht, gab ich zu.

Und so hab ich dich geschaffen. ... Na ja, wenigstens war es mein Ziel, ruderte das Buch etwas zurück.

Ich lachte im Geiste.

Ich geb mir Mühe, dich nicht zu enttäuschen.

Auch das kannst du nicht, Karl. Ich bin sehr zufrieden mit dir. Und alles andere ist dann eh meine eigene Schuld.

Das klingt nach Freibrief, kicherte ich.

Übertreib es nicht, Dewer'el, mahnte mich das Buch.

Ich doch nicht. Und dann doch etwas ernster: *Du kennst mich besser.*

Natürlich. Nach kurzem Nachdenken: *Karl?*

Ja?

Lysje braucht noch einen Moment. Aber, wenn sie dann hereinkommt ...

Ja?

Man wird sie für die Inkarnation einer Gottheit halten.

O.k.? Der Euro fiel bei mir gerade nur Cent-weise. *Äh, du hast aber nicht ernsthaft Bedenken, dass ihr das zu Kopf steigt.*

Nicht wirklich. Aber ich will auch nicht überrascht werden.

Na, dann will ich mal versuchen ihre Füße am Boden zu halten.

Und ich hab – wie man bei euch so sagt – ein Auge auf euch.

Danke. Die Präsenz des Buches war aber schon wieder fort. Ich musste mich etwas schütteln, als ich aus meiner beinahe meditativen Versenkung auftauchte. Ich brauchte einen Moment, um meine tiefgekühlten Muskeln und Gelenke wieder nutzbar zu machen.

Meine Begleiter sahen mich etwas verwundert, aber lächelnd an. Mit meinem scheinbaren Gebet hatte ich jetzt wohl – wenn auch unfreiwillig – den letzten Dorfbewohner für mich eingenommen.

Der Alte deutete mir an, die Stiege hochzugehen. Ich würde also doch in die Wohnräume des Bauern eingeladen. Und ich folgte dieser Einladung gerne.

Die Kinder entdeckten mich als Erste, als mein Kopf im oberen Stock erschien. Sie grüßten mich lautstark und bombardierten mich gleich mit Fragen, die gelegentlich in Husten und Schnauben übergingen. Die zwei saßen nackt in einem großen Waschzuber und wurden abwechselnd mit heißem Wasser übergossen.

Ich erzählte ihnen, dass Lissi den Kleinen zum nächsten Kloster gebracht hat.

Also ist er noch am Leben?

Zumindest, als sie losgerannt ist.

Aber, ist sie auch schnell genug?

Sie ist sehr schnell.

Das kann ewig dauern, bis wir etwas wissen.

Ich hätte etwas von ihr gehört.

Hast du auch so ein kleines Telefon dabei?

(Mist. Ich musste mehr darauf achten, was ich sage.)

Äh, nein – stotterte ich – ich spüre es, wenn mit ihr etwas ist.

Die nächsten Fragen wurden gezielt mit heißem Wasser ertränkt und anschließend weggerubbelt. Der Protest der Kinder wurde von dem Alten übertönt, der direkt hinter mir heraufkam. Ihm widersetzten sich die Kinder nicht. Er war ihnen aber auch nicht böse, legte ihnen die Hände sanft auf die Wangen und sprach ein paar ruhige Worte, die für mich auch fast wieder wie ein Gebet klangen. Die Kinder grinsten verschämt in meine Richtung und setzten sich in Tücher gewickelt an den Ofen.

Im Gegensatz zu unserer offenen Feuerstelle, war dieser hier gemauert. Durch ein dickes rostiges Rohr konnte der Rauch durch das Dach entweichen. Da er gleichermaßen zum Kochen genutzt wurde, war er nur etwa hüfthoch und mit einer umlaufenden Stufe versehen, die sowohl zum Sitzen, als auch den Frauen zum Stehen diente, wenn gekocht wurde.

Auf vier unterschiedlich großen Öffnungen konnte gearbeitet werden. Wurde nicht gekocht, verschloss man die Löcher mit schweren Holzdeckeln.

Eine der Frauen holte mich aus meiner müßigen Betrachtung und sprach mich direkt an. Leider verstand ich kein Wort.

„Take your clothes off[8]", quakte das Mädchen von der Ofenbank.

„In the tub[9]", ergänzte der Junge und wedelte mit einer Hand.

„Me?[10]", fragte ich verblüfft und wiederholte an die Frau gerichtet, „Me?". Die verstand kein Englisch, nickte aber bekräftigend.

Immer noch verwundert, pellte ich mich wie eine Zwiebel Schicht um Schicht aus meinen Sachen. Die Leute lächelten vielsagend. Meine Jacke hatte ich ja bereits an den Jungen abgetreten. Und obwohl ich schon hart im Nehmen war, konnte ich noch immer drei Lagen Stoff und anderes aufweisen. Ich hatte keine Ahnung, wie viel Kontakt diese Menschen schon zu Ausländern hatten – wenn überhaupt! – aber sie ließen es sich nicht anmerken, wenn ich zu absonderlich gewesen wäre.

Erst als ich mein T-Shirt über den Kopf zog und alle Anwesenden die Narben und noch nicht ganz verheilten Wunden an meinem Oberkörper sehen konnten, trat die Frau einen Schritt zurück und starrte

---

[8] Engl.: „Zieh deine Sachen aus"

[9] dto.: „In den Zuber"

[10] dto.: „Ich?"

mich mit den Händen vor dem Mund und großen Augen erschrocken an.

Finger strichen mir vorsichtig über den Rücken. Ich drehte mich langsam um. Vor mir stand eine alte Frau, deren schmale Augen kaum von den anderen Falten ihres Gesichtes zu unterscheiden waren. Gebeugt stand sie da, mit einer vorgestreckten Hand. Sie murmelte etwas. Viele Zähne schien sie nicht mehr zu haben. Eine andere Frau lehnte sich zu ihr und forderte sie auf, das Gesagte zu wiederholen. Einer der Bauern beugte sich ebenfalls zu der Alten. Dann forderte er die Kinder auf, mich zu fragen.

„What happend?[11]“, fragte wieder das Mädchen. Sie war die Ältere und hatte schon länger Englisch.

Ich überlegte einen Moment, was ich erzählen konnte, gab dann aber meiner Intuition freien Lauf und blieb bei der Wahrheit.

„Demons tried to kill me“, sagte ich langsam. Ich hob dann zwei Finger, „Two times.[12]“

Jetzt überlegte das Mädchen. Sie war sich nicht sicher, ob sie mich richtig verstanden hatte. Ich nickte langsam. Bevor sie etwas sagte, wendete ich mich wieder an die Frau, die sicherlich die Mutter der Kinder war. Ich zeigte auf den Bottich. Sie schaute noch einmal zwischen ihrer Tochter und mir hin und her, nickte dann entschlossen und griff sich eine Schüssel zum Wasserschöpfen.

Das Wasser war noch angenehm warm und reichte mir im Schneidersitz bis knapp über die Beine. Ganz langsam und Guss für warmen Guss kamen meine Lebensgeister wieder zurück. Ein Kribbeln in Zehen

---

[11] Engl.: „Was ist geschehen?“

[12] dto.: „Dämonen haben versucht mich zu töten. Zweimal.“

und Fingern gab mir deutlich zu verstehen, dass mich die Kälte stärker im Griff hatte, als ich ahnen konnte.

Es wurde nicht viel gesprochen, während ich gewässert wurde. Nach zwei, drei Minuten stampfte die Alte mit dem Fuß und zeterte lautstark. Sie forderte endlich eine Antwort auf ihre Frage. Alles lachte freundlich. Die Mutter wendete sich an ihre Tochter, die meine Antwort ja gehört hatte.

„Demons?", fragte sie noch einmal, nicht ganz überzeugt, dass wir von der gleich Sache sprachen.

„Yes", bestätigte ich kurz.

Also begann sie zu berichten, was sie von mir wusste. Sie sprach langsam und mit Bedacht. Sie erzählte wortreicher, als meine knappe Äußerung hergab, aber sie ergänzte ihren Bericht mit den Beobachtungen, die sie und ihr Bruder in den letzten Tagen und Stunden gemacht hatte.

Schweigen breitete sich im Raum aus. Während sich die Menschen noch überwältigt, ratlos ansahen, erschienen auch schon die nächsten Besucher.

KAPITEL 4

Als Erstes wackelte im Rhythmus der Stufen die weinrote Haube eines Mönches herauf. Er begrüßte die Anwesenden mit einer flachen Hand, die er senkrecht vor der Brust hielt. Mit der anderen hielt er einen Umhängebeutel fest. Auch ich verneigte mich höflich, was sicher eher komisch aussah, saß ich doch noch immer nackt im Zuber.

Die Dame des Hauses hatte dann aber ein Einsehen und legte auch mir ein großes Tuch um die Schultern.

Ich rubbelte einen Großteil der Nässe weg und setzte mich zu den Kindern, die mich freudig in ihre Mitte nahmen. Kaum hatte mein Hintern die warme Bank berührt, lehnten auch schon beide Kinder an mir.

Lissi grinste breit, als sie mich so eingerahmt entdeckte. Sie hatte mit dem Mönch ausgemacht, einen Moment zuzuwarten, bevor sie ihm folgte.

Im Halbdunkel des Wohnraumes leuchteten ihre weißen Haare fast. Unbeeinträchtigt von den Kraftanstrengungen der letzten Stunden, kam sie leichtfüßig die Stiege hoch. Erst später erzählte sie mir, dass sie auch noch den Mönch auf dem Rücken hergetragen hatte, weil er ihr zu langsam war.

Die alte Greisin war die Erste, die ehrfürchtig auf die Knie ging. Was sie brabbelte war diesmal wohl laut genug. Die Frau und der Mann, die noch neben ihr standen, gingen jetzt ebenfalls runter. Etwas deutlicher aber nicht minder furchtsam, hauchten sie, „Tara drolma!"

„Tara drolma", echote es durch den Raum, als Lissi in voller Größe und Schönheit vor uns stand.

Die Kinder waren mit den Feinheiten der bhutanischen Mythen noch nicht so vertraut, schauten aber dennoch mit großen Augen. Sie hatten Lissi bisher immer nur im Schnee bei meist schlechter Sicht gesehen.

Ich war für hiesige Verhältnisse nicht klein. Und sie war annähernd so groß wie ich. Ich konnte mir kaum ausmalen, wie der Vampir auf die Menschen hier wirken musste.

Draußen herrschten eisige Temperaturen und sie störte sich nicht daran, dass ihre Sachen – die wenigen, die sie trug – auch noch mehr oder weniger nass waren. Die langen weißen Haare und die Augen taten ihr Übriges.

Sie hätte sich auch gerne erst einmal auf mich konzentriert. Die Räumlichkeiten hatte sie schnell erfasst. Sie blinzelte nicht, wie der Mönch, der genauso verwirrt war, wie sie. Sie schaute nur zwischen den Menschen hin und her, die zum Teil auf den Knien lagen. Nur die Alte lag mittlerweile flach auf dem Boden.

„Jigme, what happens here?[13]", fragte sie den Mönch.

Der so Angesprochene atmete einmal tief durch, seufzte und antwortete in nur wenig akzentuiertem Deutsch,

„Sie halten Euch für die weibliche Seite Avalokiteshvaras, des Bodhisattvas des grenzenlosen Mitleids.[14]"

---

[13] Engl.: „Jigme, was geschieht hier?"

[14] mythologische Gestalt, die erst dann nach dem eigenen Glück suchen will, wenn sie allen Lebewesen geholfen hat. Dargestellt mit 11 Gesichtern und Tausend Armen.

„Überraschung, Überraschung! Und Deutsch sprecht Ihr auch noch", sagte sie trocken.

„Ach, war das Deutsch?", murmelte ich unsicher.

„Könnt Ihr ihnen nicht erklären, dass ich nichts Göttliches an mir habe?"

„Also, ich finde schon", kommentierte ich halblaut, „aber ich bin auch nur ein schwer verliebter Mann."

„Karl, das ist jetzt nicht hilfreich", zischte sie.

„Und mir wird es schwerfallen, unsere Gastgeber von etwas anderem zu überzeugen", antwortete der Mönch mit sanfter Stimme. „Es sind einfache Menschen. Und Ihr seid nun mal ... *kein* einfacher Mensch."

„Sie kann manchmal sogar sehr schwierig sein", erwiderte ich, mehr zu mir selbst. „Besonders, wenn sie ihre nichtmenschliche Seite rauslässt."

„Karl!", knurrte Lissi und zeigte dabei sogar ihre Fangzähne.

Die Kinder, zwischen Angst und Faszination, wären gerne in mich hineingekrochen, wenn nicht die Gesetze der Atomphysik dagegen gesprochen hätten. Ich kicherte hemmungslos.

„Du bist so süß, wenn du wütend bist", lachte ich.

Der Mönch lächelte seine Füße an, während Lissi jetzt knurrend mit gefletschten Zähnen vor mir stand und wütend die Fäuste in die Hüfte stemmte. Die Kinder rührten sich keinen Millimeter.

Ich lachte jetzt lauthals – auch wenn ich gerade mein Leben aufs Spiel setzte. Ich bemühte mich, auf die Beine zu kommen, was gar nicht so einfach war, ohne plötzlich nackt im Raum zu stehen. Immerhin saßen die Kinder mehr oder weniger auf meiner Decke drauf.

Bei aller Bedrohung, die Lissi gerade darstellen wollte, kicherten jetzt auch die Kinder. Mein Bemühen halbwegs würdevoll in die Senkrechte zu kommen, war nicht von Erfolg gekrönt. Nicht wirklich ernst fluchte ich halblaut. Liebend gerne hätte ich mir die Decke gleich einer römischen Toga umgeworfen. Der Geist jedenfalls war willig...

Zum Schluss konnten wir alle nur noch herzlich lachen. Sogar Lissi schmunzelte, obwohl sie mich fast noch gefressen hätte. Ich nutzte die Gunst der Stunde und warf ihr meine Arme um den Hals.

„Ich bin so was von froh, dich zu sehen", flüsterte ich ihr ins Ohr. „Und mit dem nassen T-Shirt siehst du rattenscharf aus."

Es zeigte sich, dass mit dem teilweise fehlenden Ohr doch Schallwellen verloren gingen. Sie lachte mir so laut in den Hals, dass es fast weh tat. Aber nur fast.

„Manchmal hab ich echt den Drang, dir wehzutun, Dewer'el", hauchte sie, nachdem sie sich wieder gefangen hatte. Ungeachtet der Aussage, strich sie mir aber sanft mit den Fingerspitzen durch die noch feuchten Haare.

Die Kinder starrten uns unverhohlen und mit offenem Mund an, während sich die Erwachsenen alle weggedreht hatten.

Es dauerte nicht lange, bis uns das auch auffiel.

„Jigme?", sprach Lissi den Mönch an. „Müssen wir etwas wissen?"

Er drehte sich wieder mehr in unsere Richtung und schaute mit einem halben Auge nach uns. Als er sah, dass wir uns voneinander gelöst hatten, drehte er sich ganz.

„Nun, Frau Lissi, in Bhutan ist es nicht üblich, seine Zuneigung für alle sichtbar körperlich zum Ausdruck zu bringen. Auch Eure ... kurze Kleidung ist für uns sehr ungewöhnlich."

„Ah", machte Lissi verstehend.

„Ich bin etwas verwirrt", meldete ich mich. „Meine Nacktheit war doch aber kein Problem."

„Nun, Herr ..."

„Karl", half Lissi aus. „Er heißt Karl."

Der Mönch verneigte sich leicht.

„Nun, Herr Karl, Ihr seid mit nassen Kleidern aus der Kälte gekommen." Er wies mit einer Hand auf meine Wäsche, die zum Trocknen neben dem Ofen hing – und eindeutig nicht bhutanisch war. „Dafür gibt es hier nur eine sinnvolle Behandlung. Und außerdem seid Ihr 'Chilip' – ein Ausländer."

„Ich muss sicher noch viel über eure Traditionen lernen. Danke, für die erste Lektion."

Der Mönch verneigte sich wieder.

„Und ich werde sehen, dass ich in der Stadt etwas Längeres zum Anziehen bekomme", ergänzte Lissi nachdenklich.

„Oh, Ihr müsst Euch darüber nicht sorgen", wehrte der Geistliche schnell ab. „Ihr seid in den Augen der Menschen Tara Drolma. Niemand wird bei Euch je einen Fehler sehen."

Lissis Augenbrauen wanderten in die Höhe.

„Na, dann wenigstens, um Eure Gefühle nicht zu verletzen, da ich diese Tara nun mal nicht bin."

„Tara Drolma", berichtigte er.

Und wieder lag die Alte auf den Knien. Der Mönch seufzte leise.

Wo ich schon einmal stand, fühlte ich auch gleich, wie es um meine Wäsche bestellt war, und zog mich wieder an. Die Miene der Mutter entspannte sich etwas, als ich wieder bekleidet im Raum stand. Sie

nahm mir das Tuch ab und reichte ihren Kindern jetzt
auch etwas zum Anziehen.

Einfache gebleichte Woll-, oder Leinenunterhemden
und entsprechende lange Hosen, wurden von Oberbe-
kleidung bedeckt, die mich in Form und Muster an die
schottischen Festtagsgewänder erinnerte.

Die Frau sprach mich in gedämpftem Ton an und
wies mit einer Hand auf den Platz am Ofen. Ich sollte
mich hinsetzen. Auch die Kinder standen jetzt noch.
Das Mädchen deutete ihrerseits auf die Ofenbank.

*Ich glaube, wir setzen uns besser hin, sonst wird
das hier eine Stehparty*, dachte ich in Lissis Richtung.

Oh! Na klar, kam ihre überraschte Antwort.

Die Kinder trippelten ängstlich zur Seite, als Lissi
plötzlich auf die Bank zuhielt. Ich griff sie mit den
Händen vorsichtig an den Hüften und schob sie ein
Stück auf die Seite, so dass ich mich zwischen sie und
die Kinder setzen konnte. Die grinsten wieder und
ließen sich neben mich fallen. Prompt hatte ich wieder
den Kopf des Mädchens an der Schulter. Der Junge
lehnte sich bei seiner Schwester an, beäugte aber
immer wieder die weiße Frau, die nicht einmal einen
Meter von ihm entfernt saß.

„Lopon[15]", sprach der Alte den Mönch an, während
sich die meisten anderen eine Sitzgelegenheit suchten.
Er befragte den Geistlichen eindringlich, der mit ruhiger Stimme ausführlich antwortete. Alle lauschten
gespannt, was der Mönch zu sagen hatte. Auch die
Frauen, die sich hinter uns an den Töpfen zu schaffen
machten. Die Ohren wurden noch viel größer, als der
Dorfälteste der Befragung eine andere Richtung gab.

---

[15]   bhutanisch: „Meister, Lehrer" [sprich: „löbön"]

Er nickte ein paar Mal zu uns hin und auch die Worte 'tara drolma' fielen wieder.

Der Mönch wiederum richtete einige gezielte Fragen an die Kinder neben uns und einige an die Erwachsenen. Als er scheinbar genug Antworten bekommen hatte, kniete er sich vor den Hausaltar und singsangte mit sonorer Stimme eine Weile.

Er erhob sich nach seinem Gebet langsam wieder und wendete sich direkt dem Alten zu. Er sagte nur einen Satz. Der Alte blinzelte wie eine Eule und setzte mehrmals zu einer Antwort an, brachte aber keinen Ton hervor. Dann sickerte das Gesagte stückchenweise durch. Stockend stellte er eine Frage.

Ruckartig setzte sich das Mädchen neben mir auf und starrte an mir vorbei Lissi an. Die drehte sich ihr gelassen zu und lächelte.

„Are you a ghost?[16]“, fragte das Kind flüsternd.

Lissi schüttelte leicht den Kopf.

„No, she isn't[17]“, antwortete ich für sie.

„But the monk said she is not human", wendete sie ein und fragte Lissi wieder, "Are you human?[18]"

Meine Freundin senkte für einen Moment den Blick. Dann sah sie dem Mädchen direkt in die Augen und schüttelte erneut den Kopf.

Ich legte ihr vorsichtig den Arm um die Schulter, in der Hoffnung, dass sie nicht hysterisch würde oder anderweitig panisch reagierte.

„But! I! Am![19]“, brummte ich ihr Wort für Wort ins Ohr. Ich griff mir eine Hand von Lissi und ver-

---

[16] Engl.: „Bist du ein Geist?“

[17] dto.: „Nein, ist sie nicht“

[18] dto.: „Aber der Mönch sagte, dass sie nicht menschlich ist. Bist du menschlich?“

[19] Engl.: „Ich! Aber! Schon!“

schränkte mit ihr die Finger. Schamhaftigkeit hin oder her, ich musste wenigstens den Kindern gegenüber Stellung beziehen.

Ich legte dem Mädchen unsere Hände fast bis auf den Schoß. Ich gab ihr die Möglichkeit, dieses fremde Wesen auf meiner anderen Seite wortwörtlich zu 'begreifen'. Auch sie erkannte das und legte ihrerseits sachte eine Hand auf unsere. Ihr Bruder wollte nicht hinten anstehen. Er langte mit gestrecktem Arm um seine Schwester herum, bis auch seine Hand auf dem Fingerknäuel lag.

„You're cold-la[20]“, stellte das Mädchen fest.

Ich sah sie etwas verwirrt an.

„Sie zollt Euch Respekt“, erläuterte der Mönch. „Bumo?[21]“, sprach er sie an und fragte noch etwas hinterher.

„Oh, my name is Tashi Drolma[22]“, sagte sie dann etwas verlegen.

„I'm Karl[23]“, antwortete ich. „Drolma?“, fragte ich den Mönch, „Ist das ein Familienname?“

„Nein, nein! In Bhutan hat nur die königliche Familie einen Familiennamen. Alle anderen haben nur ein oder zwei Vornamen.“

„O.k.?“ Ich war immer noch etwas verwirrt. „Und Tara Drolma?“

„Niemand heißt so. Nur die wiedergeborene weiße Frau Avalokiteshvaras.“

„Hello, Tashi Drolma“, grüßte ich das Mädchen also. Normalerweise hätte ich ihr noch meine Hand

---

[20]   dto.: „Du bist kalt-la“ (das *-la* wird Sätzen angehängt um ernstes Interesse zu signalisieren)

[21]   bhutanisch: „Mädchen?“ (die Anredeform von *bum*)

[22]   Engl.: „Oh, mein Name ist Tashi Drolma“

[23]   dto.: „Ich bin Karl“

zum Gruß hingehalten, aber ich hatte irgendwann gelesen, dass Händeschütteln hier wie in ganz Asien unüblich war. „This is my girlfriend Lissi[24]“, machte ich mit einem Blick zu ihr weiter. Lissi nickte ihr lächelnd zu.

„And my name is Dorji Tenzin“, rief der Junge von der anderen Seite. Tashi legte ihm einen Arm um die Schulter.

„My brother[25]“, bestätigte sie.

Ein seltsames Piepen riss uns aus unserem Gespräch. Das Geräusch war mir bekannt. Und überall anders hätte ich gesagt ...

Der Mönch fischte ein Mobiltelefon aus seinem Umhängebeutel, schaute kurz aufs Display und nahm das Gespräch an.

Manch einer der Älteren sah zum ersten Mal ein Handy. Alle hatten davon gehört, nur sehen, taten es regelmäßig nur die Kinder, die ja jeden Tag in den Ort liefen. Aber beeindruckt waren sie trotzdem alle.

Wir ’reichen’ Europäer waren nur milde überrascht.

„Gibt’s hier überhaupt Sendemasten?“, fragte ich niemanden im Besonderen.

Der Mönch grinste und zeigte mit einem Finger in die Luft. „Auf dem Dzong“, sagte er hastig zwischen zwei Sätzen.

„Wo?“, fragte ich Lissi. Der Mönch lauschte wieder konzentriert seinem Gesprächspartner. Lissi zuckte nur mit den Schultern.

---

[24] Engl.: „Das ist meine Freundin Lissi“

[25] dto.: „Mein Bruder“

„Ich glaube, er meint das Kloster[26]“, sagte sie dann doch. Der Mönch nickte heftig zur Bestätigung.

Ich konnte mir ein Kichern nicht verkneifen, als ich mir die Gesichter der Menschen ansah, die gespannt seinen Worten lauschten, ohne zu hören, was der andere sagte. Dann war der Bann aber auch schon gebrochen. Jigme hatte sein Telefonat beendet.

„Das Kind ist aufgewacht“, berichtete er uns kurz, „und sobald der Sturm etwas nachlässt, wird man ihn mit dem ... äh“ – er machte mit einer Hand eine kreisende Bewegung über dem Kopf.

„Hubschrauber?“, schlug ich vor.

„Ja, damit wird man ihn ins Hospital bringen“, schloss er freudig. Er wollte sich gerade den Bauern zuwenden, als ihm noch etwas einfiel. „Oh, und Khenpo Lobsang möchte euch gerne sehen.[27]“

Damit ließ er uns sozusagen sitzen und berichtete jetzt auch den anderen, was er gerade erfahren hatte. Begeisterte Ohs und Ahs begleiteten seine Ausführungen, gefolgt von tiefempfundenen Dank der Eltern des Jungen und anderer Verwandter, die jetzt vor Lissi auf den Knien lagen.

Mit leicht erhobenen Augenbrauen nahm sie die Huldigungen entgegen. Ich hätte unsere geistige Verbindung nicht gebraucht, um mitzubekommen, wie außerordentlich peinlich es ihr war.

Ich möchte im Boden versinken, stöhnte sie.

Dann landest du nur im Gästezimmer, kicherte ich.

Dann lass mich jetzt sterben.

Schon wieder?

---

[26] das „Dzong“ bezeichnet in Bhutan einen Sitz weltlicher oder religiöser Macht

[27] ‚Khenpo‘ wird in Bhutan der Abt eines Klosters genannt

Du Arsch!

Du hast ihr Kind vor dem Tod bewahrt, erinnerte ich sie.

Aber sie denken, ich wäre eine Göttin, oder sowas.

Hier ist das Gegenteil von 'natürlich' halt nicht 'un'-, sondern 'übernatürlich'. Und ich finde es ganz erfrischend, dass hier keiner ein Problem damit hat, eine Göttin in seiner Mitte zu sehen.

Erfrischend?, fragte sie bissig. *Mir fallen andere Vokabeln dazu ein. Ich will das nicht!*, jammerte sie.

Auch dafür liebe ich dich.

Und prompt leuchteten wir auch schon wieder. Prima, noch mehr Futter für den Glauben dieser Menschen

Das war dann auch dem Mönch etwas viel. Mit gehetztem Blick zog er seine Kleider wieder enger und wendete sich der Treppe zu.

„Wir sollten gehen", drängte der Geistliche. Auf Bhutanisch wiederholte er das offenbar. Die Enttäuschung war den Leuten anzusehen.

Wir erhoben uns also und folgten dem Mönch zur Stiege, als dem Jungen noch etwas einfiel.

„Li Si?", rief er.

Von der Aussprache ihres Namens amüsiert, drehte Lissi sich lächelnd zu ihm um.

„Your bow. Can I see?[28]", fragte er in bröckeligem Englisch.

„Oh, Ihr beherrscht die Kunst des Bogenschießens? Das ist unser Nationalsport", warf der Mönch ein, der schon auf der Stiege stand.

---

[28]   Engl.: „Euren Bogen. Darf ich (ihn) sehen?"

„I left it downstairs[29]", log sie und zeigte mit einem Finger nach unten.

Ohne dass wir es hätten absprechen müssen, reihte ich mich hinter ihr ein und verzögerte für einen Augenblick den Abstieg. Sie musste ihrer Legendenbildung nicht noch mehr Nahrung geben, indem sie Köcher und Bogen sichtbar aus dem Nichts hervorzauberte.

Lissi stand lässig auf ihren 'Elbenbogen' gestützt und erwartete uns. Ein bisschen genoss sie die Aufmerksamkeit ja doch.

Den Kindern folgten noch der alte Mann, der wohl der Dorfälteste war, sowie der Vater der Kinder. Die Großen tauschten gleich Geschichten und Anekdoten vergangener Wettkämpfe aus.

Zu Lissis Gunsten fiel allen gleich auf, dass sie nicht mit einem modernen Wettkampfbogen unterwegs war. Der stand bei den traditionsbewussten Bhutanern nicht gerade hoch im Kurs.

Die Kinder durften ihn und einen dazu gehörigen Pfeil als Erste in die Hand nehmen und staunten nicht schlecht. Sie versuchten auch als Erste, den Bogen zu spannen, was ihnen erwartungsgemäß nicht gelang.

Ich lachte mit den anderen Erwachsenen über die vor Anstrengung roten Gesichter der Kleinen – ich aber auch in Vorfreude auf die ebenfalls zu erwartenden dummen Gesichter der Älteren, die sich jetzt noch überlegen fühlten.

Nach anfänglicher Lobhudelei über die Leichtigkeit, die schönen Verzierungen und so weiter, kam der Moment, wo sich der Alte anschickte, den Kleinen zu zeigen, wie man die Waffe richtig führte.

---

[29] dto.: „Ich hab ihn unten gelassen"

Nicht einen Millimeter!

Und den roten Kopf gab es als Dreingabe. Jetzt war der Alte das Ziel des Gespötts. Lissi lächelte nachsichtig.

Als auch die anderen Herren kläglich scheiterten, wurde der Bogen andächtig zurückgereicht. Nur der Alte, der vorher noch stolz von seinen Siegen berichtet hatte, schaute misstrauisch und forderte Lissi über den Mönch als Dolmetscher auf, ihn einmal zu spannen.

Vorher erzählte der Junge leise noch etwas, worauf die anderen erst einmal in Gelächter ausbrachen – nur der Mönch blieb still und sah den Vampir mit undeutbarem Blick an.

„Habt Ihr wirklich Pfeile in das Gestein hinein geschossen?", fragte er nachdenklich.

Lissi zuckte mit den Achseln.

„Ich brauchte etwas, um mich festzuhalten", antwortete sie nüchtern. „Der Felsspalt, in dem der Junge lag, war zu breit, um die Wände zu nutzen."

Sie nahm die Waffe in beide Hände und zog ohne Mühe die Sehne zurück.

„Der Bogen ist mit einem Zauber belegt und spannt sich nur für Euch", schlussfolgerte der Mönch.

„Nein, Jigme", sagte sie kopfschüttelnd, „es ist nur so, dass nur ich stark genug dafür bin."

Nachdem alle ihre Kinnladen wieder eingesammelt hatten, drängte der Geistliche zum Aufbruch. Der Sturm hatte merklich nachgelassen. Die Helligkeit aber auch. Das war für Lissi das geringste Problem. Sie verkniff sich jedoch den Kommentar.

Wir verbeugten uns zum Abschied vor jedem Einzelnen und wurden selbst erneut mit Dank für die Rettung der Kinder überhäuft. Ich bedankte mich für die Gastfreundschaft und das gute Essen. Die Bauern bedanken sich bei Lissi für das Wild. Der Mönch bedankte sich für ... ach, keine Ahnung. Es zog sich noch eine Weile, bis wir endlich wieder an der frischen Luft waren.

Vor der Tür atmete ich erst einmal tief durch ... und hatte fast augenblicklich Frost in der Lunge. Die Tem-peratur musste locker zweistellig unter Null sein.

„Scheiße, ist das kalt", entfuhr es mir.

Lissi kicherte leise. Jigme biss sich lieber auf die Zunge.

Ich ruckelte meine Sachen zurecht und zog alle Verschlüsse noch einmal in Position, damit Wind und Kälte wenig Chance zum Eindringen hatten.

Jigme hatte im Gästeraum des Hauses noch einen weiteren Überwurf und einen langen Schal deponiert, mit denen er sich einwickelte.

Lissi wartete geduldig.

„Dann wollen wir mal", sagte der Mönch und stapfte uns voran in den Schnee.

KAPITEL 5

Charlotte schlief tief und fest. Sie war jetzt fast 60 Jahre tot und hatte sich als Engel des Neunten Chores zur Traummeisterin hochgearbeitet. Sie musste nicht schlafen. Aber wie so viele andere, die sie kannte, genoss sie dennoch diese Zeit, in der sie sich in sich selbst zurückziehen konnte.

Als Krönung des Ganzen lag sie endlich in den Armen ihres Liebsten. Es hatte eine Weile gedauert, bis sie und der Erzengel Michael sich ihre Liebe eingestanden hatten. Nein, es kam Charlotte nur so vor. Genau genommen ging es sogar sehr schnell. Für sie allemal. Sie sprang nicht gleich auf jedes warme Gefühl in der Magengrube an. Das hier war anders, tiefreichender. Aber ihr Liebster war ja auch nicht irgendwer, sondern eines der ältesten Wesen dieses Universums.

Der Erzengel hatte seine Flügel flach unter sich gefaltet und lag auf dem Rücken. Charlotte lag in seinen Armen, mit dem Kopf auf seiner Brust und einem Bein um seine Hüfte. So konnte er ihr langsam und zärtlich über den Rücken streicheln, wie Karl es einmal getan hatte. Sie liebte es.

Ihr Schüler Karl. Er musste sich unbedingt in die mörderische Vampirin verlieben, die bisher jeden ihrer Traumschüler tötete und dies auch bei ihm auf der Agenda hatte. Ironie des Schicksals.

Der Vampir verliebte sich auch in ihn und ist jetzt mit ihm zusammen wahrscheinlich die stärkste Waffe der Traumwelt.

Sie schnaubte leise im Schlaf.

Michael, der sich wirklich nur selten diesen komatösen Zustand leistete, schaute stirnrunzelnd auf seine neue Freundin. Er hatte sich geschworen, nie uneingeladen in ihren Geist zu dringen. Die Versuchung war groß und es wäre ihm mit Leichtigkeit gelungen. Er zuckte innerlich mit den Schultern. Er konnte sie später immer noch fragen. Und sie würde ohne Zweifel ehrlich antworten.

Sie nahm eh kein Blatt vor den Mund, weswegen er schon so manche verbale Kopfnuss von ihr einstecken musste. Auch dafür liebte er sie. Oder deswegen? Vielleicht würde er einmal darüber nachdenken. Da seine Liebste sehr gerne schlief, hatte er jedenfalls wieder mehr Zeit, seine Gedanken zu ordnen.

Charlotte krampfte plötzlich und trieb ihm die Fingernägel in die Haut. Wie aus tiefem Wasser kommend, riss sie den Kopf in den Nacken und sog röchelnd Luft in die Lungen. Der Schrei, den sie ausstieß, jagte sogar dem Erzengel einen Schauer über den Rücken.

Dann öffnete sie ihr Auge, erkannte ihn und fing zu schluchzen an. Ungehemmt weinte sie in seine Brust.

Nach dem ersten Schock, nahm er sie erst einmal fest in die Arme und drückte sie an sich, streichelte ihr übers Haar, bis ihr Zittern nachließ.

„Was ist dir, mein Herz?“ fragte er leise in ihre Locken. „Was hat dich so erschreckt?“

Charlotte brauchte noch einen Moment, um sich wieder zu beruhigen.

„Es fängt an“, hauchte sie. „Tod und Verwüstung. Der Gefallene fordert das Buch.“

+++++

Der kleine Ort in der Eifel hatte keine Chance. Es konnte auch niemand ahnen, dass mitten auf dem Dorfanger eine Pforte zur Hölle lag. Die winzige Kapelle, die direkt darüber gebaut worden war, lag längst in Ruinen. Dafür bot sie jetzt dem heraufkommenden Unheil Schutz. Das Böse begann sich mit Anbruch der Nacht zu sammeln und zu formieren, um kurz nach Mitternacht über die schlafenden Menschen herzufallen.

Mit Äxten, Schwertern und anderen grausamen Waffen drangen sie in die Häuser ein. Sie zerstörten alles Leben. Ob Mensch oder Tier, ob jung oder alt, nichts wurde verschont.

„Wir haben es hier mit einem Verbrechen unvorstellbaren Ausmaßes zu tun", sagte der Polizeisprecher in die laufenden Fernsehkameras. Er rang sichtbar um Fassung. „Nach dem derzeitigen Stand der Ermittlungen gibt es in der gesamten Gemeinde kein Leben mehr."

Jetzt war es raus. Er wollte, sollte es nicht sagen, war aber so erschüttert von dem, was er mit eigenen Augen sehen musste, dass er es der Welt nicht vorenthalten konnte.

Die Übertragungswagen etlicher Fernseh- und Radiosender standen in einer Ausfallstraße. Der gesamte Ort und alle Straßen, die einen Blick in den Ort zugelassen hätten, waren Sperrgebiet, sonst wären die Bilder der schwarz-rot verfärbten Straße, die durch den Ort lief, bereits um den ganzen Globus gegangen – in Farbe.

Auch so schlug die Nachricht ein, wie eine Bombe, und verbreitete sich in Windeseile. Die Gerüchteküche kochte. Statements wurden verfasst. Vermeintliche Bekennerschreiben kursierten. Dementis machten die Runde. Nur Fakten gab es offiziell keine.

+++++

Charlotte saß vor einem Stapel Tageszeitungen, die sie alle schon durch hatte. Im Fernsehen lief ein Nachrichtensender, der viertelstündlich aktualisiert wurde und dennoch nichts Neues brachte. Sie war frustriert. Sie hatte es kommen sehen und wusste aber weder die Zeit, noch den Ort.

Ihre Hilflosigkeit hatte vor sechzig Jahren schon ihrer Schwester das Leben gekostet.

„Charlotte, ich weiß, dass es schwer ist, aber du musst dich von diesem Gedanken lösen“, beschwor Patricia sie. Die Polizeipsychologin war normalerweise nicht ihretwegen hier, sondern um einen anderen Engel zu betreuen, der schwer gefoltert worden war. Sie war speziell auf solche seelischen Verletzungen ausgebildet.

Perach'el, der blinde Engel, brauchte sie aber kaum noch. Nachdem sie fast dreihundert Jahre in einer Höhle festgehalten wurde, hatte sie mehr Probleme mit den Entwicklungen der vergangenen Jahrhunderte, als mit dem, was man ihr angetan hatte. Die körperliche Gewalt ertrug sie in Würde und mit der stoischen Ruhe einer lothringer Bauerntochter, die sie war. Patricia hatte sie also auf die gröbsten Veränderungen vorbereitet. Für die alltäglichen Dinge hatte sie mit Karls Hilfe eine Freundin gefunden, die ungefähr in ihrem Alter war – wenn man die drei Jahrhunderte Engelsdasein bei ihr abzog.

Auch jetzt war sie wieder mit ihrer Freundin Mareike unterwegs. Perach'el half ihr bei einem

58

Schulprojekt über das Mittelalter. Besser konnte es nicht laufen.

Sie selbst gehörte jetzt wohl zum festen Inventar dieses Haushaltes. Nach der Arbeit hatte sie sich schon dabei ertappt, ohne nachzudenken, direkt hierher gefahren zu sein. Sie war aber auch gerne gesehen und wurde wie selbstverständlich in die meisten Entscheidungen mit eingebunden. Sie gehörte jetzt irgendwie dazu und hatte sich tatsächlich – mehr oder weniger – an die Bewohner gewöhnt. Na ja, mehr oder weniger, halt!

„Aber es ist doch wahr“, maulte Charlotte. „Meine Schwester wäre noch am Leben, wenn ich damals reagiert hätte.“

„Die Diskussion ist müßig, Charlotte. Das damals Geschehene kannst du nicht ändern. Und das heute ...?“

„Da hätte ich auch früher reagieren können.“

Patricia schwieg einen Moment und betrachtete den Engel nachdenklich.

„Korrigier mich, wenn ich etwas falsch verstanden habe“, sagte sie dann. „Du hast letzte Nacht davon geträumt. Also in der Nacht, in der es passierte. Wie hättest du da reagieren wollen?“

Charlotte wollte schon aufbrausen, beherrschte sich aber. Mit Karl-mäßiger Sicherheit hatte Patricia den wunden Punkt getroffen. Den Überfall auf das Dorf hätte sie nicht verhindern können.

„Ich kann es für mich selbst nur nicht akzeptieren“, sagte sie kleinlaut.

„Was aber zeigt, dass du ein Gewissen hast und du dich um das Wohl deiner Mitmenschen sorgst. Ziehe daraus positive Kraft.“

„Danke, dass du mich mit den Menschen gleich-stellst“, lachte sie leise.

Patricia wollte zu einer Antwort ansetzen, als es an der Tür klingelte. Die Frauen sahen sich kurz fragend an.

„Soll ich?“, fragte Patricia.

„Ja, bitte.“

Die Psychologin erhob sich und betätigte die Sprechanlage. Sie schaute kurz zum Wohnzimmer rein -- „Blanche und Mareike“ – und ging wieder zur Wohnungstür, um die zwei einzulassen.

Da sich Mareike und Patricia noch nicht begegnet waren, stellte Perach'el die zwei kurz vor, hüpfte aber gleich ins Wohnzimmer weiter.

„Scharlodde, isch hánn de Mareiken debíe. Dárf isch se minni Stubb zeije?[30]“, fragte sie nervös.

„Es ist auch dein Zuhause, Perach'el. Du musst nicht erst fragen“, antwortete Charlotte lächelnd, ohne selbst ins Badische zu rutschen.

„Doch ist es nit tunlich, jene irdisch Heimstatt himmlischer Wesen vor ohngeweihtem Aug zu schut-zen?“, fragte sie jetzt vorsichtiger. Das Charlotte nicht auf ihre gemeinsamen sprachlichen Wurzeln einging, verunsicherte sie ein wenig.

„Ich vertraue auf dein Urteil, kleine Blume“, erwi-derte sie müde. „Und wenn es ein Fehler war, finden wir eine Lösung.“

Jetzt war der blinde Engel noch mehr verunsichert. Perach'el schwankte unschlüssig auf der Stelle.

Charlotte seufzte leise, stand auf und nahm sie in den Arm.

---

[30] Lothringisch: „Charlotte, ich hab Mareike dabei. Darf ich ihr mein Zimmer zeigen?“

„Entschuldige“, flüsterte sie, während sie den kleineren Engel noch fest an sich drückte, „Ich bin ... ich weiß nicht. Traurig? Wütend? Beides wahrscheinlich.“

„Vermag ich Euch helfen?“, fragte Perach’el leise.

„Nein, kleine Blume“, erwiderte Charlotte sanft. Sie löste sich ein wenig, schaute ihr ins Gesicht und streichelte ihr über die Wange. „Das muss ich allein bewältigen.“

„Ihr träumtet dero Bluttat“, bemerkte Perach’el und wies auf den Fernseher.

„Ja, und mehr, als dort an Bildern gezeigt wird.“

„Is ja krass derbe“, kommentierte Mareike, die sich bis zum Wohnzimmer vorgewagt hatte.

„Das kannst du laut sagen“, lachte Charlotte bitter. „Besonders, wenn man nur hilflos zusehen kann.“

„Und darüber hatten wir gerade gesprochen“, sagte Patricia, die den Mädchen gefolgt war.

„Jetzt ist es auch genug“, schloss Charlotte, griff energisch nach der Fernbedienung und schaltete den Fernseher aus. „Geht ihr nach hinten und schaut euch alles an“, wies sie die Mädchen an. „Habt Spaß und macht euch hier keine Sorgen.“

Patricia lehnte am Türrahmen und beobachtete den großen Engel aufmerksam. Perach’el fasste sich indessen ein Herz und griff sich die Hand ihrer Freundin.

„Kummt, Mareiken!“, forderte sie, „Ich zeig dir mein Reich“, und zog sie mit in den hinteren Teil der Wohnung.

„Perach’el?“, rief ihr Charlotte hinterher. „Crassus möchte dich nachher noch mal sprechen.“

„Seid so gut und ruft nach mir, wenn Meister Crassus erscheinen beliebet“, kam ihre Stimme noch aus dem hinteren Flur, bevor die Tür zu ihrem Zimmer ins Schloss fiel.

Charlotte schaute versonnen auf die Wand, die an Perach'els Zimmer grenzte und schüttelte lächelnd den Kopf.

„Sie kommt schon ganz gut zurecht", merkte Patricia leise an.

„Und das Gefühl, das mich bewegt, muss dem ähnlich sein, wenn die eigenen Kinder flügge werden", entgegnete der Engel.

„Du wärst sicher eine gute Mutter geworden", stellte die Psychologin fest.

„Ach, ich weiß nicht", sagte Charlotte schulterzuckend. „Ich bin viel zu aufbrausend. Aber Lissi wäre mein erster Tipp für diese Aufgabe."

„Ich kenn sie zu wenig. Sie scheint mir eher etwas unterkühlt, kopfgesteuert?"

„Das täuscht. Sie ist viel emotionaler als ich."

„Also eine Fassade!?"

„Ja. Im Grunde ist sie ein ebenso verstörtes kleines Mädchen, wie Perach'el. Nur dass sie in der Neuzeit aufgewachsen ist. Ach ja, und sie hat natürlich ihre enorme Kraft, die ihr Selbstvertrauen gibt."

„Zumindest äußerlich."

„Ja. Aber sie hat jetzt ja auch Karl an ihrer Seite." Patricia lachte kurz.

„Ich bin jedesmal wieder erstaunt, wie alles in diesem Umfeld sich immer wieder auf diese eine Person bezieht."

„Wie die Schmeißfliegen!", kicherte Charlotte. Und etwas ernster, „Also mir wurde erklärt, dass er quasi der Schlüssel zu allem ist. Und wir drei sind zu seiner Unterstützung da."

„Heldenhelfer?", fragte Patricia verschmitzt.

„Nein", lachte der Engel, „wir sind schon wichtige Teile eines Ganzen. Lissi sicherlich mehr, als wir zwei anderen, aber dennoch kaum entbehrlich."

„Das ist etwas, was ich nicht ganz verstanden habe. Welche Rolle spielt denn nun der Vampir?"

„Es gibt da eine Prophezeiung, aber im Grunde sind sie wohl eine Person in zwei Körpern. Lissi ist seine weiblich Hälfte und sozusagen die Muskelkraft in der Verbindung. Er ist Herz und Intuition. Aber den Geist teilen sie sich."

„Hm, richtig. Ihr könnt euch ja telepathisch unterhalten."

„Und das ist nur der geringste Teil dessen, was möglich ist."

„Und die Zwei sind besonders gut darin?"

„Lass es mich so formulieren: Ich bin seit etwa sechzig Jahren tot und im Training, Lissi etwa zwei Jahre. Und Karl? Den hab ich erst vor wenigen Monaten quasi ’aufgeweckt’." Sie sagte das ohne Neid oder Argwohn. Eine Spur Verwunderung schwang höchstens mit.

„Sind ... sind sie gut?", fragte die Psychologin.

„Ha", lachte Charlotte, „Ich gelte in meinen Kreisen allgemein als talentiert. Aber, was die Zwei in der Kürze der Zeit erreicht haben, beeindruckt auch die Mächtigen in der Traumwelt – auch, wenn die meisten es niemals zugeben würden.

Ich habe die Zwei auf der Geistebene erlebt. Allein die schiere Kraft, die die Zwei aufbringen können, ohne sich überhaupt zu bemühen ... Wahnsinn!"

Das Schloss zur Wohnungstür klackte laut und wurde kurz darauf wieder geschlossen.

„Salve amici. Aliquis domi?[31]", rief Septimus Crassus durch den Flur.

"Was hat er gesagt?", fragte Patricia perplex.

„Kein Latein gehabt?", lachte der Engel. „Wir sind im Wohnzimmer", antwortete sie dem Römer laut. Und an die Frau gewandt: „Er wollte nur wissen, ob jemand da ist."

„Schön, euch zu sehen", sagte Septimus und ließ seine Jacke auf einen der Sessel fallen. Als nächstes schleuderte er mit einer eleganten Handbewegung zwei Briefe und eine Postkarte auf den Wohnzimmertisch. „Und Post gibt es auch. Grüße von den Urlaubern."

„Ich bin entsetzt, Dr. Krasselt. Ihr lest fremde Post?", gab sich Patricia entrüstet.

„Ich bin Anwalt – unter anderem", erwiderte der trocken und folgte seiner Jacke auf den Sessel. „Indiskretion gehört zur allgemeinen Jobbeschreibung."

„Ah, ja!", kommentierte die Psychologin ebenso trocken.

„Nein", wiegelte er freundlich ab, „die Karte ist eh an uns alle gerichtet. Und die Briefe könnt ihr gerne ignorieren. Die sind vom Einwohneramt und da war ich vorhin schon."

Charlotte beugte sich weit vor und angelte sich mit einem langen Arm die Post.

‚Gretings from Bhutan[32]' stand auf der bedruckten Seite in Englisch. Karl würde sie bewusst wegen dem fehlenden 'E' von 'greetings' ausgewählt haben. Die Bilder waren dem Land entsprechend exotisch, aber von minderer Qualität.

---

[31] lateinisch: „Hallo Freunde. Jemand zuhause?"

[32] englisch: „Grüße aus Bhutan"

Die Rückseite zierte eine riesige Briefmarke mit dem Konterfei eines jungen lächelnden Mannes – wahrscheinlich der derzeitige König.

‚Hallo, ihr Lieben', schrieb Karl. *‚Herzliche Grüße aus dem Himalaja. Wir sind gerade angekommen und treffen uns gleich mit Ariel. Die Luft ist hier unglaublich sauber. Und dünn! Entweder es ist die Nähe zum Himmel, oder meine Lungen brauchen Zeit. Ich sehe ständig Sterne. Ich freu mich auf den Urlaub. Karl'*

„Ja, ist lange her. LG Lysje', hatte Lissi schnörkellos unten angefügt.

Charlotte versuchte den Poststempel zu entziffern. Die Karte war etwas ramponiert, was die Sache nicht einfacher machte.

„Wenn ich das richtig lese, war die Karte zwei Wochen unterwegs", sagte sie dann.

„Muss wohl", erwiderte Septimus irritiert. „Immerhin wissen wir, wann sie hier aufgebrochen sind."

Das war dann doch zu offensichtlich. Charlotte wurde leicht rot im Gesicht. Sie reichte wortlos die Karte weiter an Patricia. Trotz Crassus' Hinweis, öffnete sie dennoch die zwei Briefe. Der eine war an 'Blanche Adele Grandchamp' adressiert und der andere an 'Lysje de Groot', jeweils mit dem selben Straßennamen. Nur die Hausnummer unterschied sich. Darauf hingewiesen, lächelte der Anwalt maliziös.

„Zwei nicht registrierte Personen unter der selben Anschrift? Das würde todsicher auffallen."

Die Briefe hatten jeweils den gleichen Wortlaut. Es wurde um baldiges Erscheinen im Amt gebeten, da die Personalpapiere fertiggestellt seien. Nur bei Lissi stand der Zusatz 'vorläufig'.

„Vorläufig?", fragte Charlotte dann auch und hielt den einen Brief hoch.

„Ein Kompromiss", nickte der Anwalt. „Die Holländer haben eine Prüfung zugesagt. Bei Lissi ist es also mehr eine Aufenthaltsgenehmigung über zwölf Monate. Dafür hat Perach'el jetzt ihre eigene ’Plastikkarte’."

„Sehr schön!", riefen Patricia und Charlotte im Chor.

„Ich werd sie dann mal holen", ergänzte die Psychologin und stemmte sich mit Elan aus der Sitzgruppe.

Der blinde Engel und ihre lebende Freundin saßen einträchtig nebeneinander an Perach'els großem Tisch und schwatzten, als Patricia an die Tür klopfte. Perach'el machte ihre Schreibübungen, während sie Mareike nebenher beibrachte, mit einer Feder zu schreiben, ohne das Blatt in Tinte zu ersäufen.

„Blanche, meine Liebe, Septimus ist da. Er hat etwas für dich." Sie wusste, dass Perach'el sich darauf freute, eine freie Bürgerin zu werden. Die Überraschung wollte sie nicht vorwegnehmen.

„Gibst du mir Geleit, Mareike?", fragte sie ihre Freundin.

„Klar", sagte die sofort, legte den Griffel aber erst einmal ganz vorsichtig ab, um sich dann so viel Tinte wie möglich von den Händen zu waschen.

Perach'el wartete geduldig an der Zimmertür, während Patricia schon vorausgegangen war. Mit ihrer Freundin am Arm betrat der blinde Engel dann das Wohnzimmer.

„Seid gegrüßt, Meister Crassus", sagte sie mit einem kleinen Knicks.

„Äh, hallo", grüßte Mareike und schaute etwas verwirrt. „Heißt Ihr nicht Dr. Kassler, oder so?", fragte sie dann direkt.

„Hallo, ihr zwei“, lachte Septimus. „Also, man kennt mich eher als Dr. Sebastian Krasselt. Du kannst mich aber auch Septimus nennen. Das wäre dann mein richtiger Name.“

„Und wenn du einmal Hilfe in Latein oder römischer Geschichte und Kultur brauchst“, ergänzte Charlotte, „dann ist das der richtige Mann dafür.“

Septimus saß mit einem zufriedenen Lächeln in seinem Sessel und ließ die Schülerin ihre eigenen Schlüsse ziehen. Es dauerte aber nur wenige Augenblicke ...

„Nee, oder?“, entfuhr es ihr. „Dann sind Sie doch Tausend Jahre alt, oder so.“

„Zweitausendfünfhundert, ... oder so“, erwiderte er lächelnd.

Mareike plumpste ihm gegenüber auf die Couch und starrte ihn mit offenem Mund an.

„So, es geht aber heute nicht um mich“, nahm er den Faden wieder auf. „Perach’el, mein Herz, es hat einen Moment gedauert, aber die Mühlen der Verwaltung mahlen nun mal nicht schneller.“

Er fingerte die kleine längliche Plastikkarte aus seiner Hosentasche und hielt sie ihr so hin, dass sie auch deutlich ihr eigenes Konterfei sehen konnte.

Perach’el kam neugierig näher und betrachtete das Stück eingehend. Sie traute sich nur nicht, zuzugreifen, und hielt vorsichtshalber die Hände hinter dem Rücken.

„Mareike, sieh nur. Nun ist auch mein Antlitz in ein kleines Bildchen gebannt.“

Die Angesprochene schüttelte den vorangegangenen Schock langsam ab und trat neben den Engel. Sie zögerte aber nicht und nahm Septimus die Karte ab.

„Sieh dich vor, Mareike", rief Perach'el erschrocken, „nicht, dass du das Bildchen verwischt. Es mag noch frisch sein."

„Ach, da passiert nichts", winkte die Schülerin ab. „Das Foto ist doch eingeschweißt."

„Foto? Im Schweiß? Ich versteh nit", stotterte Perach'el.

„Na, Foto. Dein Bild. So nennt man das halt", erklärte sie knapp. „Und dann machen die da was drüber, dass es nicht kaputt geht. Folie, oder so."

„Dein Wort soll mir genügen", antwortete Perach'el, immer noch etwas skeptisch. „Aber was ist es nun? Was macht es?"

„Diese kleine Karte nennt man 'Personalausweis', kam jetzt Septimus wieder zu Wort. „Neben dem Bild stehen noch dein Name, wann du geboren wurdest, und so weiter. Diese Karte sagt, dass du ein freier Bürger dieses Landes bist."

Mit zitternden Händen nahm sie Mareike andächtig den Ausweis aus der Hand.

Das kleine Bild war bei näherer Betrachtung nicht mehr ganz so scharf, wie es anfänglich aussah, zeigte aber deutlich genug eine junge Frau mit leicht gelockten hellen Haaren und einer schmalen Binde vor den Augen. Die vielen Buchstaben und Zahlen daneben und darüber konnte sie sicherlich schon benennen, doch tat sie sich noch schwer, alles zu lesen.

„Mareike, wärest du so freundlich, mir vorlesen, was auf dem ..." – sie schaute kurz zu Crassus – „Ausweis?" – der nickte bestätigend – „...was auf dem Ausweis geschrieben?"

„Zeig her", forderte die Schülerin zur Antwort. Sie ratterte dann die Informationen runter, während sie

Zeile für Zeile mit dem Finger anzeigte. Vorder- und Rückseite waren schnell vorgelesen.

„Wo genau liegt eigentlich Hundlingen?", wollte Mareike dann wissen.

„Nun, in Lothringen", antwortete Perach'el schulterzuckend. „Ich wüsst es nit besser."

„Habt ihr Internet?"

„Ich weiß nit?", sagte Perach'el und schaute Charlotte fragend an. „Haben wir derlei?"

„Hinten links, im Arbeitszimmer", wies der Engel den Weg. „Das Passwort steht auf dem Zettel, der am Monitor klebt."

„Cool", nickte Mareike. „Komm, Blanche, ich zeig dir, wie das geht."

Schon fast aus dem Zimmer, kehrte Mareike wieder um.

„Wie spät haben wir's eigentlich?"

„Kurz nach Vier", antwortete Patricia.

„Mist, ich soll um Fünf zuhause sein."

„Willst du kurz deine Mutter anrufen und fragen, ob es auch später sein kann?", schlug Septimus vor.

„Sie hat es nicht so gerne, wenn ich spät noch draußen bin. Und es wird ja schon früh dunkel", wendete Mareike ein.

„Oh, wie schad", seufzte Perach'el.

„Na, und wenn du einfach über Nacht bleibst?", warf Charlotte ein.

Perach'el klatschte begeistert in die Hände.

„Ich wär so froh darob, Mareiken. Bitte frage deine Frau Mutter."

Die Idee gefiel der Schülerin. Also hatte sie schneller, als Jesse James seinen Revolver, ihr Handy aus der Hosentasche und die Verbindung getippt.

„Ja, Mama", stöhnte sie genervt nach einiger Diskussion, „ich frage." Sie wendete sich an die anderen im Raum: „Habt ihr Nachthemd und Zahnbürste für mich?", fragte sie verdrossen.

„Kein Problem", nickte Charlotte.

„Kein Problem, sagt Charlotte", teilte sie ihrer Mutter mit. ... „Der Engel?" ... „Mama, du überdramatisierst! Chill mal!" ... „Is ja gut", und wieder an Charlotte: „Irgendwas zu Essen habt ihr für mich auch, oder?"

„Natürlich. Karl muss ja auch essen", erwiderte der Engel amüsiert.

„Wenn du möchtest, kann ich zum Essen hier bleiben und dir Gesellschaft leisten", schlug Patricia vor.

„Also, es gibt auch was zu essen", meldete Mareike ihrer Mutter und zeigte der Psychologin Daumen hoch. „Juhu", jubelte sie halbherzig und trennte die Verbindung. „Mann, ist die anstrengend", schnaufte sie halblaut.

„Sie sorgt sich um dein Wohl", bemerkte Perach'el tadelnd.

„Ja, ich weiß", gab die Schülerin klein bei.

„Schwamm drüber", entschied Charlotte, „geht ihr nach hinten. Und wenn du Hunger bekommst, meldest du dich", schlug sie vor.

Das ließen sich die Mädchen nicht zweimal sagen und verschwanden Richtung Arbeitszimmer, um Blanches Geburtsort zu suchen.

„Das wäre geklärt", seufzte Charlotte. „Sag mal" – an Septimus gewandt – „war das mit dem Ausweis sehr schwierig?"

„Ach, nicht wirklich", antwortete der Anwalt gelassen. „Es gibt genug Fallbeispiele für die einzelnen Aspekte. Fehlende Geburtsdaten, fehlende Augen, alles kein Problem. Nur an ihrer Unterschrift musste sie ja bekanntermaßen etwas üben.“

„Und du hattest erwähnt, dass Herr Nolte Lissis Fall noch beenden will, bevor er im Ruhestand ist.“

„Genau. Und ich kann mir denken, dass die Niederländer den Fall auch schnell vom Tisch haben wollen.“

„Wer mag schon Kartei-Leichen?“, kicherte Patricia.

KAPITEL 6

Ich hatte in meinen über dreißig Lebensjahren schon so einiges an Wetter erlebt, aber das Wetter hier im Himalaja war wirklich ungewöhnlich.

Es schneite seit fast zehn Tagen ununterbrochen. Es stürmte seit drei oder vier Stunden wie blöd. Und genauso plötzlich riss der Himmel auf und die Sonne schien.

Wir waren nur wenige Minuten an dem Gebetstürmchen vorbei, als der Sturm unvermittelt nachließ und die Wolkenberge von einem kräftigen Höhenwind über das Gebirgsmassiv gedrückt wurde.

Die Sonne schien genau genommen auch schon nicht mehr ins Tal hinein. Es war ja bereits Abend. Aber die Bergspitzen bekamen noch reichlich Licht ab und strahlten, wie aus Kupfer gehämmert. Ich musste einen Moment stehen bleiben, um das Schauspiel wenigstens kurz genießen zu können.

Lissi bemerkte mein Zögern und drehte sich zu mir um. Jigme, der hinter ihr lief, stoppte jetzt auch und schaute nach mir. Er lächelte breit, als er sah, wohin mein Blick gewandert war.

„Ah, ja! Die Götter sind uns wohlgesonnen und gönnen uns noch diese schöne Aussicht."

„Einfach nur fantastisch", murmelte ich hingerissen.

„Na, komm, Karl!", forderte Lissi und zupfte mich behutsam am Ärmel. „Die Wärme wartet auf uns."

„Zumindest auf mich", lachte ich, nachdem ich mich von dem Panorama losreißen konnte. „Ihr, Jigme, habt doch bestimmt einen Trick gegen die Kälte."

„Ich kenne keine ... Tricks, Herr Karl“, erwiderte der Mönch lächelnd. „Die Kälte ist auch mir unangenehm.“

„Na gut. Und da meine Freundin keine Wärme braucht, bleibt immer noch mehr für uns“, schloss ich schulterzuckend.

„Charmant wie immer“, grinste Lissi. Sie legte mir einen Arm um die Schulter und wir liefen weiter. Es war immer noch ein ganzes Ende bis zum Kloster, aber bei so ruhigem Wetter, wie wir es jetzt mittlerweile hatten, schien unser Ziel nicht mehr so unerreichbar.

Dennoch war es fast dunkel, als wir endlich durch eine kleine niedrige Tür traten, die in ein großes hölzernes Tor eingelassen war.

Der rechteckige Hof wurde von einfachen Lampen an den vier Ecken erleuchtet. Das Kloster hatte offensichtlich Strom. Ach, ja. Es hatte ja auch den Sendemast auf dem Dach, wie mir wieder einfiel. Ein geschäftiges Treiben empfing uns, jedoch kein Lärm. Leise hörte man einen vielstimmigen Männerchor, der irgendwo in dem Gebäudekomplex betete. Mit gleichbleibender sonorer Tonlage wurden die heiligen Texte in einem Rhythmus rezitiert, der sich mir noch nicht erschloss, aber durchaus fesselnd war. Die Mönche, die uns begegneten, gingen ihrer Arbeit meist schweigend nach, wobei sie alle eine innere Ruhe ausstrahlten, die mir fast ein wenig Neid abnötigte.

Bei unserem ersten Besuch des Klosters, kurz nach unserer Ankunft, haben uns hier nicht viele Menschen zu Gesicht bekommen. Ariel hatte das mit dem Abt so abgesprochen. Dementsprechend schauten uns jetzt nicht wenige etwas erstaunt an.

Natürlich sorgte in erster Linie Lissi für Aufsehen. Sie war ja immerhin 'Tara drolma'.

Ich beiß dich, Karl, knurrte sie in die Stille unseres Geistes.

Ist's schon wieder so weit, neckte ich sie.

Dieses Tara-Trara geht mir jetzt schon auf die Nerven.

Ich kicherte leise.

Am Eingang zu einem Gebäudetrakt stoppte der Mönch.

„Es ist schon spät", begann er. „Ich ... ist es in eurem Sinne, Zimmer für die Nacht herzurichten?"

Lissi und ich schauten uns kurz an.

„Das wäre ausgesprochen freundlich", sagte ich mit einer kleinen Verbeugung.

Jigme trat einem sich nähernden Mitbruder höflich aber bestimmt in den Weg, grüßte freundlich und redete kurz auf ihn ein.

Der andere Mönch neigte kurz sein Haupt und verschwand mit zügigem Schritt.

„Ich werde euch jetzt erst einmal zum Khenpo[33] bringen. Er erwartet meinen Bericht und möchte gerne selbst ein paar Worte mit euch wechseln."

Wir wurden also in das Innere des Klosters geleitet. Der blanke Neid eines jeden Touristen würde uns auf ewig nachschleichen. Uns war es vergönnt, Räume und Kunstwerke zu sehen, die sonst nur die Mönche – und von denen auch nicht alle – zu sehen bekamen.

Zuerst führte uns der Weg aber am Tempel vorbei, von dem auch der Gebetsgesang ausging. In einer säulengetragenen Halle saßen die Mönche, mit ihren

---

[33] Khenpo ist der Abt eines bhutanischen Klosters.

kahlgeschorenen Köpfen und in die typischen roten Umhänge gehüllt, in mehreren Reihen. Völlig abgewandt von dieser Welt waren sie in ihr Abendgebet vertieft, aber in der Gewissheit, dass der riesige liegende Buddha an der Stirnseite des Saales ein freundliches Auge auf sie hat.

Wir wurden nicht bemerkt und setzten unseren Weg fort. Über enge Holztreppen arbeiteten wir uns in die oberste Etage des Hauses vor, bis wir vor einer schmucklosen Tür hielten.

Jigme klopfte kurz und trat ohne längeres Zuwarten ein.

„Bitte wartet kurz“, wies er uns an, bevor er die Tür hinter sich schloss.

Die Moderne hatte in Form einzelner weniger Glühbirnen Einzug in das klösterliche Leben gehalten. Wir standen also nicht im Dunkeln. Wir mussten aber auch nicht allzu lange warten, bis sich die Tür wieder öffnete und Jigme uns hereinbat.

Khenpo Lobsang Dawa, der gegenwärtige Abt des Klosters, war ein Mann in den späten Sechzigern. Mit einer Lesebrille auf der Nase, die immer wieder herunterrutschen wollte, saß er im Schneidersitz vor einem niedrigen Tischchen, auf dem sich mehrere Papierstapel drängten.

„Ah, meine europäischen Gäste“, grüßte er mit einem breiten Lächeln im Gesicht und ebenfalls fast akzentfreiem Deutsch. „Seid herzlichst Willkommen im Kloster Lhuentse!“

„Ich finde das ungerecht“, nörgelte ich. „Alle Menschen können besser Deutsch, als wir die anderen Sprachen.“

Der Khenpo lachte aus vollem Halse und klopfte sich begeistert auf die Schenkel.

„Ariel hat recht“, sagte er, während er sich eine Träne von der Wange wischte, „Ihr sagt immer frei heraus, was Euch in den Sinn kommt.“

„Weswegen er bei uns auch den Spitznamen Dewer’el bekommen hat, die Pest Gottes“, fügte Lissi an. „Und nebenbei: Vielen Dank für die Gastfreundschaft.“

„Setzt euch doch, bitte“, forderte er uns gut gelaunt auf.

Wir machten es uns also auf den Sitzkissen bequem, die vor dem Tischchen lagen. Nicht nur mein Hintern war von der Ruhepause sehr angetan.

Der Abt läutete mit einem kleinen Glöckchen, worauf augenblicklich ein sehr junger Mönch hereinschaute. Der Alte sprach kurz mit dem Jungen, der gleich wieder verschwand.

„In wenigen Minuten bekommt ihr einen wärmenden Tee. Das Wetter ist ja auch grauenvoll.“

„Vielen Dank, Khenpo“, sagte ich, erleichtert, dass auch für meine inneren Organe gesorgt würde. „Ich muss aber doch noch einmal fragen, woher Ihr so gut Deutsch könnt.“

„Nun, ich war in den 80er Jahren für fast ein Jahr mit einer Delegation der Himalaja-Staaten in eurem schönen Land.“ Er langte hinter sich und zog ein paar Fotos aus einem überquellenden Bücherregal. „Schaut!“

Zusammen mit anderen war er vor dem Brandenburger Tor in Berlin zu sehen, vor dem Hofbräu Haus in München, aber auch in einem landwirtschaftlichen Betrieb und anderen Einrichtungen. Ein Foto allerdings zeigte ihn allein in seinem roten Überwurf, aber mit Handschuhen und auf Skiern.

Wir unterhielten uns lange. Über seine Zeit in Deutschland, was sich verändert hat und was seine Heimat Bhutan seitdem verändert hat. Der zwischenzeitlich servierte Tee wurde noch zwei weitere Male aufgebrüht, bis wir uns selbst unterbrachen und einen Moment unseren Gedanken und Erinnerungen nachhingen.

„Freund Jigme, sei so gut und berichte mir von deinem Besuch beim Bauern Jantsho und seiner Familie", raffte sich der Abt dann wieder auf.

„Gern, Lopon", antwortete der mit einer Verbeugung. Er erzählte dann ohne große Ausschweifungen, aber ausführlich, von seinen Erkenntnissen. Er ließ dabei weder aus, dass Lissi ihn zwei Drittel des Weges den Berg hoch getragen hatte, noch das 'Tara-Problem'.

„Hm, sie erkennen in Euch also die Weiße Frau", sinnierte er nachdenklich, während er sich mit einer Hand über den kahlen Kopf strich. „Nun, Euer Aussehen unterstreicht das natürlich. Und unsere Religion ist sehr flexibel, was die Details unserer Heiligen anbelangt."

„Jigme sagte schon, dass man die Menschen wohl eher nicht davon abbringen kann, sich jedesmal hinzuwerfen, wenn sie mich sehen", seufzte Lissi.

„Die Tara Drolma ist bei uns sehr beliebt", entgegnete der Abt lächelnd, „besonders bei den einfachen Menschen."

„Sie ist nicht nur die weibliche Emanation Avalokiteshvaras. Sie symbolisiert ebenso die Güte und Hilfsbereitschaft", ergänzte Jigme.

„Und was mir bis jetzt zu Ohren gekommen ist, entsprecht Ihr auch in Eurem Handeln diesem Bild", setzte Khenpo Lobsang sanft nach. „Ihr sammelt viel gutes Karma!"

„Ich habe noch viel Schlechtes auszugleichen", brummte sie unzufrieden.

„Freund Ariel hat mir auch von der Zeit zwischen Eurer Wandlung und Eurer Entscheidung für die gute Seite berichtet", erwähnte der Abt vorsichtig.

Lissi, die gerade noch die Teetasse in ihrem Schoß angestarrt hatte, sah ihn scharf an.

„Was hat er erzählt?", blaffte sie gepresst.

„Ah, ich sehe", merkte er verstehend an. „Die Abneigung beruht auf Gegenseitigkeit. Aber beruhigt Euch, bitte. Ariel bewundert Euch."

„Ich glaube ja so einiges, aber das definitiv nicht", knurrte Lissi abschätzig.

„Hat er das tatsächlich gesagt?", wollte ich wissen.

„Er würde es niemals offen sagen", gluckste der alte Mönch, „aber ich kann gut beobachten und zuhören. Glaubt mir, ihr zwei habt ihn sehr beeindruckt – wenn auch immer wieder irritiert!"

„Das ist Karls Verdienst", kommentierte der Vampir, ohne eine Miene zu verziehen.

Ich sah sie durchdringend von der Seite an.

„Danke, Schatz", erwiderte ich trocken.

Ein breites Grinsen teilte ihr Gesicht.

„Was denn? Ist doch so."

„Ah-ha?!"

„Ich hab immer nur die Träumer getötet, aber du hast ihn direkt angegriffen."

„Ist doch gar nicht wahr", wehrte ich mich.

„Unser letztes Treffen beim Buch? Wer wollte ihn in eine andere Dimension schießen?"

„Ja, ist ja schon gut. Hatte ich vergessen", gab ich klein bei. Den Vorfall hatte ich wirklich vergessen.

Wo Jigme bei diesen Offenbarungen fast die Augen aus dem Kopf fielen, hatte der Abt nur ein feines Lächeln auf den Lippen, während wir noch ein bisschen rumstichelten und uns, wie lange nicht mehr, in Frotzeleien ergingen.

„Jigme, mein Freund, du musst noch viel lernen", kommentierte er den schockierten Gesichtsausdruck des Jüngeren. „Und Ihr, Frau Lysje, seid im Grunde eine warmherzige junge Frau."

Lissi sah jetzt mich durchdringend an.

Ich biss mir auf die Zunge.

„Euer raubtierhaftes Wesen prägt Euch. Sicherlich. Aber der Mensch in Euch behält die Oberhand", fuhr der Abt unbeirrt fort.

„Na, mach endlich deinen Spruch", nörgelte Lissi mich an.

Ich schaute mit großen unschuldigen Augen zurück.

„Untoter Vampir? Warmherzig? Widerspruch?", seufzte sie.

„Ich würde niemals ...“

„Ach, halt die Klappe!", knurrte sie.

Ich kicherte leise.

„Ihr seid für einander geschaffen, sagt Ariel", bemerkte der Abt.

„Das wurde uns auch gesagt", erwiderte ich zurückhaltend.

„Ihr liebt euch."

Wir schauten uns einen Moment lang an. Dann zuckte ich abwiegelnd mit den Schultern.

„Na ja, doch."

„Irgendwie schon", stimmte auch Lissi zu.

„Aber wir teilen uns ...“

„... ja auch einen Geist", beendete sie meinen Satz.

Das Lachen Lobsangs hallte dröhnend durch die obere Etage des Hauses. Der Novize, der uns mit Tee versorgt hatte, steckte seinen Kopf zur Tür herein und schaute uns verwundert an.

Der Abt wurde immer wieder von Kichern geschüttelt, brachte es aber fertig, den Jungen nach seinem Anliegen zu fragen. Nach dem kurzen Wortwechsel wendete sich Khenpo Lobsang wieder uns zu.

„Neuigkeiten, meine Freunde", sagte er ernster. „Der Junge ist wieder aufgewacht, hat etwas zu sich genommen, schläft aber wieder. Und eure Kammern sind für die Nacht bereitet."

„Wo Ihr es sagt, ich bin doch sehr müde", merkte ich an. Ein Gähnen war nur mit Mühe zurückzuhalten.

„Ich nicht", hielt Lissi dagegen.

„Na, wie auch, Scherzkeks", schnaubte ich. „Jetzt kann ich ja mal meinen untoten Lieblings-Vampir erwähnen."

„Da bin ich ja mal gespannt", sagte sie munter und rutschte an mich heran, um mir mit großen schwarzen Augen ins Gesicht zu gucken.

„Meine Freunde", unterbrach der alte Mönch amüsiert, „lasst uns den Abend für heute beenden. Ich muss für morgen den Hubschrauber bestellen. Und ein wenig Beten würde Jigme und mir bestimmt auch gut tun."

Der nickte bestätigend. Also verabschiedeten wir uns für die Nacht und ließen uns von dem Novizen zu unseren Quartieren bringen.

Diesmal war es Lissi, die wenig Begeisterung zeigte, als der Junge ihr eine kleine Kammer zuwies und mich den Gang entlang weiter zog, zu einem anderen Raum. Sie sagte nichts, auch wenn der junge

Mönch ganz passabel Englisch sprach. Sie sah uns nur hinterher.

+++++

‚Die Rubinfelder' wurden sie ab dem Tag genannt, als man in das abgelegene Tal mit dem Dorf der Reisbauern kam und kein Leben mehr vorfand.

Am Tag zuvor, nachmittags, die Bauern waren noch auf den Feldern beschäftigt, die Kinder wurden gerade von dem Kleinbus abgesetzt, mit dem sie jeden Tag zur Schule fuhren, endete die Welt hier abrupt.

Die alte Frau war den Berg etwas höher gestiegen, um Kräuter für das Abendessen zu sammeln. Sie hatte sich mit ihrer Schwiegertochter auf ein Essen geeinigt und eine der Zutaten war nun einmal nur weiter oben knapp unter den Drachenhöhlen zu finden.

Sie hatte sie nicht gehört. Es waren auch keine Drachen, die sie sah, als sie sich mit dem Büschel Kraut in der Hand wieder aufrichtete.

Er überragte sie um mindestens zwei Köpfe und starrte sie mit seinen kleinen schwarzen Äuglein böse an. Ein breites Grinsen mit langen Reihen spitzer Zähne teilte dann sein Gesicht. Die stumpfe dunkelgraue Rüstung hatte die Abendsonne nicht reflektiert. Etwas anderes blitze kurz auf, bevor sie die Schwärze des Todes umfing.

Das Grauen rollte geräuschlos und gnadenlos den Berg hinunter und umfasste das ganze Tal. Die Schreie der Sterbenden verhalten ungehört.

Der Fahrer des Schulbusses, der jeden Tag zweimal die Straße durch die enge Schlucht zum Tal fuhr, bemerkte am nächsten Morgen als Erster, dass etwas nicht stimmte. Keines der vier Kinder stand an der

81

Straße und wartete. Einmal waren alle krank, da stand aber ein Erwachsener an der Stelle, um in zu informieren. Heute nicht. Und das Wasser der Reisfelder war seltsam rot. Das war ihm vorher noch nie aufgefallen.

Sein Zeitplan war aber zu eng. Er würde also gleich dem Schuldirektor berichten, der jemanden in das Dorf schickte.

So fuhr dann schon gegen Mittag ein Politkommissar aus dem Büro des Bürgermeisters die Schotterstraße hoch, um die Eltern der Kinder zu ermahnen. Er war sich sicher, dass die Kinder bei der Feldarbeit helfen mussten. Das kam hier häufig vor.

Er fand sie auf dem Weg, der von der Straße weg zu den Häusern der Bauern führte. Er brauchte nicht näher herangehen, um zu erkennen, dass sie ihr Schulzeug dabei hatten. Die Bücher und Hefte lagen verstreut im Staub – und in den rostroten Lachen, die sich um die zerfetzten Körper gebildet hatten.

Der Mann übergab sich lautstark, bevor er mit zitternden Händen sein Mobiltelefon aus der Jacke zog, um seine Vorgesetzten zu informieren.

Während sich die Verbindung langsam aufbaute, bahnte er sich vorsichtig einen Weg um die toten Kinder und ging weiter auf das Dorf zu.

Als er am Rand der Reisfelder angekommen war, stand die Verbindung – und er wusste, dass er nicht weitergehen musste. Das Blut derer, die bis vor kurzem noch bei der Reisernte waren, hatte das Wasser der Becken rot gefärbt. Überall konnte er einzelne Körperteile erkennen, die in der Brühe schwammen. Mit Mühe konnte er den erneuten Brechreiz unterdrücken, um der Büroleitung mit bebender Stimme zu erklären, dass hier wahrscheinlich alle tot sind. Er bat darum, umgehend die Polizei herzuschicken.

Als ihm Unglaube entgegenschlug und er quasi als Spinner dargestellt wurde, rastete er aus.
Spinner dargestellt wurde, rastete er aus.

Er kreischte ins Telefon. Er drohte, sofort Militär oder Presse zu benachrichtigen. Vielleicht auch gleich beide. Das verschaffte ihm Aufmerksamkeit. Ihm war klar, dass wenigstens die Presse hiervon tatsächlich nie erfahren durfte.

Irgendwo in seinem Auto hatte er noch eine Flasche Reisschnaps. Hier konnte er nichts mehr tun.

+++++

Charlotte schreckte aus dem Schlaf. Die grausigen Szenen hatte sie noch klar im Kopf. Sie presste sich die Handballen auf die Augen. Sie wusste nur zu gut, dass das nichts brachte. Aber vielleicht änderte sich das ja irgendwann. Heute war jedenfalls nicht der Tag.

Es war noch dunkel draußen. Die Silhouette des Mädchens, dass auf der Bettkante saß, konnte sie dennoch problemlos zuordnen.

„Ihr träumtet bös", vermutete Perach'el richtig. Sie legte Charlotte zärtlich eine Hand auf die Wange.

„Ja", hauchte sie. „Ich sehe, was passiert. Ich sehe, dass die Daboli einzelne Dörfer auslöschen, alles Leben vernichten. Aber ich sehe es, wenn es gerade geschieht. Ich kann nichts tun."

„Seid stark, Charlotte", beschwor Perach'el sie. „In bälde werdet Ihr es praespizieren[34]. Ich bin dessen sicher."

„Danke, kleine Blume", erwiderte Charlotte. „Deine Zuversicht tut gut."

---

[34]   alt für: „voraussehen" (von lat.: praecipere)

„Ich vertraue auf den Schöpfer. Er vermag uns auch in dunkelster Stund lenken.“

Charlotte griff sich sanft die Hand des blinden Engels und drückte sie.

„Halte dieses Vertrauen ganz fest. Wir werden es brauchen können.“

„Seid Ihr nicht firm im Glauben an den Herren?“, fragte Perach’el verwundert. „Ihr seid ein Engel.“

„Mein Glauben ist erschüttert, kleine Blume. Spätestens nachdem ich erfahren durfte, dass mein Schöpfer ein anderer war.“

„Ihr sprechet vom Buche“, sagte sie nickend. „Lysje gab mir Kund davon.“

„Und so bin ich ein Teil der himmlischen Heerscharen, aber gleichzeitig nicht SEIN Geschöpf. Ein Widerspruch, der mich beschäftigt.“

„Hm, angelegentlich kunnet Ihr mit eurem Mentor eine solutio suchen“, schlug Perach’el vor.

„Das werde ich“, sagte Charlotte fest. „Warum bist du eigentlich wach?“, fragte sie nach einem Moment des Schweigens.

„Ich spürte, Ihr seid ohn Ruh“, antwortete Perach’el leise. „Ihr wisst“, und sie tippte sich an die Stirn. Sie hatte es über ihren Geist gespürt. Sie war in den letzten Wochen immer empfindsamer geworden, was den Gemütszustand ihrer Mitbewohner anbelangte.

Charlotte hatte sich so etwas gedacht. Sie nickte bestätigend.

„Ich denke, jetzt, wo ich wach bin, kannst du dich wieder hinlegen. Es ist noch eine Weile dunkel.“

„Das werd ich gern tun“, erwiderte sie und erhob sich langsam.

„Perach’el?“

„Ja, Charlotte?“

„Ich geh in Kürze mal raus, für deine Freundin Brötchen holen."

„Ja?"

„Es ist der erste Adventssonntag."

„Worauf wollt Ihr hinaus?"

„Möchtest du in die Messe?"

Ihr Kopf senkte sich. Erinnerungen wurden wach. Aber es waren freudvolle Erinnerungen. Sie lächelte.

„Das wäre schön."

KAPITEL 7

Ich hatte mich in meiner Kammer eingerichtet, soweit es ging. Das Bett war halbwegs komfortabel – für ein Kloster. Aber wenigstens hatte ich eine warme Decke und ein ... nennen wir es mal 'Kissen'. Alles in allem konnte ich mich nicht beklagen. Zumindest zog es nicht.

Lissi sah das momentan anders. Sie lag auf ihrer Pritsche und dachte über ihre Situation nach. Suboptimal, schoss ihr als Vokabel durch den Kopf. Was sie wirklich störte, war ihr ohne langes Grübeln sofort klar. Das ließ sich auch genauso schnell ändern.

Entschlossen stand sie auf, warf sich die Steppdecke über die Schulter und trat auf den Gang.

Der Mönch, der für die Nachtwache eingeteilt war, glotzte sie mit großen Augen an.

Lissi wusste genau, wohin sie wollte. Sie wusste immer, wo ich mich aufhielt. Sie lief den Gang zielstrebig hinunter.

Der Mönch flüsterte ihr lautstark etwas hinterher. Sie wedelte ungehalten, als wolle sie ein lästiges Insekt vertreiben, mit einer Hand und ging weiter. Bhutanisch konnte sie eh nicht.

Der Mönch schob sich energisch an ihr vorbei und versperrte den Gang. Jetzt versuchte er es mit Englisch.

„You not go this way[35]“, sagte er bestimmt.

Da hatte Lissi jetzt keinen Bock drauf. Sie war fast einen Kopf größer als er. Das würde sie schamlos ausnutzen und baute sich entsprechend vor ihm auf.

---

[35] englisch: „Du nicht gehen dortlang“

Langsam fletschte sie die Zähne und fixierte den Mönch mit ihren nachtschwarzen Augen.

Der wurde so blass, wie es seine Hautfarbe zuließ, wich aber nicht zurück.

„Not this way", murmelte er kaum noch verständlich.

Weit hinten aus der Kehle holte sie ihr tiefstes tierisches Grollen. Als sie sich dann noch über ihn beugte, war sein Widerstand gebrochen. Er trat hastig zur Seite.

„Thank you[36]", knurrte sie und ging weiter. Zum Glück musste sie keine Gewalt anwenden.

Einmal am Ziel machte sie sich nicht mehr die Mühe zu klopfen. Die Zellen hatten eh keine Schlösser an den Türen, die ihr noch im Weg hätten sein können. Sie öffnete einfach und trat ein.

„Rutsch mal", brummte sie mich an.

Ich tat, wie mir geheißen. Sie schmiss kommentarlos die Decke auf das Bett – und auf mich – und legte sich neben mich. Sie ruckte sich zurecht, bis sie in meiner Armbeuge und dem Rücken zu mir lag.

„Gab's Probleme?", fragte ich vorsichtig.

„Ich hab dem Nachtwächter nur freundlich angedeutet, dass es gesünder ist, wenn er mir aus dem Weg geht", knurrte sie.

„Dann konnte er sich ja glücklich schätzen, dass du so gute Laune hattest", lachte ich.

„Ach, halt einfach die Klappe", sagte sie tonlos. Ich spürte aber, dass sie lächelte.

Ich zog die zwei Decken zurecht und schmiegte mich fest an sie.

---

[36] englisch: „Danke"

„Ich liebe dich auch", hauchte ich ihr ins Ohr und
küsste sie auf den Hals.

Wenig später war ich eingeschlafen.

In der körperlichen Welt Haut an Haut ruhten wir in
der Traumwelt Geist in Geist. Ansatzlos flossen wir
ineinander und wären heute wohl auch an den Rändern kaum als zwei Wesen zu erkennen.

Lissi hatte die Trennung am Anfang unseres Urlau-
bes gebraucht, um sich selbst zu finden. Vielleicht lag
hier der eigentliche Unterschied zwischen Mann und
Frau. Wenigstens – von allen Äußerlichkeiten einmal
abgesehen – war es unser wesentlicher Unterschied.

Sie musste über alles erst einmal nachdenken, traute
aber manchmal auch ihrem eigenen Schatten nicht.
Ich hingegen nahm eine Situation, wie sie mir vor die
Füße fiel. Dann war immer noch genug Zeit, sich
damit auseinander zu setzen. Zur Not hatte ich meine
Intuition.

Wenn ich das Buch und alle anderen richtig inter-
pretierte, hätten wir wohl von Anfang an nur eine
Person sein sollen. Meine Intuition sagte mir, dass wir
wahrscheinlich zu unserer eigenen Sicherheit über die
Jahrtausende voneinander getrennt auf diesen Punkt
hingeführt wurden.

Aber jetzt waren wir zusammen – und konnten uns
lieben. Diese Gedanken gab ich Lissi auf unserem
'Marktplatz' – ein anderes Wort fiel mir nicht ein –
zur Begutachtung.

Erst schwebte ein Fragezeichen in Grau durch unseren Geist. Dann flackerten Gedanken und Bilder in
vielen erdenklichen Farben auf, bis die Farbampel
quasi auf Grün sprang und sie verstanden hatte.

Wir sind wirklich eins, dachte sie staunend.

Aber zwei Körper!, ergänzte ich. *Weißt du, was das Schöne daran ist?*

Sag!

In einem Körper wären wir wahrscheinlich so selbstverliebt, dass wir nichts zustande bringen könnten. So aber können wir uns lieben und bewundern.

Bewunderst du mich?, fragte sie amüsiert.

Die Schönheit deines Körpers und deines Geistes, ja, antwortete ich ohne Zögern.

Warme weiche Wellen aus Liebe und Zärtlichkeit durchströmten uns, bildeten einen langsamen Strudel in unseren Geistsphären, von dem wir uns mitziehen ließen, in dem wir uns treiben lassen konnten. Sie und ich vereint zu einem Wir, das nicht zu unterscheiden braucht.

In sich ruhende Liebe. Wir hatten uns gefunden und waren glücklich.

Oh, welch prächtig Farbspiel wird mir zuteile. All-wie Charlotten mir berichtet.

Ich hätte mich fast aus der Traumwelt herauskatapultiert und wäre aufgewacht, hätte Lissi mich nicht festgehalten.

Ist das nicht ...?, gab ich verblüfft von mir.

Ja, scheint so, erwiderte Lissi. *Hallo, Perach'el!*

Liebste Lysje, Ihr seid es in der Tat. Ist Karl nahbei?

Sicher, kleine Blume, beantwortete ich die Frage. *Magst du hereinkommen?*

Der Älteste Azrael lehrte mich jüngst, einen Raum schaffen. Wenn ihr herüber kummen möget?

Nicht nur hatte sie das Motiv mit der Bauernstube wieder aufgegriffen, sie hatte sich auch selbst verändert. Uns empfing ein nahezu leuchtender Engel mit strahlend blauen Augen und schlanken Flügeln. Das Gefieder war makellos weiß, wie das Hemd, dass sie trug.

„Wow", konnte ich es mir nicht verkneifen, „du siehst fantastisch aus."

Perach'el drehte sich mädchenhaft ein paar Mal im Kreis, damit wir sie von allen Seiten bewundern konnten.

„Gefall ich euch?", fragte sie aufgekratzt.

„Böses Mädchen!", schollt Lissi mit erhobenem Finger. „Gefallsucht ist eine Sünde." Ihr breites Grinsen konnte auch Perach'el nicht übersehen.

Der junge Engel zog eine Schnute und schmiss sich mir an den Hals.

„Schickt jene garstig Frau hinfort, lieb Karl", quengelte sie.

„Das kann ich leider nicht, mein Schatz", seufzte ich. „Aber sag, ist das dein früheres Aussehen?"

„So ist es", sagte sie stolz. „Der Älteste hat mich auch dies gelehret."

„Ich bin beeindruckt."

„Und findet Ihr meinen irdischen Körper noch immer schön?"

„Ja, trotz allem", erwiderte ich fest. „Aber, was bringt dich eigentlich zu uns?"

„Nun, ich sah euer Leuchten in der Ferne und folgte meinem Sehnen eurer Nähe."

„Das ist lieb", kommentierte Lissi freundlich. „Gibt es Neuigkeiten von zuhause?"

„Ich habe jetzt einen Ausweis!", verkündete sie stolz.

„Ah, das ist fein. Ich hätte nicht gedacht, dass es so schnell geht", sagte ich. „Und auch sonst ist alles in Ordnung?"

„Charlotte träumt gar grausiges Geschehen“, berichtete sie nachdenklich. „Sie sagte es mir nit in personam, doch lernte ich, dass der Menschen gar viele zu Tode bracht werden. Vun dero Dabol hört’ ich wispern.“

„Das klingt nicht gut“, murmelte Lissi. Ich schaute sie abschätzend an.

„Urlaub beendet?“, fragte ich sie.

„Ich werde Charlotte mal ausquetschen.“

Perach’el zuckte erschrocken.

„Ausquetschen?“

„Befragen, Perach’el“, antwortete Lissi.

„Das ist eine Redewendung“, ergänzte ich.

„Oh, mir ward schon bang.“ Sie hatte ihre Angst aber schnell wieder beiseite geschoben und wippte auf den Ballen. Sie summte leise ein Lied und sah sich staunend an ihrem selbstgeschaffenen Traumort um.

Ohne uns abzusprechen, traten Lissi und ich gleichzeitig auf den Engel zu. Perach’el quietschte, als wir sie gemeinsam fest drückten und gleichzeitig küssten.

„Geh zu deinem Körper zurück“, schlug Lissi vor. „Du bist mit den Gedanken eh zu weit weg.“

„Ja, das mag so sein“, kicherte Perach’el.

Wir winkten kurz und zogen uns zurück, während Perach’el ihren Traumort auflöste und sich dann in ihrer Geistsphäre wie ein hoppelndes Häschen auf den Rückweg machte.

Sie ist so süß, wenn sie so losgelöst kindlich ist, stellte ich amüsiert fest.

Losgelöst kindlich?, hakte Lissi nach.

Mir fiel kein anderes Bild ein, erwiderte ich nachdenklich. *Aber sie ist sonst eher zurückhaltend, oder? Nur manchmal lässt sie halt los und ist wieder ganz Kind.*

Was sie wahrscheinlich schon zu Lebzeiten kaum sein konnte, stimmte Lissi mir zu. *Ich werd dann mal Charlotte besuchen.*

O.k., und ich bleib hier und pass auf deinen Körper auf.

Ja, klar.

Nicht, dass die Bauern kommen und ihre 'Tara drolma' klauen, grinste ich.

Sie wollte mir eine mit ihrer Kraft verpassen, aber ich war ja noch mit ihr in einer Sphäre gebunden. Die Aktion wäre nach hinten losgegangen. Also knurrte sie mir laut in meine Traumohren und löste unsere Verbindung.

Ich zog mich in meinen Körper zurück. Lissi lag still in meinen Armen. Ich drückte sie fester an mich und vergrub mein Gesicht in ihrem Nacken. Der Duft ihres Haares führte mich in einen traumlosen Schlaf.

Perach'el war wieder wach. Ihr nächtlicher Ausflug zu Karl und Lysje war aufregend und beruhigend zugleich. Sie hatte ihre Fähigkeiten verbessert, hatte das wundervolle Leuchten ihrer verliebten Freunde gesehen und war beruhigt, dass sich die Zwei wieder gefunden haben. Sie hatte mit Charlottes Traumvisionen schon genug Aufregung.

Sie entspannte sich weiter und kuschelte sich enger an ihre junge Menschen-Freundin heran.

Obwohl beinahe im gleichen Lebensjahr hatte Mareike schon so viel mehr von der Welt gesehen als sie und war dennoch kaum mehr als ein Kind. Perach'el konnte jedes Mal nur staunen, wenn die Schülerin von ihren Reisen erzählte. Sogar mit der Schule war sie schon zweimal verreist. Sie selbst würde das irgendwann einmal nachholen.

Mareikes Brustkorb hob und senkte sich mit ihren regelmäßigen Atemzügen. Perach'el spürte auch ihren langsamen Herzschlag. Etwas, das sie selbst nicht mehr hatte. Auch Atmen musste sie nicht mehr, konnte es sich aber auch nicht abgewöhnen.

Die Schülerin seufzte tief und drehte sich mehr auf den Rücken, sodass Perach'el ihr Gesicht betrachten konnte. Sie hätte sie gerne im Traum besucht, aber Charlotte hatte es ihr mehr oder weniger verboten. Mareike war kein Träumer und damit für diese Art von Kontakt tabu, basta. Na ja, Charlotte, als gute Lehrerin, hatte ihr natürlich auch erklärt, warum das so ist. Dass die gute Seite eine Verantwortung trägt, und dass es quasi ein Gleichgewicht gibt. Das Böse darf dann nämlich auch an einen Nichtträumer heran.

Perach'el wusste, wenn sie es mit einer Autorität zu tun hatte und sich beugen musste. Darüber hinaus vertraute sie Charlotte aber. Außerdem konnte sie das Mädchen gleich direkt fragen.

Mareike schlug langsam die Augen auf und blinzelte erst einmal orientierungslos die Zimmerdecke an.

„Einen guten Morgen, liebste Freundin", grüßte Perach'el sie leise.

„Ja, dir auch", murmelte die Schülerin. Sie strich dem Engel zaghaft mit der Fingerspitze über eine Braue und fragte mit Blick auf die leeren Augenhöhlen zum x-ten Mal: „Tut das wirklich nicht weh?" Sie hatte dem Engel mindestens genauso oft versichert, dass sie die Augenbinde ihretwegen nicht tragen müsse. Perach'el hatte das nach langem Zögern doch dankend angenommen.

Sie lächelte daher breit und küsste ihre Freundin zärtlich auf die Nase.

„Der Schmerz ist längst vergangen. Sorge dich nit.“

„O.k..“

„Und bist du bereit für einen neuen Tag?“

„Wie spät ist es?“

„Es mag umb die erste Stund vun der Terz sein.[37]“

„Was mir jetzt so gar nichts sagt. Aber es ist noch dunkel, also früh.“

„Das sagte ich“, erwiderte Perach'el ungeduldig. Aber sie erklärte ihrer Freundin dann doch in Kürze, wie zu ihrer Zeit der Tag eingeteilt war.

Sie redeten dann noch ein bisschen über ihre Pläne für den Tag und die Zeit bis zum Jahreswechsel. Mareike ließ sich nicht erweichen, mit zur Abendmesse zu kommen. Außerdem hatte sie noch für die Schule zu lernen. In den Wochen vor den Weihnachtsferien würden noch einige Tests geschrieben werden und ihr Vortrag zum Mittelalter stand auch noch an. Perach'el graute ein wenig davor und hatte dennoch – mit Genehmigung des Lehrers – ihre Anwesenheit und Unterstützung zugesagt.

Zeit für eine Gegenleistung!

Perach'el zog die Decke schwungvoll beiseite und kletterte behände über ihre Freundin. Nicht ganz so munter und viel langsamer schwang Mareike ihre Füße über die Bettkante.

Der Engel hatte sein langes Nachthemd bereits über den Kopf gezogen und es fein säuberlich auf einen Bügel gehängt. Nackt wie sie war, ging sie zum Spültisch und nahm einen Tiegel von der Spiegelablage. Mit langsamen federnden Schritten trat sie vor ihre

---

[37] etwa 7 Uhr vormittags

Freundin, die noch immer auf dem Bett saß und sich partout nicht erheben wollte.

„Mareike, darf ich dich bitten, mir mit jener Arzeney den Rücken bestreichen?", fragte sie verhalten.

„Äh, klar?!"

„Anderntags ist es Lysje, die mir dero Dienst erweiset."

„Nee, ich mach schon." Mareike stand auf und nahm ihr den kleinen Topf ab, um ihn zu öffnen. Wie sie da so vor dem zierlichen Engel stand, sah sie erstmals das ganze Ausmaß der Verletzungen, die man Perach'el zugefügt hatte.

Als ihre Hände anfingen zu zittern, setzte sie sich vorsichtshalber wieder hin. Auch gegen die Tränen, die ihr jetzt über die Wangen liefen, war sie machtlos.

„Was ist dir?", fragte Perach'el besorgt.

„Heilige Scheiße, was die mit dir gemacht haben", schniefte die Schülerin und wischte sich mit dem Handrücken das Wasser aus dem Gesicht.

„Ach, lieb Mareiken", lachte Perach'el leise und fuhr ihrem Gegenüber liebevoll mit den Fingern durch die Haare. „Gräme dich nit um meinet willen. Karl hat dem üblen Schinder den Garaus gemacht. Ich habe meinen Frieden gefunden."

„O.k., cool", schniefte Mareike noch einmal, atmete tief durch und stand wieder auf. „Sorry, dass ich hier einen auf Heulsuse mache."

„Aber ist es nit gar schön, ein fein Mägdelein sein? Uns wird nachgesehen, wenn des Herzens Wallen unsre Brust erbeben lässt."

„Wo soll ich dich einschmieren?", fragte Mareike dazwischen, um über das Gesagte nachzudenken.

„Den Rücken, sei so gut. Die Narben der vergang' nen Zeit schwinden durch die Salb."

„O.k.."

Ihre Finger zitterten anfangs noch ein klein wenig, aber die Arbeit beruhigte sie auch, genau wie der Duft der Salbe, in der irgendwelche Kräuter verarbeitet waren.

„Ja, du hast recht", sagte sie nach einem Moment, „ich bin auch lieber ein Mädchen."

Die Flügelstümpfe ließen die Schülerin wieder zögern. Das war ihr doch reichlich suspekt, zumal die Narben darüber noch ziemlich frisch waren.

„Deine ... ich mein' ... da, wo die Flügel mal ...", fing sie lahm an.

„Ja, die bitte ebenfalls", bat Perach'el schnell, um ihr aus der peinlichen Situation zu helfen. „Sei behutsam mit jenen Narben. Ein kundig medicus der Engelschar nahm sich jüngst meiner an, umb die Pein mir nehmen. Der Knochen ward in Stücken und nit grad geheilet."

„Und ... na ja, wie ist das so? Mit Flügeln und so?!"

„In der Traumwelt kunnt ich Karl und Lysje den Leib zeigen, der einst mein ward. Karl sagete, ich sei wunderschön."

„Da kannst du mich nicht mal mitnehmen, oder?", fragte Mareike hoffnungsvoll.

„Mich dauert es, doch nein. Es ist mir strengst verboten, dich im Geiste annähern."

„Hätt' ja klappen können", seufzte die Schülerin. Da ihre Hände noch auf den Schultern des Engels ruhten, musste sie noch etwas loswerden. „Konntest du auch damit fliegen, so wie Charlotte?"

„Ja", lachte Perach'el.

„Kannst du die Muskeln noch bewegen?"

„Wie meinen?"

„Wackle mal mit den Flügeln!"

Perach'el stutzte zwar bei dieser Aufforderung, spannte aber den Rücken, wie man es ihr – wie Michael es ihr gezeigt hatte.

„Boah, obercool!", staunte Mareike überschwänglich.

„Wenn dich mehr nach Wissen dürstet, so ist es Charlotte, die dir sicher Red' und Antwort steht."

„O.k.! Ich halt die Klappe", sagte Mareike erschrocken und nahm die Hände hoch. „Ich bin auch fertig."

„Hab Dank", sagte Perach'el verhalten. Sie musste ja sehr pikiert geklungen haben, was ihr erst gar nicht aufgefallen war. „Und ... frag auch fürderhin", fügte sie deshalb leise an. „Was Wissen ich dir geben vermag, werd frei und gern ich teilen."

„Hey, wir sind BFF[38]", sagte Mareike versöhnlich und nahm den Engel, der noch immer mit dem Rücken zu ihr stand, in den Arm. „Du musst mir einfach nur sagen, wenn du über irgendwas nicht reden willst."

---

[38] englisch: „Best Friends Forever" (für immer beste Freunde)

KAPITEL 8

Ein riesiger Gong wurde im Kloster angeschlagen. Der dumpfe Ton erreichte mich sogar in der Traumwelt. Ich öffnete also widerstrebend die Augen und begegnete dem weißen Blick meiner Freundin. Der Traum ging also noch ein bisschen weiter.

Bevor ich irgendeine sinnlose Bemerkung über die Uhrzeit oder unser Schlafarrangement machen konnte, hatte Lissi meinen Mund schon mit ihren Lippen verschlossen. Ich würde mich bestimmt nicht darüber beschweren.

Nun, wenigstens ich musste immer mal wieder Luft holen. Ich versuchte, mir das abzugewöhnen, aber es gelang mir einfach nicht. Lissi war mir da den entscheidenden Schritt voraus.

„Ja, doch. Ich liebe dich", sagte sie unvermittelt und strich mir mit einer kalten Hand übers Gesicht.

Ich lächelte zurück und schickte ihr auch im Geist ein Lächeln, gefolgt von einem dunklen Ton, wie von einer langen Harfensaite. Unser Schöpfer hatte uns sehr fein aufeinander eingestellt. Chapeau!

Danke!, summte es ganz leise in meinem Kopf.

Wir widmeten uns noch ein wenig dem körperlichen Teil unserer Beziehung, bevor wir uns dazu durchringen konnten aufzustehen. Vorher jedoch bat Lissi noch um eine kleine Blutspende. Ich gab sie gern. Schließlich gehörte das auch zu unserer besonderen Beziehung.

Wir waren kaum angezogen, als es zurückhaltend an der Tür klopfte.

„Come in!", antwortete ich laut.

„Mister Karl-*la*?", fragte eine mir unbekannte Stimme durch den Türspalt, den die Person sich erlaubt hatte zu öffnen. „The ... khenpo wants to speak to you.[39]"

"O.k.. Comin'.[40]"

Ich strich noch das Kopfkissen glatt und faltete zu Lissis Belustigung noch ordentlich die Bettdecke, bevor ich ihr voran auf den Gang trat.

Der Mönch, der auf uns gewartet hatte, schaute Lissi staunend an. Ob er das nun tat, weil sie eine Frau und mit mir in einem Zimmer war oder wegen ihrer Ähnlichkeit mit der 'Weißen Frau', konnten wir nicht herausfinden. Er führte uns ohne Umschweife die engen Stiegen wieder hinauf zur Kammer des Abtes. Er klopfte und öffnete die Tür für uns. Eine knappe Verneigung folgte und er verschwand wortlos.

Der Abt saß, wie schon gestern, hinter seinem mit Papier beladenen Tischchen und las. Ohne groß aufzusehen, wies er mit einer Hand auf die Sitzkissen.

„Setzt euch, bitte!"

Wir folgten seiner Aufforderung und warteten schweigend.

Von den Papierbergen verdeckt, fiel es nicht auf. Ich musste aber lächeln, als ich den kleinen Laptop auf seinem Schoß entdeckte, an dem der alte Mönch mit flinken Fingern arbeitete.

„So", sagte der Abt nach zwei, drei Minuten konzentrierter Arbeit. Er sah uns forschend an.

„Wie war die Nacht?", fragte er uns unverblühmt.

„Gut", sagte ich.

„Aufschlussreich", bemerkte Lissi.

---

[39] englisch: „Der Khenpo möchte euch sprechen."
[40] dto.: „O.k., wir kommen."

Wir sahen sie beide an. Sie machte aber keine Anstalten, ihren Kommentar näher zu erläutern. Khenpo Lobsang nickte nur und ließ es darauf beruhen.

„Gut, gut. Warum ich euch ... Karl, Ihr seid verletzt!", rief er aus und deutete auf meinen Arm.

„Oh, das", erwiderte ich überrascht. Ich trug nur ein T-Shirt und hatte meinen Arm schon nicht mehr beachtet. „Das ist nicht der Rede wert."

„Lieber Herr Karl", sagte er und schüttelte tadelnd den Kopf, „das Kloster und alles, was damit zusammenhängt, ist meine Verantwortung. Wenn auch noch ein Gast hier verletzt wird, muss ich das wissen. Ich werde alles unternehmen, die Gefahr zu beseitigen."

„Tja, Lissi, war schön mit dir", bemerkte ich bedauernd, „aber der Herr Abt muss dich jetzt beseitigen."

„Das war jetzt nötig, oder?", seufzte der Vampir.

Ich nickte grinsend.

„Kinder, bitte!", ermahnte uns – mich – der Abt.

„O.k., o.k.!", lenkte ich ein. „Also, es ist im Grunde ganz einfach." Ich schaute Lissi fragend an.

Leg los!

„Ihr wisst, dass meine Freundin ein Vampir ist, richtig?"

„Sicher. Unsere Mythologie kennt ähnliche Wesen unter anderem Namen, wobei das Blutsaugen nur eine Metapher für das Verderben dessen ist, was ihr Seele nennt", holte er zu einer Erklärung aus.

„Und hier irrt die Mythologie", widersprach Lissi ernst.

„Ein Vampir, wie wir ihn kennen, braucht sehr wohl echtes Blut und kein metaphorisches", ergänzte ich. „Und meine Freundin Lissi hier ist ein solcher."

Der Abt sah uns verwundert und etwas ungläubig an. „Ihr wollt damit sagen ..."

„Ja, sie hat mein Blut getrunken", bestätigte ich die unausgesprochene Frage. „Deswegen die vier Löcher."

„Und mit ..."

Lissi zeigte ihm ihre Fangzähne.

Mit einem dumpfen Knall ließ er sich gegen sein Bücherregal fallen und starrte uns mit offenem Mund an.

„Ihr dachtet, Ariel hätte übertrieben, oder?", fragte ich mitfühlend.

Der alte Mönch hob hilflos eine Hand und ließ sie kraftlos wieder fallen. Seiner Sprache traute er gerade nicht.

„Ich bin erstaunt", kommentierte Lissi reserviert. „Ihr glaubt an so vieles, an so viel Übernatürliches und habt regelmäßig einen Engel zu Gast, aber einen echten Vampir wollte Ihr nicht wahr haben?"

„Oder haltet Ihr den Engel etwa auch für einen durchgeknallten Touristen im Kostüm?", fragte ich ironisch hinterher.

Er schüttelte den Kopf. Er wollte etwas sagen, wurde aber von Lissi mit einem Fingerzeig unter-brochen. Sie lauschte kurz, nickte, als sie wusste, was sie hörte.

„Der Hubschrauber kommt", sagte sie knapp.

Ohne lange zu zögern, stand der Abt auf und zog seinen Umhang zurecht. Wir erhoben uns ebenfalls.

Khenpo Lobsang kam um das Tischchen herum. Er griff sich wortlos meinen perforierten Arm und besah sich die vier Löcher.

„Ihr seid sehr ungewöhnlich, Herr Karl", merkte er an. „Und Ihr auch, Frau Lysje."

Er wandt sich zum Ausgang, schaute uns aber noch einmal an.

„Was ich euch sagen wollte: Ihr könntet nach Thimphu mitfliegen. Der König hat euch eingeladen. Auch er würde gerne der 'Tara drolma' begegnen." Ein verschmitztes Lächeln folgte dem letzten Satz.

Lissi seufzte angenervt.

„Ich hoffe, der König ist nicht zu enttäuscht, wenn wir absagen. Wir werden unseren Urlaub wohl bald abbrechen müssen."

„Ach, müssen wir?" Das war mir neu.

„... und ich möchte meinen Freund die verbleibenden zwei, drei Tage lieber für mich haben."

Ein so klares – und vor allem öffentliches - Statement von ihr zu unserer Liebe war auch neu.

„Ich werde mich deinem Wunsch nach Nähe gerne beugen ...", wendete ich ein.

„Zähneknirschend, vermute ich. Da war noch ein 'aber', richtig?"

„Wir müssen Seine Majestät gar nicht versetzen, wenn wir unsere 'andere' Reisemöglichkeit nutzen", hob ich hervor und markierte die Gänsefüße noch mit den Fingern in der Luft. „Das so als 'aber'. Und der König wird uns schon nicht den ganzen Tag aufhalten."

„Da ist was dran", gab sie zu.

„Nehmt ihr dann den Hubschrauber?", fragte der Abt etwas verwirrt.

„Nö", gab ich fröhlich zurück.

„Vielleicht erklärt ihr es mir bei Gelegenheit", wink-te der alte Mönch ab. Er setzte seinen Weg fort und wir folgten ihm einfach.

Quer durch die ganze Klosteranlage liefen wir dem Abt hinterher, bis wir durch eine kleine Tür kamen und von einer Seite her in der Toreinfahrt standen.

Das Tor war diesmal weit geöffnet und etliche Mönche drängten sich, um die beste Sicht auf den nahenden Helikopter zu haben. So etwas war hier durchaus ein Ereignis. Auch viele Bewohner des Dorfes und der umliegenden Gehöfte waren erschienen. Jetzt im Winter lag die Arbeit eh brach.

Nicht weit vom Tor entdeckte ich unseren Begleiter, den Mönch Jigme. Er redete gerade mit einem Bauern, der, wenn mich nicht alles täuschte, der Vater des verunglückten Jungen war.

Der Abt hatte sie auch entdeckt und bahnte sich einen Weg durch die Menge. Wir hefteten uns an seine Fersen.

Der Bauer hatte die anderen beiden Kinder zur Schule begleitet und würde jetzt mit dem Jüngsten in die Hauptstadt fliegen.

Genau, wie der Dorfälteste und ein weiterer Mann aus der Gemeinde, hatte auch er sich in sein Festtagsgewand geschmissen. Alle drei verneigten sich vor dem Abt, aber noch viel tiefer vor Lissi.

Dann ging alles recht schnell. Der Heli – einer von den großen Transportern – landete mit viel Getöse. Der Junge wurde aus dem Kloster getragen und auf eine Krankenliege geschnallt. Lissi verabschiedete sich noch von ihm, bevor er eingeladen wurde. Zuletzt stieg der Vater ein und ein Mönch, der bei der Gelegenheit in der Hauptstadt ein paar Besorgungen machen sollte.

Der Hubschrauber verschwand wieder in der Morgensonne und alle Menschen, die zurückgeblieben waren, redeten aufgeregt durcheinander.

Der Dorfälteste und sein Begleiter zogen den Abt beiseite und redeten auf ihn ein.

Jigme gesellte sich in der Zwischenzeit kurz zu uns.

„Sind die Räume zu eurer Zufriedenheit?“, fragte er höflich.

„Ich sehe es Euch an, Jigme“, sagte Lissi amüsiert, „Ihr wisst längst, was heute Nacht geschehen ist.“

„Ihr habt mich durchschaut“, gab er sich geschlagen.

„Also, ich werde mich nicht beklagen“, beantwortete ich seine Frage.

„Vorher, oder nachher?“, hakte Lissi nach.

„Eindeutig nachher.“

Der Abt kam zu uns herüber, dicht gefolgt von den beiden Bauern.

„Bauer Pem“, er wies auf den Älteren, „hat mir von Eurem Bogen erzählt und den Pfeilen im Fels. Sie würden Euch zu Ehren gerne ein Wettschießen veranstalten.“

„Sie haben also überprüft, was der Junge ihnen erzählt hat“, stellte Lissi fest.

„Ja. Und sie bedauern, Euch eure Pfeile nicht mitgebracht zu haben.“

„Sie haben sie nicht aus dem Stein bekommen“, mutmaßte ich.

„So ist es“, bestätigte der Abt. „Was sagt Ihr dazu, Frau Lysje?“

„Wann wollen sie das denn machen?“, fragte sie lustlos.

„Morgen oder übermorgen. Je nachdem, ob das Wetter mitspielt.“

Lissi sah mich fragend an. Ich grinste zurück und wackelte mit den Augenbrauen.

„Hüpf, hüpf“, sagte ich halblaut und schwankte von einem Bein aufs andere. Sie hatte verstanden. Dass sie mit den Augen rollte, war für Außenstehende kaum zu erkennen. Ich sah es sofort und kicherte leise.

„Meinetwegen", seufzte sie resignierend.

Die Bauern verbeugten sich vielfach und glücklich und machten sich sogleich auf den Weg, alle möglichen Teilnehmer einzuladen.

Und der Abt ließ sich von uns noch einmal versichern, dass wir den König wirklich noch besuchen würden, bevor er mit fliegendem Umhang davoneilte, um uns telefonisch anzukündigen.

Die Menschenmenge löste sich langsam auf, bis wir fast allein auf dem Platz vor dem Kloster standen.

„Schade", seufzte Lissi wieder. „Ich dachte, ich hätte dich die letzten Tage ganz für mich."

„Jetzt mal Butter bei die Fische. Was soll das, mit Urlaub abbrechen und so?", fragte ich ernst. Sie hatte mich mit dem Satz vorhin einfach stehenlassen.

„Na, ich hab letzte Nacht mit Charlotte gesprochen", fing sie an.

„Ja, das hattest du vor."

„Sie träumt in den letzten Nächten davon, wie die Daboli Dörfer auf der Oberwelt auslöschen."

„Sie träumt davon?"

„Es findet leider auch statt. Sie sieht es sozusagen 'live', wenn es geschieht."

„Scheiße."

„Ja, das trifft den Punkt."

„Wieviele?"

„Sieben weltweit, sagt Azrael. Vier davon hat Charlotte gesehen."

„Das gefällt mir gar nicht."

„Willkommen im Club."

„Gibt es schon Gegenmaßnahmen? Lässt sich überhaupt was machen?"

„Wir haben dich neulich belächelt, muss ich zugeben. Als du nach einem Muster gesucht hast, weißt du
noch?“

„Sicher.“

„Nur, das fehlt jetzt vollkommen. Noch, denke ich.
Du hattest in deiner Vase im Bücherzimmer auch eine
Weltkarte. Charlotte hat dein Arbeitszimmer wieder
zur Schaltzentrale gemacht.“

„Unser Arbeitszimmer“, berichtigte ich sie abwe-
send. Mit den Gedanken war ich schon zu Hause und
versuchte, einen Plan zusammenzuzimmern. „Vielleicht sollten wir hier wirklich die Zelte abbrechen
und alle Termine sausen lassen.“

Lissi legte mir die Arme auf die Schultern und zog
mich zu sich heran. Sie ließ mich gleich spüren, dass
sie Widerstand nicht dulden würde. So wehrte ich
mich auch nicht, als sie dann doch um einiges sanfter
ihre Lippen auf meine setzte und mich küsste. Ein
tiefer Blick in ihre weißen Augen spülte dann die
restlichen Gedanken aus meinem Kopf. Außer...

„Und nu?“, fragte ich leise.

„Charlotte und Septimus haben erst mal alles im
Griff. Soweit, wie es halt geht. Sie melden sich, wenn
eine Richtung erkennbar ist.“

„Und wir?“, fragte ich gedämpft.

„Wir huschen rauf zur Hütte. Ich denke, wir beide
sollten uns mal umziehen.“

„Nachdem wir das Häusle freigeschippt haben, nehme ich an.“

„Zur Not müssen wir zwei ja nicht durch die Vor-
dertür.“

Ich stand auf dem Schlauch und sah sie fragend an.

„Hüpf, hüpf?“, sagte sie lächelnd.

„Ah, logisch", befand ich, nachdem sie mir sozusagen auf die Sprünge geholfen hatte.

Gesagt, getan!

Wir konzentrierten uns und standen nach einem kurzen Gefühl des Gequetschtwerdens in der kleinen Bauernkate, die wir gemietet hatten.

Ein bisschen fühlte sich Mareike wie in einem Zombie-Film.

Sie saß mit Perach'el und Charlotte in der Küche an dem kleinen Bistrotisch und frühstückte. Immer wenn sie aufschaute, sah sie nur leere Augenhöhlen.

Hier in ihrem Zuhause trug auch Charlotte ihre Maske nicht, aber Mareike hatte sich in den wenigen Tagen, in denen sie hier ein und aus ging, einfach schon daran gewöhnt.

O.k., Perach'el hatte sich vorhin hinter ihrem Rücken zwei weiße Eier in die Augenhöhlen gesteckt. Da ist ihr vor Schreck ein Teller aus der Hand gerutscht. Das war sowas von creepy[41].

Albern, wenn sie einmal so darüber nachdachte. Die Vampirin Lissi hatte auch manchmal so weiße Augen.

Sie kaute bedächtig an ihrem Brötchen herum. Warum hatte sie eigentlich vor dem Blutsauger keine Angst? Die beiden Zombies hier in der Küche waren ja Engel. Und Engel sind ja nicht ... shit, der Oberböse war doch auch ein Engel, oder?

„Äh, Charlotte?", fragte sie behutsam den Engel, der wieder einmal in eine Zeitung vertieft war. Ihr

----

41 englisch: „gruselig"

Kopf schnappte hoch und sie sah die Schülerin fragend an.

„Ja?"

„Der Teufel. War das nicht mal ein Engel oder so?"

„Ja?"

„Und dann ist irgendwas passiert und er ist zum Boss der Hölle geworden. Ich hab bei Konfer immer gepennt", gestand sie kleinlaut.

Charlotte lachte.

„Satanael, wie er richtig heißt, war der Erste Engel", erklärte sie dann ernster. „Er ist der mächtigste der Schöpfungsengel. Er hatte nur schon immer ein Problem damit, dass sein Vater der übrigen Schöpfung mehr Aufmerksamkeit schenkte, als ihm. Er stritt sich mit IHM und wurde letztlich von IHM verstoßen. Nebenbei, warum fragst du?"

„Ich hätte mir vorhin doch fast in die Hose gekackt, als Perach'el mich mit den Eieraugen erschreckt hat."

„Was mich unendlich dauert", flüsterte Perach'el zerknirscht.

„War doch'n Spaß", beschwichtigte sie ihre Freundin und streichelte ihr kurz die Hand. „Dann", wieder zu Charlotte, „kam der Sprung zu Lissis Augen, dann zu meiner privaten Zombie-Show hier und zu der Frage, warum ich eigentlich keine Angst vor dem Vampir habe", plapperte die Schülerin ohne einmal Luft zu holen drauf los.

„Sie redet wirr, Charlotte", merkte Perach'el verdattert an.

„Nein, ich weiß, worauf sie hinaus will", sagte Charlotte und schüttelte langsam den Kopf. „Ich habe Karl einmal mit unseren Vorstellungen von Gut und Böse konfrontiert."

„Und?", fragte Mareike.

„Oh, jenes Thema gab uns auch einen Disput", erinnerte sich Perach'el.

„Er sagte schlicht: Ich sehe auch das Grau dazwischen!"

„Wie, auch grau? Ach, jetzt! Nicht nur schwarzweiß. Alles klar", freute sich die Schülerin, einmal etwas schnell begriffen zu haben. Charlotte beeindruckte sie schon sehr mit ihrer Klugheit. Perach'el sprach meist etwas altertümlich, war aber im Vergleich einfacher gestrickt.

Im Wohnzimmer klingelte das Telefon. Perach'el stand auf und ging hinaus, um gleich wieder umzukehren.

„Mir ist die technica fremd", gestand sie, worauf Charlotte ins Wohnzimmer eilte.

Zwei Minuten später stand der Engel wieder in der Tür.

„Deine Mutter holt dich in etwa dreißig Minuten ab, Mareike."

„O.k.", bestätigte die Schülerin und stand auf. Mit Frühstück war sie eh fertig.

„Und du, Perach'el, kannst dich auch gleich anziehen. Du gehst ja noch in die Kirche und wirst nur wenig später abgeholt."

„Ich? Abgeholt? Vun wemm?", stotterte sie überrascht.

„Minaeon." Und als das Fragezeichen aus Perach'els Gesicht nicht verschwinden wollte, ergänzte Charlotte: „Der Engelskrieger. Jung, schwarze Haare. Hat mit seinem Partner nicht mitbekommen, dass du Probleme mit der Treppe hattest."

„Oh", machte sie, als ihr einfiel, wer zu dem Namen gehörte. Und noch einmal, „Oooh!", als Panik bei ihr aufkam. „Mareike, helft mir!"

Mit einem Gesicht in Dunkelrot hastete sie in ihr Zimmer. Mareike schaute Charlotte verdattert an und ging ihrer Freundin langsam nach.

Perach'el stand aufgelöst vor ihrem Kleiderschrank. Ihr Nachthemd hatte sie schon im Wohnzimmer ausgezogen. In der Kürze der Zeit hatte sie auch all ihre Kleider im Raum verteilt und schwankte zwischen den einzelnen Stücken hin und her.

„Was zieh ich an? Was zieh ich nur an?", murmelte sie immer wieder.

Mareike stand in der Tür zu ihrem Zimmer und schaute ihr kurz zu, bevor es 'Klick' machte.

„Du findest den Typen süß, oder? Den Minion, mein ich."

Perach'el ruckte herum und starrte sie an, als wenn ihre Freundin sie bei etwas Verbotenem erwischt hätte.

„Ich ... nun ...", stotterte sie. „Wir kennen uns doch nit."

„Is doch egal! Is er nun süß, oder nicht?", beharrte Mareike auf dem Thema.

„Nun ... ja?", hauchte Perach'el.

KAPITEL 9

Es hätte durchaus eine Naturkatastrophe gewesen sein können. Und wenn nicht ein paar der Vorfälle durch die Medien gegangen wären, hätte niemand näher hingesehen, als das Dorf in den chilenischen Anden von einer Gerölllawine zerstört wurde.

Auf einem hundertfünfzig Meter langen Stück war ein Felssims abgebrochen, der bisher als sicher galt. Geologen sind aber auch nur Menschen, dachte man sich. Tragisch, wenn mehrere Tausend Tonnen Gestein den Berghang herabrollten und alles niederwalzten, was im Weg war. Aber so etwas passierte halt.

Auffallend war aber, dass auch die Menschen und Tiere, wie von der Lawine getötet aussahen, die man außerhalb der Geröllbahn fand. Selbst dort, wo die Gesteinsmassen keine Spur der Verwüstung hinterlassen hatten, waren alle Häuser dem Erdboden gleich gemacht, alle Lebewesen wortwörtlich zerschlagen.

Der Comisario und der Journalist waren wie Katz und Maus. Der Polizist wollte Antworten, der Fernsehreporter eine Story. Immer wenn der Kriminalist anfing, etwas zu untersuchen, sprang der andere mit dem Mikro im Anschlag und dem Kameramann im Schlepptau herbei, um Fragen zu stellen. Und er stellte viele Fragen, nicht selten unangenehme und solche, die der Polizist selbst gerne beantwortet hätte.

Der Kriminalist hatte dann doch etwas Luft gewinnen können. Ein Kollege hatte gerade die Nachricht gebracht, dass es in Russland einen ähnlichen Fall gegeben hatte. Die Untersuchungen liefen aber noch. Genau wie hier.

Der Reporter hatte sofort die Gelegenheit ergriffen, einige dramatische Texte in die Kamera zu sprechen und mit wilden Vermutungen um sich zu werfen.

Der Polizist konnte nur mit dem Kopf schütteln. Er streifte etwas abseits durch das Trümmerfeld. Das Haus, vor dem er stand, war nur noch an den Grundmauern als solches zu erkennen. Alles schien weggerissen zu sein. Nur dass die Bewohner noch in den Trümmern lagen. Bei einer normalen Lawine wäre das anders gewesen.

Er hockte sich hin und betrachtete die Toten eingehender. Zwei Erwachsene und zwei Kinder. Er hätte bei Letzteren nicht einmal ohne weiteres das Geschlecht benennen können. Er hatte in seinem Berufsleben schon einiges sehen müssen, aber das toppte alles bisherige.

Er war noch in Gedanken, als er Schritte hinter sich hörte. Er schaute nur kurz über die Schulter und stöhnte innerlich. Der Reporter näherte sich.

„Was entdeckt, Comisario?", fragte der halblaut.

Der Polizist wollte ihn erst wütend angehen aber irgendetwas in seinem Tonfall ließ ihn aufhorchen. Er drehte sich dem Mann entgegen und ließ seine Hand in großem Bogen hinter sich kreisen.

„Wie wäre es damit?"

Der Reporter nickte nur und schaute sich unwohl um. Er war ohne sein Team unterwegs, was auch dem Polizisten nicht entgangen war. Vielleicht war der Reporter ja doch nicht so übel. Er atmete tief durch.

„Kleine Rätselaufgabe, mein Freund", fing er an. Er zeigte auf das Geröll, in dem er immer noch hockte, und auf die Leichen. „Was stimmt hier nicht?"

„Das ist eine Fangfrage, oder?", fragte der Reporter ungläubig gegen.

„Ganz und gar nicht", widersprach der Kommissar. „Was passiert denn, wenn eine Lawine auf ein Haus trifft?"

Der Journalist sah ihn schräg an. Er wusste nicht so recht, worauf Sherlock Holmes hinaus wollte.

Der Polizist grinste kurz.

„Es ist nicht so einfach, aus den Details die Tat zu erkennen, als daraus eine Story zu machen, nicht wahr?" Er erklärte dem Reporter dann, was er entdeckt hatte. Dem blieb nichts, als mit offenem Mund zuzuhören.

„Dann ... dann ... dann ist das alles hier ...?"

„Ja", antwortete der Kommissar, „ein Tatort für den größten Massenmord, der mir je untergekommen ist."

„Ich muss der Welt davon berichten", murmelte der Reporter und schickte sich an, sein Team zu suchen.

„... und dich zum Gespött der Welt machen", lachte der Polizist gutmütig. „Ich muss meinen Bericht schreiben, weiß aber, wie ich es formulieren kann, ohne wie ein Idiot dazustehen. Alles klar?"

Der Hinweis hätte deutlicher nicht sein können. Der Journalist nickte, schüttelte ihm die Hand und ging. Auch er machte nicht zum ersten Mal eine Reportage.

+++++

Ich hatte nie einen Führerschein gemacht. Vielleicht war das ein Fehler. An meinem Geburtsort ließ sich alles zu Fuß erreichen, sogar der Supermarkt, der etwas außerhalb lag (das Pachtland gehörte auch meinem Opa. Ich habe es auch Perach'el zugeschlagen). Aber sobald ich weggezogen bin, war ich auf öffentliche Verkehrsmittel angewiesen. Ich hatte irgendwann einmal überschlagen, wie viel Zeit ich damit verbracht hatte, nutzlos in Bussen und Bahnen zu sitzen. Ich ärgerte mich auch jetzt wieder, wenn ich daran dachte, dass die Fähigkeit, von Ort zu Ort zu springen, schon immer in mir steckte.

„Dann wärst du mir nie begegnet", wies mich Lissi auf die Konsequenz meiner Überlegungen hin. „Außerdem hast du mir neulich erst erklärt, wie sehr du die Zeit genossen hast, weil du dann lesen konntest."

„Ich hätte die Zeit lieber in meinem Lesesessel verbracht. So ist er fast ungenutzt. Aber mit dem ersten Punkt hast du natürlich recht."

Du wärst an dem Tag Bus gefahren. Glaube mir, kommentierte das Buch trocken.

„Und das zum Thema, der Mensch sei seines eigenen Glückes Schmied", erwiderte ich genauso trocken.

Du wolltest es wissen.

„Wollte ich?"

„Ja, irgendwie schon", antwortete Lissi. „Aber ich weiß, worauf du hinaus willst."

„Wir wären heute etwa fünf Stunden geflogen."

„Hin und zurück", konkretisierte Lissi.

„Ja, zuzüglich mehrerer Stunden Busfahrt über zum Teil unbefestigte Straßen."

„Aber wir wären dem König trotzdem begegnet", hob sie hervor.

„Klar, aber so haben wir mehr Zeit für uns."

Der Abt hatte uns beim König angekündigt und uns dann gesagt, wann wir erwartet würden. Wir hatten einiges mehr an Zeit für uns, aber auch für Besorgungen.

Lissi hatte dem Mönch Jigme versprochen, sich künftig den Moralvorstellungen der Menschen hier entsprechend einzukleiden. Und das tat sie auch.

Sie fragte kurz herum, wo der beste Schneider des Ortes zu finden wäre und begab sich direkt dorthin. Sie erklärte dem verblüfften Mann, was sie wolle, fragte nach der Zeit, die er benötigte und ging.

Zwei Stunden später – und immer noch gut in der Zeit – war sie wieder zur Stelle und empfing eine Kira[42] von feinster Qualität und in strahlendem Weiß. Dass sie ihm unser gesamtes Bargeld hinlegte und damit mehr als den doppelten Preis zahlte, war dem Schneider bei weitem nicht so viel wert, wie der Umstand, dass er gerade eine Göttin eingekleidet hatte. Das Tara-Gerücht war ihm dann auch schon zu Ohren gekommen. Mit unendlich vielen Verbeugungen entließ er uns aus seinem Laden und schaute uns auch auf der Straße noch ewig hinterher.

Lissi biss die Zähne zusammen und trug es mit Fassung. Die Menschen wollten eine Göttin, also sollten sie eine bekommen. Güte und Barmherzigkeit mussten sie sich aber verdienen.

Ich brauchte mich glücklicherweise nicht neu einzukleiden, womit wir nur noch außer Sichtweite kommen mussten, um den Sprung nach Thimphu, der Hauptstadt des Landes, wagen zu können. Dort wie hier würden alle Augen nur auf Lissi gerichtet sein. Ich könnte mir einen Kartoffelsack überwerfen und würde nicht auffallen. Aber ich wusste auch, dass sie liebend gerne mit mir tauschen würde. Alles, was sie

---

[42] Das traditionelle Kleid der bhutanischen Frauen besteht aus einer langen Stoffbahn und wird von einem Gürtel, dem Kera, gehalten. Ergänzt wird das Kleid gerne mit einer Tego, einer hüftlangen Jacke.

an Gedanken ausstrahlte, war mindestens dunkelgrau, wenn nicht sogar schwarz.

Umso erfrischender war unser Zusammentreffen mit Seiner Majestät Jigme Khesar Namgyel Wangchuck[43], dem fünften Druk Gyalpo[44].

Der Monarch zeigte sich natürlich auch von meiner Vampir-Freundin beeindruckt (wer wäre das nicht?), beließ es aber bei der Feststellung, dass seine 'Informanten' ihm keine Märchen erzählt hatten.

Wir unterhielten uns dann in entspannter Atmosphäre über das Land, Politik, Religion und alles andere.

„Haben wir vorhin eigentlich irgendein wesentliches Thema ausgelassen?", fragte ich Lissi, als wir endlich wieder in der kleinen Hütte und zusammen unter einer Decke lagen.

Sie dachte einen Moment über meine Frage nach. Dank seiner Auslandsaufenthalte während der Studienzeit, sprach der König ein sehr gutes Englisch. Er war gebildet und vielseitig interessiert, ohne sein Land und die Traditionen aus den Augen zu verlieren, was ihn zu einem anregenden Gesprächspartner machte.

„Nein, wir dürften jeden Lexikonverlag glücklich gemacht haben."

„Hihi", lachte ich, „aber nett war's auf jeden Fall."

„Jup."

„So, und morgen dein großer Auftritt", neckte ich sie.

„Ja, ganz toll", seufzte sie, „aber da muss ich wohl durch."

---

[43] Jahrgang 1980 und seit dem 09.12.2008 König Bhutans. Schulbesuch in Bhutan und den USA, Abschluss in Politwissenschaften (M.Phil.) der Universität Oxford / GB

[44] bhutanisch: „Drachenkönig"

„Wenigstens die Bauern wollen sehen, ob du das wirklich kannst. Ich glaube, die fühlten sich ein wenig verarscht."

„Wo du es erwähnst. Ich werd mir morgen früh mal ein paar meiner Pfeile zurückholen."

„Willste einen stecken lassen?"

„Wozu?"

„Legendenbildung?"

„Mach mich fertig", stöhnte sie.

„Die Menschen hier werden eh die nächsten Jahre kein anderes Thema haben."

„Na ja, wo du recht hast, hast du recht", gab sie zu. „Ich überleg's mir."

„Und der Wettkampf?"

„Wird schon", sagte sie lustlos.

„Hart trainiert?"

„Training eiskalt durchgezogen", witzelte sie.

„Cool!"

„Genau."

Ich kicherte in ihren Hals und küsste sie genau dort hin, bevor ich ihr ein bisschen am Ohr gnibbelte. Da sich gleich noch anderes regte, nutzten wir die Abgeschiedenheit der Hütte zu ausführlichem ...

Charlotte musste lächeln. Perach'el hatte sich von Mareike beraten lassen und für die Adventsmesse ein schönes Kleid ausgesucht. Perach'el war mit der Welt im Reinen und ging ihren täglichen Aufgaben nach, die mit ihr ausgemacht waren.

Dann kam Septimus Crassus hereingestürmt, gestresst durch einen vollen Terminkalender, und schmiss einen Kleidersack über die Lehne eines der Sessel. Einziger Kommentar: „Blanche, meine Liebe, das könnte dir gefallen. Viel Spaß nachher." Und weg war er wieder.

Perach'el stand wie vom Donner gerührt im Durchgang zum hinteren Teil der Wohnung. Einen Lappen und einen Eimer Wasser in der Hand, wollte sie sich gerade daran machen, ihr Zimmer zu wischen. Sie stellte alles behutsam beiseite und näherte sich dem ominösen Paket.

„Scharlodde, was ìsch dìss?", fragte sie den anderen Engel verwundert.

„Mir könne jo mol linse, wensch willsch.[45]"

Perach'el nickte aufgeregt, rührte sich aber nicht von der Stelle. Charlotte grinste kurz und griff sich den Sack. Sie drehte ihn an dem Bügel, der aus dem Beutel herausragte, und begutachtete das Ganze.

„Ah", machte sie, als sie das kleine Etikett von der Firma Müller & Cie. entdeckte. „De alde Vambire hawwe ebbs in derre ihr Sammlung gfunde.[46]"

„Oh, de Hèrr Groof ùnn sìnn Kèrl?[47]"

„Hajó, die do!"

Charlotte zog den Reißverschluss auf und gab den Blick auf ein Trachtenkleid frei. In Höhe der Halsöffnung hing noch ein durchsichtiger Plastikbeutel, in dem sich eine einfache Haube befand. Alles war aus feinem weichen Leinen gearbeitet und ohne Zweifel neu angefertigt.

Als Perach'el endlich zu sehen bekam, was der Kleidersack enthielt, schlug sie die Hände vors Gesicht und stieß einen spitzen Schrei aus. Dann klatsch-

---

[45] badisch: „Wir können ja mal nachsehen, wenn du willst."

[46] dto.: „Die alten Vampire haben etwas in ihrer Sammlung gefunden."

[47] lothringisch: „Oh, der Herr Graf und sein Knecht?"

te sie wie wild in die Hände und hüpfte auf der Stelle, als Charlotte die Hülle vollständig abgestreift hatte.

„Minni Momme hatt so èèn gehatt!", kreischte sie erregt und streckte nach der ersten Aufregung sehnsüchtig eine Hand nach dem Kleid aus. „Se waar so aarisch schèèn dorìnne[48]", schniefte sie gerührt. Zu Charlottes Überraschung lief dem kleinen Engel sogar eine Träne übers Gesicht ... und Perach'el bekam wieder Schluckauf.

„'S ì*sch wirk*lisch fer mì*sch?[49]"

„Jo, klaai Blum.[50]" Charlotte hatte zwischenzeitlich die kleine Grußkarte in der Tüte mit der Haube entdeckt. Sie zog sie heraus und hielt sie hoch.

„Der weißen Blume wohlgefällig,
schenken wir dies Kleide.
Ob edler Graf, ob einfach Knechte,
seid allen Augenweide.
Der Unseren Gefährtin ist Teil jenes Kreises,
der Schutz wir immerdar gewähren,
in jeder Art und Weise."

Perach'el stand still da. Und auch Charlotte brauchte einen Moment, bis das laut Vorgelesene langsam einsickerte und zu Verstehen wurde.

„Herr im Himmel", hauchte sie und rutschte ohne nachzudenken wieder aus dem Badischen heraus.

„Ich versteh nit", flüsterte Perach'el unsicher.

„Du musst den Grafen sehr beeindruckt haben, meine Liebe", sagte Charlotte bedächtig. „Dieses Ge-

---

[48] lothringisch: „Meine Mutter hatte so eines. Sie sah so wunderschön darin aus."

[49] dto.: „Das ist wirklich für mich?"

[50] badisch: „Ja, kleine Blume."

dichtlein heißt nichts anderes, als dass du ab sofort unter dem Schutz der Vampirgemeinde stehst."

„Dem Schutz der …"

„Ja, kleine Blume, du hast wirklich mächtige Freunde."

Perach'el setzte sich erst einmal auf die Couch, faltete die Hände im Schoß und versuchte ihre Gedanken zu sortieren. Sie hatte den Schutz der Vampire, weil sie Lysjes Freundin war? Und sie hatte die beiden Alten beeindruckt? Wie das?

Letztlich gewannen Vernunft und Neugierde. Sie musste dieses Kleid anprobieren.

„Der Herr im Himmel wird's schon richten", sagte sie knapp. „Lasst mich das Kleid überstreifen. Es mag zu klein mir sein."

Charlotte lächelte nachsichtig. Sie wusste, worauf ihre Freundin abzielte, aber auch, dass sie sich komplett irren würde. Septimus hatte sich vor kurzem, mit ihrer Zustimmung, eines von Perach'els Kleidern ausgeliehen. Die Festtagstracht würde maßgeschneidert sein. Die Alten von Müller & Cie. waren sehr, sehr reich und würden sich nicht lumpen lassen. Sie würde aber dem kleinen Engel gegenüber mit keiner Silbe verraten, dass sie etwas gewusst hat. Sie kannte ihre Einstellung zu den 'Nephilim'

So stand dann Perach'el auch nach kurzer Zeit wieder im Wohnzimmer und nestelte mit gesenktem Blick verlegen an den Falten des Kleides. Es saß schlicht weg perfekt. Auch die Haube machte nicht den Ein-druck, mit einem Makel behaftet zu sein.

„Und?", fragte Charlotte sanft. „Wie fühlt es sich an?"

„Es ist wunderschön", flüsterte Perach'el. „Fühlt einmal, wie weich der Stoff."

Charlotte tat ihr den Gefallen und nickte zustimmend. Sie sah den inneren Zwiespalt in ihrem Gesicht widergespiegelt. Wie Perach'el ihr in der Nacht zuvor legte jetzt sie dem kleinen Engel eine warme Hand auf die Wange und streichelte sie sanft.

„Du kannst es ruhigen Gewissens annehmen", sagte sie besänftigend. „Die Alten meinen es ehrlich mit dir."

„Seid Ihr sicher?"

„Ja", nickte Charlotte. „Sie wissen sehr wohl, wem sie Rede und Antwort stehen müssen, wenn sie dir schaden."

Ein Lächeln huschte über Perach'els Gesicht. Sie wiegte noch einmal den Kopf hin und her, um dann die Sonne mit ihrer Freude aufgehen zu lassen. Sie strahlte förmlich von innen und warf sich Charlotte lachend an den Hals.

„So soll es sein", seufzte sie dem großen Engel in die Brust. „Ich werd es mein nennen."

„Gut so. Du siehst nämlich umwerfend darin aus. Minaeon werden die Augen rausfallen, wenn er dich sieht."

Beide stutzen kurz bei dem Wortspiel und lachten dann lauthals los. Sie kicherten noch immer hemmungslos, als Perach'els Begleiter kurze Zeit später auftauchte.

Minaeon trug seine Paradeuniform aus in Schuppen angeordnetem Hartleder über einer blütenweißen Tunika und hatte sich auch sonst sichtlich Mühe mit seinem Äußeren gegeben. Nun stand er ein wenig belämmert im Zimmer, während die beiden Frauen sich gackernd in den Armen lagen. Er grübelte gerade, ob er beleidigt sein solle, als Charlotte tief durchatmete und sich ihm zuwendete.

„Entschuldigt, Minaeon", bat sie, „der Witz sollte nicht zu Euren Lasten sein."

„Es ward ein einfach Späßelein, Herr Minaeon, es sollt Euch nit verargen", fügte Perach'el lächelnd an.

„Einfach nur Minaeon, Frau Perach'el, bitte", antwortete der Krieger mit röter werdenden Wangen.

„Nun gut ... Minaeon", erwiderte sie verschmitzt, „wenn Ihr die 'Frau' vergesst."

„Wie könnte ich?", flüsterte er, noch röter werdend.

„Hm", schnurrte Perach'el, „So seht Ihr das."

Minaeons Ohren standen in Flammen, als ihm aufging, dass seine Begleiterin ein exzellentes Gehör hatte.

KAPITEL 10

Ich wachte wieder einmal allein auf. Diesmal wusste ich aber, dass sie einfach nur nicht in der Hütte war. Es wurde gerade erst hell draußen, also hatte ich nicht verschlafen.

Lissi hatte bereits die Feuerstelle gesäubert und den Flammen Nahrung gegeben. Und da der Wind nachge-lassen hatte, war es ausnahmsweise sehr warm im Raum. Ich machte es mir trotzdem noch einmal bequem im Bett und zog die Decke wieder höher. Das Bogenschießen am Kloster würde erst am späten Vormittag beginnen. Reichlich Zeit also.

Die Tür öffnete sich leise und Lissi kam herein. Barfuß bis zum Hals ging sie geräuschlos wie eine Katze zur Feuerstelle hinüber. Das silbrigweiße Haar klebte ihr am Rücken und kleine Rinnsale liefen über ihre nackte Haut. Neben dem Herd hatte sie sauber ihre Wäsche gestapelt und Handtuch und Kamm depo-niert.

„Bad im Schnee?", fragte ich leise.

Sie schaute herüber und zwinkerte mir zu.

„Ich hab einen kleinen Wasserfall in der Nähe ent-deckt."

„Brauchst du Hilfe?" Ich deutete auf den Wäsche-berg.

„Möchtest du?"

Mit einem Frotteetuch bewaffnet widmete ich mich ausführlich ihren Rundungen und jedem Haar an ihr, das ich finden konnte. Sie genoss die Behandlung und ließ mich auch nicht los, als ich schon längst fertig war. Aneinander geschmiegt standen wir neben dem

Feuer. Ihre Arme lagen entspannt auf meinen Schultern. Mein Blick schwamm in den Tiefen ihrer schwarzen Augen.

„Wie die Kletten", schnitt Charlottes Stimme durch die Stille des Raumes.

Wenn ich nicht in Lissis Anblick versunken gewesen wäre, wäre ich jetzt tot. Herzinfarkt. So war es nur ein kleiner Schreck, aber überwiegend Verwunderung.

„Was machst du denn hier?", fragte Lissi nicht minder verblüfft.

„Ich habe versucht, euch geistig anzusprechen. Da habt ihr aber nicht reagiert. Und es ist nicht lustig, die ganze Zeit in eine Sonne zu schauen", grummelte Charlotte.

„So schlimm?", wollte Lissi amüsiert wissen.

„Ariel hat vorgeschlagen, euch als Leuchtfeuer auf dem Haus zu postieren."

„Tolle Aussicht, aber langweiliger Job ... so auf lange Sicht", winkte ich ab.

„Seh ich auch so. Aber Danke für das Angebot", schloss sich Lissi mir an.

„Heute gab's wieder Clown zum Frühstück, was?", erwiderte der Engel mürrisch.

„Apropos: Haben wir noch etwas zu Essen im Haus?", fragte ich Lissi, vollkommen unbeeindruckt von Charlottes Gewitterstimmung.

„Dein Essen von gestern hast du nicht angerührt", antwortete Lissi.

„Gut, ich krieg nämlich langsam Hunger."

„Ignoriert mich doch einfach", brummte Charlotte.

„Sag uns doch einfach, was los ist", seufzte ich.

„Wir wissen doch, dass du uns nicht stören würdest, wenn es nicht wichtig wäre", fügte Lissi an.

Charlotte schaute noch einmal zwischen uns hin und her, ob sie jetzt wirklich unsere Aufmerksamkeit hatte.

„O.k.. Der Rat tritt bald zusammen. Meine Traumsicht verschiebt sich und ich sehe die Ereignisse jetzt kurz bevor sie geschehen.“

„Nicht schlecht“, murmelte ich.

„Wie viele?“, fragte Lissi.

„Wie viele was?“, fragte ich gegen.

„Verdammt, ich wollte dich auf den neuesten Stand bringen. Ich hab's vergessen“, fluchte der Vampir.

„Lasst mich einfach im Dunkeln“, schlug ich schulterzuckend vor.

„Es sind mittlerweile siebzehn Dörfer, die ausradiert wurden“, beantwortete Charlotte die Frage. „Und es ergibt langsam ein Muster. Zumindest glaube ich das.“

„Je klarer das Muster, desto früher siehst du das Ereignis?“, schlug ich vor.

Charlotte schaute mich einige Augenblicke regungslos an, bevor sie den Kopf schüttelte.

„Es ist mir unbegreiflich.“

„Was denn?“, wollte ich wissen.

„Ich habe mit den anderen lange darüber nachgedacht, wie und wann das mit meiner Traumsicht funktioniert.“

„Und dann kommt Karl und schüttelt die Lösung quasi im Vorübergehen aus dem Ärmel“, schloss Lissi. „Unmöglich, dieser Kerl.“

„Karl! Mein Name ist Karl“, wendete ich ein.

„Karl. Kerl. Ist doch egal!“, knurrte Lissi. Ihre Mundwinkel zuckten aber schon.

„Hm, klar“, brummte ich.

„So, wann ist denn nun mit euch zu rechnen?", forderte Charlotte.

„Wenn es erst mal nur um den Rat geht, könnten wir nächste Nacht einmal rüber hüpfen. Was meinst du, Lissi?"

„Na, wir haben noch das kleine Turnier am Kloster", erklärte meine Freundin.

„... und keine Ahnung, wie lange so etwas dauert", ergänzte ich.

„O.k.. Das passt", nickte Charlotte. „Es gibt eh noch keinen konkreten Plan."

„Und wesentlich länger ...", fing ich an.

„... werden wir auch nicht mehr hier bleiben", endete Lissi.

Ein Grinsen zog sich über Charlottes Gesicht.

„Ihr wisst aber noch, wer wer ist, oder?", fragte sie maliziös.

Immer noch Arm in Arm schauten wir uns kurz an. Ich zog die Augenbrauen fragend hoch. Sie legte den Kopf leicht schräg. Ich nickte knapp.

„Spielt keine Rolle", sagten wir unisono.

Charlotte lachte aus vollem Hals.

„Ihr seid wirklich schräg."

„Wir sind letztlich eine Person", sagte ich schulterzuckend.

„Ach, und das ist jetzt gesicherte Erkenntnis?", fragte Charlotte amüsiert. Die Theorie stand ja schon einmal im Raum.

„Karls Intuition", antwortete Lissi.

Wir erklärten ihr dann den möglichen Plan von den getrennten Wegen und der mehr oder weniger deutlichen Bestätigung durch das Buch. Charlotte war verblüfft, aber der Gedanke dahinter leuchtete ihr ein.

„Hm, das gibt mir zu denken", sinnierte Charlotte, „aber die Idee hat was geniales."

„Na, wir wissen ja, wer das ausgeheckt hat", schmunzelte ich.

„Und solange ich nicht auch ein Teil dieser Person sein muss", lachte Charlotte.

„Och, Platz wäre noch", wendete ich ein.

„Bei deinem Ego?", stichelte Lissi.

Ich starrte ihr mit regloser Miene in die jetzt weißen Augen.

„Was?"

„Ich geh dann mal besser", schlug Charlotte vor.

Ich lieferte mir mit Lissi noch immer ein Augengefecht, wohl wissend, dass ich keine Chance hatte. Irgendwann würde ich blinzeln müssen. Ziemlich bald sogar. Meine Augen fingen an zu brennen. Sie wusste das auch und grinste breit. Dann küsste sie mich kurz auf die Nase.

„Netter Versuch."

„Blöde Kuh", antwortete ich und streckte ihr lächelnd die Zunge raus. „Gibt's sonst noch was, das wir wissen müssten?", fragte ich Charlotte.

„Der Rest sind eher alltägliche Dinge", gab sie vage zurück.

„Als da wären?", hakte ich nach.

„Perach'el!"

„Nettes Mädchen. Sah toll aus als junger Engel", sagte ich unbestimmt. „Was ist mit ihr?"

„Sie ist jetzt BFF mit Mareike."

„BFF?", fragte ich verwirrt.

Lissi klärte mich auf.

„Dank deiner Einmischung hilft sie dem Mädchen bei ihrem Schulprojekt und hat sie jetzt sogar bei uns übernachten lassen", führte Charlotte weiter aus.

„Hey, schön!“, kommentierten Lissi und ich.

„Und sie ist gerade mit Minaeon unterwegs zur Adventsmesse.“

„Minaeon? Irgendwas sagt mir der Name“, grübelte ich.

„Na, der junge Engelskrieger, der auf dem Weg zur Arena zu ihrem Schutz abgestellt war“, klärte Lissi mich auch diesmal auf.

„Ah, ja! Hat man ihn zum Dauerdienst verdonnert?“, fragte ich kichernd.

„Ist wohl eher etwas persönliches“, lächelte Charlotte.

Lissi und ich sahen uns an. Wir hatten auch gleichzeitig den selben Gedanken.

„Nee, oder?“, lachte ich. „Wie steht sie dazu? Hat sie das überhaupt mitbekommen?“

„Sie ist eine Frau, Trottel“, tadelte mich Lissi.

„Und sie ist alles andere als abgeneigt“, schloss Charlotte.

„Die kleine Blume blüht auf“, sagte ich nachdenklich. Lissi nickte gedankenverloren.

„So, jetzt aber“, sagte Charlotte. „Ich mach mich auf den Weg. Wir sehen uns nächste Nacht.“

Sie winkte noch kurz, flimmerte und war verschwunden. Wir waren wieder allein. Ich legte mein Gesicht in Lissis Halsbeuge und atmete tief ein und aus. Einiges bewegte sich in die richtige Richtung, anderes in die falsche. Und unser Urlaub war bald zu Ende.

Perach'el war aufgeregt. Sie trug dieses wunderschöne Kleid, dass dem ihrer Mutter so sehr ähnelte. Sie hatte den als Begleiter, den sie sich insgeheim gewünscht hatte (und Karl war ja partout nicht bereit, seine Freundin für sie zu verlassen). Und sie hatte endlich wieder die Möglichkeit zur Kirche zu gehen. Charlotte hatte sie jedoch gewarnt, dass die Messe wahrscheinlich nicht mehr ihren Vorstellungen entsprechen würde. Ihr Latein sei gut genug, hatte sie ihr entgegengehalten. Charlotte hatte sie darauf hin einfach ausgelacht. Gemein von ihr. Aber vielleicht hatte sie ja auch recht. Charlotte war viel erfahrener mit den heutigen Dingen.

Perach'el war noch wegen einer anderen Sache aufgeregt. Sie würde heute einige Menschen treffen, mit denen sie vielleicht bald häufiger zu tun haben würde. Meister Crassus hatte für sie Arbeit organisiert. Sie sollte bald in einem Kindergarten anfangen, der – wie zufällig – in dem Dorf ist, wo Karl so viel Land von seinem Großvater geerbt hatte.

Sie würde wahrscheinlich einige der Eltern sehen, deren Kinder sie bald betreuen sollte. Oder vielmehr würde sie gesehen werden!

Ein Freund von Karl senior würde sie empfangen und mit zwei Bauern bekannt machen, deren Gehöfte sie von Karl überschrieben bekommen hatte. Sie wollten der neuen Grundherrin gerne ihre Aufwartung machen. Ihr! Blanche Grandchamp, der Bauerntochter! Verrückte Welt. Aber ihr Vater wäre sicher sehr stolz auf sie. Sie würde ihn nicht enttäuschen.

Minaeon führte sie auf einem verborgenen Pfad über die Traumwelt in das Dorf. Das Springen hatte man ihr noch nicht erklärt. Und ihr Mentor, der Älteste Azrael, hatte vage Andeutungen gemacht, dass sie den Sprung durch Raum und Zeit vielleicht nie würde lernen können. Er erwähnte etwas von 'Visualisieren'. Sie hatte jedoch nicht verstanden, was er damit meinte.

Septimus Crassus hatte ihrem Begleiter genaue Anweisungen gegeben, weswegen sie, kaum im Ort, auch schnell die Person trafen, mit der sie verabredet waren.

Lukas Semmler, Bäckermeister im Ruhestand und Mitglied des Stadtrates, freute sich auf dieses Treffen. Seitdem Karl junior wieder aufgetaucht war, kam auch wieder Leben in die Gemeinde. Der Anwalt, der die Erbsache vertreten hat, kümmerte sich auch um viele andere Sachen und Geld kursierte für neue Projekte.

Außerdem hatte Karl offenbar Kontakt zur Fabelwelt. Was immer das bedeuten würde. Und wenn er die Informationen der letzten Wochen richtig kombinierte, würde er heute eine ebenso außergewöhnliche junge Frau kennenlernen, wie die Freundin von Karl es war.

Als ihm die zierliche Frau mit der Augenbinde über den Kirchplatz entgegen kam, sah er sich bestätigt. An der Frau selbst war auf den ersten Blick nichts Besonderes. Nur ihr Begleiter war offenbar ein Engel. Zumindest bewegte er sich auch mit den Flügeln so selbstverständlich, dass der alte Bäcker kaum mehr Zweifel daran hatte, dass der Begleiter tatsächlich ein Himmelsbote ist. Die Vampirin gab es ja auch.

„Guten Abend! Sie sind Frau Grandchamp, nehme ich an. Mein Name ist Lukas Semmler", grüßte er.

„Einen guten Abend auch Ihnen", grüßte sie zurück und reichte ihm die Hand. „Und jenes ist Minaeon, mein Beschützer für den Abend“, stellte sie den Engelskrieger vor.

Minaeon war mit den menschlichen Gepflogenheiten nicht so vertraut, weswegen auch das Händeschütteln etwas steif ausfiel. Lukas dachte sich seinen Teil, störte sich aber nicht daran. Ihm waren genug Menschen – echte Menschen – begegnet, die ähnliche Probleme hatten. Ihm fiel aber noch etwas anderes auf.

„Sagen Sie, Frau Grandchamp, ein Freund erzählte mir neulich von seinem Tag im Museumsdorf und einer jungen Frau, die sich seinen Bäckerofen geliehen hat. Die junge Frau bediente den Holzofen, als wenn sie das tagtäglich machte. Ihr kennt die junge Dame nicht zufällig?“

„Jene Frau, vun welcher euer Freund hat sprochen, ist nit jung, noch eine Dam“, lachte Perach’el.

„Ihr kennt sie also?!“, schlussfolgerte Semmler.

„Ich höchst selbst bin es wesen, eines Bauern Tochter.“

„Aus Lothringen? Das ist das Lothringer Doppelkreuz auf Eurem Kleid, oder?“, deutete Semmler auf den Saum des Rocks.

„Ihr habt ein kundig Aug, Herr Semmler“, sagte sie überrascht.

„Ich habe im Saarland eine Schwester. Und Frankreich ist nah“, erklärte er etwas ausweichend.

„Ah, Schand über Schand“, klagte Perach’el. „War doch das Joch des welschen Königs abworfen und wir dem teutschen Reiche gehörig. Nummé ischts widda allwie dazumal.[51]“

---

[51] (teilweise) lothringisch: „Jetzt ist’s wieder wie früher.“

„Bitte verzeiht, wenn meine Frage unhöflich scheint, aber wie alt seid Ihr?“, fragte der Bäcker verwundert.

„Karl sagete, es seien umb die drihunnert Johr. Winters, anno 1710 versturb ich und ward fürderhin ein Engelein“, erwiderte sie nachdenklich.

Lukas Semmler sog lang die Luft in die Lungen und ließ sie noch langsamer wieder raus, während er sich mit einer Hand sprachlos über das kurze graue Haupthaar strich.

„Für einen Engel ist sie also noch recht jung“, kommentierte Minaeon, der sich bisher im Hintergrund gehalten hatte.

Der alte Bäcker lachte schallend.

„Da habt Ihr sicher recht, Herr Minaeon“, bestätigte er gut gelaunt. „Lassen wir es dabei bewenden. Ich soll euch noch einigen Leuten vorstellen, bevor die Messe anfängt. Wenn ihr mir bitte folgen wollt?“

Der Gasthof war nicht weit und der alte Semmler hatte wohlweislich einen ruhigen Nebenraum reserviert.

Zwei Bauern, der eine noch mit seinem Sohn und Erbfolger, sowie der Geschäftsführer des ebenfalls an Perach’el gefallenen Gewerbeparks erwarteten sie sichtlich nervös.

Als das blinde Mädchen dann vor ihnen saß, entspannten sich die Männer wieder. Perach’el stand Rede und Antwort. Die Bauern entspannten sich noch weiter, als sie an Perach’els eigenen Fragen feststellen konnten, dass sie mit der Landwirtschaft durchaus vertraut war. Sie zeigte ungeheucheltes Verständnis für die Sorgen und Nöte der Bauern und versprach, nicht zu hart mit ihnen umzuspringen.

Der Leiter des Gewerbeparks jedoch machte den
Fehler sein Gegenüber vollkommen zu unterschätzen.
Perach'el hatte selbst zu harte Zeiten erlebt und zu oft
ihren Vater beim Feilschen auf dem Markt beobachtet,
um sich so ohne weiteres über den Tisch ziehen zu
lassen. Der alte Bäcker war manches Mal versucht, in
das Geschehen einzugreifen, wurde jedoch immer von
der zierlichen Frau neben ihm überholt. Sehr überlegt
und mit einem Schuss 'Bauernschläue' konterte sie jeden noch so unverschämten Vorschlag des Geschäfts-
mannes, ohne sich auch nur um Haaresbreite von
ihrem Standpunkt abbringen zu lassen.

Die Anderen folgten dem Schlagabtausch wie einem Tennismatch, bis Perach'el ihrem Gegenspieler
mit einer schroffen Handbewegung das Wort abschnitt
und aufstand.

„Das mag genügen", sagte sie bestimmt. „Pacta
sunt servanda![52] Dafür werde ich die Verträge belas-
sen, wie sie da wären. Vorerst! So, und jetzt werd ich
in die Messe gehen. Folget mir, so ihr gute Christen
seid."

Die drei Landwirte standen wie ein Mann sofort auf
und geleiteten sie und ihren himmlischen Begleiter
vor die Tür. Der alte Bäcker folgte gut gelaunt, während sich der Geschäftsleiter mürrisch empfahl, um
seinen Frust in der Schankstube zu kurieren.

„Vielen Dank für diese Vorführung", raunte Semmler Perach'el ins Ohr, als sie vor dem Gasthof standen,
um noch die kühle Abendluft zu genießen.

„Vorführung?", fragte sie gegen.

„Ihr verhandelt hart, aber gerecht."

---

[52] lateinisch: „Verträge sind einzuhalten!"

„Mir sind die Nöte der Bauern nit fremde, doch jener Handelsherr ward ohn Respekt und wollt mir eine Posse bieten. Er vergaß, wer das Land sein eigen nennet.“

„Und doch stellt Ihr euer Licht unter den Scheffel.“

„Stolz steht mir nit gut zu Gesichte“, lachte Perach’el. „Dero Felder erwarb ich nit durch meiner Hände Kraft.“

„Ihr seid weise, Bauerntochter aus Lothringen“, merkte der alte Bäcker freundlich an.

Diese junge Frau aus alter Zeit hatte sein Herz erobert. Er hätte sich gewünscht, wenigstens einmal von seinen Kindern so beeindruckt worden zu sein. Von den Enkelkindern ganz zu schweigen.

„Oh, nein!“, wehrte sie ab. „Es ist nur, was mein Herr Vater mich hat lehret. Oder die Frau Mutter! Ihr erwähntet jenen Backowwe“, schob sie nachdenklich nach.

„Mein Freund ist Bäckermeister, wie ich, und er war doch sehr verwundert, dass ein so junger Mensch so fundiertes Wissen über altes Handwerk haben kann. Die Lehrstunde am Holzofen war ja wohl nicht das Einzige, was Euer Publikum zu sehen bekam.“

„Ich wiederhole es gern. Alles, was dem Knechte gelehret, sollt auch ich kunnen, umb dereinst meinem Manne ein guts Weib sein.“

Die kurze Wegstrecke zur Kirche hatten sie im Schlendergang hinter sich gebracht. Die drei Landwirte standen noch am Eingang und warteten. Sie wollten unbedingt gemeinsam mit ihrer neuen Verpächterin die Kirche betreten.

Minaeon huschte kurz hinter dem Portal in den Schatten einer Kapelle, während Perach’el einen Platz in den hinteren Bänken des Hauptschiffes ansteuerte.

„Wollt Ihr nicht weiter vorn Platz nehmen?“, fragte Lukas Semmler. Den Bauern gab er mit einem Nicken zu verstehen, dass sie ruhig ihre angestammten Plätze nehmen konnten.

„Ich bin dem Sprengel nit bekannt. Es geziemet sich nit“, entgegnete Perach’el mit Würde und nahm Platz.

Der alte Bäcker nickte und setzte sich einfach neben sie. Er ging gern in die Kirche, gab aber nichts auf die Konventionen, wenn es um so Banales, wie die Sitzordnung ging. Er konnte sich nicht vorstellen, dass es den Herrgott interessierte, von wo jemand zu ihm betete.

Perach’el sah das etwas anders, sagte aber nichts. Sie war hier neu. Und Charlotte hatte sie schließlich gewarnt.

Die Messe begann mit einem melancholischen Orgelstück, bevor der Pfarrer erste Grußworte an die Gemeinde richtete – in Deutsch! Perach’el war mehr als erstaunt.

Vor der eigentlichen Messe, predigte der Pfarrer noch. Er sprach von den Ängsten der Menschen, besonders vor Veränderungen. Er spielte in einigen Nebensätzen speziell auf die neuen Besitzverhältnisse in der Gemeinde an. Perach’el war kurz davor, ihre Zurückhaltung besonders gegenüber einem Geistlichen sausen zu lassen. Das leise brummige Gelächter des alten Mannes neben ihr, brachte sie wieder auf den Boden zurück.

„Der Herr Pfarrer wettert gegen meine Freunde und mich“, zischte sie halblaut.

„Der Herr Pfarrer ist nur sauer, dass der alte Karl der Kirche nicht mal ein Stück Land geschenkt hat.

Nicht einmal das bisschen auf dem die Kirche hier steht“, lachte der alte Mann gutmütig.

„Oh, und mir ward lehret, dass die ecclesia[53] nur auf eignem Lande bauet“, entgegnete Perach’el verblüfft.

„Unsere Gemeinde ist auch eine seltene Ausnahme. Und das ist auch unserem Werner“, - er zeigte mit einer Hand auf den Mann in der Kanzel, - „seit jeher ein Dorn im Auge. Und wenn er jetzt noch wüsste, wem Euer Freund Karl speziell das Kirchenland übertragen hat, würde er vor Wut über der Kanzel schweben“, feixte der Bäcker.

„Ich wüsst es nit sagen“, gestand Perach’el.

„Sie hat lange weiße Haare...“

„Oh, Lysje!“, sagte sie erstaunt und erschrocken zugleich. „Ach, mein lieb Karl“, seufzte sie, „welch böse Narretei treibt Euch um.“

„Er bleibt offenbar in der Tradition der Familie. Sein Großvater war ein gläubiger Mann, aber der Kirche ließ er nie die Zügel schleifen. Und solange Euer Karl solche Freunde hat“, er nickte in Richtung des Engels, der reglos im Schatten stand und alles im Auge behielt, „solange habe ich keine Angst um sein Seelenheil.“

Perach’el drückte die Hand des alten Mannes und lächelte ihn dankbar an. Solange Karl solche Fürsprecher hatte, war es insgesamt vielleicht nicht ganz so schlecht um ihn bestellt. Sie nickte nachdenklich, konzentrierte sich dann aber lieber auf die Adventsmesse, die jetzt von einem munteren aber festlichen Orgelstück eingeleitet wurde.

---

[53] lateinisch: „Kirche“, besonders als Institution

KAPITEL 11

Ich hatte Lissi in ihr neues Kleid geholfen und mich selbst auch schon angezogen. Wir würden bald zum Kloster springen müssen. Lissi überprüfte gerade ihre Ausrüstung, den Bogen und die Pfeile, als Charlotte plötzlich wieder im Raum stand.

„Äh, eins noch: Habt ihr Karls Caestus dabei?", fragte sie ohne Einleitung.

Wir schauten sie erst sprachlos an. Lissi fing sich dann aber als erste und schüttelte wortwörtlich ihre Überraschung ab, bevor sie antwortete.

„Sicher. Die hab ich immer dabei."

„Karl sollte sie tragen", sagte Charlotte mit ernster Miene.

„Vorahnung?", fragte ich.

„Ja", erwiderte der Engel kurz. Sie winkte und verschwand wieder.

Wir starrten auf die Stelle, an der sie gerade noch gestanden hatte.

„Was war das denn?", fragte ich mehr rhetorisch in den Raum.

„Das war Charlotte", antwortete Lissi unnötigerweise.

„Ach, nee! Scherzkeks", schnaufte ich. Mit wildem Knurren warf ich meine Arme um ihren Hals und versuchte, ihr ins Ohr zu beißen. Kichernd schob sie mich auf Armeslänge von sich.

„Keine Zeit für sowas!", sagte sie streng ... lächelnd. In einer fließenden Bewegung hatte sie meine Kampfhandschuhe ans irdische Licht befördert.

„Dann wollen wir mal." Mein Enthusiasmus hielt sich in Grenzen. Ich streckte meine Arme aus und Lissi streifte mir die Panzerfäustlinge über. Mit flinken Fingern hatte sie die Riemen festgezurrt und die Caestus saßen wie angegossen.

Ich bewegte zur Probe die Finger, die Handgelenke. Es beeindruckte mich jedesmal wieder, wie etwas so archaisches einerseits so unglaublich zäh und widerstandsfähig sein konnte, andererseits aber so leicht und, man könnte sagen, weich.

Ich zog die Ärmel meines langärmeligen T-Shirts und des Pullovers darüber, um ihre Anwesenheit nicht zu offensichtlich zu machen.

„Fertig?", fragte Lissi.

„Fertig", bestätigte ich.

Wir fassten uns an der Hand und willten uns in eine kleine Senke auf dem Weg zum Kloster. Ein kleiner Anstieg noch und wir schauten in das Tal mit dem Kloster und dem Dorf dahinter.

Es war viel Bewegung auf dem Feld vor dem Dzong. Die Mönche kamen gerade in zwei langen Reihen aus dem Haupttor, vor dem schon viele Menschen versammelt waren. Eine Schießbahn war abgesteckt und von langen, Fahnen gekrönten Stangen gesäumt. Näher kommend konnten wir sehen, dass sich die Menschen festlich gekleidet hatten. Es herrschte Volksfeststimmung.

Ein Pfiff hinter uns ließ uns umschauen. 'Unsere' Bauern kamen den Weg herab. Alle hatten die besten Kleider an und waren ausgesprochen gut gelaunt.

Einige Gesichter waren mir unbekannt, aber wie sich herausstellte, hatten sie noch einige Nachbarn im Gefolge.

Besonders die älteren Männer waren alle mit Bogen und Köcher ausgestattet, aber keine einzige Frau. Ich wusste nicht, warum mir das jetzt einfiel, aber ich glaubte mich zu erinnern, dass es gerade eine Frau war, die Bhutan bei den Olympischen Spielen vertrat – und zwar im Bogenschießen![54] Auch der König hatte auf Lissis Frage hin bestätigt, dass es in seinem Land im Grunde keine Ungleichbehandlung gab. Das wäre auch durch die Religion nicht gedeckt. Aber dennoch. Die Landbevölkerung hatte andere Regeln.

Sie hatten glücklicherweise die Kinder, Tashi und Dorji, dabei, die heute schulfrei bekommen haben. So konnten wir uns wenigstens ein wenig unterhalten.

Nebenbei erfuhren wir, dass das andere Kind mittlerweile sogar operiert worden war und voraussichtlich vollständig gesunden würde, was unweigerlich wieder zu Kniefällen und tiefen Bücklingen vor Lissi führte.

Sie lächelte gnädig.

Ich war ein Mann, weswegen mir großzügiges Schulterklopfen zugedacht wurde. Als wir endlich weitergingen, hatte ich gefühlte drei Zentimeter an Körperhöhe verloren.

Jetzt hatten wir also noch ein buntes Gefolge, das in farbige Gewänder gekleidet, uns singend, lachend und quatschend begleitete. Die Menschen vor dem Kloster bemerkten uns damit natürlich schon von weitem.

Wir hatten aber Glück. Wir waren kaum am Fuß des Talkessels angekommen, als sich von Ferne wieder der Hubschrauber bemerkbar machte, der mit lautem Rotorknattern gerade über einen Bergkamm flog. Und

---

[54] Nicht die einzige Frau, aber im krassen Gegensatz zum Geschlechterverhältnis beim Sport in diesem Land. 2012 wird Bhutan wieder teilnehmen und wieder mit einer Frau im Bogenschießen.

schon ging die Aufmerksamkeit der Wartenden in eine andere Richtung.

Hundert Meter vor dem Ziel landete der Heli etwas abseits von der Schießbahn. Neugierig blieben die Bauern stehen, um vielleicht als erste zu erfahren, wer da ankam. Um so größer war die Überraschung, als dem Fluggerät kein geringerer als der König selbst entstieg.

Jubel brandete auf, als weithin sichtbar das Safrangelb des königlichen Schals über das Feld strahlte. Unsere Begleiter waren aus dem Häuschen und winkten und führten kleine Tänze auf.

Der König hatte nicht nur seine Frau und ein paar Würdenträger mitgebracht, sondern sogar seinen eigenen Bogen. Er war selbst ein passabler Schütze und wollte die Gelegenheit nutzen, ein paar Pfeile abzufeuern. Wann kam er schon mal dazu. Außerdem freute er sich immer, wenn er es einmal einrichten konnte, etwas Zeit mit seinem Volk zu verbringen.

Aber erst einmal begrüßte er uns und stellte seine Leute vor. Seine Frau verwickelte Lissi schnell in ein Gespräch. Ich blieb lieber im Hintergrund und schaute mir das Spektakel in Ruhe an. Der König widmete sich den Bauern.

So ging er auch, umringt von seinem 'Volk', vorne weg und die Königin folgte mit Lissi und mir. Nur die Kinder pendelten zwischen den zwei Gruppen.

Würdevollen Schrittes kam uns der Abt entgegen. Khenpo Lobsang Dawa sah nicht sonderlich überrascht aus, den König hier begrüßen zu dürfen. Ich hegte da so einen Verdacht.

Als das königliche Paar zusammen mit dem Abt ein Bad in der Menge nahm, füllte der Zeremonienmeister

Jigme die Lücke und erklärte uns kurz das Prozedere und die Regeln des Wettschießens.

„Und Ihr, Herr Karl?", fragte er später, „wo liegen Eure sportlichen Talente?"

„Unterstellt, er hätte welche", murmelte Lissi lautstark und grinste breit in die Gegenrichtung.

Ich rammte ihr lächelnd meinen Ellenbogen in den Rücken. Sie hatte wenigstens den Anstand einen Schritt vorwärst zu stolpern.

„Ich verstehe mich ein wenig auf Faustkampf", antwortete ich ihm und ignorierte Lissis Kichern.

„Ah, das wird unsere chinesischen Gäste freuen. Ich kann Euch gerne mit ihnen bekannt machen."

„Das sind aber nicht zufällig diese Kampfmönche aus Shaolin?"

„Nein, nein", lachte Jigme, „aber auch sie trainieren täglich. Sie sind gestern angekommen und wollen ihre Meditationstechniken vertiefen."

„Da werd ich kaum mithalten können", entgegnete ich bescheiden, „aber stellt mich den Mönchen vor."

Lissi sah mich seltsam an.

Glaubst du das wirklich?

Ich war mir nicht sicher. Eine Maxime in meinem Leben war, nicht allzu viel zu erwarten und mich dann zu freuen, wenn die Erwartungen übertroffen werden.

Ich will mich nicht zu weit aus dem Fenster lehnen. Das sind scheinbar keine 'Showmönche'.

Lissi nickte. Zurückhaltung war in den meisten Fällen der bessere Weg und minimierte die unliebsamen Überraschungen. Und für ihren Geschmack waren hier eindeutig zu viele Menschen.

Jigme führte mich aus der großen Menschentraube vor dem Kloster heraus auf die vom Dorf abgewandte

Seite der Schießbahn. Das kleine Grüppchen Mönche war relativ leicht auszumachen.

Die Farbwahl bei den Umhängen war wohl durch den Buddhismus beeinflusst, weswegen es hier kaum Unterschiede gab. Auch die Statur war gleich, dafür fehlte ihnen die in Bhutan und der restlichen Himalaja-Region typische, von der Höhensonne verbrannte Gesichtshaut, die die Einheimischen meist recht dunkel erscheinen ließen.

Ich wurde erst etwas skeptisch betrachtet, konnte dann durch Jigmes Einleitung aber wenigstens für Erheiterung sorgen. Es wurde viel gelacht und die meiste Zeit ganz offensichtlich auf meine Kosten. Ich übte mich in buddhistischer Gelassenheit, lächelte freundlich und stellte mir für die Truppe alle möglichen Todesarten vor.

Jigmes Freundlichkeit bekam auch langsam Risse.

„Damit hätte ich nun wirklich nicht gerechnet“, gestand er, sichtlich verunsichert.

„Hier in Asien bin ich halt der seltsame Fremde“, bemerkte ich, ohne mit Lächeln nachzulassen. „Die christliche Nächstenliebe reicht bei uns auch oft nicht bis zur Haustür.“

Jigme hatte verstanden, auch wenn ihm das Ganze so gar nicht schmeckte.

„Lasst uns dem Wettkampf zuschauen“, schlug er vor und führte mich etwas weiter zur Zielscheibe hin.

Die jüngeren Schützen und die Anfänger waren gerade dabei, ihre Pfeile abzufeuern. Die etwa 140 Meter lange Bahn war mit Bedacht sehr breit abgesteckt. Es gab den ein oder anderen Querschläger, was mit Gelächter und vereinzeltem Applaus quittiert wurde. Ansonsten gab es durchaus eine hohe Trefferquote, wobei mir Jigme erklärte, dass grundsätzlich das Spirituelle bei diesem Sport im Vordergrund stünde.

Ich blickte ihn mit hochgezogenen Augenbrauen fragend an und sah noch seine Mundwinkel zucken, bevor er sich wegdrehte und konzentriert woanders hinschaute.

Die Wettkämpfe der Jungen dauerten eine Weile, bis ein Sieger feststand, der dann die Ehre hatte, vom König persönlich einen kleinen Pokal empfangen zu dürfen. Und nicht zu vergessen die Gratulation und das Siegerfoto mit der leibhaftigen `Weißen Frau`!

Von diesem Intermezzo abgesehen, brauchte ich, wenn ich nach Lissi sehen wollte, nur den ruhigsten Punkt in dem Gewusel an Leuten zu suchen. Sie stand einfach nur da, lehnte sich entspannt auf ihren Bogen und ignorierte scheinbar den ganzen Trubel. Ich wusste es aber besser. Sie beobachtete, hörte zu und ließ gelegentlich ihren Geist wie den Lichtkegel eines Leuchtturms wandern. Das, was ich seinerzeit in den Tunneln gemacht hatte, imponierte ihr.

Schließlich kamen die erfahrenen Schützen. Die Schiedsrichter konnten endlich näher an die Zielscheibe heran. Mit Querschlägern war nicht mehr ernsthaft zu rechnen. Es wurde jetzt fast jeder Schuss mit Applaus honoriert, obwohl nicht einmal die Hälfte überhaupt die Zielscheibe trafen. Aber 140 Meter sind halt kein Pappenstiel, und bei manch einem Schützen durfte man sich wundern, wie er es schaffte, solange aufrecht zu stehen. Das war wohl die älteste Sportliga der Welt.

Jigme lachte lauthals, als ich meine ironischen Gedanken laut äußerte und setzte ungewohnt jovial einen drauf.

„Und manch einer sieht nicht einmal das Ziel!“

Ich schaute mir die Schützen darauf hin sehr genau an. Ich konnte nicht mit Sicherheit sagen, ob er mich an der Nase herumführte, oder nicht.

„Ah, die Sieger stehen fest", stellte Jigme nach einer Weile fest, nachdem ein sehr lauter Mann offenbar die Ergebnisse verkündet hatte. „Nur der König und Eure Freundin, Frau Lysje, dürfen jetzt noch schießen."

„Außer Konkurrenz dann", nahm ich an.

„Oh, nein. Der König kann noch gewinnen. Bei Frau Lysje bin ich mir nicht sicher. Ich weiß nicht, wie die Turnierleitung das geplant hat."

„Ich kann Lissi ja mal fragen", sagte ich schulterzuckend und ließ Jigme verwirrt stehen.

Darfst du aufs Treppchen, wenn du triffst, oder zäh-len deine Versuche nicht?, fragte ich in die Stille.

Nee, ist nur zum Spaß. Der Abt hat mir schon gesteckt, dass die Alten eh nicht glauben, ich würde irgendwas außer einem Schiri treffen, kam ihre amüsierte Antwort.

Verdammt, ich muss Jigme warnen. Bei dem Bogen triffst du wahrscheinlich die Heinis hinter der Scheibe.

Uups! Guter Hinweis.

„Jigme?", wendete ich mich an den Mönch. „Könnt Ihr den Leuten an der Zielscheibe sagen, sie sollen auch *dahinter* aus der Schusslinie gehen?"

„Ja! Ist das denn notwendig?", fragte er gegen.

„Konnten die Bauern ihre Pfeile aus dem Fels ziehen?"

Jigme wurde etwas blass und fing an den Schiedsleuten zuzubrüllen, die ihn einen Moment ungläubig anstarrten, dann aber aus dem Weg gingen.

Der König stellte sich an die Abschusslinie, richtete seine Waffe fast auf 45 Grad aus und ließ die Sehne los. Sein Pfeil beschrieb einen eleganten Bogen und senkte sich mit einem dumpfen Knall in das Holz der Zielscheibe. Er traf nicht mittig, aber das hatte heute noch niemand geschafft. Der Oberschiedsrichter hastete heran und verkündete das Ergebnis mit lauter Stimme. Das Volk jubelte begeistert.

Der zweite Pfeil verfehlte das Holz nur um Millimeter. Das Volk feierte seinen Monarchen. Noch ein Treffer, wie der erste, und er stünde auf dem Treppchen ganz oben. Der Drachenkönig war aber schon recht weise, trotz seiner jungen Jahre. Er nahm für den letzten Pfeil seinen Bogen merklich höher und schoss absichtlich weit über das Ziel hinaus.

Lissi fragte ihn neugierig nach dem Grund. Er antwortete lächelnd, dass er den Pokal doch schlecht sich selbst geben könne, also durfte er nicht gewinnen, nicht einmal aus Versehen, wie er mit einem Augenzwinkern anfügte. Die alten erfahrenen Bogenschützen klopften jetzt ihm die Schulter weich. Ich war ja nicht mehr in Reichweite.

Und dann war Lissi an der Reihe. Sie verstand nicht, was Bauer Pem zu ihr sagte, aber der verbeugte sich tief und wies ihr den Weg zur Abschusslinie. Dann stellte er sich mit verschränkten Armen und einem vielsagenden Grinsen ihr gegenüber und wartete.

Lissi war mit einem gesunden Selbstvertrauen gesegnet – meistens – und ließ sich nicht aus der Ruhe bringen. Auch nicht, als sich noch Seine Majestät und Khenpo Lobsang Dawa dazugesellten und ihr neugierig zusahen.

Der Vampir reichte seinen Bogen dem misstrauischen Bauern, der erneut versuchte, die Sehne wenigstens einen Finger breit zu bewegen ... und zu scheitern. Dem König ging es nicht anders und der Abt versuchte es gar nicht erst.

Als nächstes reichte Lissi einen Pfeil herum. Feiner Steinstaub war noch in den kunstvollen Ornamenten zu erkennen. Bauer Pem musste schlucken. Sein Grinsen war nicht mehr ganz so breit.

Lissi legte den Pfeil auf und spannte den Bogen voll durch. Bauer Pem keuchte verblüfft. Sie lächelte ihn verschmitzt an und nahm den Bogen so weit runter, bis der Pfeil waagerecht zum Boden lag. Einige Zuschauer lachten unsicher, ansonsten herrschte jetzt Stille.

Lissi zwinkerte dem Abt einmal zu, fixierte für einen Wimpernschlag das Ziel und ließ los.

Ich stand etwa hundert Meter von ihr entfernt. Der Knall der Sehne war aber von meinem Platz aus deutlich zu hören. Jigme fiel der Unterkiefer. Meine trainierten Augen hatten kaum die Chance dem Projektil zu folgen, das scheinbar befreit von aller Schwerkraft auf sein Ziel zuflog.

Das Brett mit der Zielscheibe drohte kurz nach hinten umzufallen, als das Geschoss, ohne merklich langsamer zu werden, das Holz durchschlug. Ein kleines Wölkchen aus Staub und Splittern stand kurz über dem Loch, das jetzt im Zentrum der Scheibe klaffte.

Ein weiteres scharfes Krachen war dann aus dem Nadelgehölz zu hören, das dem Schießplatz auf der dem Kloster abgewandten Seite eine natürliche Grenze bot. Der Schnee der letzten Tage hüpfte einem der Bäume von den Ästen, bevor er mit einem weiteren Knacken langsam zur Seite kippte.

Wieder ging der Oberschiedsrichter an die Zielscheibe, viel vorsichtiger aber. Er schaute sich immer wieder nach der Schützin um, dass diese nicht erneut zum Schuss ansetzte, bevor er sich über das Holzbrett beugte.

Ungläubig, aber fasziniert, schaute er auch von der Rückseite her nach dem Loch und steckte sogar einen Finger hindurch. Er schickte noch einen Kollegen in das Wäldchen, bevor er lautstark das Ergebnis verkündete.

Jigme kratzte sich verwundert am Kopf.

"Und Frau Lysje ist wirklich keine Göttin?", fragte er mich unsicher.

„Nein", erwiderte ich bestimmt. „Sie ist kein Mensch mehr, jedenfalls nicht im üblichen Sinne. Aber eine Göttin? Nein, wirklich nicht."

„Seid Ihr denn schon Göttern begegnet, dass Ihr euch so sicher sein könnt?" Während er das fragte, setzte er sich langsam in Bewegung und steuerte das Kloster an.

Ich folgte ihm.

„Solchen ... Wesen begegnet man nicht von Angesicht zu Angesicht, glaub ich. Sonst habe ich mich aber schon in der Gegenwart des einen Gottes befunden und mich mit dem anderen, äh, was auch immer, unterhalten. Nein, kein Vergleich."

Jigme nickte nachdenklich und wir setzten unseren Weg fort. Er würde noch lange Gespräche mit dem Khenpo führen und noch mehr meditieren, wenn wir später weg wären.

Lissi stand wieder äußerlich entspannt auf ihren Bogen gestützt und ließ sich von den Menschen bestürmen. Ruhig beantwortete sie alle Fragen, die abwechselnd vom Abt oder vom König persönlich übersetzt wurden.

Wir gesellten uns zu ihr. Mit einer kurzen Umarmung signalisierte ich ihr meine Anwesenheit, blieb dann aber still hinter ihr stehen.

Irgendwann – gefühlte Stunden später – legte sich der Trubel und die ausstehende Krönung des Schützenkönigs konnte endlich erfolgen. Als dann noch der Fotograf seine Arbeit erledigt hatte, gingen die Menschen wieder zum Volksfestteil über.

Auf Bitten des Königs blieben wir in seinem Gefolge und arbeiteten uns langsam durch die Menschenmenge, um einzelnen Darbietungen die Ehre unserer Anwesenheit zu geben.

Auch die Chinesen hatten angefangen, ihre Kampfkünste vorzuführen. Das Publikum hatte ihnen einen weiten Kreis gelassen, damit sie mit Schwertern, langen Stangen, oder den bloßen Händen und Füßen gegeneinander antreten konnten.

Kaum hatten wir uns zu den Zuschauern gesellt, trat der Obermönch an uns heran. Nach dem anfänglichen allgemeinen Blabla zu Gastfreundschaft und so weiter, kam er gleich auf den Punkt und forderte mich zu einem Kampf heraus.

Ich sah Jigme an, der brav alles für uns übersetzte und der jetzt ein kleines wenig rot wurde.

„Na, wer war hier das Plaudertäschchen?!“, fragte ich säuerlich.

„Herr Karl, ich dachte, dass Sie, wo doch ihre Freundin die ganze Aufmerksamkeit auf sich zieht, ... nun ja ...“, wurde er immer leiser.

Ich seufzte schicksalsergeben und fing an, meine Jacke zu öffnen.

„Sag ihm, ich stehe für einen kleinen, freundschaftlichen Kampf bereit.“

Ich spürte, wie Lissis Alarmstufe auf Rot schnappte. Sie hatte sich gerade noch mit Hilfe der Königin mit einigen Frauen aus dem Dorf unterhalten, als sie meinen Herausforderer bemerkte.

Ich hatte bereits einen Schritt in den Kreis gemacht. Jacke und Pullover hatte ich Jigme gegeben. Mein langes Thermo-T-Shirt verdeckte noch die Caestus.

Unvermittelt spürte ich Lissis Nähe direkt in meinem Rücken.

Rühr dich keinen Millimeter, befahl sie eindringlich. *Dein Gegner ist ein Vampir. Ich werde dich jetzt mit meinen Zähnen markieren. Versuch bitte, nicht zu zucken.*

Mir gelang es tatsächlich, keinen Muskel im Gesicht zu bewegen. Ich hörte ein kehliges Knurren von ihr und spürte, wie sich vier scharfe Spitzen in die linke Schulter bohrten – schmerzhaft.

Die Augen des Mönches wurden kaum merklich größer. Er nickte ruckartig und trat einen Schritt zurück. Ich gehörte ihr – nur ihr! Mein T-Shirt färbte sich langsam rot.

Lissi zog sich zurück, verließ aber den Kreis nicht ganz. Eine klare Drohung.

Der untote Chinese schaute Lissi neugierig an, aber auch unsicher. Warum wurde der Mensch erst markiert und dann geopfert? Der 'mówáng'[55] hatte ihn besonders vor dem weißen Vampir gewarnt, aber über den Menschen kaum ein Wort verloren. Töte beide, wenn du kannst, lautete der Befehl, aber den Menschen unter allen Umständen. Er hatte ihn gerade auf dem Präsentierteller.

---

[55] chinesisch: „(böser) Teufel" 魔王

Toll, dachte ich mir. Friedliche Koexistenz war für meine Welt wohl nicht angesagt. Da stand also der nächste Blutsauger, der nur das Beste von mir wollte ... mein Blut, mein Leben!

Nach meinem letzten Krankenhausaufenthalt waren wir noch nicht richtig zum Trainieren gekommen. Dafür war ich mittlerweile recht entspannt. Entsprechend locker konnte ich mich diesem Problem stellen. Nicht, dass ich mich überlegen gefühlt hätte oder so, aber ich war nicht ganz unvorbereitet. Die untote Kampfmaschine vor mir würde aber gewiss eine härtere Nuss werden, als die französische Von-und-zu.

Mein Gegenüber fing locker mit ein paar Fußtechniken an. Viele der Kicks waren nur angedeutet, oder gezielt zu hoch oder zu kurz. Wir waren beim Showteil und ich war Statist. Dafür kostete es mich auch keine Kraft. Als langjähriger Angehöriger einer deutschen Verwaltung lernte man die hohe Kunst der Demut durch Nichtstun. (O.k., die Zeiten sind auch schon lange vorbei.)

Den ersten richtigen Tritt erkannte ich im Ansatz. Ha, Lissis Training zahlte sich aus.

Sein Bein traf mich seitlich unterhalb der linken Schulter. Ich hatte genug Zeit den Arm anzuwinkeln und die Energie abzufedern. Neu war, dass er nur mit dem Unterschenkel ausholen brauchte, um einen zweiten Kick folgen zu lassen. Hab ich auch blocken können.

Der Chinese lächelte trotzdem, schaltete aber nicht nur einen Gang hoch. Er versuchte jetzt ernsthaft, mich zu verletzen. Aber wie bei allem Menschlichen, gab es irgendwo ein Muster. Und ich war gut darin, Muster zu erkennen. Ich war ja schließlich auch ein Mustermann, haha.

Konzentrierst du dich auch ein bisschen auf den Kampf?, fragte Lissi angespannt.

Jup. Geht los.

Mein Gegner hatte schon zur Kenntnis genommen, dass ich Panzerhandschuh trug, aber auch, dass ich keinerlei Fußtechnik besaß. Er trat in blitzschnellen Folgen nach meinen Beinen und setzte die Hände ein, wenn ich ins Straucheln kam. Das meiste konnte ich parieren. Nicht selten kassierte ich aber schmerzhafte Treffer.

Von Lissi abgesehen, würde das Publikum gleich ins Staunen kommen. Von einem KungFu-Kämpfer erwartete man übermenschliche Schnelligkeit, von mir wohl eher nicht so, aber das Raumnetz zeichnete sich mir langsam wieder ab. Die Bewegungen des Vampirs wurden für mich deutlicher, als ich in diesen Zeitlupenzustand rutschte.

Auch das hatte der Mönch irgendwie mitbekommen, denn er gab jetzt alles. Meine Fresse, war der schnell. Aber ich wollte Lissi und meine 'Fans' nicht enttäuschen und ging in den Gegenangriff über. Ich hatte mir genug blaue Flecke und Prellungen eingefangen. Außerdem sollte Lissi nicht den Eindruck bekommen, ich hätte unsere Trainingseinheiten durchgeschlafen.

Dann ging alles ganz schnell. Ich drückte meinen Geist ein Stück vor, um die nächsten ein, zwei Dutzend Angriffe zu blocken, griff in das Raumnetz und zog mich zu seiner Verblüffung an seine Seite. Ich ballte die Rechte zur Faust und hämmerte sie ihm direkt an die Schläfe.

Und ich hatte Erfolg damit!

Ich konnte es kaum fassen, als der Vampir mit einem Salto im Dreck landete und nicht mehr aufstand.

Hinter dir!, knallte Lissis Stimme durch meinen Geist.

Ich fuhr herum und schaute einem anderen Chinesen in die seltsam verdrehten Augen. Mit einem Schwert in jeder Hand sprang er auf mich zu.

Ich musste den Umstehenden irre vorgekommen sein, weil ich kichernd dastand. Keiner konnte wissen, dass der Dabol Rabal mit eben dieser Technik an mir gescheitert war.

Er wirbelte in blitzenden Kreisen seine Schwerter vor sich. Bis ich merkte, dass er doch etwas anders machte, hatte er mir auch schon an drei Stellen das Hemd aufgeschlitzt. Das kam jetzt überraschend. Vielleicht hatte ich ja wirklich ein Problem mit der Konzentration.

Dann wurde mir plötzlich etwas klar. Heiß und kalt lief es mir durch den Körper. Meine Arme fielen schlaff an die Seite und ich trat einige Schritte zurück. Die Luft war aus mir raus.

Meine Güte, ich könnte den da mit meinem Geist töten!

Lissis Schweigen tat mir fast körperlich weh. Sie wusste es schon länger. Natürlich wusste sie es. Sie ...

Ja, auch so habe ich schon getötet, bestätigte sie mir.

Sie reichte dem geschockten König ihren Bogen samt Köcher und marschierte direkt auf den Schwertkämpfer zu. Der war kurz etwas irritiert. Sein Feind floh. Er wollte, er musste hinterher. Aber eine andere Bedrohung näherte sich. Er wendete sich dem Vampir zu, fixierte sie.

Lissi umrundete ihn einmal im Bruchteil einer Sekunde. Seine Augen folgten ihr den ganzen Weg –

unfreiwillig. Das Brechen seiner Wirbelsäule war weit zu hören. Sie ließ ihn sanft zu Boden gehen.

Stille herrschte rundherum. Die Zuschauer waren gerade Zeuge eines wirklich übernatürlichen Zusammentreffens geworden.

Und hier wieder rauskommen, dachte Lissi müde.

Jigme hatte sich am schnellsten wieder gefangen und brachte mir erst einmal meine Sachen.

„Übersetzt Ihr bitte wieder für uns?", bat ich ihn. *Folge meinem Gedanken, Lissi.* Ich sortierte kurz meine Idee.

Ein böser ...

„... Geist war in unserer Mitte", sprach Lissi es laut aus. Jigme übersetzte.

Er wollte ...

„... mein männliches Ich töten."

Der Abt grinste hinter vorgehaltener Hand.

„Das konnte ich nicht zulassen."

Das Publikum lauschte gebannt und nickte verstehend. Die 'Tara drolma' musste sich bei aller Güte natürlich auch verteidigen.

Der Mensch ...

„... hier war noch von dem bösen Geist besessen." Sie wies auf den toten Mann zu ihren Füßen.

Ich musste ihn ...

„... von dem bösen Geist befreien. Leider konnte ich seinen Körper nicht für ihn retten", schloss Lissi die Ansprache.

Du bist genial, Karl!

Ich habe nur die Vorlage verwandelt und deine 'Göttlichkeit' etwas ausgewalzt.

Aber 'männliches Ich'?

„Hast nie richtig zugehört, wenn es um die Tara ging, oder? Hier geht's immer um Yin und Yang, Qi und Gong ...

... H & M, Tetra und Pak. Danke für die Lehrstunde, seufzte sie. Ja, sie hatte die Ohren zugeklappt, wenn es 'darum' ging.

Während das Königspaar und der Abt auf uns zueilten, gingen die Zuschauer auf die Knie und beteten. Einige wenige wollten lieber den Angriff auf 'ihre Tara' rächen und den restlichen Chinesen ans Leder.

Das wiederum konnte 'ihre Tara' nicht durchgehen lassen. Sie verschwand aus dem Kreis und tauchte auf wundersame Weise zwischen der wütenden Meute und den Chinesen wieder auf. Das dämpfte die Kampfbereitschaft auf beiden Seiten.

Mit nur einem Fingerzeig wies sie die Bhutaner an, zu gehen. Die folgten ihr widerstrebend, lösten aber den Mob auf.

Nachdem sie unter den Mönchen jemanden gefunden hatte, der Englisch sprach, empfahl sie ihnen, wenigstens erst einmal das Feld zu verlassen und das Land am Besten nur wenig später. Sie konnten nichts für die Situation. Das war den Einheimischen möglicherweise egal. Lissi versprach ihnen aber, sich um die Toten zu kümmern und die Rückführung zu sichern.

Ehret die Toten. Und besonders die zweimal toten.

KAPITEL 12

Die Messe war vorüber. Perach'el war zufrieden. Nach der für sie aufrührenden Predigt zu Beginn, kam die ihr vertraute Liturgie der Adventsmesse, wobei sie die Passagen in Latein mitsprechen konnte. Es hatte sich also doch nicht so viel geändert.

Zu guter Letzt stand der Pfarrer am Ausgang und verabschiedete seine Gäste. Die Landwirte warteten auf der anderen Seite des Portals. Nachdem noch ein weiteres Gerücht die Runde machte, hatten sie noch Redebedarf.

„Wollen wir dann?", fragte der alte Semmler seine Banknachbarin, als sich die Kirche bis auf ein paar Ältere geleert hatte.

Perach'el sah zu ihm auf.

„Ich folge Euch, Meister Semmler", lächelte sie.

Die Bauern, jetzt in Begleitung ihrer Frauen, traten nochmals an Perach'el heran.

„Frau Grandchamp, auf ein Wort, bitte", sprach sie der Ältere an.

„Wie kann ich Euch hilfreich sein?", fragte sie freundlich.

Der andere schlug ihm mit dem Handrücken gegen die Schulter.

„Erst einmal stellen wir die Frauen vor, Kurt", tadelte er seinen Nachbarn und fing mit der seinen und der Schwiegertochter an.

Bauer Fölting entschuldigte sich und tat es ihm gleich. Bevor er sein Anliegen aber äußern konnte, stand auch schon Werner, der Pfarrer, bei der Gruppe.

„Oh, hat die Gemeinde Zuwachs?"

„Hochwürden", grüßte Perach'el mit einem Knicks.

Der Pfarrer sah sie verwirrt an.

„Äh ..."

„Sie ist sehr traditionsbewusst", erläuterte der alte Bäcker. „Wenn ich vorstellen darf? Frau Grandchamp aus Deutsch-Lothringen."

Perach'el lächelte den alten Mann dankbar an für diese kleine Ergänzung ihrer Herkunft. Es hatte einen schönen Klang in ihren Ohren, wenn es auch nicht den heutigen Gegebenheiten entsprach.

„Dann seid herzlich in unserer Gemeinde willkommen", sagte der Pfarrer und schüttelte ihr die Hand.

„Und sie ist die neue Eigentümerin der Gemarkungen im Norden", ergänzte Semmler süffisant.

Man konnte zuschauen, wie dem Pfarrer die Farbe aus dem Gesicht lief.

„Ich ...", fing er an.

„Ja, Werner", schnaubte Bauer Fölting, „du hast in deiner Predigt kein gutes Haar am jungen Mustermann gelassen."

„Na ja ...", stammelte der Pfarrer.

„Ohne dessen Freundin hätte ich keine einzige Kuh mehr im Stall. Das weißt du!", sagte der Bauer eindringlich. „Und diese junge Dame hier kommt auch noch selbst aus der Landwirtschaft. Was sollte daran schlecht sein?"

„Meine Güte, Kurt, soviel hast du seit Jahren nicht mehr gesagt", lachte der alte Bäcker.

Der winkte nur brummig ab und schaute lieber nach seinen Schuhen. Perach'el sah den alten Bauern verwundert an.

„Aber sie sind hier fremd", verteidigte sich der Geistliche. „Und wenn sie aus dem Himmel selbst als Engel herabgestiegen sind, wären sie fremd hier."

„Pass auf, was du sagst, Pfarrer", sagte Lukas Semmler streng. Perach'el neben ihm war merklich zusammengezuckt.

„Wie unhöflich!", murmelte Minaeon, der jetzt direkt hinter ihm stand.

Der Pfarrer schrak herum und erschrak ein weiteres Mal, als er den Mann als Engel erkannte. Er schnappte einige Male nach Luft, bevor er wieder etwas sagen konnte. Er wendete sich schnell dem alten Semmler zu, der ihm jetzt am realsten schien.

„Lukas, was bringt uns der junge Karl in die Gemeinde?", jammerte er. „Bei der Beerdigung. Was war das?"

„Nun, sicherlich. Seine Liebste ist eine der Nephilim, die verachten uns gelehret ward", winkte Perach'el ab, „doch herzensgut ist ihr Wesen, so Ihr nicht zum Feind sie Euch macht."

„Und was seid Ihr?", fragte der Pfarrer kraftlos.

„Sie ist die neue Kindergärtnerin", schmiss der alte Semmler in den Raum. Alle schauten ihn mit großen Augen an. „Ich habe die Anmeldung mit den Empfehlungsschreiben gesehen."

Die Katze war aus dem Sack. Und die drei Frauen waren begeistert. Perach'el wurde gleich besonders von der Jüngeren in Beschlag genommen, die noch zwei Kinder in der Einrichtung hatte.

„Aber sie ist blind", murmelte der Geistliche verwirrt. „Geht das denn?"

„Mir kam sie nicht blind vor", kommentierte der Bauer Fölting.

„Sie trägt eine Binde vor den Augen", stellte Werner pikiert fest.

„Und du trägst ein Brett vor dem Kopf, Werner", lachte der Bäcker.

„Herr Semmler!“, beschwerte sich der Pfarrer.

„Sie hat gar keine Augen“, bemerkte Minaeon halblaut.

„Ha!“, bellte Fölting. "Dann kann sie auch keine Binde ’vor den Augen’ tragen." Ein keckerndes Lachen folgte seiner albernen Feststellung, in das auch Lukas und die anderen Landwirte einfielen.

Minaeon war jetzt verunsichert. Diese Art Humor kannte er nicht. Der Pfarrer war etwas beleidigt, nahm ihn doch offenbar keiner ernst.

Lukas Semmler legte dem Geistlichen einen kräftigen Arm um die schmalen Schultern.

„Werner, du erinnerst dich bestimmt an unser Gespräch nach der Beerdigung vom alten Karl.“

„Natürlich“, seufzte er.

„Dann vertraue doch endlich auf dein Herz“, beschwor ihn der Bäcker. „Karl bringt Veränderung. Gut, dann ist das so. Aber Veränderung muss nicht immer schlecht sein, glaube mir.“

„Woher weißt du, dass sie nichts Böses im Sinn haben?“

Eine Zornesfalte teilte Minaeons Stirn. Er riss sich aber zusammen. Sein Schützling schien nicht in Gefahr zu sein.

„Hast du dich einmal mit einem der Mädchen richtig unterhalten?“, fragte Semmler. „Oder schau dir die Kleine da einfach nur an. Nebenbei: Sie kannte den Text deiner Messe auswendig. In Latein, Werner!“

Der Pfarrer war sichtlich beeindruckt, wollte aber seine Ängste noch nicht einfach so loslassen.

„Und wenn der junge Karl nun mit dem Teufel im Bunde ist?“

Lukas wollte den Unfug schon als Aberglaube abtun, aber der Engel kam ihm zuvor.

„Niemals!“, rief der entrüstet. „Die Hölle musste ihn schon zweimal wieder hergeben. Erzengel Michael selbst hat an seiner Seite gegen die Dämonen gekämpft. Und er hat beide Frauen aus den Fängen des Bösen befreit.“

Werner, Lukas und die anderen sahen ihn mit großen Augen an. Auch die Frauen hatten sich verwundert umgedreht.

Der alte Bäcker knuffte den Geistlichen mit dem Ellbogen in die Seite.

„Jetzt sag mal was gegen den Engel“, brummte er. „Eine schriftliche Empfehlung von unserem Herrgott wirst doch auch du nicht erwarten, oder?“

Perach’el hatte sich neben ihren Beschützer gestellt und sachte eine Hand auf seinen Schwertarm gelegt.

„Minaeon, seid so gut und geleitet mich zurück. Der Tag ward der Mühe voll.“

Minaeon sammelte sich und nickte kurz.

„Selbstverständlich.“

„Frau ... Grandchamp?“, wendete sich der Pfarrer an sie.

„Hochwürden?“

„Lukas hier, Herr Semmler, sagte, Ihr könntet die ganze Liturgie auf Latein?“

„Nun, allwie des Sonntags in unserem Dorfe gepredigt ward. Die Sprach der ecclesia ward immerdar Latein“, sagte sie etwas überrascht von der Frage. Sie musste aber zugeben, dass viele Kirchgänger der Gemeinde in Hundlingen wenig oder gar nichts verstanden.

„Wow“, sagte der Pfarrer wenig feierlich. „Nach all den Jahren muss ich immer noch vom Blatt ablesen.“

„Ich hab es wohl vernommen“, stichelte der blinde Engel. „Und dennoch gabet Ihr meiner Seel Balsam. Habt Dank, Hochwürden.“

„Ich freue mich, dass es Euch gefallen hat. Und ich hoffe, Euch bald wieder begrüßen zu dürfen.“

Perach’el wollte sich schon zum Ausgang wenden. Der Pfarrer hatte aber noch etwas auf dem Herzen.

„Könnt Ihr mir verzeihen?“, rief er ihr hinterher.

Sie drehte ihm kokett noch einmal das Gesicht zu.

„So Ihr Euch selbst verzeihen könnt, so will auch ich es tun“, antwortete sie ihm. Und legte noch nach: „Ich behalte Euch im Auge, Hochwürden.“

+++++

Der Rucksack war schwer, aber der alte Mann wusste, dass er nicht mehr weit laufen musste. Die Stadt lag am Fuß des nächsten Berges. Ab jetzt ging es hauptsächlich bergab. In etwa einer Stunde würde er das Haus seines Kontaktmannes erreicht haben und die Last los sein.

Das Schmuggeln war dieser Tage gefährlicher denn je. Seitdem Frankreich und Spanien Kooperationsverträge zur Grenzüberwachung in den Pyrenäen geschlossen hatten, gab es nur noch wenige, die es wagten. Immer wieder gab es jugendliche Draufgänger oder Verzweifelte, die scharf auf das schnelle Geld waren. Die Alteingesessenen, die ’euskaldunak mendetatik’[56], hatten höchstens Mitleid mit denen. Meist aber nicht einmal das. Die waren eh maximal ein Jahr

---

[56] baskisch: „die Basken aus den Bergen“ [sprich: e’úschkaldunak mendétatik]

dabei, wurden geschnappt, verurteilt. Wenn sie nicht gleich erschossen wurden.

Er war nie geschnappt worden. Er kannte jeden Schleichweg, meist auch solche, die nicht einmal aus der Luft zu sehen waren. Neulich hatte er dann aber eine Dokumentation über Wärmebildkameras gesehen. Das war für ihn der berühmte Tropfen zuviel. Er würde sich nach diesem Auftrag zur Ruhe setzen. Seine Auftraggeber waren wenig begeistert, hatten aber ein Einsehen. Vierzig Jahre hatte er für die ETA[57] geschmuggelt. Jetzt wurde er langsam zu alt dafür.

Der Hohlweg, dem er folgte, kam knapp unterhalb eines Bergsattels heraus, der ihn zu einem niedrigen Vorberg brachte. Der wiederum wurde von mächtigen Felsen gekrönt, die ihm noch die Sicht auf die Stadt verwehrten. Etwas darunter führte ein schmaler Hirtenweg um den ganzen Berg herum. Diesen Weg kannten die wenigsten, obwohl er ganz offen im Gelände lag. Und die, die ihn kannten, waren zumeist Hirten, wie er einer gewesen war.

Den Lichtschein der Stadt konnte er schon sehen. Er war heute besonders hell. Der alte Mann überlegte kurz. Vielleicht war noch ein Fußballspiel im Stadion. Aber mitten in der Nacht? Er zuckte mit den Achseln und ging weiter.

Auf halbem Weg um den Berg bemerkte er ein Flackern am Himmel, gefolgt von dumpfem Grollen. Gewitter war es nicht. Das konnte er als Mann der Berge schon vorher fühlen, oder spätestens an den Wolkenformationen erkennen. Er wollte schwer hoffen, dass es keine Explosionen waren. Er hatte genug

---

[57] „Euskadi ta Azkatasuna" [baskisch: Baskenland und Freiheit], Untergrundbewegung im Baskenland (seit 1959)

davon erlebt. Und diese Zeiten der ETA waren glücklicherweise vorüber.

Er machte eine kurze Pause, um den Rucksack zurechtzurücken. Die Pistolen und die Schachteln mit Munition waren nicht nur schwer, sondern auch sperrig. Dann ging es auch schon weiter.

Der Weg war kaum mehr als eine Fährte, aber er kannte jeden Stein. Davon abgesehen war der Himmel jetzt so hell, dass er jeden Stein sogar sehen konnte. Langsam wurde er nervös. Noch ein kurzes Stück und er konnte auf die Stadt runter schauen.

Noch um die letzte Biegung und ...

Ihm quollen fast die Augen über, als er auf die Stadt hinabblickte.

Die Stadt brannte. Nicht ein Haus. Nicht ein Viertel. Die ganze Stadt!

Er sah auf den ersten Blick kein Gebäude, das nicht in Flammen stand. Überall leckten gelbrote Zungen aus den Fenstern, Türen, oder schon zwischen den Dachschindeln hervor.

Der alte Mann konnte hier und da Gestalten in den Straßen erkennen. Sie rannten hin und her. In die Häuser hinein, aus anderen heraus.

Er setzte seinen Rucksack ab. Reißverschlüsse auf. Er packte zwei Pistolen aus, die er schon in seinem Versteck in den Bergen vom Öl gesäubert hatte. Munition war reichlich da. Er lud beide Waffen und füllte seine Taschen mit allem an Patronen, was er problemlos tragen konnte. Er atmete ein paarmal tief durch und lief, so schnell es der Untergrund zuließ, in die Stadt hinunter.

Ihm war mehr als mulmig zumute. Die brennende Stadt war offensichtlich. Aber irgendwas darüber hinaus war hier falsch.

Als er die Vororte erreichte, fiel ihm als erstes die Stille auf. Sicher fauchte überall das Feuer, aber sonst war nichts zu hören. Keine Feuerwehr, keine schreienden Menschen. Nichts.

Eine Straße weiter entdeckte er die ersten Einwohner. Durch das unstete Licht des Feuers beleuchtet, erkannte er erst nicht, was ihm seine Augen zeigten. Mit der Erkenntnis, dass man dort kopfüber ein Kind an den Füßen an die Haustür genagelt hatte, kam die Übelkeit, die ihm auch gleich das Wasser in die Augen trieb. Den Eltern, wie er vermutete, hatte man Hände und Füße abgetrennt und sie verbluten lassen. Hier konnte er nichts mehr tun.

Immer mehr Grauen bot sich ihm auf seinem Weg Richtung Stadtmitte. Seine Hoffnung, den Kontaktmann lebend zu finden und ein, zwei Freunde, die er hier hatte, schwand mit jedem Schritt.

Die Hitze wurde unerträglich.

Vor ihm huschten drei Kinder über die Straße. Das war weder die Zeit, noch der Ort, zum Spielen. Er rief ihnen hinterher. Eines blieb stehen und sah ihn an. Da erst fiel ihm auf, dass es eine seltsame Kopfform hatte. Mehr breit, als hoch. Das ... Ding rannte den anderen hinterher – direkt in ein brennendes Haus hinein.

Was ging hier vor sich?

An der nächsten Ecke sah er dann die erste große Person. An Menschen wollte er gerade nicht mehr glauben.

Der ... Mann war nicht größer als er, dafür um einiges breiter. Er schien etwas, wie einen Brustpanzer zu tragen. Bei ihm sah das irgendwie barbarisch aus. Die große Axt, die er lässig über der Schulter trug, fügte sich nahtlos in das makabere Bild, wie auch der Körper, den er an einem Bein hinter sich herzog.

Das war dem Alten zuviel. Er überlegte, ob er den Axtmann noch ansprechen sollte. Der hatte ihn aber schon entdeckt und bellte etwas in einer Sprache, die er nicht verstand.

Er nahm eine der Pistolen aus der Jackentasche, zog den Spannschlitten durch und feuerte.

Er hatte klar getroffen. Der andere tat ihm aber nicht den Gefallen, tot umzufallen. Der Barbar glotze ihn nur an.

O.k., genauer gezielt. Diesmal traf er ihn mitten im Gesicht. Und jetzt fiel er auch um. Er näherte sich vorsichtig und sah sich den Kerl an. So einen hässlichen Typen hatte er noch nie gesehen. Spitze Zähne, Schweinsäuglein, grobschlächtig und vernarbt. Der Alte wollte gar nicht so genau wissen, was er da vor sich hatte.

Die Frau, die er mitgeschleift hatte, war ganz offensichtlich tot. Ihr Schädel war eingedrückt und ihr fehlte ein Arm. Keine Chance in dieser Hölle.

Wieder war dieses Bellen zu hören, das wohl eine Sprache darstellen sollte. Es schien von weiter her zu kommen, was aber auch täuschen konnte. Der Krach, den die Flammen machten, übertönte vieles.

Kein Risiko. Er nahm auch die andere Pistole aus der Tasche und lud sie durch. Rückzug und ab in die Berge. Seine Berge.

Die Nebenstraße, die er sich ausgesucht hatte, stellte sich als Fehler heraus, kaum dass er um die Ecke bog.

Der Umstand, dass er als Schüler schon gegen das Franco-Regime[58] gekämpft hatte, rettete ihm jetzt das Leben. Reaktionsschnell hatte er die Waffen oben, als er in die Horde der Monster lief. Nur auf die Köpfe gezielt und abgedrückt. Alle fünf waren tot, bevor sie wussten, was passierte.

Die brennende Tür traf ihn seitlich und riss ihn von den Füßen. Er hatte das sechste Monster nicht gesehen, das jetzt aus dem Haus trat, zu dem die Tür gehörte. Er rappelte sich wieder hoch und hielt ihm den Lauf der Pistole entgegen. Die Zweite hatte er verloren.

Hitze. Beißender Rauch. Seine Augen tränten. Plötzlich erschienen, wie aus dem Nichts, zwei weitere Gestalten zu seiner Rechten. Mit Flügeln. Engel?

Ungläubig starrte er sie an.

Ein heißer Schmerz durchfuhr ihn. Etwas langes Silbriges ragte aus seiner Brust.

Die Berge würden warten müssen.

---

[58] General Francisco Franco übernahm 1936 während des Bürgerkrieges die Macht in Spanien und behielt sie diktatorisch bis zu seinem Tod im November 1975.

KAPITEL 13

Wir hatten unsere zwei Komma fünf Sachen schnell gepackt. Michael kam höchstpersönlich mit der Nachricht, dass es Charlotte endlich gelungen war, einen Angriff so rechtzeitig zu sehen, dass ein Eingreifen der Chilioi möglich war. Jetzt wurden zu Hause alle Kräfte gebraucht.

Lissi hatte kurz den Abt informiert. Die offenen Fragen zu den Vorkommnissen beim Wettschießen würden wir später beantworten. Wir wollten unbedingt wiederkommen. Da waren wir uns einig, auch wenn 'Ihre Göttlichkeit Lysje de Groot' von dem Trubel um ihre Person wenig begeistert war.

„So. Ich hab aber seine Mailadresse", erklärte sie mir. „Ich werd ihm dann regelmäßig schreiben."

„Ich find das immer noch komisch, ihn am Laptop zu sehen", lachte ich.

„Ja, schon ein bisschen. Aber er scheint zu wissen, was er macht." Sie drehte sich im Kreis und schaute sich ein letztes Mal um. Alles war ordentlich. „Wollen wir dann?"

„Klares Nein, aber die Welt braucht uns ja scheinbar."

„Welche auch immer", kicherte Lissi und griff meine Hand.

Wir sammelten unsere Kräfte und quetschten uns durch den Raum-Zeit-Schlauch, um direkt im Flur unserer Wohnung in Deutschland zu landen.

„Hallo, Mareike", grüßte ich die Schülerin, die mit einem Schrei den Becher mit heißem Tee fallen ließ.

„Ich wisch das nicht auf", sagte Lissi unbeeindruckt und brachte ohne einen weiteren Kommentar meine Tasche ins Schlafzimmer.

„Oh. Lieb Karl, Ihr seid wieder da", rief Perach'el erfreut, die hinter ihrer Freundin aus der Küchentür trat.

Charlotte reichte wortlos einen Wischlappen aus der Küche. Die Schülerin und der junge Engel, beide noch im Nachthemd, machten sich an die Arbeit. Mareike wischte und Perach'el sammelte die Splitter der Tasse auf.

„Ihr könnt ja keine zwei Wochen ohne Krieg mit den Daboli auskommen. Also müssen wir wohl mal wieder aufräumen."

Perach'el sah mich vorwurfsvoll an.

„Schön, dass du wieder da bist, Dewer'el", kam Charlottes Stimme aus der Küche. Der kleine Engel kicherte leise.

Mareike sah sie fragend an.

„Das große Geflügel da in der Küche hat mir den Spitznamen Dewer'el verpasst", klärte ich sie auf, „Pest Gottes!"

Die Schülerin grinste breit.

„Ihr habt euch alle lieb, oder?"

„Die meiste Zeit schon", antwortete Lissi, die sich auch gleich ihrer Anziehsachen entledigt hatte. „Komm, Karl. Deine Chance auf ein ausgiebiges Duschbad. Mit Warmwasser!"

Mareike starrte den Vampir mit großen Augen an.

„Nicht wundern", merkte Charlotte an, die kurz in der Küchentür erschienen war, „Die rennt hier immer so rum."

„Wir alle", berichtigte ich. „Zumindest, wenn keine Besucher da sind."

„Nein, ich hab nur dieses riesige Loch in ihrer Brust gesehen", sagte Mareike.

„Das sieht doch mittlerweile ganz gut aus", erwiderte ich. „Es wächst langsam zu. Du hättest das sehen müssen, als sie den Billardstock rausgenommen hat."

„Bäh, bist du eklig!", sagte sie grinsend.

Perach'el und ihre Freundin waren fertig mit Saubermachen und brachten Lappen und Abfall in die Küche.

„Lasst einfach alles liegen", wies Charlotte sie an. „Ich mach das schon. Ihr solltet besser sehen, dass ihr in die Puschen kommt."

„Worin?", fragte Perach'el.

„Beeilt euch! Ihr müsst bald los."

Die Mädchen verschwanden nach hinten in Perach'els Zimmer.

„Ist ihre Freundin jetzt auch hier eingezogen?", wollte ich neugierig wissen.

„Nur die Nacht", erläuterte Charlotte. „Perach'el hilft ihr doch bei einem Referat. Und da sie heute in der Schule mit dabei sein soll, hat Mareike vorgeschlagen, sie mitzunehmen, damit sie nicht allein durch die Stadt muss."

„Ja, hat was." Halb im Gehen, drehte ich mich noch einmal um. „Geht's dir denn soweit gut, bei all dem Trubel?"

„Ich brauch zum Glück ja keinen Schlaf. Zu Lebzeiten hätte mich das mit den Träumen schon umgebracht", antwortete sie ernst. „Und Perach'el ist wie die Tochter, die ich nie haben werde – sagt Patricia."

„Du hast dich immer nur um andere gekümmert, oder?", merkte Lissi von der gegenüberliegenden Badezimmertür an.

„Irgendwie schon", sagte sie schulterzuckend. „Erst meine Schwester, dann die Träumer."

„Aber deine Schwester war wenigstens lieb, sagtest du", fiel mir ein.

„Oh, ja. Perach'el erinnert mich ein wenig an sie."

Die dann auch gerade mit ihrer Freundin aus ihrem Zimmer kam. Sie hatte wieder ihr schlichtes wollenes Bauernkleid an und eine Leinenhaube auf. Ihr anderes Kleid trug jetzt Mareike. Die war zwar etwas größer, als der blinde Engel, aber es fiel nicht so sehr auf.

„Spielet auf zum Tanze. Der Meidelein sind hier gar viel, zu suchen einen Liebsten", rief ich ihnen entgegen.

Perach'el sah mich verwundert an.

„Nie, lieb Karl, hört ich Euch derart reden."

„Wie gesagt, ich musste die Dichter deiner Tage in der Schule lesen", erwiderte ich mit einer kleinen Verbeugung.

„So, genug geplaudert", unterbrach uns Charlotte. „Macht, dass ihr loskommt." Sie gab Perach'el einen Kuss auf die Stirn und strich Mareike über die Wange. „Ihr seht großartig aus."

„Rockt die Hütte!", rief Lissi, die sich an meinen Rücken gelehnt hatte, und boxte in die Luft.

„Hol mich de Deifl. Ich hab eure Budderbrot vergesst", fluchte Charlotte im Spaß und klatschte sich dramatisch eine Hand an die Stirn.

Perach'el lachte laut auf. Sie nahm den großen Engel kurz in den Arm.

„Íhr sínn den Béschde ... Momma![59]"

„Hm", knurrte Charlotte, „geht endlich los."

---

[59] lothringisch: „Ihr seid die Beste ... Mama!"

Die Zwei verabschiedeten sich und waren schon im Treppenhaus fleißig am Plappern.

„Momma, hm?", machte ich.

„Nja", seufzte Charlotte, „wie gesagt ..."

Lissi schob mich mit sanfter Gewalt zum Schlafzimmer. Ich freute mich aber auch auf das Duschen. Ich hatte das Gefühl, seit Monaten nicht mehr sauber gewesen zu sein, auch wenn ich mich in Bhutan natürlich jeden Tag gewaschen habe.

„Du machst das sehr gut", rief Lissi Charlotte hinterher, die sich wieder der Küchenarbeit zuwenden wollte. Der Engel drehte sich in der Tür noch einmal. „Und ich bin froh, dass ich mit dir in einem Team bin."

Ein kurzes Lächeln huschte über ihr Gesicht, bevor sie in der Küche verschwand.

Frisch geduscht und einigermaßen entspannt (hey, kein Jetleg!) standen wir eine gute Stunde später zusammen mit Charlotte vor Gabriels Saal.

Ein freundlicher junger Mann saß jetzt an dem Schreibtisch im Vorraum. Er wusste augenblicklich, wer wir waren und meldete uns ohne großes Aufhebens an.

„Erfrischend unkompliziert", brummte Charlotte, nachdem die Saaltür ins Schloss gefallen war.

Wir grinsten sie von der Seite an.

„Wir hatten den selben Gedanken", entgegneten wir einstimmig.

Charlotte schüttelte amüsiert den Kopf und widmete sich erst einmal den anderen Anwesenden.

„Älteste! Mitglieder des Rates!", grüßte sie mit einer leichten Verbeugung. „Wie von euch erbeten, habe ich Dideldum und Dideldei[60] hier mitgebracht."

„Ich sehe, wen du meinst, verstehe aber die Anspielung nicht", merkte Gabriel trocken an. Der Erzengel war seiner Schülerin entgegengekommen und hatte voll Zuneigung ihr Gesicht in beide Hände genommen.

„Alice im Wunderland[61]", kam eine raspelige Stimme aus der zweiten Reihe. Der alte Merowinger, Traumrat Odoaker, schob sich zwischen zwei Kollegen durch. „Von Lewis Carroll[62], richtig?"

„Ja, Traumrat", bestätigte Charlotte.

„Gabriel, alter Freund, du solltest bei Gelegenheit mal ein Buch in die Hand nehmen", hielt der Alte dem fragenden Blick des Erzengels entgegen.

Gabriel lachte leise, strich seiner Schülerin noch einmal über die Wange und kam zu uns.

„Vielleicht hast du recht, Odoaker. Also, wer von euch ist jetzt Dideldum?"

„Sie!"

„Er!", sagten wir gleichzeitig und zeigten mit dem Finger auf uns.

Ein allgemeines Kichern ging durch den Raum.

„Ihr wisst aber, wer wer ist?", fragte Gabriel amüsiert.

„Die Frage hat uns Charlotte auch schon gestellt", antwortete Lissi. „Und Karl hat eine interessante Theorie dazu."

---

[60] im Original: Tweedledum und Tweedledee

[61] erstmals am 04.07.1865 erschienen

[62] eigentlich Charles Lutwidge Dogson, brit. Schriftsteller (27.01.1832-04.07.1898)

„Mehr als nur eine Theorie", entgegnete ich und gab noch einmal das zum Besten, was mir das Buch bestätigt hatte.

„Ein Mensch in zwei Körpern. Das ist mehr als interessant!", sagte Gabriel beeindruckt. Das fanden die anderen Ratsmitglieder auch und diskutierten das in kleinen Gruppen.

„Wenigstens habt ihr wieder zusammen gefunden", resümierte der Erzengel. „Das ist momentan wichtiger. Ihr wisst, was vor sich geht?"

„Charlotte hat uns auf dem Laufenden gehalten", bestätigte Lissi.

„Und der letzte Angriff konnte aufgehalten werden?", fragte ich noch einmal nach. So ganz hatte zumindest ich es nicht mitbekommen.

„Der Ort war leider nicht zu retten", vermeldete Gabriel zerknirscht, „aber wenigstens konnten wir viele Daboli zur Strecke bringen."

„Ein guter Fortschritt, denke ich", sagte ich.

„Wir sind froh über jede Information die A'phrax'elení uns bringt", seufzte Gabriel. „Zum Glück sind die Chilioi so diszipliniert, dass ihnen langes Warten nichts ausmacht."

„Und wie sieht jetzt der Plan aus?", wollte ich wissen.

„Gibt es überhaupt einen?", setzte Lissi nach.

„Fürs Erste können wir nur auf den Startschuss von Charlotte warten", erklärte Gabriel. „Außer euch fällt noch etwas anderes ein."

Ich kratzte mir grübelnd am Hinterkopf. Ein paar Möglichkeiten kamen mir schnell in den Sinn, aber ob die umsetzbar wären, hielt ich für fraglich.

„Na ja", sagte ich langsam, „ich nehme mal an, dass die gleiche Taktik in der Unterwelt für euch nicht akzeptabel wäre."

„Karl!", entfuhr es dem Erzengel entsetzt. „Nie und nimmer!"

Lissi sah mich abschätzend von der Seite an. Sie kannte mich wortwörtlich in- und auswendig.

„Du würdest dem eh nicht zustimmen."

„Nein, aber ich will keine Option auslassen", erwiderte ich. „Mit wie vielen Angreifern hatten wir es bisher zu tun? Also im Durchschnitt."

„Soweit wir das feststellen konnten bei den kleinen Orten maximal fünfzig Daboli und zuletzt um die zweihundert."

„Woran denkst du?", fragte Lissi unnötigerweise.

„Du weißt, dass es albern ist." Etwas entschuldigend an Gabriel gewendet: „Ich denke noch zu sehr in menschlichen Maßstäben und hatte gerade den Gedanken, ob es nicht sinnvoll wäre, die Chilioi über die Kontinente zu verteilen."

Gabriel lächelte nachsichtig. Er musste nicht laut sagen, dass die Distanz keine Rolle spielte.

„Sprich weiter jede Möglichkeit an. Nicht einmal wir können jeden Gedanken selbst denken. Und nebenbei: die Idee kam auch schon von einem Engel."

„O.k., wie geht's jetzt weiter?", wollte ich wissen.

„Wie gesagt: Abwarten", erwiderte Gabriel. „Meine Quellen haben mir von einem Zwischenfall berichtet."

„Karl hatte einen Zweikampf mit einem Vampir", erzählte Lissi.

„Und sie meint nicht einen, der anwesend ist", ergänzte ich schmunzelnd. Ich gab dann kurz wieder, was sich bei dem Turnier zugetragen hatte.

„Und was meint ihr? War das eine zufällige Begegnung?“, fragte Gabriel hinterher.

„Ich bin mir nicht sicher“, sagte ich.

„Zufall können wir wohl ausschließen“, widersprach Lissi. „In der Peripherie seines Geistes habe ich schon gespürt, wie zielstrebig er auf Karl ausgerichtet war.“

„Also wusstest du schon, was auf mich zukommt, als du mich – wie hast du es genannt? – ‚markiert‘ hast“, vermutete ich.

„Ich wusste, dass er einer von meiner Sorte ist, ja. Das andere war mehr ein Verdacht, wobei ...“

„Ja, sein Auftreten war schon mehr als seltsam. Selbst für so einen untoten Kung Fu-Heini.“

„Seid auf der Hut“, beschwor uns Gabriel. „Das wird nicht der letzte Angriff gewesen sein.“

„Ihr meint, die wollen uns beschäftigen und ablenken, damit sie irgendwann das eigentliche Ziel angreifen können“, mutmaßte ich.

Der Erzengel strahlte über das ganze Gesicht.

„So wollen wir dich haben, lieber Karl. Du hast, wie man so sagt, einen feinen Riecher für Taktik. Deine Intuition ist deine Fähigkeit auch um die Ecke zu denken.“

„Die ist vielleicht etwas eingerostet“, wiegelte ich ab.

„Zu viele Schläge auf den Kopf?“, schlug Lissi lächelnd vor.

„Hm, na ja ...“ Ich wackelte unschlüssig mit dem angesprochenen Körperteil. So viele Treffer hatte ich an der Rübe ja genaugenommen nicht kassiert. Dafür hat in den letzten Monaten mein Lebenslicht einige Male bedrohlich geflackert. „Vielleicht bin ich auch nur müde.“

„Zumindest Töten wird nie deine Leidenschaft“,
stellte Lissi fest.

„Nee, garantiert nicht“, lachte ich.

„Muss ich etwas wissen?“, fragte der Erzengel verwundert.

„Unser Dämonen-Killer hier wird seit neuestem von
seinem Gewissen geplagt“, bemerkte Lissi sarkas-
tisch.

„Das Problem hast du ja eher nicht“, kommentierte
Charlotte mit unverhohlenem Grinsen.

„Ich trete meinem Gewissen einfach in den Arsch,
wenn es mir im Weg ist“, erwiderte Lissi mit unschuldig großen Augen.

„Und verdrehst meinem zweiten Gegner im Vorbei-
gehen den Kopf“, kicherte ich.

„Ja!“, rief Lissi. „Da war er wieder. Unser Running-
Gag!“

Ich zog sie zu mir heran und gab ihr einen Kuss.

„Herr im Himmel, was habe ich diese Witze über
Mord und Totschlag vermisst“, meldete sich der alte
Odoaker zu Wort.

„Ja, unsere jungen Helden dürfen sich auf den
Schlachtfeldern dieser Welt austoben“, schwärmte
Septimus Crassus. Ich sah aber, dass der Schelm ihm
an den Mundwinkeln zog. Gabriel war das offenbar
entgangen. Er schaute die alten Traumräte angewidert
an.

„Ich versteh euch Menschen nicht.“

„Seid froh, Ältester“, lächelte Septimus. „Wo bliebe
die Herausforderung?“

Der Erzengel reckte sprachlos die Hände gen Himmel und hoffte auf Erlösung. Sein Schöpfer schwieg
lieber.

„Wichtig ist erst einmal, dass ihr wieder näher am Geschehen seid", übernahm der Römer das Gespräch.

„Ich denke, wir werden dann einfach in Charlottes Nähe sein und sie unterstützen. Oder, Charlotte?", wendete ich mich an meinen Mentor.

„Wenigstens die Post durchsehen", schlug sie zurückhaltend vor. „Sonst ist ja nicht viel zu tun."

„Lass uns wieder anfangen, Karl zu trainieren", erweiterte Lissi die Liste. „Der hätte es nötig."

„Danke, Schatz", grantelte ich.

„Hab ich unrecht?"

„Nein, aber bei dir hört sich das immer anstrengend an."

„Soll's ja auch sein. Schau mich nicht so an. Ich möchte nur deine Kopfblockade lösen."

Da wir ständig verbunden waren, hatte ich auch einen guten Eindruck davon, was sie damit meinte. Im entscheidenden Moment nicht reagieren zu können, war tödlich. Sie hatte von Zeit zu Zeit das selbe Problem, was sie sehr menschlich machte.

„Karl?"

„Ja?" Lissi hatte mich angesprochen. Ich war scheinbar wieder etwas mit den Gedanken abgedriftet.

„Du leuchtest."

„Geht einfach nach Hause", schlug Charlotte vor. „Ich erzähl euch später, was wir noch besprochen haben."

„O.k.. Ich werd den Träumer hier mal aus dem Verkehr ziehen", sagte Lissi mit einem breiten Grinsen an Charlotte gewandt. „Da hab ich ja Erfahrung."

Die drohte mit einem erhobenen Finger.

„Das ist nicht witzig!"

„Och, ich find schon", erwiderte Lissi, „aber mein Humor ist auch ein anderer."

„Ja“, seufzte der Engel und winkte einmal kurz.

Lissi nahm das als Aufforderung. Sie legte ihre Arme um meine Hüfte und drückte mich an sich. Ohne ein Wort zog sie mich mit durch den Raum-Schlauch, direkt in den Flur unserer Wohnung.

KAPITEL 14

Die Einbrecher schauten nicht schlecht, als wir ohne Vorankündigung und geräuschlos plötzlich da waren. Sie wollten offenbar gerade unser Wohnzimmer einer genaueren Untersuchung unterziehen.

Schnell zog der eine, der näher zu uns stand, ein Messer und stach nach Lissi.

Ich überraschte mich selbst und hatte schneller als sie überkreuz mit meiner Rechten seine Hand gepackt und abgelenkt. Etwas stürmisch vielleicht, da es vernehmlich knackte. In der Gegenbewegung drehte ich mich im Oberkörper zurück und hieb ihm meine linke Faust ins Gesicht.

Sein Kopf schnappte nach hinten und sein Genick gab nach. Die Erdanziehung besorgte den Rest.

Zitternd und blass wie ein Leichentuch fischte der Zweite einen Revolver aus der Jackentasche und richtete den Lauf auf uns, immer zwischen Lissi und mir hin und her zuckend.

Lissis Augen wurden schwarz, während sich eine Zornesfalte auf der Stirn bildet.

„Tun Sie uns allen einen Gefallen: Legen! Sie! Die! Waffe! Weg!", beschwor ich ihn. Die eine Chance musste ich ihm geben.

Lissis Muskeln spannten sich. Ihre Körperhaltung änderte sich jedoch nur um wenige Millimeter.

„Bitte", versuchte ich es erneut, „nehmen Sie die Waffe runter. Dann passiert Ihnen nichts."

„Das ist die weiße Hexe", brabbelte der Mann mit übergroßen Augen.

„Ich hab's versucht", sagte ich halblaut und zuckte mit den Schultern.

Im Film wären meine Haare lang und würden jetzt im Luftzug flattern, nachdem Lissi als Lichtstreif an mir vorbeigerauscht war. Gleichzeitig hatte der Mann den Abzug seines Revolvers durchgedrückt. Ich sah den Blitz des Mündungsfeuers und hörte den ohrenbetäubenden Knall.

Bevor die Kugel aber knapp neben meinem Kopf den Türrahmen aufriss, hatte Lissi dem Eindringling schon mit einem tierischen Bellen den halben Oberkörper abgerissen. Als hätten Fleisch, Sehnen, Knochen keine Substanz, schossen ihre Hände im Sprung durch die Schulter des Waffenarms und den Brustkorb.

Der gewaltigen Wucht des Aufpralls hatte die menschliche Anatomie nichts entgegenzusetzen. Mit dumpfem Dröhnen wurde Lissi mit dem im Arm, was von ihrem Gegner übrig geblieben war, von der Zimmerwand gebremst.

Die Hände noch zu Krallen und sichtlich aufgewühlt, erhob sie sich und kam zu mir herüber. Höflich formuliert, bot sie einen schaurigen Anblick. Mein Mageninhalt überlegte, sich die Szene auch einmal anzusehen. Nur mein Kopf schwebte leicht über allem, als sie mit kehligem Knurren und nachtschwarzem Blick vor mir stand.

„Ich wisch das nicht weg", sagte ich leicht hin.

Ihr Knurren stoppte. Sie stutzte und brach dann in schallendes Gelächter aus.

Sie war auch noch lange nicht fertig mit Lachen, als nur eine halbe Minute später die Luft im Raum flimmerte und Charlotte und Michael mit drei Engelskriegern erschienen. Kampfbereit und mit gezückten Schwertern standen sie da.

Lissi rutschte gerade giggelnd an der Wand herab.

„Ist sie dem Wahnsinn verfallen?“, fragte einer der Krieger. „Sollen wir sie auch töten?“

„Na! Untersteht euch!“, rief ich streng.

„Wir sind augenscheinlich zu spät eingetroffen“, stellte der Erzengel fest. Er schien fast ein wenig enttäuscht.

„Ja, wir konnten sie überraschen“, bestätigte ich.

„Einbrecher bei uns. Wer hätte das gedacht?!“, meinte Charlotte. Sie schaute sich etwas angeekelt um. „Es waren doch mehrere, oder hatte der da noch was vom Metzger bei?“

Lissi bekam den nächsten Lachanfall, kippte zur Seite und lag jetzt fast hinter der Couch. Ich konnte nicht anders und kicherte leise.

„Es waren zwei“, quälte ich mir raus, nachdem mich Charlotte kurz finster angestarrt hatte.

Der Krieger, der gerade noch Lissis Entsorgung angeboten hatte, hob einen Plastikbeutel auf. Der stand verdeckt neben einem der Sessel, weswegen ich ihn noch nicht entdecken konnte. Er sah hinein und hielt inne. Dann hob er etwas heraus, dass gewisse Ähnlichkeit mit einem Bündel Dynamitstangen hatte.

„Ich kenne mich in der Oberwelt nicht so gut aus. Weiß jemand, was das ist?“, fragte er unsicher.

„Klar“, antwortete ich schulterzuckend, „das ist Sprengstoff.“

Charlotte sah mich irritiert von der Seite an.

„Nehmen wir das nicht ein wenig zu locker, Herr Mustermann?“

Manchmal hatte sie es wirklich drauf, einem die Stimmung in den Keller zu ziehen. Ich wurde also schlagartig wieder ernst.

„Frau Eidinger! Ich bin sicherlich kein Experte auf dem Gebiet, aber auch ich weiß, dass fester Sprengstoff nicht von allein explodiert. Und? Sehen wir dort etwas, was nach einem Zündmechanismus aussieht?"

Sie funkelte mich einen Moment böse an, senkte dann aber als Erste den Blick. Sie steckte ihr Schwert weg und zog ihre Tunika glatt.

„O.k., wir sind wohl alle etwas angespannt", sagte sie betont ruhig. Das war für ihre Verhältnisse schon fast eine Entschuldigung. Mir jedenfalls sollte es genügen. „Ich fasse zusammen: Ihr habt die zwei überrascht."

„Ja."

„Lissi tötet den Ersten und ..." Sie zeigte mit einer Hand vage in die 'rote Ecke'. Ihr fehlten aber noch die Worte, das zu umschreiben.

„Äh, ich hab den hier getötet", berichtigte ich sie. „Er wollte Lissi mit einem Messer angehen."

„Oh, o.k.!" Und wieder zeigte sie dorthin, wo der Zweite verteilt lag. „Und warum hat sie den da ... äh, zerlegt?"

Gute Frage. Es war tatsächlich nicht ihre Art, beim Töten solch eine Schweinerei zu veranstalten. Außer sie war sehr angespannt. Den einen Straßenräuber hatte sie auf geradezu theatralische Weise ins Jenseits befördert, aber der hatte ihr auch ein Messer in die Brust gerammt.

„Der Typ hatte uns mit einem Revolver bedroht", sagte ich. „Sie scheint dann etwas über zu reagieren."

„Etwas?!"

„Du weißt, wie stark sie ist", erwiderte ich. „Da ist der Schritt von verletzt zu zerfetzt nicht groß."

Lissi setzte sich wieder auf. Sie hatte die Arme noch um den Bauch gepresst, als wollte sie ihr Zwerchfell festhalten.

„Das hast du schön gesagt", schniefte sie mit einem Lächeln.

Ich hielt ihr eine Hand hin und zog sie auf die Beine. Sie sah aus, als hätte sie eine rote Farbbombe mit dem Oberkörper abgefangen. Was mich wieder zum Thema brachte.

„O.k., das waren also keine Einbrecher", resümierte ich. „Ich glaube ..." Ja, was eigentlich? Satanael wollte schon immer an das Traumbuch heran. War das hier das Vorspiel zu einem Generalangriff? Die Engel beschäftigen, indem man Städte wahllos angriff und ein Attentat nach dem nächsten auf die Hüter des Buches verüben? Es schien mir viel zu offensichtlich. Und da war noch etwas.

„Michael?", wendete ich mich an den Erzengel.

Der war gerade dabei, seinen Männern Anweisung zu geben, um hier wieder ein wenig Ordnung zu schaffen.

„Ja, Karl, was gibt es?"

„Nur ein Gedanke am Rande. Kann es sein, dass dein Bruder nicht weiß, dass das Buch ein eigenständiges Wesen ist?"

„Das kann ich mir nicht vorstellen", lächelte Michael. „Er war immerhin Vaters erstes Geschöpf. Und da gab es das Buch ja schon. Es würde ihm nur ähnlich sehen, wenn er die Bedeutung nie erkannt hätte."

„Du meinst, nie wahr haben wollte, dass neben eurem Vater etwas mindestens gleich mächtiges besteht.“

„Ja“, schnaufte der Erzengel, „in etwa so.“ Es war ihm augenscheinlich auch noch unangenehm. Eine weitere Schöpfungskraft im Universum zu akzeptieren, war harte Arbeit für ihn.

„O.k., und außerdem hattet ihr irgendwann einmal erwähnt, dass er auch heute noch regelmäßig mit IHM spricht“, fiel es mir wieder ein.

Michael nickte zur Bestätigung. Ich schloss mich dem Nicken an. Ich musste über das Ganze einmal in Ruhe nachdenken, Informationen sammeln, et cetera. Unablässig nagte das Gefühl an mir, etwas übersehen zu haben. Etwas Wichtiges natürlich!

Vorher räumten wir aber auf. Der Erzengel griff sich den Typen, den ich getötet hatte. Seine Krieger hatten die ehrenvolle Aufgabe, sich der Überreste des anderen anzunehmen. Mit Müllbeuteln bewaffnet, die Charlotte gerade noch austeilte, sammelten sie auf, was sich greifen ließ. Dann waren sie auch schon verschwunden. Und uns blieb noch die Schweinerei, die Lissi veranstaltet hatte. Was war ich jetzt froh, dass beim Wiederaufbau meiner Wohnung der alte Teppich gleich gegen Parkett ausgetauscht worden war.

„Septimus, mein Held“, rief ich inbrünstig zur Zimmerdecke.

„Was ist dir denn?“, fragte Charlotte, die gerade mit zwei Eimern warmen Seifenwassers aus dem hinteren Bad kam. Lissi folgte ihr mit drei Schrubbern und einem weiteren Eimer, der mit allerlei Reinigungszeug gefüllt war.

Ich machte eine alles umfassende Handbewegung.

„Alles leicht zu reinigen", sagte ich begeistert. „Der alte Römer muss beim Ausbau der Wohnung was geahnt haben."

„Na, wer weiß", brummte Charlotte.

Lissi hatte ihr 'Metzger-Kleidchen' gleich angelassen. Das T-Shirt war eh nicht mehr zu retten. So machten wir uns dann an die Arbeit, um wieder ein gewisses Maß an Sauberkeit in unser Domizil zu bekommen. Außerdem: Was sollten die Gäste denken.

Mareikes Schule war gut zu erreichen. Ein Bus fuhr unweit von Karls Wohnung und direkt vor der Schule vorbei. Einer der Gründe warum Mareike so schnell bei Perach'el sein konnte.

Der Busfahrer fragte noch, ob schon wieder Karneval sei, dabei hätte er es besser wissen müssen. Sein unverkennbar rheinischer Dialekt verriet ihn. Mareike klärte ihn aber höflich auf, dass auch Schule durchaus einmal besonderen Einsatz fordern konnte.

Knappe zwanzig Minuten später stiegen sie vor der Schule aus. Es war nicht die größte Bildungseinrichtung der Stadt, konnte aber dennoch einige hundert Schüler aufweisen. Genug jedenfalls um Perach'el gehörig einzuschüchtern.

Da die Freundinnen Hand in Hand gingen, musste Mareike erst einmal vor Schmerz aufschreien, bevor Perach'el merkte, wie verkrampft sie war. Sie lockerte den Griff und entschuldigte sich vielmals.

„Welch unsäglich Tohuwabohu", stöhnte der blinde Engel.

„Und jetzt stell dir vor, es hat geschneit", sagte Mareike begeistert. „Dann hast du hier Hölle."

Perach'els Kopf wanderte langsam herum, bis sie das Gesicht ihrer Freundin mit versteinerter Mine fixieren konnte.

„Ah, shit! 'Tschuldigung." Mareike warf sich ihrer Freundin zerknirscht an den Hals. „Ich hab nicht nachgedacht."

„Bei den Klamotten? Sicher nicht", kam eine Stimme von hinten.

Mareike und Perach'el drehten sich um und standen vier Mädchen gegenüber, die alle in teure Markenklamotten gekleidet waren und dementsprechend hochnäsig auftraten.

„Na, super! Die Bitch vom Dienst", knurrte Mareike. Perach'el schaute sich die Mädchen nur höchst erstaunt an.

„Lieber eine Bitch und cool, als aussehen, wie'n Clown", konterte die und ging mit ihrem Gefolge weiter.

Mareike wollte die dumme Kuh ignorieren, aber Perach'el musste noch eine Frage loswerden. Alles war hier neu für sie.

„Zahlt Hurenlohn man hie so reich, dass die Dirn zur Schul kann gehen?"

Mareikes Freundin Ebru, die gerade angeschlendert kam, um sie zu begrüßen, verschluckte sich an ihrem Kakao und hustete heftig. Mareike selbst stand der Mund offen. Sie wusste, dass ihre himmlische Freundin nur neugierig war und eine vollkommen andere Sicht auf die Dinge hatte. Aber solch einen Satz laut rauszuhauen, wenn zig Schülerohren in Hörweite waren?

Die Angesprochene fuhr herum und hatte augenblicklich Messer im Blick. Dieser Bauertrampel beleidigte sie vor der ganzen Schule? Ob blind oder nicht, das gab Tote.

Mehr Schüler sammelten sich, als das, was Perach'el gesagt hatte, die Runde machte. Kollektives Grinsen war angesagt, als sich die Schulhof-Schöne vor dem blinden Engel aufbaute. Sie war einen halben Kopf größer, konnte also sehr schön von oben herab sprechen. Das mochte sie besonders.

„Was hast du gerade zu mir gesagt?", forderte sie herrisch.

„Nun, ich spruch zu jener Freundin hie, wollt Euch zur Last nit sein", antwortete Perach'el ehrlich und mit einem kleinen Knicks.

„Willst du mich verarschen?", keifte die Schülerin. „Du kriegst gleich auf die Fresse, du Opfer."

Perach'el war nur wenig erstaunt über den Tonffall, hatte sich doch ihre erste Einschätzung offenbar bewahrheitet. Mareike erklärte ihr zwar hinterher, dass die Mitschülerin bestimmt nicht zum horizontalen Gewerbe gehörte, aber in dem Moment fühlte sie sich stark an die Hurenwägelchen erinnert, mit denen diese Frauen von Stadt zu Stadt fuhren, um ihre speziellen Dienste anzubieten. Sie kamen gelegentlich auch über die Straße, die in der Nähe ihres Hofes vorbeiführte. Sie konnte sich auch an die zotigen Bemerkungen erinnern, die sie ihrem Vater zuriefen, oder die lächerlichen Versprechen, wenn sie selbst sie begleiten würde.

„Mich dauert Euer ohnziemlich Gebahren", sagte sie ruhig aber bestimmt. „Dero Sprach genüget der Goss, nit einem Orte höherer Bildung. Welch Schande für Euer Elternhaus, dawo das Lehrgeld man sich sicherlich vom Munde absparet."

Die Schülerin hatte nur die Hälfte verstanden, fühlte sich aber dadurch erneut beleidigt. Außerdem wäre ihr darauf eh nichts eingefallen. Sie holte also einfach aus und schlug zu.

Es klatschte zwar, aber Perach'el zuckte nicht einmal. Da hatte sie schon beileibe mehr einstecken müssen. Dieses angemalte Weibsstück hatte nicht sonderlich viel Kraft.

Sie überlegte gerade, ob sie nicht vielleicht zurückschlagen solle – immerhin war sie eine freie Bürgerin –, als ein stattlicher älterer Herr in die Runde trat und die bedrohliche Stimmung durch seine Präsenz entschärfte.

„Frau Stukenau, haben Sie gerade dieses Mädchen hier geschlagen?", fragte er streng.

„Die hat mich angemacht", verteidigte sich die Schülerin, „Und da gibt's halt was auf die Neun."

„Sie haben sie also geschlagen", stellte er noch einmal fest.

„Ja, Mann!", sagte sie genervt.

Der Mann zog ein Handy aus der Tasche, wählte eine Kurzwahltaste und sprach in knappen Sätzen in das Gerät.

„Für Sie heißt das jetzt, ab ins Sekretariat", sagte er dann zu der Schülerin.

„Ich schreib gleich Mathe", versuchte die sich rauszuwinden.

„Tja, wird wohl nicht die einzige Sechs auf dem Zeugnis, wenn ich richtig informiert bin", kam die schroffe mitleidlos Antwort.

Mit hochrotem Kopf rauschte das Mädchen in das Schulgebäude. Ihre Begleiterinnen hasteten unsicher hinterher.

Der Lehrer, der er war, wendete sich an Perach'el.

„Sie sind ganz offensichtlich neu an dieser Schule.
Darf ich fragen, wo Sie hinmöchten?"

Perach'el spürte fast augenblicklich Mareikes Hand
auf ihrem Arm und blieb stumm.

„Sie ist meine Freundin und heute Gast hier", erläuterte Mareike schnell. „Herr Schöttel weiß Bescheid.
Sie hilft mir bei einem Referat."

„Ah, Geschichte! Lasst mich raten ..." Er betrachtete Mareike und Perach'el in ihren Bauerntrachten
und lächelte. „Mittelalter, oder? Ich bin von Ihrem
Einsatz beeindruckt."

Ohne ein weiteres Wort wendete er sich um und
schlenderte über den Schulhof davon. Nur einen Wimpernschlag später sah sich Perach'el dicht von Schülern umringt.

„Blanche, geht's dir gut?", fragte Ebru sofort.

„Alles klar mit dir?", wollte auch Mareike wissen.

„Cooles Outfit!", lobte Julia die beiden Mädchen in
den Trachtenkleidern.

„Die Ohrfeig ward nur einer Mück gleich", beschwichtigte Perach'el. „Jung mag sie sein, doch
kraftlos ist ihr Leib."

Sie waren noch nicht einmal durch den Haupteingang, als schon fast alle Bescheid wussten. Sie waren
die Heldinnen des Tages. Mareike und ihre Freundinnen waren auch so schon nicht unbeliebt, aber mit
dem Auftritt schwammen sie ganz oben.

Und Perach'el konnte weiter staunen. Ihre Zeit
kannte kein 'High 5'. Auch Zurufe wie 'Geil', 'Cool',
'Respect' waren ihr völlig fremd. Sie musste sich eingestehen, dass sie diesen Umgang miteinander nicht
wirklich mochte. Aber hier konnte sie getrost im
Hintergrund bleiben. Mareike redete für sie mit. Und
so unter sich wären die Kinder eh kaum zu verstehen.

Ohne Punkt und Komma hagelte es von allen Seiten stakkatoartig Worte. Zugegeben, ihre Zeit bot nicht einmal annähernd so viel Ablenkung. Das Kalben einer Kuh genügte für einen Nachmittag. Das gebrochene Bein eines Nachbarkindes war gute zwei Wochen Gesprächsthema. Informationen, die heute wie Funken kurz aufglühten und kurz darauf vergessen waren. Wenig hatte Bestand.

Mit dieser melancholischen Stimmung betrat sie den Klassenraum und stand einem kleinen dicklichen Herrn gegenüber, der gerade seine Unterlagen auf den Lehrerpult räumte, während ein Schüler ihm technisches Gerät erklärte, dass auf einem kleinen Beistelltischchen aufgebaut war.

Mit grauem Haar, das in alle Richtungen abstand, und guter Laune, trat er den Mädchen gegenüber.

„Guten Morgen, die Damen", grüßte er lächelnd. „Ich sehe, sie sind bereit für ihren großen Auftritt."

Verhaltenes Stöhnen ging durch die Gruppe. Montag Morgen und die Aussicht gleich als Erstes ein Referat halten zu 'dürfen'. Das sorgte nicht für Hochstimmung.

„Guten Morgen, Herr Schöttel", grüßten die drei Schülerinnen im Chor zurück.

„Und Ihr, Mareike, habt Euch mit eurer Freundin sogar in Schale geschmissen. Sehr originell", machte der Lehrer unbeirrt positiv weiter. „Stellt Ihr mir die junge Frau vor?"

„Ja, klar", sagte Mareike pflichtschuldig. „Das is Blanche."

„Guten Tag ... Blanche", grüßte er das blinde Mädchen leicht ironisch.

„Magister", grüßte sie mit einem Knicks zurück. „Seid Mareiken nit Gram, wehrter Herr. Wortreich ward ihr Morgen bis dato. So werd daselbst ich meinen Nam Euch geben. Blanche Adele Grandchamp ward ich genennet, des Bauern Friedebald ünn sìnn Frau Tochter."

Die Augen des Lehrers blitzten vor Freude. Von seinen Schülern mochte er keine tiefschürfenden Ergüsse zu geschichtlichen Themen erwarten, aber Mareike hatte es wenigstens verstanden, sich adäquate Hilfe zu sichern.

„Ich freu mich, Euch kennenzulernen, Frau Grandchamp", erwiderte er lächelnd. „Und ich weiß ja, dass ich, wenn überhaupt, an einem Montag Morgen keine Umgangsformen erwarten brauch."

„Meiner Tage gab es der Herr dem Kinde mit dem Stock, sollt unziemlich es sein", sagte sie nüchtern. Die Freundinnen sahen sie geschockt an.

„Da sind mir leider die Hände gebunden", bedauerte der Lehrer grinsend.

„Herr Schöttel!", rief Julia bestürzt.

„Genug geträumt", sagte er laut und klatschte in die Hände. „Die Technik steht – hoffe ich. Ich denke, wir fangen mit dem politischen Teil an und wenden uns anschließend dem Alltag zu. Dann können die, die glauben, das nötig zu haben, noch schlafen."

Perach'el sah ihn sprachlos an. Schlafen in der Schule? Wie war das denn zu verstehen?

"Hinterher werde ich dann Fragen stellen. Die Antworten gehen in die mündliche Note ein", setzte der Lehrer genüsslich fort.

Ah! Mareike hatte ihr ein wenig über Noten erzählt. Ganz der studiosus, versuchte er es mit einem Trick. Bildung war in diesem Lande kostenlos, die Noten aber nicht.

Alle setzten sich langsam, aber mit viel Stühlescharren und in-Taschen-Kramen hin. Mareike hatte ihr einen Platz neben sich freigemacht. Perach'el sah ihre Freundin freudig an. Ihr Kleid stand ihr wirklich gut. Mareike hatte sich auch ein wenig von Perach'els Art anstecken lassen und saß jetzt mit gradem Rücken und im Schoß gefalteten Händen da.

Ebru und Julia ließen derweil von den Maschinen bunte Bildchen an die Wand über der Tafel werfen und arbeiteten in etwa zwanzig Minuten rund sechshundert Jahre Deutsche Geschichte ab.

Perach'el war wie vom Donner gerührt. Die Mädchen hatten viele Ereignisse aus Büchern gezogen oder sie ... gedudelt?

„Gegoogelt, heißt das", berichtigte Mareike sie leise.

Und doch schien es ihr fast unmöglich, so viel zu wissen. O.k., die Namen der Könige kannte sie alle. Dafür hatte der Pfarrer in den Sonntagspredigten gesorgt. Aber alles andere?

Dann war Mareike dran.

Auch sie hatte etwas für die Technik vorbereitet. Und zu Perach'els grenzenlosen Erstaunen zeigte sie bewegte Bilder von ihrem Besuch in dem künstlichen Dorf. Eines der Mädchen hatte eine kleine Kamera dabei und einiges aufgenommen.

Mareike fing an zu erzählen, wie man damals so lebte. Perach'el erkannte viele Details, die sie in langen Gesprächen versucht hatte, der Schülerin nahezubringen. Es war doch so manches hängengeblieben.

Perach'el selbst brauchte nichts zu sagen – was ihr ganz recht war. Es war Mareikes Teil des Referates. Und sie war ja schon in dem Film in Aktion zu sehen. Aber nichtsdestotrotz war der Alltag im Mittelalter offenbar interessanter für die Schüler, als die wechselnden Machtverhältnisse. So ging es ihr ja im Grunde auch. Der König oder Fürst war eine strahlende Lichtgestalt, aber weit weg. Aber ob ich für ein Licht in der Nacht die Zunderbüchse hervorkramen musste, oder nur auf ein Knöpfchen drücken, war greifbarer und damit halt interessanter.

Nach Ende des Referates gesellte sich der Lehrer vorn zu den Mädchen und stellte Fragen. Auch die anderen Schüler durften jetzt Fragen stellen. Perach'el war fasziniert davon, was für Themen angesprochen wurden. Ebru, Julia und Mareike waren aber gut vorbereitet. Das jeweilige Thema saß sicher.

Der Engel wurde dann aber aus seiner distanzierten Träumerei gerissen, als ihr Name fiel. Jemand hatte sie angesprochen. Sie schreckte hoch und sah zu Mareike.

„Die Frage ging an dich, Blanche", bestätigte sie.

„Verzeiht, ich ward in Gedanken", sagte sie schüchtern.

Herr Schöttel, der Lehrer, lächelte freundlich und wies auf einen Schüler auf der anderen Seite des Klassenraums.

„Ahmed hat Euch in dem Film gesehen und hätte gerne gewusst, woher Ihr das alles könnt."

Perach'el schaute sich um, wer der Frager sein könne. Ein schwarzhaariger junger Mann mit eindeutig südländischem Aussehen meldete sich nochmals zu Wort.

„Also meine Großeltern leben in Ostanatolien. Also richtig als Bauern und so. Die haben nicht einmal Strom. Und Wasser ziehen die aus 'nem Brunnen."

„Nun, junger Mann", erwiderte sie. Die Tatsache, dass er ein Muselmann ist, war für sie ... ungewohnt.

Aber sie wollte nicht unhöflich sein. Karl hatte ihr schon so manche Lektion in Sachen Toleranz erteilt. Außerdem sprach er ein sauberes Deutsch – wenn auch mit schwerem Akzent. „Mein Leben ward allwie itzo Eurer Eltern Eltern. Vun Hand wurd getan, was dem Hofe nötig. Hülfende machina oder gar Strom waren uns fremd. So ward mir vum Herrn Vater und der Frau Mutter gelehret, was immer zu tun sei."

„Was dem Knechte gelehret, solltest auch du können, richtig?", fragte Mareike nach, die sich gut an das Erlebte im Museumsdorf erinnerte.

„So, und noch mehr", nickte Perach'el.

„Das alles lernen und dann noch zur Schule?", fragte ein anderer Junge entgeistert.

„Du hast nicht zugehört, Schröder", tadelte Mareike. „Schule gab es damals nur für die wenigsten."

„Oh, mein Bruder ward dreimal die Woch beim magister zu den lectiones. Er sollt es einmal besser denn die Eltern haben."

„Und du?", fragte Schröder nach.

„Ich ward einem guten Burschen versprochen, sein Weib zu werden. Aber wenn mein Tagwerk es ließ, kunnt ich am Fenster den lectiones lauschen."

Das was Perach'el erzählte, sickerte unterschiedlich schnell in die Hirne der Schüler.

„Wann hast du dann Lesen und Schreiben gelernt?", wollte eine Schülerin rechts von ihr wissen.

„Sie hat doch nich gesagt, dass sie's kann", warf deren Nachbarin ein.

„Oh, es lehret Mareike mich jene Kunst", sagte der Engel begeistert.

„Ey, krass. Du kannst echt nich lesen?" Die Schülerin konnte es kaum glauben.

„Sie kann's jetzt schon ganz gut", mischte sich
Mareike mit Stolz ein. „Sie lernt sehr schnell."

„Kannst du denn Blindenschrift?", fragte Schröder
erstaunt.

„Hä? Nee, ganz normal", gab Mareike verwirrt zurück. Sie hatte lange nicht mehr darüber nachgedacht,
dass ihre Freundin genau genommen gar nicht sehen
dürfte.

„Aber sie trägt doch so'n Tuch im Gesicht", widersprach Ahmed.

Ein schrilles Klingeln riss sie aus dem Gespräch.
Der Unterricht war zu Ende, auch wenn der ein oder
andere gerne noch mehr gehört hätte. Letztlich sprangen alle auf und sammelten ihre Sachen zusammen.
Herr Schöttel winkte die drei Mädchen und auch
Perach'el zu sich. Er ließ sich das zusammengefasste
Manuskript für das Referat geben – das Julia mehr
oder weniger in Nachtarbeit gedruckt und geheftet
hatte – und steckte es nach einem kurzen Blick darauf
in seine Mappe.

„Wenn das Skript so gut ist wie der Vortrag, habt ihr
einen Einser sicher. Eine ordentliche Leistung", fasste
er seine Eindrücke zusammen. „Und Euch, Frau
Blanche, danke ich für die Zeit, die Ihr den Mädchen
geopfert habt."

„Dies Opfer bracht gern ich dar. Und so es dem
Kinde nach Wissen dürstet, ist es gar doppelt Freude
mir, zu geben, was ich hab."

Der Lehrer sah sie durch schmale Augen abschätzend an.

„Ihr redet immer so, oder?"

„Nun, allwie der Mund mir wachsen ist", antwortete Perach'el irritiert. „Wie sollt sonst ich schwät-
zen?"

KAPITEL 15

Die Tapeten waren leider nicht abwaschbar. Wir mussten trotzdem da durch. Aber da die neuen 'Farbakzente' noch frisch waren, konnten wir sie weitestgehend entfernen. Letztlich brauchten wir Geduld. Das Wischwasser musste erst abtrocknen. Dann würde sich das Ergebnis zeigen.

Die Mädels hatten mich nach einiger Zeit entlassen, um mir etwas zu Essen machen zu können, während sie sich um das Säubern der Gerätschaften kümmerten. Ich durchforstete also Kühl- und Küchenschränke, bis ich ein paar Zutaten hatte, die mir jetzt zusagten. Viel Auswahl gab es nicht, aber genug für ein Omelett. Und von Mareikes Frühstück waren noch Brötchen da.

Ich war gerade dabei, einige Tomaten klein zu schneiden, als die Wohnungstür aufging. Perach'el und Mareike standen kurz darauf in der Küche.

„Hallo, ihr Zwei", grüßte ich. „Wie war die Schule?"

„Blanche hat heute die erste Note ihres Lebens bekommen und gleich 'nen Einser kassiert", rief Mareike begeistert. Perach'el kicherte nach dieser Ansage.

„Also war das Referat erfolgreich", unterstellte ich. Nebenbei versenkte ich das geschnittene Gemüse zischend im heißen Öl.

„Das Fett mag zu viel Hitze haben", bemerkte Perach'el, die neugierig einen Blick in die Pfanne geworfen hatte.

Ich überlegte kurz, nickte und drehte die Herdplatte ein wenig runter.

„Magst du auch was vom Omelette haben?“, fragte ich Mareike, ohne sie anzusehen.

Sie brauchte einen Moment, bis sie merkte, dass sie gemeint war. Erst als sich Perach’el wortlos vom Herd wegdrehte und sich an den Tisch setzte, reagierte sie.

„Wer? Ach, ich?“, stotterte sie überrascht. „Ja, gern.“

Ich schnitt noch ein Brötchen auf. Dem Gemüse ließ ich noch vier Eier folgen und ein paar Gewürze.

„Du hast keine Zwiebeln im Haus“, stellte die Schülerin fest. „Mama, macht immer ganz viele rein.“

„Lissi hat mich gebeten, keine zu essen“, entgegnete ich.

Das Omelette war mittlerweile schön. Ich teilte es noch in der Pfanne, griff mir zwei Teller aus dem Schrank und tat auf.

„Hat sie gesagt, warum?“, wollte Mareike wissen.

„Weil sein Blut dann widerlich schmeckt“, beantwortete Lissi die Frage selbst. „Guten Appetit, euch beiden.“

Sie trug immer noch das blutige T-Shirt, als sie in die Küche kam. Mareike starrte sie wieder mit großen Augen an.

„Ist das Blut?“, fragte sie leise.

„Äh, ja?!“

„Willst du das Teil nicht mal ausziehen?“, schlug ich vor.

„Meinst du, man kann das retten?“, fragte Lissi gegen.

„Ach, hau weg den Fetzen“, winkte ich ab und schob mir die nächste Gabel mit Omelette in den Mund.

Wie es ihre Art war, zog sie, ohne sich um die Anwesenden zu kümmern, das Hemd gleich in der

Küche aus und warf es im hohen Bogen in den offenen Mülleimer.

Ich störte mich sicher nicht an ihrer Nacktheit. Nur Mareike wusste nicht, wie sie damit umgehen sollte. Außerdem waren da noch die offensichtlichen Verletzungen, die einem schon ins Auge sprangen. Perach'el lenkte erst mal vom Thema ab.

„Lysje, habt Ihr es vernommen? Der Herr Magister ward des Lobes voll und gab uns gute nota", sagte sie über die Schulter.

Lissi stellte sich hinter den Engel und nahm ihr Gesicht in beide Hände. Perach'el legte den Kopf an ihrem nackten Bauch ab und ließ sich streicheln.

„Das ist super. Dann hat sich die viele Arbeit ja gelohnt."

„Und Blanche hat auch bei den anderen Stunden gut mitgemacht", ergänzte Mareike, froh, sich mit diesem Thema endlich wieder auf sicherem Terrain zu bewegen. Sie konnte nur nicht den Blick von Lissis nacktem Oberkörper abwenden.

„Mareike?", sprach ich sie direkt an.

„Ja!", rief sie und hüpfte fast im Stuhl.

„Iss, bevor es ganz kalt ist", forderte ich sie freundlich auf. „Lissi kann dir deine Fragen auch hinterher beantworten."

Mit dezenter Röte im Gesicht, nahm sie auch schnell einen Bissen. Allerdings schob sie nach kurzer Überlegung dann den Teller von sich.

„Ich glaube, ich hab keinen Hunger mehr", murmelte sie in ihr Essen.

Lissi langte mit einer Hand vorsichtig nach der Schulter der Schülerin. Sie strich einmal sachte über ihren Rücken und kam zu einem Entschluss.

„Karl? Dein T-Shirt!", forderte sie und schnippte mit der freien Hand.

Ich sah sie verblüfft an, zog aber mein Hemd kommentarlos aus. Lissi schlüpfte hinein und deutete der Schülerin mit einem Finger an, ihr zu folgen. Dann gingen die zwei hinaus.

Nicht mal eine Minute später stand Charlotte in der Küche.

„Nicht mal in Ruhe Zeitung lesen kann man hier. Haben die Zwei ein Problem?", fragte sie uns grantig.

„Ich glaube, Mareike ist heute an ihre Grenzen gekommen. Also was unsere Wohngemeinschaft anbelangt, meine ich", erwiderte ich vage.

Charlotte seufzte und setzte sich auf einen der freien Stühle. Sie schüttelte kurz den Kopf und entfaltete die Zeitung, die sie etwas zerknüllt in den Händen hielt.

Perach'el hatte den Kopf schräg gelegt und betrachtete mich eingehend.

„Eure Wunden sind trefflich verheilt", bemerkte sie nachdenklich.

„Ja, zum Glück." Ich musste grinsen, bei der Vorstellung, mir würden bei jedem Schritt irgendwelche Organe heraushängen. Dann war das Grinsen auch schon wieder weg. Lissi hatte das ja tatsächlich erlebt.

„Ein Utz?", fragte der kleine Engel neugierig. Sie hatte mein Mienenspiel gesehen.

„Nein, nicht wirklich", antwortete ich lachend. Der abstrakte Gedanke hatte etwas komisches, comicartiges. Aber im wirklichen Leben war das nur grausig. Perach'el nickte zustimmend, nachdem sie mein Gedankenspiel angehört hatte. Charlotte schüttelte den Kopf.

„Karl, du hast nicht alle Tassen im Regal", sagte sie verwundert. Perach'el kicherte. „Auf solch eine Idee überhaupt zu kommen."

„Zu viele Zeichentrickserien wahrscheinlich", erwiderte ich achselzuckend.

Charlotte schnaubte.

Perach'el hatte wieder ein deutliches Fragezeichen im Gesicht. In dem Moment kamen aber Mareike und Lissi wieder in die Küche. Die Schülerin war sehr blass und hatte einen leicht gehetzten Blick. Lissi war wie immer die Ruhe selbst.

„Ah, Mareike", rief ich. Sie brauchte definitiv eine Ablenkung. „Du bist genau die Richtige, um Perach'el Zeichentrick zu erklären."

Ihre Augen wurden sofort wieder schmal. Der Trick hatte funktioniert.

„Wie, Zeichentrick?"

„Unsere kleine Blume hier hat gefragt, was das ist", erklärte ich.

„Hab ich nit!", widersprach sie verwirrt.

Ich langte über den Tisch und streichelte ihre Wange.

„Ich kann in deinem Gesicht lesen, mein Schatz."

„Nee, ist kein Problem", sprang Mareike darauf an.

„Dann geht doch ins Wohnzimmer. Gib ihr 'ne ordentliche Einführung. Wenn jetzt überhaupt 'was läuft, heißt das."

„Ihr habt doch Kabel", sagte Mareike verwundert.

O.k.. Ich und Technik!

„Ach, haben wir?", fragte ich dann auch und kam mir fast ein wenig dämlich vor.

„A-ber!"

Deswegen konnte ich mich so gut in Perach'el hineinversetzen. Mein Technikverständnis war nicht wesentlich weiter entwickelt als ihres.

„Na, perfekt. Ach, und sei bitte so gut und nimm das volle Kindergartenprogramm mit. Wenn sie da übermorgen anfängt, hat sie wenigstens die Namen schon mal gehört.“

„Geht klar!“, salutierte die Schülerin. „Kommst du, Blanche?“

Perach'el folgte ihr neugierig ins Wohnzimmer für eine weitere Lektion in 'Neuzeit'.

Charlotte fixierte mich mit ihrem einen Auge.

„Du bist so oft Dewer'el, dass ich gerne mal vergesse, wie einfühlsam du sein kannst.“

„Danke“, verneigte ich mich für das Lob. „Ich gebe mir jedenfalls Mühe. Und es ist nicht so lange her, dass für mich selbst alles neu war.“

„Und hast immer noch Probleme damit“, warf Lissi ein. Sie lächelte dabei aber verständnisvoll. Sie hatten alle quasi mal klein angefangen.

Ich lächelte zurück und nickte.

„Ja, mehr als reichlich.“ Ich starrte kurz in Gedanken auf meinen leeren Teller. „Und? Konntest du mit Mareike alles klären?“, fragte ich dann.

Sie wiegte mit dem Kopf hin und her.

„Mal schauen. Von dem vielen, was sie hier schon gesehen hat, ist noch nicht alles im Hirn angekommen. Fehlende Augen sind eine Sache. Deine Flügel, Charlotte, passen in ihr christliches Weltbild. Aber eine klaffende Wunde in der Brust ist halt zu offensichtlich und für heute das Quäntchen zuviel.“

„Hauptsache sie hat keine Angst vor uns“, sagte ich halblaut.

„Ich hab versucht, ihr zu erklären, dass wir momentan so etwas wie einen Kriegszustand haben, wo Menschen auch wirklich getötet werden. Ich habe ihr das von dem Einbruch erzählt, aber auch, dass wir sie unbedingt schützen werden."

„Ehrlich währt am Längsten", lobte Charlotte.

„Sie hat Karl so gesehen", gab Lissi zurück und zeigte auf mich. Und ich saß immer noch ohne Hemd in der Küche. „Oder meine Narben! Da kann ich ihr nicht von Friede, Freude, Eierkuchen erzählen."

„Sie würde sich verarscht fühlen", nickte Charlotte. „Nein, du hast recht. Sie ist alt genug."

Dann fiel Charlottes Kopf ohne Vorwarnung mit lautem Knall auf die Tischplatte. Lissi und ich hüpften wie das Geschirr auf dem Tisch erschrocken auf unseren Stühlen.

„Potverblomme! Wat is er?[63]", rief Lissi aufgeregt.

Das konnte ich ihr auch nicht sagen, hatte aber eine Idee. Da Lissi jetzt ständig mit mir verbunden war, fiel mir mein Vorhaben leichter.

Ich wechselte körperlos auf die Geistebene und sah sofort, was mit Charlotte war. Nicht nur, dass sie gerade wieder eine Vision hatte, sie wurde auch massiv bedrängt. Ihr Geistsphäre flackerte von Innen, wie ein Gewitter, dass von Wolken verdeckt ist. Die unterschiedlichsten Farben zogen in Streifen über ihre Außenhülle, oder fleckartig für Sekundenbruchteile darüber. Es ging zu schnell, um die jeweiligen Informationen von außen verarbeiten zu können.

Bedrohlich war jedoch der anthrazitfarbene Nebel, der sich anschickte, ihre Geistkugel einzuhüllen.

---

[63] niederländisch: „Verdammt! Was ist los?"

Wir zögerten nicht lange und gingen in den Gegenangriff. Wir kannten den Engel zu gut, um Berührungsängste zu haben. Also dockten wir bei ihr an und schoben unseren Geist über ihren und unter dem Nebel durch, um Charlotte vollständig einzuhüllen.

Der Angreifer war so überrascht, dass er nicht reagierte, bis es zu spät war. Charlotte war unser.

Auf das erste probende Drücken unseres Gegners, spannte Lissi sich und mauerte uns ein. Sie war Meisterin darin, sich einzukapseln und alle Welt außen vor zu lassen.

Charlottes Geist arbeitete weiter an der Vision. Jetzt aber wenigstens ungestört. Mir kam der Gedanke, dass der Angreifer sehr genau wusste, wozu der Engel im Stande war. Und er schien diesmal den richtigen Zeitpunkt abgepasst zu haben. Außer, dass wir ihm in die Parade pfuschen konnten!

Der Gegner versuchte es als Erstes mit viel Kraft. Er umschloss uns jetzt seinerseits und fing an, Druck aufzubauen.

Unter normalen Umständen hätte ich gelacht und mich zurückgelehnt. Auf eine Kugel von allen Seiten gleichmäßig Druck auszuüben, war, gelinde gesagt, müßiger Zeitvertreib. Außer, man hatte enorme Kraft zur Verfügung. Und ich war mir ziemlich sicher, dass das noch nicht alles war.

Der Druck nahm zu – wir hielten dagegen.

Charlotte hatte fertig. Das Farbgewitter legte sich. Dennoch rührte sie sich kein Stück. Dieses Mal musste es sie viel Energie gekostet haben.

Der Druck nahm weiter zu – wir hielten weiter gegen.

Frag mich einer, wo plötzlich das knarrende Geräusch herkam. Ich weiß es nicht. Mir fiel nur sofort die Tauchfahrt-Szene aus dem Film 'Das Boot' ein. Also summte ich die Titelmelodie. Lissi prustete und fing an, zu kichern. Ich konnte nicht anders und lachte mit.

Urplötzlich war der Druck weg. Wir schienen den Angreifer verschreckt zu haben mit unserem Gegacker.

War's das?, fragte ich nach einem Moment misstrauisch.

Wohl eher die Ruhe vor dem Sturm?, mutmaßte Lissi und sollte recht behalten.

Ein Sturm an Schlägen im Wechsel mit kolossalen Drücken ging auf unsere Geistkugel nieder, sodass sogar Lissis Panzer bedrohlich ins Schwingen geriet. Wir mussten uns gut konzentrieren, um unsere Kraft in der Hülle zu halten.

Unsere Angreifer schalteten jedes Mal gleich mehrere Gänge hoch, intensivierten Druck und Schläge.

Haben wir noch genug Reserven?, fragte ich Lissi gepresst.

Hast du das Gefühl, dass du nachlässt?, fragte sie merklich entspannter gegen.

Äh. ich musste kurz darüber nachdenken. Aber so direkt gefragt? *Nein?! Das ist ja verrückt. Ich kann Energie ziehen, aber da ist immer noch mehr.*

Na, endlich wacht ihr auf, meldete sich Charlotte unter den Lebenden zurück (O.k., lebenden Toten). *Aber Danke, dass ihr auf mich aufgepasst habt.*

Hey, dich gibt's ja wieder, rief ich erfreut.

Mnja, diese Visionen sind etwas kraftraubend, knurrte sie. *Was ist da draußen eigentlich los?*

Jemand versucht dich zu töten, erklärte Lissi leichthin. *Wir haben uns aber in den Weg geschmissen. Und hier sind wir nun.*

*Ist ja süß. Ihr habt euch echt um mich drum ge-
wickelt?*, fragte sie nach kurzem Umsehen.

Ich hab das schon mal bei Lissi gemacht, erwiderte
ich.

Ich kann mich erinnern, bestätigte der Engel. *So,
jetzt bin ich aber wach.*

Sie öffnete sich und verschmolz mit uns. Erstmals
spürte ich ungefähr, wie viel Macht sie besaß. Ihre
stand der Lissis kaum nach. Nur, dass sich Lissis
Kraft wegen der Verbindung zu mir nicht einfach nur
anhäufte. Sie potenzierte sich. Das entging auch Charlotte nicht.

Herr im Himmel, das sieht man nicht alle Tage,
staunte sie.

Autsch!, quiekte ich, als ein besonders heftiger
Schlag unsere Außenseite traf.

Jeder Seismologe hätte sich gefreut, die Wellen-
bewegungen auf einer Kugeloberfläche einmal aus der
Kugel heraus beobachten zu können.

Dewer'el!, rief mich Charlotte.

Ja?

*Deine Aufmerksamkeitsspanne ist ja kaum länger,
als die von einem Goldfisch*, knurrte sie mich an.

Lissi kicherte, was ebenfalls Wellen ergab. Ich liebte das.

Charlotte wollte erst im Geiste die Augen verdrehen
und verzweifelt die Arme hochreißen, doch dann kam
ihr eine Idee.

Traumwelt an Karl!, grollte sie. *Du, Lissi, bist ja
wenigstens aufmerksam.*

Sicher.

*Wie meintest du das eigentlich mit dem 'endlich
aufgewacht'?*, fragte ich quer.

Ach, der Träumer bekommt ja doch 'was mit, stichelte Charlotte. *Gut. Der Älteste Gabriel hat kürzlich
mit seinem Vater gesprochen und den Hinweis bekommen, dass ihr scheinbar nicht den üblichen Beschränkungen unterliegt.*

Was so viel heißt, wie?, fragte Lissi.

*Ihr könnt als Einheit in der kräftemäßig obersten
Liga mitspielen.*

Äh ... Ein Gedanke formte sich bei mir.

Nein, Karl, nicht in DER Liga, holte mich Charlotte
wieder zurück.

*Gibt's da einen Haken? Das schien noch nicht alles
zu sein*, fragte die Vampirin nach.

Haken würde ich es nicht nennen, sinnierte der
Engel.

Spuck's aus, Charly, forderte ich.

Eure Liebe ist der Schlüssel.

Ich hatte so etwas befürchtet, kommentierte Lissi.

Ich bewunderte sie dafür, dass sie sogar ihre
Gedanken komplett unter Kontrolle hatte. Sie konnte
ohne eine Spur von Humor denken.

Darauf hatte ich gehofft, merkte Charlotte amüsiert
an.

Worauf?, fragte ich verwirrt.

Stille.

Gerade wollte ich meine Frage wiederholen, als ich
merkte, dass auch von außen Ruhe herrschte.

Was geht hier eigentlich ab?, fragte ich in die
Runde.

Kaum war die Frage raus, brach es mit schier un-
vorstellbarer Gewalt über uns herein und versuchte,
uns zu vernichten. So musste sich ein Baseball in der
amerikanischen Profiliga fühlen. Diesmal tat es weh.

Karl, liebst du Lissi?, brüllte mir Charlotte zu.

Was sollte jetzt die Frage?

Hä?, fragte ich entsprechend gegen.

Da versucht jemand, deine Freundin zu töten. Mach etwas!

Das war ein Trick. Ich wusste, dass das ein gottverdammter Trick war. Aber mein Kopf konnte halt nicht an meinem Herzen vorbei. Mein Geist explodierte.

Nicht mit mir!, brach es aus mir hervor. Ein bisschen Panik schwang schon mit. Aber ohne weiter nachzudenken, ließ ich alle Gefühle, die ich für meine untote Freundin hegte, auf einmal los.

Ich liebte sie. Ich hatte Angst, sie zu verlieren – schon wieder zu verlieren! Ich würde mein Leben für sie geben …

Ich war SAUER!

Der fremde Geist hatte sich selbst wie eine tiefschwarze Gewitterwolke um uns herumgewickelt, wie wir es bei Charlotte getan hatten.

Aus dieser Wolke heraus hagelte es, blitzte es. Ichhätte nicht sagen können, ob wir nur einen oder mehrere Angreifer abwehrten. Erst meine entfesselte Kraft, die sich wie die Strahlen der Sonne ihren Weg durch das Schwarz bahnte, gab einen kurzen Blick auf den Gegner frei.

Tatsächlich waren es drei. Und wirklich nur für einen Bruchteil einer Sekunde konnte ich ihre Gesichter sehen, ihre Konturen. Es waren engelsähnliche Gestalten mit schwarzen Flügeln und überirdisch schönem Antlitz. Und doch hatten sie für mich etwas Abstoßendes an sich.

Im Nachhinein hätte ich nicht mit Sicherheit sagen können, warum, aber ich war froh, dass sie so schnell wieder weg waren. Ich hatte sie mit meinen Emotionen scheinbar 'weggestrahlt'.

So kurz, wie ich sie nur erkennen konnte, so kurz spürte ich auch ihren Schmerz und die Wut gegen uns.

Freute ich mich über ihren Schmerz? Wollte ich ihnen weh tun? Ich weiß es nicht – vielleicht. In den letzten Monaten haben wir soviel einstecken müssen, bin ich allein so oft verletzt worden. Die Grenze war lange erreicht – meine Grenze! Ich hatte alle Gefühle rausgelassen und damit die Bedrohung wortwörtlich weggeblasen.

Jetzt fühlte ich mich ganz leicht. Und unendlich müde. Nicht, dass ich keine Kraft mehr ziehen konnte. Im Gegenteil. Ich spürte nicht einmal mehr eine Begrenzung. Aber ich hätte gerne wieder das Bisschen Alltag zurück, dass ich mit Lissi am Anfang hatte.

Ob das je wieder so wird...? Ich hab da meine Zweifel, sagte Charlotte leise.

Meine letzten Gedanken schwebten wehmütig im Raum. Lissi formte eine Art Beutel sammelte meine Gedanken darin ein und verschnürte das Ganze. Ich schnaubte amüsiert.

Das ... sieht irgendwie blöd aus, stellte ich fest.

Jetzt, wo du es sagst?! Aber lass es uns doch hier so rumfliegen, schlug Lissi vor.

O.k.?!, gab ich zurück. *Und?*

Da drin steckt ein Wunsch, ein Ziel. Darauf können wir hinarbeiten.

Ich nickte in Gedanken. So betrachtet, kam mir Lissis Idee gar nicht mehr so seltsam vor. Mein Nicken war ein mattes Grün.

Und jetzt?, fragte ich die zwei Frauen.

Wach werden und ab an die Arbeit, beschied mich Charlotte knapp und tauchte wieder auf.

Lissis Zufriedenheit umspielte mich wie eine sanfte Welle am Meer. Unser Einsatz war erfolgreich gewe-

sen. Mehr wollte sie gerade nicht, also zog sie mich
einfach mit hoch.

KAPITEL 16

Ich schüttelte mich und öffnete blinzelnd die Augen. Wie in einem Sceance-Zirkel saßen wir noch immer an dem Bistrotisch in der Küche. Ab wann wir uns an den Händen gehalten haben, konnte ich beim besten Willen nicht sagen.

Mareike und Perach'el standen hinter Lissi und starrten uns angstvoll an.

„Ah … hey!", grüßte ich, als ich wieder mehr oder weniger anwesend war.

„Boah, ey. Voll Psycho!", schnaufte Mareike. Sie sah aus, als wenn sie längere Zeit die Luft angehalten hätte.

Auch Perach'el atmete erleichtert aus.

Ich drehte meinen Kopf von Seite zu Seite, um die Verspannung aus den Nackenmuskeln zu bekommen. Lissi schlug einfach nur die Augen auf und war voll da. Charlotte ebenso. Sie nickte kurz, schaute erst mich dann Lissi an.

„Es ist soweit. Wir haben eine Chance", sagte sie knapp. Die Luft flimmerte an den Rändern und sie war weg.

„Ich hoffe, sie meinte nur, dass wir eine Chance haben, was den nächsten Angriff anbelangt", äußerte ich meine Zweifel.

„Ich bin mir nicht sicher", gab Lissi halblaut zurück.

„Was war denn das jetzt für 'ne Aktion?", wollte Mareike endlich wissen. „Ihr sitzt da im Kreis, wie … wie … keine Ahnung. Dann zuckt ihr da so."

„Wir wurden angegriffen“, beschied Lissi sie knapp. Sie hatte gerade keine Lust, groß zu reden. Also war ich wieder gefragt.

„Auf der geistigen Ebene, um genau zu sein. Jemand hat versucht, Charlotte … hm, zu töten nehme ich an.“

„Das geht? Und was passiert dann mit dem Menschen?“

„Das Konzept ist nicht so einfach, oder?“, lachte ich. „Der Mensch ist sowohl Körper als auch Geist. Wird der Geist getötet, stirbt auch der Körper kurz darauf. Umgekehrt ist das etwas komplizierter.“

„Doch der Sieg ward sicherlich euer!“, schlussfolgerte Perach'el.

„Mit Mühe, aber ja.“

„Preiset den Herren! Doch was mag nun kummen?“

„In diesem Moment werden die Daboli ihr blaues Wunder erleben, vermute ich.“

Perach'el kannte die Redewendung nicht, konnte sich aber denken, was ich meinte.

+++++

Torách hatte alles vorbereitet. Er hatte sich Mühe gegeben, alle Eventualitäten zu bedenken. Er hatte es sogar gewagt, dem Gefallenen offen zu widersprechen. Er wollte keinen seiner Männer verlieren und er hatte gehofft, dass das Desaster in der Stadt an den Bergen (er konnte sich Menschennamen nicht merken) genügte, um den Plan aufzugeben. Oder wenigstens zu ändern.

Satanael war gnädig. Er wusste, was er an Torách hatte und ließ ihm daher auch seine eigene Meinung durchgehen. Dennoch hatte er eine andere Ansicht, was die bisherigen Einsätze anbelangte. Dass der letzte Angriff mit dem Verlust aller Daboli endete, war bedauerlich. Aber die Stadt war vernichtet und die Angeloi waren beschäftigt.

Torách dachte sich seinen Teil und begann mit der Planung, als er wusste, wann es losgehen sollte. Er hatte zu vielen Dingen eine eigene – und abweichende – Meinung, aber wenn der Meister sagte, spring, dann sprang er halt.

Die Männer waren gewählt und die erforderliche Ausrüstung zusammengetragen. Er hatte sich sogar höchst persönlich mit seinen zwei Adjutanten die Örtlichkeiten angesehen.

Die Menschenstadt war wieder ein Stück größer, zu zwei Dritteln von Wald umgeben und einem breiten Bergeinschnitt folgend nach unten hin zu einem breiten Fluss offen. Fast ideal für einen Angriff. Trotzdem hatte er rund vierhundert Dabolkrieger aufgestellt. Er wollte auf der sicheren Seite sein.

Und dennoch hatte er ein ganz schlechtes Gefühl bei der Sache.

Er hatte vor einigen Jahren einmal etwas über dieses Land gehört. Genau konnte er sich nicht mehr erinnern, aber es ging wohl um Waffen und Gewalt. Das war auch der eigentliche Schwachpunkt an Satanaels Plan. Der Gefallene war zu stolz und alle anderen Generäle scheinbar zu dumm, um die Menschen selbst als Faktor zu berücksichtigen.

Bisher konnten sie sich auf den Überraschungsmoment und die schiere Gewalt verlassen, doch die Oberwelt hatte schon längst mitbekommen, dass etwas im Busche ist. Sie waren zumindest körperlich vielleicht schwach, aber in keinster Weise dumm. Er wollte dabei den Träumer Karl nicht einmal als Maßstab nehmen.

Jedenfalls würde es bald Gegenwehr geben. Und auch darauf wollte er vorbereitet sein. Daher hatte er auch die alten Rüstungen wieder ausgraben lassen.

Jeder kampffähige Dabol seines Clans hatte eine, weswegen sie sich zum Beispiel auch immer wieder gegen Morgarachs Krieger behaupten konnten. Die mochten zwar brutaler und angriffslustiger sein, seine waren aber disziplinierter … und gepanzert!

Seine Adjutanten – beide Cousins von ihm – standen mit ihm am Waldrand und schauten auf das nächtliche Treiben der Stadt unter ihnen. Es war noch nicht ganz Mitternacht und noch waren nicht wenige Menschen in den Straßen unterwegs. Die Häuser, in denen sich die Menschen trafen, schienen gerade erst für die Nacht zu schließen. Er würde noch ein, zwei Stunden warten, bevor er den Angriff befahl.

Er winkte einen Jungen heran, der in der Nähe saß und ebenfalls auf das Häusermeer gestarrt hatte.

„Geh zu den Meldeposten. Die Zugangswege sollen gesperrt werden", trug er ihm auf.

Der Junge salutierte und verschwand leise zwischen den Bäumen.

Torách schaute ihm hinterher. Sein Blick schweifte auch kurz über die Dabol, die es sich um ihn herum bequemer gemacht hatten. Seine Adjutanten hatten zwanzig der Besten aus dem Clan ausgewählt und für ihn eine Art Leibgarde gebildet. Er hatte nicht danach gefragt, war aber letztlich ganz froh darüber. Die anderen Generäle nannten ihn ganz offen einen Feigling. Dafür war er aber am Leben, was sich über viele der anderen nicht mehr sagen ließ.

Eine weitere Stunde verging. Es wurde ruhiger auf den Straßen. Der Meldejunge war zwischenzeitlich zurückgekehrt. Die Zufahrtswege müssten jetzt alle gesperrt sein.

Er hatte sich auch hier die Mühe gemacht, im Vorfeld Informationen zu sammeln. General Murga, ein Stammesführer, den er schon lange kannte, hatte ihm zwei seiner Pioniere geliehen. Sie kannten sich gut in der Oberwelt aus und halfen ihm, die Sperrungen wie echte Menschen-Baustellen aussehen zu lassen. Murgas Leute waren die besten Tunnelbauer, aber auch die besten Zerstörer.

Zu Beginn des Generalangriffs hatten sie erfolgreich eine Eisenbahnbrücke zum Einsturz gebracht. Zusammen mit einer solchen Bahn!

Torách gab das Signal.

Zwei kleine Siedlungen am Rande der Stadt waren die ersten Ziele. Jeweils fünfzig seiner Krieger waren eingeteilt.

Es dauerte nicht lange und er bekam die Meldung, dass niemand mehr am Leben war.

Torách atmete einmal durch und befahl den Aufbruch auch der restlichen Krieger. Der Großangriff konnte beginnen.

Seine Order war darüber hinaus eindeutig. Das Töten hatte schnell und so schmerzlos wie möglich zu erfolgen. Er wollte mit den Menschen nichts zu tun haben, aber er würde den Auftrag des Gefallenen ohne weiteres Wenn und Aber erfüllen. Jedoch zu seinen Konditionen!

Er hatte seinen Kriegern deutlich gemacht, dass jeder einzelne, der sich seinem Befehl widersetzte, auf die gleiche Art und Weise sterben würde.

Seine Armee setzte sich in Bewegung. Kein Schreien, kein Rennen, kein Säbelrasseln. Hochkonzentriert gingen sie die Sache an. Immer stürmten drei Krieger ein Haus und machten alles nieder, was sie lebend vorfanden. So kamen sie zügig voran, ohne auf nennenswerten Widerstand zu stoßen. Nur die immer wieder mal aufheulenden Alarmanlagen zerrten an seinen Nerven. Da war aber nicht viel zu machen. Im Gegensatz zu den Wachhunden! Er hatte einen Trupp Bogenschützen vorausgeschickt, um dieses spezielle Problem zu lösen. Und mit Erfolg.

Doch dann kam der Faktor Mensch. Und das, was schon die ganze Zeit an Torách nagte, die Information, an die er sich partout nicht erinnern konnte.

Zwei Häuser voraus krachte es. Schüsse peitschten durch die Nacht. Bei allen Teufeln! Das war es! Diese verdammten Menschen hier waren alle bewaffnet.

Vereinzelt gingen jetzt Lichter in anderen Häusern an. Torách bellte neue Befehle. Eile war geboten. Von seinen Reservekriegern schickte er kleine Trupps dorthin, wo Lampen aufflackerten. Jeder Widerstand sollte schnellstmöglich im Keim erstickt werden.

Die Rechnung ging fürs Erste auf. Aber immer häufiger gab es Gegenwehr. Noch ohne Verluste auf seiner Seite; das konnte jedoch nur eine Frage der Zeit sein.

Gerade hatte er Nachricht erhalten, dass ein weiterer Straßenzug gesichert sei, als er in der Ferne blinkende Lichter und Sirenen bemerkte. Er schaute sich nach einem von Murgas Pionieren um und winkte ihn zu sich heran.

„Weißt du, was das ist?"

„Sie nennen das Polizei, glaub ich", antwortete der Pionier nachdenklich und führte weiter aus: „Die sorgen hier für Ordnung."

„Haben die auch Waffen?" Eine rhetorische Frage. Wenn sie in einem Land für Ordnung sorgen sollten, in dem alle bewaffnet sind, würden sie es wohl auch sein.

Der Pionier nickte nur.

Sie mussten sich jetzt beeilen, um den Auftrag noch ordentlich beenden zu können. Torách trieb seine Krieger an und ließ sie weiter ausschwärmen. Er würde jetzt selbst mit seiner Wache eingreifen.

Die Häuser standen in diesem Teil der Stadt schon nebeneinander und waren etwas höher. So konnte er mit einem Adjutanten und der halben Leibwache auf der einen Straßenseite agieren, während die andere Hälfte auf der anderen Seite arbeitete.

Sie hatten mehr als den halben Block erledigt und traten aus dem Eingang eines der Häuser, als sie von bunten Blinklichtern empfangen wurden.

Vier Streifenwagen standen quer auf der Straße, die Türen geöffnet und die Polizisten mit Waffe im Anschlag dahinter.

Einer der Ordnungshüter brüllte etwas. Torách wen-dete sich an den Pionier. Er selbst verstand kein Wort.

„Wir sollen die Waffen fallen lassen und uns auf den Boden legen", übersetzte der.

„Wozu?" Er gab einem seiner Krieger ein Zeichen.

Verdeckt schoss der aus der zweiten Reihe einen Pfeil auf den Menschen. Der Pfeil durchschlug problemlos das dünne Blech der Autotür und riss den Mann dahinter um. Er war sofort tot.

Die anderen Polizisten starrten kurz, geschockt, ihren Kollegen an, dem der gefiederte Schaft aus der Brust ragte, und eröffneten ihrerseits das Feuer.

Toráchs Krieger stellten sich sofort vor ihn. Geschützt durch den dicken Stahl ihrer Panzerung, fingen sie jedes Projektil ab, ohne ernsthaft verletzt zu werden. Sein Adjutant grunzte einmal vernehmlich, als ihn eine Kugel an einer ungeschützten Stelle am Arm traf. Er rührte sich aber keinen Millimeter von der Stelle.

Einen anderen Krieger traf es unglücklicher. Ein Querschläger erwischte ihn im Gesicht. Zu spät riss er den Arm hoch und fiel tödlich getroffen zwischen seine Kameraden.

Keine Minute war vergangen, als auf der anderen Straßenseite die zweite Hälfte der Leibwache aus einem Haus trat. Gut trainiert wie sie waren, erfassten sie die Situation sofort und beendeten das Ganze.

Die Daboli verfügten zwar nicht über Feuerwaffen, die Polizisten hatten dennoch keine Chance, weil die Krieger diesen Nachteil durch brutale Entschlossenheit ausglichen.

Wie eine Welle rauschten sie über die Uniformierten hinweg, bevor die wussten, wie ihnen geschah.

Raggarak, Toráchs Cousin, der die andere Gruppe anführte, nahm zu guter Letzt eine Streitaxt und zerschmetterte die Lichtleisten auf den Autodächern. Torách klopfte ihm anerkennend auf die Schulter.

Einen Augenblick herrschte Stille. Dann waren die nächsten Sirenen zu hören. Und für die Anwohner – die noch lebenden – gab es kein Halten mehr. Selbst die Menschen, die Waffen besaßen, wollten sich diesen Gegnern nicht stellen. Wer dazu im Stande war, rannte.

Torách überlegte kurz, ob er den Fliehenden nachsetzen lassen sollte, entschied sich dann aber dagegen. Von allen Seiten waren jetzt Schüsse, Lärm und Sirenen zu hören. Er hatte nichts gegen einen ordentlichen Krieg, aber er war dann doch anders, als die meisten Generäle. Er würde seine Leute nicht sinnlos opfern.

Er ordnete den Rückzug an. Hier war nichts mehr zu gewinnen. Er formierte seine Krieger, schickte ein paar Meldeläufer los, den Rückzugsbefehl weiterzugeben, und setzte sich in Bewegung. Im leichten Dauerlauf sollten sie nicht allzu lange bis zum Sammelpunkt brauchen.

Sie waren noch nicht weit gekommen, als eine Stimme das Chaos durchschnitt.

„Du willst schon gehen, Torách?"

Der Dabol hielt an. Die Stimme des Dämonenbezwingers würde er immer erkennen. Er hasste ihn von ganzem Herzen.

„Ariel! Welch Freude, dir hier zu begegnen."

„Freude? Ich bin überrascht, dass dein Wortschatz den Begriff kennt."

„Und immer wieder der gleiche Fehler", knurrte Raggarak. „Wir sind nicht von Morgarachs Clan."

„Ist gut, Raggarak", winkte Torách müde ab. Die Nacht war lang und anstrengend. Er hatte zwanzig Krieger … nein, neunzehn. Agran war ja tot. Ihnen gegenüber standen aber fünf Chilioi und der Erzengel. Die Chancen waren also zu ungleich verteilt.

„Schlagen wir uns jetzt gleich, oder willst du dieses sinnlose Gespräch weiterführen?", fragte der Dabol ohne Umschweife.

Die aufgesetzte Freundlichkeit in Ariels Gesicht verschwand augenblicklich..

„Wie gerne würde ich dich ein für alle Mal vom Angesicht der Welt tilgen. Hier und jetzt!", erwiderte Ariel gepresst. „Aber mein Bruder will dich lebend."

„Ich bin … geschmeichelt? Warum sollte dein Bruder mich lebend wollen?"

„Du hast offenbar einen gewichtigen Fürsprecher."

Torách hob die Hände und sah den Erzengel fragend an.

„Der Träumer", erklärte Ariel. Fast hätte er das Wort gespuckt, so ärgerte es ihn.

„Das hätte ich mir auch denken können", murmelte Torách.

„Dann verabschiede dich mal von deinen Kriegern, Dabol", grinste Ariel. „Die müssen wir ja nicht schonen."

Toráchs Begleiter versteiften sich und nahmen ihre Waffen wieder fester in die Hand. Torách selbst machte aber demonstrativ einen Schritt rückwärts in die Reihen seiner Mannen.

„Nein", erwiderte er und schaute Ariel fest in die Augen. „Wenn, dann falle ich mit meinen Kriegern."

Die Chilioi schielten verstohlen nach dem Erzengel, verzogen sonst aber keine Miene. Ariel ebenfalls nicht, auch wenn er insgeheim zugeben musste, dass ihm solch ein Dabolanführer bis jetzt nicht untergekommen war. Alle bisherigen hätten keine Skrupel, ihre Armee mit Mann und Maus untergehen zu lassen.

Er kehrte sich kurz nach innen und befragte seinen Bruder, auch wenn er schon ahnte, wie die Antwort ausfallen würde.

Er atmete tief durch und machte eine vage Handbewegung.

„Sei's drum. Wir nehmen alle mit", wies er seine Leute an.

Torách grinste – innerlich.

+++++

Ich war mit Lissi allein zuhause. Perach'el würde heute Nacht bei ihrer Freundin verbringen und war schon längst von Mareikes Mutter mit dem Auto abgeholt. Charlotte war noch nicht zurück und hatte sich auch bisher nicht angemeldet (nicht, dass sie es jemals tat).

Wir hatten ausgiebig geduscht und uns anschließend entspannt an die Post gemacht. Ich kümmerte mich um den Berg in Papierform. Lissi wühlte sich durch Dutzende von Mails.

Ich war von den Socken, was hier jeden Tag eintru-delte, seit dem ich nicht mehr allein wohnte.

Waren die Briefe und Mails anfänglich noch gleichmäßig auf uns vier verteilt – mit einem kleinen Defizit bei meiner Person – so hatte uns Perach'el mittlerweile lange hinter sich gelassen.

Vieles stand natürlich im Zusammenhang mit unserem Grundbesitz in meiner Heimatgemeinde. Aber Perach'el schien still und leise ihre Fühler noch in andere Richtungen ausgestreckt zu haben.

„Na, schau sich das einer an", rief ich aus.

Wir saßen im Arbeitszimmer, wo ich mich auf dem kleinen Konferenztisch ausgebreitet hatte. Ich tat das, was ich am besten konnte: Ich sortierte Unterlagen und legte Ordner an.

„Was hast du gefunden?", fragte Lissi ohne den Blick vom Bildschirm des Computers zu nehmen.

„Unser kleines Blümchen ist jetzt 'ordentliches Mitglied im Verband Deutscher Landwirte'", las ich aus einem Schreiben ab.

219

„Umtriebig“, kommentierte Lissi lakonisch.

„Sie kann in der letzten Zeit kaum geschlafen haben.“

„Als wenn sie das nötig hätte.“

„Auch wahr! Aber trotzdem.“

„Sieh es mal so: Sie fängt an, ihr Leben nachzuholen.“

„Und sich in eine neue Welt einzufügen“, ergänzte ich nachdenklich. „Ich hoffe, sie verliert sich nicht.“

„Da habe ich keine Angst.“

„Warum?“

„Sie ist in sehr klaren Strukturen aufgewachsen, mit festen Regeln. Und das hat sie – bei aller kindlicher Freude – verinnerlicht.“

„Sie duldet keine Nachlässigkeit, wenn es um Arbeit geht, hat Mareike erzählt.“ Die Schülerin war schon sehr beeindruckt, als sie mir von dem Ausflug ins Museumsdorf erzählte.

„Das passt auch zu dem, was dein Freund, Meister Semmler, in seiner Mail an dich schreibt.“

„Zeig!“ Ich stand auf und stellte mich hinter Lissi. Sie hatte sich schon zu meinem Postkorb durchgeklickt und die besagte Mail geöffnet. Ich überflog den Text und konnte mir ein leises Lachen nicht verkneifen. Der alte Semmler hatte genüsslich Perach'els Begegnung mit ihren Pächtern beschrieben, insbesondere desjenigen, der für den Gewerbepark sprach.

„Wow, unser Blümchen hat spitze Dornen“, staunte ich.

„Ja, klare Strukturen und feste Regeln“, wiederholte Lissi sich. „Sie hat einen Hang zur Unerbittlichkeit. Müssen wir Angst um die Kindergartenkinder haben?“

„Und da habe ich keine Angst. Sie liebt Kinder.“

Lissi lächelte bei dem Gedanken. Ihr Kopf ruckte dann kurz herum.

„Ah, Patricia ist da."

Ich hatte nichts gehört, aber mit ihren Sinnen konnte ich eh nicht mithalten. Ich küsste sie auf die Wange und ging zur Zimmertür. Ich steckte meinen Kopf durch.

„Hallo Patricia! Wir sind im Arbeitszimmer", rief ich ihr zu.

Ihr Gesicht hellte sich auf, als sie mich erkannte und kam herüber.

„Ihr seid wieder da. Das ist schön."

„Du bist *noch* da. Das ist auch schön", grinste Lissi.

„Ich weiß. Meine Aufgabe als Psychologin war ja schon beendet, bevor sie richtig angefangen hatte. Blanche hat ihre Zeit in der Gefangenschaft schneller abgeschüttelt, als ich es je für möglich gehalten hätte."

„Ich denke, sie hat dort nur für den Moment gelebt", versuchte sich Lissi an einer Erklärung.

„Wir hatten gerade schon über sie gesprochen", meldete ich mich. „Ich vermute, auch das ist ihrer Erziehung geschuldet. Unnütze Informationen werden gestrichen, so wie man unfruchtbaren Boden halt auch nicht bearbeiten sollte."

„Ja, ich hab verstanden! Ihr braucht keine Psychologin", rief Patricia theatralisch.

„Na, dreihundert Jahre Menschheitsgeschichte sind sicherlich noch anstrengend genug", beschwichtigte ich lachend.

„Oh ja! Aber man kann auch demütig erkennen, wie viel wir für selbstverständlich nehmen."

Sie wollte noch etwas ergänzen, doch ich unterbrach sie mit einer Handbewegung.

„Was war das?", fragte ich leise.

„Hallo? Ist jemand da?", hörten wir in der Stille. Jemand war im Wohnzimmer.

„Die Wohnungstür hat der aber nicht benutzt", merkte Lissi an.

„Ich tippe mal auf Charlys Abteilung", sagte ich. Ich steckte also wieder meinen Kopf aus der Tür und sah nach.

Es war tatsächlich ein Engel und er trug Schwert und Schuppenpanzer.

„Guten Tag, Soldat", grüßte ich. Er stand gerade mit dem Rücken zu mir. Als er sich mir zuwendete, erkannte ich ihn gleich.

„Hallo Karl", grüßte mich Hymalo'on, der Kommandant der Chilioi, zurück. „Schön, das du wieder im Nest bist."

Irgendjemand hatte irgendwann beiläufig erwähnt, dass der Traumrat unsere Wohnung als 'Nest' bezeichnete. Wenn ich dann noch einen Engel sah, hatte ich immer das Bild im Kopf, wie er versuchte ein Ei zu legen. Ich grinste breit. Lissi lachte laut im Arbeitszimmer.

„Ah, deine Freundin ist auch hier", stellte er lächelnd fest.

„Komm einfach mit ins Büro", lud ich ihn ein. „Wir versuchen gerade, Ordnung in unser irdisches Dasein zu bringen."

„Papierkram?", fragte er mitfühlend.

„Du sagst es."

„Leidvoll ist meine Erfahrung. Und mir graut schon jetzt vor den Berichten, die der Rat noch von mir erwartet."

„Ha, mein täglich Brot", lachte ich. „Zumindest bevor ich mit dem Retten der Welt beauftragt wurde."

„Probleme mit dem Selbstbewusstsein hat Karl nicht
gerade, oder?", fragte Patricia Lissi trocken, bevor sie
und Hymalo'on sich einander vorstellten.

„Hatten wir das Gespräch nicht schon einmal?",
fragte die Vampirin milde gegen, antwortete dann
aber kurz und ehrlich: „Im Grunde ist Karl ein
Weichei und die Sprüche sind Fassade."

„Hätten wir als Anwärter für die Garde nur solche
'Weicheier', würden die Daboli aus Angst ihre Aus-
gänge zumauern", erwiderte der Kommandant nüchtern.

„Danke für das Lob, Hymalo'on, aber im Grunde
hat sie Recht. Nur, wenn jemand in Gefahr ist, den ich
liebe, kann ich meine Ängste überwinden."

„Immer noch besser als übereifrige Jungkrieger, die
glauben, sie müssten mir etwas beweisen", seufzte der
Kommandant. „Wie dem auch sei. Dein großes Herz
hat einen prominenten Gast in den Kerker des Berges
gespült."

Ich schaute ihn verblüfft an.

„Was hab ich mit der Belegung eures Kerkers zu
tun?"

„Nun ja, nachdem wir wussten, wer den Angriff
heute leiten würde, hat der Älteste Gabriel die Losung
ausgegeben, ihn nicht zu töten."

„Und jetzt raus mit der Katze! Wer ist es?", forderte
Lissi ungeduldig.

„Torách", kam die knappe Antwort.

„O.k. Und Gabriel weiß, dass ich kein Freund vom
Töten bin."

„Und dass zwischen Torách und dir so etwas wie
eine Freundschaft entstanden ist", führte Lissi weiter
aus.

„So weit würde ich nicht gehen, aber ja. Bei ihm habe ich erkannt, dass es auch anständige Dabol gibt."

Hymalo'ons Augenbrauen wanderten bei meiner Aussage zweifelnd nach oben.

„Na, relativ", relativierte ich. „Sein Kopf kennt eben nicht nur eine Richtung."

„Das mag sein", nickte der Engel. „Der Älteste Ariel zeigte sich deswegen auch sehr verwundert."

„Das kann ich mir bildlich vorstellen", grinste ich. „Und wie geht es jetzt weiter?"

„Nun, da liegt das Problem, weswegen ich dich auch zu Gabriel geleiten soll. Wir wissen es nicht."

„Gut. Dann?" Ich schaute Lissi an, die nur mit den Schultern zuckte. „Dann statten wir Gabriel mal einen Besuch ab."

Hymalo'on nickte zufrieden.

„Kann ich etwas tun, wenn ich schon mal hier bin?", fragte Patricia dazwischen.

Lissi schnappte sie sich sofort und gab ihr den Auftrag, mit den Mails weiterzumachen. Sie gehörte ja eh schon zur Familie. Da konnte sie ruhig auch unsere Privatpost lesen.

Als das geklärt war, machten wir uns 'auf den Weg' und quetschten uns wieder einmal durch das Raum-Zeit-Nadelöhr. Wie ich das hasste.

KAPITEL 17

Er liebte den Hass. Hass war sein ureigenstes Gefühl. Er liebte es, wenn sich die Brust verengte und sich das Feuer vom Bauch aus durch die Venen fraß, das klare Denken aufhörte. Hass war wie eine Droge.

Und Satanael erging sich in Hass, als er die Nachricht erhielt, dass Torách gefangen war. Er quetschte dem Boten genüsslich jeden Tropfen Flüssigkeit aus dem Körper – langsam. Bei den Füßen angefangen!

Er saß in seiner geheimen Höhle und dachte nach. Jetzt genoss er die Stille und die Schwärze.

Gerade Torách! Torách war lästig, ungehorsam. Immerzu musste er widersprechen, seinen eigenen Kopf haben. Und er wollte partout nicht einsehen, dass die Angriffe auf die Menschen notwendig waren. Aber er war auch sein bester Stratege – auch wenn er das nur ungern zugab. Und Torách hatte das unbedingte Vertrauen seiner Krieger, was wohl seiner sentimentalen Neigung geschuldet war, niemanden unnötig zu opfern. Idiotisch. Ein nützlicher, zuverlässiger Idiot.

Und gerade ihn hatten sie nicht getötet. Mit mehr als dreihundert Dabol-Kriegern hatten die Chilioi kurzen Prozess gemacht, aber ihn nehmen sie mit. Was steckte dahinter?

Er hatte einen Verdacht. Mehr als das! Mit Sicherheit steckte wieder der Träumer dahinter. Der und seine untote Freundin.

Entweder sein Bruder intervenierte endlich, oder er müsste sich den Träumer selbst zur Brust nehmen.

Aber er war ja vernünftig. Er würde erst mit Gabriel sprechen. Just in dem Moment müsste sein Bruder bei einem dieser lächerlichen Traumrat-Kaffekränzchen sitzen. Der Vorteil war, dass er alle Entscheidungsträger der Oberwelt an einem Fleck versammelt hatte. Ansonsten hatte er das Konzept der geteilten Verantwortung nie begriffen. Hier unten machten alle, was er wollte. Das reichte doch wohl!? Aber Michael war zu bequem, Verantwortung zu übernehmen. Und er war sich sicher, dass Gabriel den Traumrat nur vorgeschoben hatte, um seine eigenen Ambitionen zu kaschieren.

Er würde seinen Bruder erstmal auf den Zahn fühlen. Also: Auf in die Oberwelt!

+++++

Wir standen diesmal nicht vor Gabriels eigenen Räumlichkeiten, sondern erneut vor dem Ratssaal. Man hatte uns gebeten, noch etwas zu warten. Die Themen, die gerade besprochen wurden, waren nicht für jedermanns Ohren bestimmt.

Ihr würdet euch eh langweilen, flüsterte uns das Buch zu. *Es geht um Personalkram.*

Lissi lachte leise.

„Darf ich fragen, was dich erheitert?", fragte der Kommandant amüsiert.

„Der Gedanke, dass sich die 'geheimen Gespräche' nur um banale Personalpolitik drehen", antwortete meine Freundin grinsend.

„Das kannst du nicht wissen", erwiderte der Soldat sichtlich bestürzt.

„Ich habe meine Quellen", flüsterte Lissi. Flirteten die beiden etwa? Ich schaute die Vampirin mit hochgezogenen Augenbrauen verwundert von der Seite an.

„Dann wärst du ein Sicherheitsrisiko", raunte Hymalo'on mit belegter Stimme.

„Ist Kazass'mar nicht immer ein Sicherheitsrisiko?", schnurrte sie und ließ ihre Eckzähne kurz blitzen.

Äh ... entgeht mir irgendetwas?, fragte ich auf der anderen Ebene.

Zur Antwort hallte ein fast kindliches Lachen durch meinen Geist. Das sonnige Gelb ihres Gedankens beruhigte mich wieder. Sie wollte den Engel nur reizen und hatte den Spaß ihres Lebens.

Der Kommandant der Chilioi, der wahrscheinlich härtesten Kampftruppe aller Welten, starrte meine untote Freundin mit großen Augen erschrocken an. Seine Flügel zitterten leicht. Ich weiß nicht genau, wie sie es gemacht hat, aber sie hatte diesen sicher Jahrhunderte alten Krieger ins Mark getroffen.

Hymalo'on richtete sich gerade auf und sammelte sich. Er hatte etwas länger gebraucht, um mitzubekommen, dass Lissi mit ihm spielte.

„Ihr seid sehr gefährlich, Frau de Groot", merkte er dann beherrscht an.

Oh ja! Sie konnte extrem gefährlich sein, wenn sie es wollte. Ein Grund warum Satanael sie auf mich angesetzt hatte. Schade für ihn, dass das so nach hinten losgegangen ist.

Oh, das ist nett, flüsterte das Buch in unseren Geist.

Was ist nett?, fragten Lissi und ich mit einem Gedanken.

A'phrax'eleni hat gerade den zweiten Meistergrad erhalten. Sehr verdient, wie ich finde.

Das ist wirklich mal eine schöne Nachricht, stimmte ich ihm zu. Wir grinsten uns breit an.

„Was ist jetzt schon wieder?", fragte Hymalo'on misstrauisch.

In dem Moment traten aber die immer präsenten Cherubim zur Seite und das Portal öffnete sich für uns.

Ich wartete nicht auf eine spezielle Aufforderung und ging in den Saal mit Lissi dicht auf. So sahen wir auch gleichzeitig Charlotte, die noch mit leuchtenden Augen mitten im Saal stand.

„Hey, Glückwunsch, Charly!", rief ich lautstark und riss die Arme hoch. Die schaute mich mit großen Kulleraugen verblüfft an. Alle anderen im Saal aber auch.

Ich schritt auf meine Mentorin zu und nahm sie fest in den Arm.

„Ich ...", fing sie sprachlos an.

„Zweiter Meistergrad ist cool", sagte Lissi grinsend und nahm sie von der Seite her auch in den Arm. „Und das in deinem Alter."

„Woher wisst ihr das denn?", fragte sie verdattert.

„Das Buch fand es erwähnenswert ...", antwortete ich und gab ihr einen Kuss auf die eine Wange.

„... und gerechtfertigt", ergänzte Lissi und drückte ihr einen Kuss auf die andere Seite. „Wir schließen uns seiner Meinung an."

„Darf denn hier jeder an meiner Freundin herummachen?", fragte eine volltönende Stimme aus dem Hintergrund.

„Michael", lachte ich, ohne mich umzudrehen, „wir lieben uns einfach alle."

„Wenn du jetzt noch mit Weltfrieden kommst, schreie ich", entgegnete der Erzengel.

„Der lernt das nie", konnte Lissi nur kurz kommentieren, bevor uns Charlotte mit schallendem Gelächter übertönte.

„Der hätte von mir sein können", jubelte sie. „Dewer'el kriegt euch alle."

Hymalo'ons Gesichtsausdruck schwankte jetzt zwischen Staunen und angewidert sein.

„Können wir die Jubelfeier *bitte* vertagen!", rief Gabriel dazwischen. „Es gibt dringendere Probleme."

„Das sehe ich genauso, Bruder", kam der Einwurf vom Portal. Hätte ich nicht schon so viel mit Erzengel Michael zu tun gehabt, ich hätte die Stimmen verwechseln können. Diese war jedoch eine Spur mit Arroganz durchsetzt. Ich wendete mich um und sah mich dem Ersten Engel gegenüber, dem Gefallenen. Keine drei Schritte trennten uns diesmal. Ein kalter Schauer lief mir den Rücken herunter. Lissi neben mir hatte die Zähne leicht gefletscht und knurrte leise.

Gabriel schaute ihn nur verblüfft an.

„Was führt dich zu uns?", fragte er ihn ohne Umschweife.

„Ich will ein Machtwort von dir, Bruder", forderte Satanael direkt. „Deine ... *Trinität* hier" - sagte er abfällig und deutete vage auf Charlotte, Lissi und mich – stört meine Kreise."

„Ach", merkte Gabriel trocken an. Er hatte etwas Mühe, seine Miene neutral zu halten.

„Seitdem der Träumer erwacht ist, stört er alle Projekte, die ich anfange", beschwerte sich der Gefallene.

„Alle Projekte", wiederholte sein Bruder tonlos.

„Und nicht nur das", machte Satanael weiter. „Er tötet zwei meiner besten Generäle und der dritte wird bei der Erfüllung seiner Pflichten gefangen genommen. Das muss ein Ende haben!"

Das war mir dann zu viel. Ich musste lauthals lachen.

Satanael drehte sich mir ganz langsam zu. Seine Augen, stumpf und vollkommen schwarz, verströmten blanken Hass. Seine überirdisch schönen Gesichtszüge waren beherrscht, aber kalt.

Fast gemächlich bewegte er sich auf mich zu, bis uns kaum mehr als eine Handspanne trennten.

Er war einen halben Kopf größer als ich. Und mit den massiven, schwarzen Flügeln, die einer Wand gleich hinter ihm aufragten, und dem Kontrast zu seiner sehr hellen Haut, schien er noch unwirklicher zu sein, aber auch gleichzeitig realer als alles sonst. Er war ohne Frage das älteste Geschöpf aller Welten.

Er beugte sich zu mir herunter, bis sein Mund direkt neben meinem Ohr war.

„Du willst gegen mich aufbegehren?“, flüsterte er kaum hörbar. „Du bist nur ein kleines Insekt für mich. Ich werde dich zertreten.“

Er richtete sich wieder auf, kehrte mir, ohne mich eines weiteren Blickes zu würdigen, den Rücken zu und schritt erhobenen Hauptes wortlos aus dem Saal.

Gabriel schaute seinem Bruder nachdenklich hinterher. Einen Moment herrschte Schweigen, dann brach der Damm und die anderen Traumräte tuschelten aufgeregt untereinander.

„Karl?“, rief mich Gabriel zu sich. „Vielleicht gehst du mal deinen Gefangenen besuchen. Und lass dir einfallen, was mit ihm und seinen Leuten geschehen soll.“

„Wieso mein Gefangener?“, murrte ich, doch Lissi hatte mich schon am Arm gepackt und zog mich Richtung Ausgang.

Bevor das Portal sich schloss, huschte Hymalo'on hindurch.

„Wartet!", rief er uns hinterher. „Ich zeig euch den Weg."

„Danke", sagte ich knapp. Dann liefen wir kreuz und quer durch den Berg.

„Warum so ... bedrückt?", fragte er mich nach einiger Zeit, die wir schweigend nebeneinander herliefen.

„Genervt trifft es wohl eher", erwiderte ich ehrlich. „Ich verstehe einfach nicht, warum ihr etwas macht und dann auf mich zeigt. 'Schau, wie du da wieder rauskommst!'", rief ich theatralisch.

Hymalo'on lachte leise.

„Nun, wie soll ich das erklären?", schmunzelte er. „Du bist der erste 'Erste', der sich auch um andere ... sagen wir mal 'Lebensformen' Gedanken macht."

„Andere Lebensformen?", fragte ich etwas verunsichert nach.

Lissi rollte mit den Augen.

„Also", führte der Engel vorsichtig aus, „dein Mentor ist ein Engel und deine Freundin ein Vampir. Dann haben wir da noch ..."

„Ja, o.k.!", unterbrach ich ihn. „Ich hab's geschnallt."

Er sah mich fragend an.

„Na, begriffen", erklärte ich.

„Ah!" Er nickte bestätigend. „Jedenfalls bist du der Erste, der keinen Unterschied macht."

„Waren die anderen Ersten denn so beschränkt?", fragte Lissi skeptisch.

„Im gewissen Sinne hast du Recht, Lysje", antwortete er verhalten. „Es gab bisher keinen Ersten, der außer den Engeln überhaupt noch andere Nicht-Menschen gesehen hätte."

„Ist nicht dein Ernst", rief ich ungläubig.

„Doch", bestätigte der Chilios. „Und ich rede hier nicht von denen, die eine zu kurze Lebensspanne hatten." Er sah Lissi betont an.

„Ja, ich hab in den letzten Jahren einige erwischt", gab die Vampirin schulterzuckend zu.

„Pff!", prustete ich. „Zwei Jahre aktiv und alles platt gemacht, was du finden konntest. Ich wiederhole es nur ungern, aber das läuft für mich echt unter der Kategorie Naturkatastrophe."

„Halt einfach die Klappe", brummte sie halblaut.

Ich legte einen Arm um ihre Schultern, zog sie zu mir heran und gab ihr einen Kuss auf die Stirn. Hymalo'on lächelte verhalten.

„Auch was das anbelangt, seid ihr außergewöhnlich."

„Davon abgesehen, dass ich bis vor Kurzem noch weder an Engel oder Vampire geglaubt habe", bemerkte ich, „fehlt mir trotzdem das Verständnis für die ... wie soll ich sagen ... Intoleranz?"

„Ich glaube", antwortete Lissi nachdenklich, „dass die Rollen bisher zu festgefahren waren. Keine Seite ging jemals auf die andere zu."

„Bis ihr gekommen seid", ergänzte der Engel.

Ich nickte dazu.

„Das haben wir sicher dem Buch zu verdanken", sinnierte ich.

„Dem Schicksal auf die Sprünge geholfen", dachte Lissi weiter.

„Das Buch *ist* das Schicksal, oder?"

„Jedenfalls soweit es uns betrifft."

„Na ja, damit kann ich leben, denke ich."

„Und mit mir!"

„Und mit dir!"

Wir grinsten uns an.

Hymalo'on schnaubte und schüttelte amüsiert den Kopf.

„Man müsste euch erfinden, wenn es euch noch nicht gäbe“, lachte er.

„Dafür würde ...“, fing ich an.

„... das Buch schon sorgen“, beendete Lissi.

Wir sahen uns kurz in die Augen und lachten.

„Ja, das in etwa meinte ich“, murmelte der Engel.

„Oh, mir fällt gerade etwas ein“, platzte ich heraus.

Vampirin und Engel sahen mich fragend an.

„Hier unten im Berg ist doch auch die Schmiede, oder? Septimus Crassus erwähnte das mal.“

„Ja, das ist richtig“, bestätigte Hymalo'on.

„Liegt das auf dem Weg?“, hakte ich nach.

„Worauf willst du hinaus?“, wollte Lissi wissen. Sie machte sich nicht immer die Mühe, Antworten über unsere Geistverbindung zu ziehen.

„Ich wollte den Schmieden für deinen Bogen und die Caestus danken“, antwortete ich.

Hymalo'on schaute mich etwas seltsam an.

„Da wärst du wahrscheinlich der Erste.“

„Aber das bin ich doch eh!“, rief ich gut gelaunt.

„Wie du meinst“, erwiderte er schulterzuckend. „Wir kommen in der Nähe vorbei. Das ist kein großer Umweg.“

Der Engelskrieger winkte uns in einen Nebengang, dem folgend die Temperatur stetig anstieg. Als er vor einem großen Durchgang anhielt, war es schon fast unerträglich heiß. Schweiß perlte mir aus allen Poren und mein T-Shirt war tropfnass.

„Dein Hemd ist gleich wieder trocken", merkte der Engel grinsend an, dem mein Unbehagen nicht entgangen war. „Da drin ist es noch um einiges heißer."

Ich warf ihm einen missmutigen Blick zu. Genau wie auch Lissi schwitzte er nicht.

Das Licht, dass man durch die Öffnung sehen konnte, flackerte in hellem Rot bis Orange.

Ich wischte mir einmal über die nasse Stirn und trat in den Eingang.

Zwei Essen fielen mir sofort ins Auge. Sie waren nicht nur die Quelle der mörderischen Hitze, die hier herrschte und die Luft der gesamten Höhle flimmern ließ, sie nahmen auch zu großen Teilen die Rückseite des Raumes ein. Beide waren annähernd so groß wie meine Wohnung.

Die eine verheizte offenbar Kohlen, während sich die andere in steter Bewegung befand. Ich brauchte einen Moment um zu begreifen, dass sich dort ein unterirdischer Lavastrom durch die Wurzeln des Berges schob.

Aber damit nicht genug. Neben den brutalen Tempe-raturen herrschte in der Schmiede ein ohrenbetäuben-der Lärm.

Über eine eiserne Rutsche im Fels rauschten in regelmäßigen Abständen tonnenweise Brennmaterial herunter, um von dort auf die eine Esse geschaufelt zu werden. Auf der anderen Seite der Höhle standen Gehilfen an einem Wasserrad-betriebenen, riesigen Hammerwerk und brachten große, glühende Metallteile in Form.

Mittelpunkt waren aber eindeutig die zwei Schmiede selbst.

Der eine, ein Mann der mir kaum bis zur Schulter reichte, dafür aber doppelt so breit war, bearbeitete an einem Amboss vor der Kohlenesse mit mächtigen Hammerschlägen sein hellleuchtendes Werkstück. Sein faltiges Gesicht wendete sich nicht einmal von der Arbeit ab, als wir die Schmiede betraten.

Der andere Schmied war eine Frau, die einer Wagner-Oper hätte entsprungen sein können. Wer jemals ein Jugendstilbild mit Themen der nordischen Mythologie gesehen hat, würde in ihr zweifelsohne die Urmutter aller Walküren erkennen, wie sie dort stand, um einiges größer als Lissi und ich, die rotblonden Haare zu dicken Zöpfen geflochten, stahlblaue Augen und Oberarmen, die so manch ein Bodybuilder gerne als Beine gehabt hätte.

Sie stand an der anderen Esse und, obwohl hoch konzentriert bei der Arbeit, bemerkte uns sofort.

Verblüfft beobachteten wir, wie sie trotz reichlich vieler Werkzeuge in Griffweite ihr rotglühendes Werkstück mit der bloßen Faust bearbeitete, dass die Funken stieben.

„Wat wreed[64]“, raunte Lissi. „Das sieht man nicht alle Tage!“

Ohne unsere Geistverbindung hätte ich sie über den Krach hinweg wohl nicht verstanden. Mein Herz blieb aber fast stehen, als Hymalo'on neben mir plötzlich losbrüllte.

„Creidhne[65]! Du hast Besuch.“

Der knorrige Alte blickte nur kurz von seiner Arbeit auf. Mit einer nachlässigen Handbewegung schleuderte er plötzlich seinen Hammer nach uns.

Entspannt lächelnd angelte Lissi das Werkzeug aus der Luft. Ihr Lächeln verschwand, die Augen wurden

---

[64] niederländisch: „meine Fresse“ (wörtlich: 'was grausam')

[65] sprich 'krédni' (Name des keltischen Schmiedegottes)

größer, als sie von dem Hammer nach hinten gerissen wurde. Sie ließ nicht los, fiel aber wie ein gefällter Baum krachend auf den Rücken.

Der Schmied gab ein keckerndes Lachen von sich, als sich die Vampirin langsam wieder hochrappelte.

„Verdammt schwer das Teil", knurrte sie, sauer darüber, dass sie sich so sicher gefühlt hatte.

Sie wog den Schmiedehammer in den Händen und warf ihn dann ebenso mühelos seinem Besitzer zurück.

Der fing das Werkzeug spielerisch und ohne aus dem Gleichgewicht zu kommen.

„Ihr seid stark ... für eine Frau", merkte er grinsend an, als wir uns ihm auf einen Fingerzeig Hymalo'ons hin genähert hatten.

Die riesige Schmiedin war auch herangekommen, nachdem sie ihr Werkstück wieder sorgsam in die Glut ihrer Esse geschoben hatte.

„Was hast du gerade gesagt, Zwerg?", fragte sie. Ihre Stimme war so tief und rau, wie sie groß und stark war. Und doch stellte sie ihre Frage so honigsüß, dass man hätte meinen können, sie hätte die Worte des Zwerges wirklich nur nicht verstanden. Zumal sie dabei die ganze Zeit lächelte.

„Was?", konterte der Alte frech. „Lässt nach tausend Jahren dein Gehör doch nach?"

„Möchtest du mal wieder in deiner Esse baden, Creidhne?", fragte die Schmiedin immer noch lächelnd.

„Ha! Das gelingt dir kein zweites Mal, Brighid[66]", rief der Zwerg selbstbewusst und stach ihr über seinen

---

[66] sprich 'breídschid' (Name der keltischen Schutzgöttin der Schmiede)

Amboss hin mit einem Finger in das Kettenhemd, das
sie trug.

Ihr Lächeln wurde zu einem breiten Grinsen. Ohne
große Anstrengung griff sie sich den zentnerschweren
Amboss und hob ihn beiseite.

„Äh, wir kommen dann vielleicht später wieder?“,
warf ich unsicher ein.

„Sag kurz, was du willst, damit ich dem Hutzel-
männchen dann Manieren beibringen kann“, knurrte
die Walküre.

„Äh, ich wollte mich nur für die hervorragende
Arbeit an den Caestus und an dem Elbenbogen bedanken. Danke, also“, sagte ich halblaut.

Brighid sah kurz mit zusammengekniffenen Augen
zwischen Lissi und mir hin und her. Dann blieb ihr
Blick an meiner Freundin hängen.

„Du führst den Bogen, richtig?“, fragte sie Lissi.

„Ja!“, nickte sie.

„Zeig es mir!“, forderte die Schmiedin.

Lissi nickte nochmal kurz. Sie holte ihren Bogen
hervor, nahm ihn fest in die Hände und zog die Sehne
voll durch.

Die Schmiedin war zufrieden.

„Gut! Ich dachte schon, der Römer hätte jetzt ganz
den Verstand verloren, als er mit dem Auftrag kam.“

„Dann trägst du wohl die Caestus, Jungchen“, wollte der Alte wissen.

„Ja!“, antwortete ich. „Und mit der Verlängerung
an den Ellenbogen sitzen sie jetzt perfekt.“

„Und was hast du getan, damit der Römer die freiwillig hergibt?“, wollte er weiter wissen.

„Er ist der Erste Träumer“, antwortete Hymalo'on
für mich.

„Oh“, machte der Alte enttäuscht. „Dann lass dir schon mal eine Kiste zimmern.“

Ich blinzelte ihn verwirrt an.

„Jungchen, solange Kazass'mar noch frei herumläuft, kannst du nicht erwarten, lange zu leben.“

„Aaaah“, rief ich verstehend, „deswegen!“ Ich lachte leise. „Ich kann fast garantieren, dass sie mich nicht töten wird“, erwiderte ich dann.

„Ha“, grunzte die Walküre, „Kazass'mar ist zu gut. Die stoppt keiner.“

„Danke“, grinste Lissi und ließ ihre Fangzähne dabei blitzen.

Die beiden Schmiede starrten die Vampirin ungläubig an.

„Es ist fast enttäuschend, wenn man dann vor ihr steht, oder?“, kommentierte der Engel trocken.

„Ein Vampir“, stellte der Alte nachdenklich fest. „Daher die Kraft.“

Brighid fixierte kurz ihren Partner, dann wieder Lissi.

„Und Ihr, Hymalo'on, bleibt ruhig neben ihr stehen“, bemerkte die Schmiedin. Sie hatte offenbar Mühe, ihren Ton neutral zu halten. „Ist uns etwas entgangen?“

Der Angesprochene ließ es sich nicht nehmen, mit wissender Miene die beiden Alten anzufeixen.

„Ihr solltet wirklich häufiger aus eurem Loch kriechen.“

Der knorrige Alte griff sich einen seiner großen Hämmer und ließ ihn bedrohlich von Hand zu Hand tanzen.

„Wir können dich auch einfach mal in einer unserer Essen verheizen“, schnarrte er zornig.

„Zuviel der Mühe", wehrte der Engelskrieger lachend ab. „Vielleicht lassen wir euch einfach wieder in Ruhe arbeiten."

„Als wenn der blonde Riese hier jemals arbeiten würde", brummte der Zwerg.

Die Walküre richtete sich zu ihrer vollen und beeindruckenden Größe auf. Ansatzlos schnellte ihre rechte, zur Faust geballte Hand vor. Die verfehlte jedoch ihr Ziel.

Mit einer Beweglichkeit, die man dem knorrigen, alten Zwerg nie zugetraut hätte, wich er ihrem Schlag aus. Mit einem keckernden Lachen hieb er seinerseits mit seinem Schmiedehammer nach der Walküre. Und auch er traf sein Ziel nicht.

Die beiden fingen an sich zu umkreisen, während wir uns leise zurückzogen. Wir beschleunigten unsere Schritte, als die zwei Schmiede begannen, sich neben Flüchen und Beschimpfungen auch noch Werkzeug und glühende Kohlen nachzuwerfen.

KAPITEL 18

Perach'el hatte gut geschlafen. Schon am gestrigen Nachmittag wurde sie von Mareikes Mutter mit ihrer pferdelosen Kutsche abgeholt. Mit Karl und Mareike war sie schon in diesen großen Kutschen, den Bussen, gefahren. Die kleinere Ausgabe, Auto genannt, kannte sie noch nicht, machte ihr aber schon keine Angst mehr. Daher konnte sie auf der kurzen Fahrt einigermaßen entspannt mit Mareikes Mutter plaudern.

Die zwei wohnten allein, da Mareikes Vater vor einigen Jahren gestorben war. Die Wohnung der beiden lag fast in der Mitte der Stadt, aber in einer ruhigen Seitenstraße. Das Haus sei ein Altbau, erklärte Mareike, fast hundert Jahre alt.

Perach'el musste kichern. Hundert Jahre waren aus ihrer Sicht nicht wirklich viel. Sie war immerhin schon dreimal so alt. Dennoch erkannte sie aber den Unterschied zu Karls Wohnung, insbesondere die Höhe der Räume. So ungefähr hatte sie sich die Residenz des Fürsten vorgestellt, nur prunkvoller halt.

Die Wohnung war aber gemütlich eingerichtet. Und Mareike hatte – natürlich – ein eigenes Zimmer, dass fast größer war, als das Haus ihrer Eltern in Lothringen.

Es war noch dunkel, als sie sich in der Küche zum Frühstück trafen. Perach'el würde bald abgeholt werden. Heute sollte ihr erster Tag als Kindergärtnerin sein.

„Und? Bist du aufgeregt?“, fragte Mareikes Mutter.

„Ja", antwortete Perach'el nach kurzem Nachdenken. „Ich liebe die Kinderlein. Doch werden sie auch mir zugetan sein? Mir ist etwas bang darob."

„Ach, mach dir da mal keinen Kopf", verwarf die Mutter ihre Sorgen. „Wenn du mit denen nur annähernd so fürsorglich bist, wie ich dich kennengelernt habe, werden sie dich lieben."

„Habt Dank für Eure Zuversicht, Frau Siegfried."

„Und zur Not hast du ja noch deinen Schutzengel", grinste Mareike.

„Ach, liebste Freundin", lachte sie, „wenn Minaeon mit dero Menschlein so offen Umgang pflegete, wie er es mit mir tuet, so stünde Sorge in meinem Antlitz."

„Also Kinder sind nicht so sein Ding", fasste Mareike zusammen.

„Er ist ein Engelskrieger", zuckte Perach'el mit den Schultern. „*Menschen* sind seine Sache nicht."

Mareikes Mutter wollte etwas sagen, aber ein verhaltenes 'Hallo?' aus dem Wohnzimmer unterbrach sie.

„Minaeon", stellte Perach'el fest.

„Wenn man vom Teufel spricht ...", platzte die Mutter heraus.

„Mama!", tadelte ihr Kind auf Perach'els erschrockenes Zucken hin.

„Upsi!", machte die Frau und verließ die Küche. Kurz darauf war sie zurück und hatte den Engelskrieger im Schlepptau, den sie fast in den Raum schieben musste.

„Seid auch ihr gegrüßt", sagte er etwas stockend. „Perach'el! ... äh ... Freundin von Perach'el?"

„Minaeon!", sagte der blinde Engel zur Antwort streng. „Ihr wäret ein Chilios nit, wenn Eure Kampfeskunst nit trefflich zu nennen sei. Habe Er in selbigem Maße ein Aug auf die Dinge der Menschenwelt.“

Sichtlich getroffen von der harschen Rüge, ließ er sich auf ein Knie herab und nahm behutsam ihre Hände in seine.

„Bitte entschuldigt meinen Mangel an Aufmerksamkeit, Frau Perach'el“, gab er mit gesenktem Haupt zurück. „Wenn Ihr es wollt, werde ich darum bitten, mich als Euren Beschützer zu ersetzen.“

Perach'el war schon einige Male deswegen geneckt worden, hatte es aber sich selbst sogar schon eingestanden. Sie entzog also dem Engelskrieger ihre Hände, legte sie ihm aber gleich auf die Wangen. Mit großen Augen sah er sie an.

„Ich will es nit, Minaeon!“, erwiderte sie bestimmt. „Ich will nur Euch.“

Der Krieger war auf eine solche Gefühlsäußerung nicht gefasst. Er fing sich aber schnell wieder und stand langsam auf. Er strich über seinen Schuppenpanzer, der nicht wirklich glattzustreichen war, und atmete tief durch.

„Ich ...“, fing er an, stockte aber gleich wieder. „Ich habe es nicht so mit Worten.“

„Männer!“, schnaufte Mareike und rollte mit den Augen. Perach'el knuffte sie warnend in die Schulter.

„Ich bin froh, wenn ich auch künftig Euer Begleiter sein darf“, druckste er weiter. Bevor er aber mit seinem Kampf um die richtigen Formulierungen ganz zu scheitern drohte, erlöste ihn Perach'el.

„Lasst uns ein ander mal jene Befindlichkeiten erörtern, lieber Minaeon“, lenkte sie ein. „Mir deucht, es sei an der Zeit, vom Hofe zu gehen.“

„Natürlich“, bestätigte er, froh, das Thema wechseln zu können. „Wenn Ihr mir dann folgen wollt?“

Perach'el erhob sich, strich ihrerseits über ihr Kleid und schaute den Krieger lächelnd an.

„Wohin auch immer Ihr gehen möget."

Hymalo'on führte uns noch tiefer in den Berg. Hier unten waren die Wände nicht mehr fein behauen und poliert. Vom Boden abgesehen waren die Wände und Decken nur grob bearbeitet. An nicht wenigen Stellen tropfte es von oben oder floss in kleinen Rinnsalen an den Seiten herab.

„Feucht hier", bemerkte Lissi lakonisch.

„Ideal, um Pilze zu züchten", kommentierte ich trocken. „Muss das so sein?"

„Warum fragst du?", wollte Hymalo'on wissen.

„Na, hier unten sind doch die Kerker. Da müssen die Gefangenen zu allem Ärger doch nicht noch Moos ansetzen."

Der Engelskrieger blickte mich nachdenklich an, aber die Mundwinkel näherten sich kurz einem Grinsen.

„Wie gesagt: Nur du denkst in diese Richtung."

„Dann ist es ja vielleicht nötig", seufzte ich.

Hymalo'on schwieg darauf. Erst nach einigen Minuten meldete er sich wieder zu Wort, als wir nach einer langen Kurve vor einer schweren, eisenbeschlagenen Tür zum Stehen kamen.

„Wir sind da", sagte er leise.

Ohne dass wir die Tür berührt hätten, öffnete sich eine kleine Luke. Kurz war ein Gesicht zu sehen und der Wärter auf der anderen Seite fragte etwas. Unser Führer antwortete in der selben melodiösen Sprache, die fast nur von den Engeln gesprochen wurde, die nicht menschgeboren waren. Charlotte verstand sie recht gut, sprach sie aber nur wenig.

Die Klappe wurde wieder geschlossen. Es folgte eine Reihe von metallischen Geräuschen, die auf diverse Schlösser, Riegel und Ketten schließen ließen, bevor sich die Tür öffnete.

Vier Chilioi standen uns mit Speer und Schild gegenüber. Kaum bemerkten sie, wer uns begleitete, da standen sie auch schon stramm. Hymalo'on grüßte kurz und teilte dem Krieger an der Tür auch gleich mit, wohin wir wollten – zumindest nahm ich das an. Der Angesprochene schaute nur kurz zweifelnd, hatte aber sofort wieder einen neutralen Gesichtsausdruck, nickte und ging uns voran.

Mit einer Fackel, die er aus einem Wandhalter genommen hatte, beleuchtete er uns den Gang, der ansonsten in tiefster Schwärze lag.

„Mein Gott, hier wurde ja kein Klischee ausgelassen", schnaufte ich angewidert.

„Sieht so aus", seufzte Lissi hinter mir.

Wir bogen noch zweimal ab, wobei ich mich an meinen Dauertraum erinnert fühlte. Dank Charlotte und Lissi würde ich den nicht wieder haben.

Etwas ähnliches wie ein Bellen riss mich aus meinen Gedanken.

„Daboli", flüsterte Lissi mir zu.

„Kommt endlich der Henker?", grollte eine raue Stimme durch den Gang.

Torách. Ich musste grinsen.

Hymalo'on lachte leise.

„Ihr müsst noch etwas warten. Aber vorher habt Ihr Besuch", rief er zurück.

„Dann halt Besuch", knurrte er halblaut. „Mir bleibt auch nichts erspart."

„Danke für die herzliche Begrüßung", lachte ich und zwängte mich an den Engeln vorbei in die Zelle.

Man hatte ihm natürlich alle Waffen abgenommen, aber da saß der Dabol-General mit geradem Rücken in seinem Kettenhemd und Harnisch. Er lächelte nicht – natürlich nicht –, doch konnte ich seinen kleinen, schwarzen Äuglein ansehen, dass er höchst amüsiert war.

„Ah, der Träumer", brummte er. „Du willst noch einmal einen Blick auf einen toten Dabol werfen."

„Du siehst doch noch ganz lebendig aus", grinste ich. „Aber wenn dir so nach Sterben ist, kann ich dich ja mal zehn Minuten mit meiner Freundin allein lassen. Die hat noch nichts gefrühstückt."

Torách hob abwehrend eine Hand.

„Ich hab verstanden. Ich bleib auch gerne noch am Leben. Aber was willst du dann?"

Ich erzählte ihm kurz von der Zusammenkunft im Ratssaal und Gabriel, der alle Verantwortung, freundlich wie er war, auf mich abgewälzt hatte.

Der Dabol lachte leise.

„Erzähl mir nochmal, dass die Engelein alle nur gut sind", feixte er.

„Das wirst du von mir nie hören", schnaubte ich.

Hymalo'on sah mich entrüstet von der Seite an. Ich erwiderte seinen Blick ernst.

„Ich hab in der kurzen Zeit zu viel gesehen, Kommandant."

Er kaute einen Augenblick an meinen Worten, sagte aber nichts.

„So, jetzt aber zum eigentlichen Problem", wendete ich mich wieder an Torách. „Meine Einstellung ist bekannt. Ich werde euch also nicht hier vermodern lassen."

„Du lässt uns gehen? Einfach so?" Torách war etwas erstaunt.

„Was wäre die Alternative? Ich müsste euch töten lassen. Als Gefangene seid ihr nur eine Last."

„Ja", bestätigte er schulterzuckend.

„Die Frage, die mich bewegt, ist aber: Könnt ihr einfach so wieder zurück?"

Die Augenbrauen des Dabol waren mittlerweile ganz weit nach oben gewandert. Und das Fragezeichen über seinem Kopf nahm schon reichlich viel Platz ein.

Hymalo'on brubbelte etwas von unwissenden Menschen und verschwand im Gang. Lissi hingegen schüttelte nur den Kopf.

„Solch eine Frage kann auch nur von dir kommen, Karl."

„Was denn?", rief ich verunsichert. „Ich frag doch nur."

„Eben!", bestätigte sie. „Nur du willst so etwas wissen."

„Ist das falsch?" Langsam, ganz langsam hatte es dann auch bei mir Klick gemacht. Das Thema hatten wir ja erst kurz zuvor.

„Nein", antwortete Hymalo'on, der wieder zu uns getreten war. „Es fragt halt nur keiner mehr. Wir sind eben Feinde."

Ich wollte schon dagegen halten, dass sogar wir Menschen Regeln dafür geschaffen hätten, aber die Menschenrechtskonvention gab es ja auch erst seit fünfzig Jahren, oder so[67]. Und wer hielt sich schon daran.

Ich schaute also Torách wieder fragend an.

---

[67] Europäische Menschenrechtskonvention vom 04.11.1950

„Hab ich dich richtig verstanden? Du lässt uns alle gehen?“

„Äh, ja?! Was ihr getan habt, war aus meiner Sicht falsch. Aber ihr habt nur getan, was euer Herr von euch gefordert hat.“

„Vielleicht hätte ich eine Wahl gehabt.“

„Ja, Torách, du vielleicht. Aber gilt das auch für deine Männer?“

Der Dabol schnaubte nur verächtlich.

„Das dachte ich mir“, sagte ich nickend. „Also töten wir vielleicht nur deine Männer, weil die beim nächsten Mal ja wieder in die Oberwelt gehen würden.“

Das ist ja mal kaltblütig, dachte Lissi in meine Richtung.

Aber logisch, erwiderte ich. Mein Unbehagen – in senfgelb – verriet mich jedoch. Lissi beantwortete das mit einem hellgrünen Lächeln.

Torách versteifte sich merklich und fixierte mich wütend.

„Dann töte mich auch“, knurrte er. „Ich gehe den Weg, den meine Krieger gehen.“

Jetzt war es Hymalo'on, der nicht glauben wollte, was er gerade gehört hatte. Ratlos wanderte sein Blick zwischen dem Dabol und mir hin und her.

Ich konnte mich nicht lange beherrschen und grinste dann breit. Die Augen des Kriegers wurden noch schmaler und er starrte mich argwöhnisch an.

„Oh, großmächtiger General“, sagte ich mit einem ausladenden Kratzfuß, „Euer Großmut und Eure Tapferkeit wird noch Generationen von Engelein zu Tränen rühren.“

„Willst du mich beleidigen?“, brüllten Hymalo'on und Torách wie aus einem Mund. Lissis schallendes Lachen hallte über die Kerkerflure.

Ich winkte kopfschüttelnd ab.

„Ihr solltet mich gut genug kennen, um zu wissen, wie ich das meinte."

Beide Männer hatten die Arme vor der Brust verschränkt und funkelten mich noch böse an. Ich stöhnte laut Richtung Himmel. Warum ich?!

„Also, was ist jetzt mit dir?", wendete ich mich an Torách.

Der Unmut wich ein wenig aus seinen Zügen. Er dachte kurz nach.

„Ich sollte mich wohl einen Weile nicht bei IHM blicken lassen", brummte er dann halblaut.

„Und du weißt, wohin du gehen kannst?", hakte ich nach.

„Mir fällt etwas ein", antwortete er ausweichend.

„Ob das eine gute Idee ist?", warf Lissi ein. Sie hatte in meinen Gedanken das Bild unseres verbliebenen Gästezimmers im hinteren Teil der Wohnung gesehen.

„Sagen wir, eine Zwischenlösung", erwiderte ich. Sicher war ich mir selbst nicht.

„Erfahre ich, worum es geht?", wollte Torách wissen.

Lissi legte einen Arm um meine Schultern und zog mich zu sich heran.

„Unser kleiner Weltverbesserer hier denkt doch tatsächlich darüber nach, dich in unserer Wohnung mit einzuquartieren."

Torách ließ sich gegen die feuchte Kerkerwand fallen und schaute uns entgeistert an. Hymalo'on strich sich müde mit einer Hand über die Augen.

„Wie gesagt, nur als Zwischenlösung!", merkte ich an.

Torách schaute nachdenklich auf seine großen, schwieligen Hände. Er schnaubte und ein feines Lächeln stahl sich in sein sonst so ernstes Gesicht.

„Hat es so einen schon mal gegeben, Aggelos[68]?", wendete er sich unvermittelt an Hymalo'on.

Der so Angesprochene schaute mit erhobenen Augenbrauen zurück.

„Jemanden wie Karl? Davon hätte ich gehört. Nein, der ist einmalig."

„Das dachte ich mir", sagte der Dabol kopfnickend. „Wenn ich das richtig gehört habe, wohnt ihr aber nicht allein dort", fügte er an uns gerichtet an.

„Jep!", bestätigte Lissi knapp.

„Soll heißen", ergänzte ich mit säuerlichem Blick auf meine Liebste, „es wohnen üblicherweise noch zwei Engel dort."

„Und mindestens zwei weitere Menschen gehen dort ein und aus", schob Lissi mit breitem Grinsen nach.

Torách seufzte tief.

„Ich schau mir eure Höhle, euer Quartier oder was auch immer mal an."

„Wird schon", versuchte ich ihn zu beruhigen. „Du musst ja deinen Raum nicht verlassen, wenn du nicht willst."

„Das zu meinem Schwur, nie etwas mit Menschen zu tun haben zu wollen", murmelte er verdrießlich.

+++++

Gabriele Holler, von allen nur 'Holli' genannt, leitete den Kindergarten schon seit fast zwanzig Jahren. Und wie jeden Morgen in all der Zeit schloss sie pünktlich

---

[68] dabol: 'Engel' (von griech. αγγελος)

um sechs Uhr in der Früh die Eingangstür auf und schaltete das Licht ein.

Diesen Morgen hatte sie eine kurze Schocksekunde. Die Tür fiel nicht wie üblich hinter ihr ins Schloss, sie wurde mit einem dumpfen Schlag von einer Hand gestoppt und wieder aufgezogen.

Sie schreckte herum und sah einen jungen Mann in seltsamer Kleidung, der die Tür weit aufhielt. Er trug etwas wie ein längeres Nachthemd und einen schwarzen Schuppenpanzer? Viel mehr konnte sie nicht erkennen, da er etwas außerhalb des Lichtkegels stand.

„Was zum ...?", setzte sie an, als eine weitere Person ins Licht trat.

Die junge Frau war einen halben Kopf kleiner als sie, hatte blondes, lockiges Haar und war offenbar in bäuerliche Tracht gekleidet. Das sandfarbene Bauernkleid und die weiße Leinenschürze waren jedenfalls makellos sauber.

Zurückhaltend, aber ohne allzu schüchtern zu wirken, kam sie näher und lächelte freundlich.

Über das strahlende Gesicht hinweg fiel es ihr erst auf den zweiten Blick auf, dass die junge Frau unter der ebenfalls weißen Leinenhaube eine Binde über den Augen trug.

„Kann ich Ihnen irgendwie helfen?", fragte sie verwirrt und vergaß dabei alle Höflichkeit.

„Einen guten Morgen wünsch ich Euch", grüßte Perach'el unbeirrt.

„Entschuldigung!", rief die Leiterin. „Auch Ihnen einen guten Morgen, natürlich. Wo bleiben meine Manieren? Ich war gerad nur etwas überrascht. Sonst ist um die Zeit nie jemand hier."

„Oh, so seid mir darob nit gram", entgegnete Perach'el. „Ich kunnt es nit wissen, zu welcher Stund Euer Tag beginnen mag."

Die Kindergärtnerin kniff nachdenklich die Augen zusammen. Sie hatte gedacht, die Mutter hätte maßlos in ihrer Beschreibung der neuen Kollegin übertrieben. Doch hier stand sie, die kleine Bäuerin, die aus einem Historienroman geklettert zu sein schien. Sie musste ein wenig lachen.

„So wie Ihr mir beschrieben wurdet, könnt Ihr nur die neue Kindergärtnerin sein. Blanche, richtig?"

„So ist mein Nam", bestätigte der Engel mit einem kleinen Knicks.

„Ich heiße Gabriele, aber alle nennen mich nur Holli", sagte die Leiterin und reichte Perach'el die Hand.

Zu ihrer Zeit war der Handschlag zur Begrüßung nicht üblich. Der hatte meist eine andere Bedeutung. Aber der Engel hatte dazugelernt und reichte der Frau ebenfalls die Hand.

„Ein fester Händedruck", bemerkte Gabriele zufrieden. „Komm herein. Ich zeig dir den Laden."

Auch das hatte der Engel schon mitbekommen, dass in der Neuzeit gerne einmal vom ehrvollen Sie zum formlosen Du gewechselt wurde. Es behagte ihr nicht, aber sie würde sich schon daran gewöhnen.

Sie legte ihrem Begleiter sanft eine Hand auf den Arm, der immer noch die Tür aufhielt.

„Habt Dank, lieber Minaeon."

„Ich erwarte Euch, wenn Ihr mit der Arbeit fertig seid", sagte der junge Krieger nur und verschwand in der Nacht.

Perach'el folgte der Kindergartenleiterin und die Führung durch den 'Laden' konnte beginnen.

Der Engel war etwas überrascht. Alles – nun, fast alles – war auf die Größe der Kleinen ausgerichtet. Ihr Vater hatte ihr einen kleinen Schemel gezimmert, damit sie an Herd oder Tisch kam. Hier war schon alles in deren Höhe eingerichtet. Und Spielzeug gab es im Überfluss. Zu Perach'els Freude jedoch nichts ... elektisches? Sie konnte sich das Wort einfach nicht merken.

Die Haushaltsräume und Arbeitszimmer waren dann aber wieder in 'normaler' Größe ausgestattet, wie Gabriele berichtete.

„Sonst würden wir hier alle in wenigen Wochen am Stock gehen“, lachte sie. „Aber wie gefällt es dir denn bis jetzt so?“

„Nur die Kammern so mit eignen Aug zu sehen, ward mir eine Freude“, lächelte Perach'el. „Wie mag das Haus erst leben mit all den Kinderlein?“

„Du wirst es gleich erleben. Die ersten werden sicher bald gebracht.“

Vorher kamen aber noch zwei weitere Erzieherinnen, Susanne und Heike, die sich sofort des Engels annahmen und in die Vorbereitungen einbanden. Immerhin musste das Frühstück vorbereitet werden und ein Teil des Mittagessens. Die Frauen waren stolz darauf, dass täglich frisch für die Kinder gekocht wurde. Für das Mittagessen kam etwas später noch eine Köchin aus dem Gasthaus. Sie hinterließ nach der Zubereitung des einen eine Liste für das Mittagessen des nächsten Tages.

Die meiste Zeit lauschte Perach'el nur dem Geplapper der beiden Frauen, während sie alle Arbeiten verrichtete, die ihr aufgetragen wurden. Trotz ihrer 'kleinen Pause' in den Höhlen ging ihr die Arbeit noch leicht und flink von der Hand.

„Ich hab die Ersten gehört", verkündete Susanne. „Geht ihr zwei schon mal raus zu den Monstern?"

Monstern? Perach'el war etwas verwirrt, bekam aber keine Zeit genauer darüber nachzudenken. Heike hatte sie an den Schultern gepackt und schob sie mit sanfter Gewalt aus der Küchentür in den Eingangsbereich.

Dort waren genau die zwei Mütter, die sie vom Gottesdienst her kannte, dabei, ihren Kindern aus der Straßenkleidung zu helfen.

„Blanche! Wie schön, dass Ihr endlich da seid", rief die jüngere der beiden erfreut.

„Seid bedankt", antwortete Perach'el mit einem leichten Knicks. „Auch mir ist es eine Freude, für Eure Kinderlein sorgen dürfen."

Sie kniete sich zu den Kleinen und spürte sofort deren unstete Geistsphären. Vorsichtig langte sie mit einem Gedanken nach ihnen und stupste sie nacheinander an. Die Kinder machten großen Augen.

Perach'el sagte nichts und lächelte nur. Die Kleinen – ein Junge und zwei Mädchen – gingen einfach auf den blinden Engel zu und ließen sich von ihr umarmen.

„Na, das sieht man auch nicht alle Tage", raunte Heike beeindruckt.

Die beiden Mütter hatten zeitgleich verblüfft die Augenbrauen hochgerissen.

„Ich bin sprachlos", verkündete die Jüngere entgegen ihrer Aussage. „Ich war jetzt echt auf Klammern und Heulen eingestellt."

„So wie jeden Morgen", ergänzte die Ältere nicht minder verwundert.

„Und wenn du die Kleinen auch noch in den Raum da bringen kannst" - Heike wies auf eine Tür am anderen Ende des Eingangsbereichs - „ohne dass es Probleme gibt, geh ich nach Hause und lass dich den Rest machen."

Die beiden Mütter lachten wissend. Perach'el lächelte. Sie ahnte wohl, dass die Aufgabe hier für unmöglich gehalten wurde, aber das schreckte sie nicht. Sie erhob sich wieder und nahm die Kleinen bei der Hand.

„Wollt ihr mir alles zeigen?"

Die Kinder waren sofort Feuer und Flamme und zogen sie in den besagten Raum. Wild aufgeregt plapperten sie drauf los, erklärten alles, zeigten alles.

Susanne kam aus der Küche und sah noch, wie Perach'el mit den Kindern abzog.

„Äh ... war das jetzt ... Dings, mit den Kindern?", fragte sie verblüfft.

„Nee, sag nichts mehr!", winkte Heike ab.

„Patric und Marie! Ganz ohne Aufstand", ergänzte deren Mutter fassungslos.

„Wow!", entfuhr es Susanne. „Der Tag kann ja nur noch interessant werden."

Die anderen Frauen nickten zustimmend.

„O.k." Die ältere der Mütter atmete tief durch. „Wir müssen los. Sagt Bescheid, wenn es Probleme gibt."

In dem Moment kam eine Frau in den späten Fünfzigern herein.

„Guten Morgen, die Damen", grüßte sie.

Keine der anderen Frauen hielt sich bedeckt. Alle grüßten höflich aber erwartungsvoll.

„Einen schönen guten Morgen", grüßte Susanne mit einem breiten Grinsen.

„Ah-haha!", lachte die Dame. „Ihr freut euch doch nur, weil Frédéric wieder irgendwelche Probleme macht."

„Ganz im Ernst?“, erwiderte Heike. „Wir haben jetzt vielleicht eine 'Wunderwaffe'.“

Die Dame schaute skeptisch.

„Nein, wirklich“, ergänzte Susanne. „Unsere Neue hat offenbar einen besonderen Draht zu den Kindern.“

Immer noch nicht überzeugt, zog sie dem Jungen Jacke und dicke Hose aus. Der schlüpfte in seine Hausschuhe und stellte sich erwartungsvoll aber schweigend hin.

„Bist du bereit?“, fragte sie gespielt ernst.

Frédéric blinzelte kurz unsicher, dann hellte sich sein Gesicht auf. Er hatte verstanden und nickte freudig.

„Dann geh rein und spiel schön“, sagte sie noch, beugte sich zu ihm herunter und küsste ihn auf die Stirn.

Der Junge lief verhalten ruhig in das Spielzimmer, wo die anderen Kinder und Perach'el schon warteten.

Auf leisen Sohlen kamen die Frauen bis zur Tür hinterher. Das wollten sie sich dann doch nicht entgehen lassen.

„Läuft es denn jetzt schon besser mit ihm?“, fragte Heike leise.

„Sie meinen, ob er denn dazugelernt hat?“, fragte die Dame gegen. „Ja, doch. Es wird mehr, aber nicht selten versteh ich ihn überhaupt nicht.“

Perach'el kniete mit dem Rücken zur Tür auf dem Boden und spielte mit den anderen drei Kindern. Frédéric stand erst unentschlossen im Raum, entdeckte aber dann seinen Lieblingsbagger und stapfte darauf los.

„Guten Tag, Frédéric“, grüßte der blinde Engel, ohne sich umzudrehen. „Kumm doch herbei und spiele mit uns.“

„Drague[69] hoole", sagte er ernst und griff sich den Bagger.

„Das ist doch kein Traktor", kicherte Patric.

„Drague", wiederholte der Junge ernst und präsentierte den Bagger.

„Das meinte ich", flüsterte die Dame. „Ich weiß nicht, welche Sprache er spricht."

„Das ist mir auch schon aufgefallen", bestätigte Susanne. „Und er ist sehr einsilbig."

Perach'el hörte jedes Wort und lächelte. Dreihundert Jahre Leben in Dunkelheit hatten ihren Hörsinn sehr geschärft.

„Bring dein Spielzeug herbei, Frédéric", sagte sie zu dem Jungen und winkte ihn heran. Der setzte sich brav neben sie, behielt aber den Bagger auf dem Schoß. Gleichzeitig schaute er interessiert den Mädchen zu, die gerade aus einer großen Kiste alle Plastikkühe aussortierten und in ein kleines Gatter stellten.

„Kíh", merkte Frédéric zufrieden an.

Die anderen Kinder schauten erwartungsvoll, ob noch etwas von ihm käme. Er hatte aber für den Moment scheinbar genug gesagt. Das war auch Perach'els Gedanke. Sie drehte sich ihm langsam zu und betrachtete ihn einen Augenblick. Zur selben Zeit hatte sie schon längst auf der anderen Ebene Kontakt zu ihm. Sie brauchte dennoch einen Moment, bis ihr aufging, was sie da gehört hatte.

„Das ìsch Platt!", rief sie lachend aus. „Du bisch e Lódrenger Buub."

Jetzt grinste Frédéric breit und nickte heftig.

„Was hat sie gesagt?", fragte Heike.

Die Dame klatschte sich eine Hand gegen die Stirn.

---

[69] französisch: 'Bagger' (eigentlich ein Schwimmbagger)

„Ich bin ja so blind! Mein Enkel spricht oft Französisch, aber natürlich auch den Dialekt, der da in Lothringen gesprochen wird."

„Auch mir ward es nit klar", kommentierte Perach'el die 'flüsternden Frauen' an der Tür. „Jedoch sprach der Bub die Worte, mir zu weisen den rechten Weg."

„Der ging an mir vorbei", gestand die Dame verwirrt.

„Na, Frédéric hat nur wenig gesagt", erklärte Heike, „aber mit den paar Worten hat Blanche rausbekommen, aus welcher Ecke er kommt, oder?"

„Recht habt Ihr, Heike", bestätigte der Engel. „Und letztlich einzig, weil es meiner Eltern Sprach ist, die er schwätzt."

„Cool!", hauchte Susanne beeindruckt.

Damit war für Frédéric der Damm gebrochen. Jetzt plapperte er einfach darauf los und Perach'el sprach mit ihm in seiner Sprache und übersetzte zur Not zwischen den Kindern.

Perach'el war glücklich. Sie saß nach einiger Zeit in einer Schar von etwa fünfzehn kleinen Kindern. Sie bewegte sich kaum, aber alles bewegte sich um sie herum. Und die kleinen Geistsphären flirrten hin und her, waren aber nie weit von ihr. Sie wusste immer, wo welches Kind war.

Heike und Susanne konnten sich entspannt um alles andere kümmern oder um einzelne Kinder.

Und auch die Chefin war sehr zufrieden. Normalerweise würde sie jetzt bei der Betreuung helfen oder in der Küche. Aber sie brauchte nur einen Blick in die Räume werfen und konnte feststellen, dass alles unter Kontrolle war. Sie hatte endlich die Zeit, ein wenig Papierkram aufzuarbeiten. Mehr als ein wenig!

Sie dankte dem Herrn für diese glückliche Fügung.

KAPITEL 19

Torách schaute immer wieder zu mir, als wir gemeinsam aus seiner Zelle traten.

Ich glaube, er traut dem Ganzen noch nicht, gab mir Lissi ihre Einschätzung.

Er hat wahrscheinlich Angst vor unserer WG, frotzelte ich.

Lissi kicherte leise.

„Wo sind meine Krieger?", fragte der Dabol verhalten und schaute sich um.

„Die Frage geht an dich, Hymalo'on", gab ich weiter.

„Folgt mir!", nickte der Engel und winkte uns in einen weiteren Kellergang.

Noch einmal um eine Ecke biegend hatten wir einen sehr langen Gang erreicht, der nach vielleicht fünfzig Metern in einem kleinen Alkoven endete, in dem zwei Engel Wache schoben. Links und rechts befanden sich jeweils vier große Öffnungen, die mit schweren, bodenlangen Gittern verschlossen waren.

„Dabol-e, tono hestekén páxe![70]", bellte Torách in den Flur.

„Uun protama po aggelo![71]", brüllte einer zurück.

„Po méteg stratég utó![72]", erwiderte Torách laut.

Wir kamen gerade an einer Sammelzelle vorbei und sahen noch, wie die darin festgehaltenen Dabol-Krieger aufsprangen, salutierten und einstimmig brüllten: „Ka, Torách!"

---

[70] dabol: 'Daboli, stramm gestanden!'

[71] dabol: 'Keine Befehle von Engeln!'

[72] dabol: 'Aber von eurem General schon!'

Der General nickte seinen Leuten anerkennend zu. Er blickte suchend in jede der Zellen, bis er den einen fand, den er suchte. Seinen Cousin Raggarak.

Er winkte ihn an die Gitterstäbe und erklärte ihm die Situation. Der war nicht wenig erstaunt, nickte aber meist nur und stellte höchstens einmal eine kurze Frage.

Als alles gesagt war, trat Torách von den Gittern zurück und wendete sich direkt an Hymalo'on.

„Wie geht es jetzt weiter?", fragte er den Engelskrieger.

Hymalo'on gab den Wachen kurz Handzeichen, die sofort vortraten und die Zellen öffneten. Die Daboli rührten sich erstmal nicht. Nur Toráchs Cousin machte die ersten Schritte in den Gang, wobei er sich aber schon misstrauisch nach den Engelskriegern und Wachen umsah.

Hymalo'on räusperte sich vernehmlich und wendete sich an den Dabol-General.

„Wie es mit dem Träumer und dir abgesprochen war", verkündete er in offiziellem Tonfall, „werden wir deine Leute zu einem Übergang in die Unterwelt bringen. Kein Leid soll ihnen hier geschehen und niemand wird sie auf ihrem Weg einschränken."

Torách sah ihn nachdenklich an und nickte kurz. Dann wiederholte er das Gesagte in seiner Sprache. Raggaraks kleine Augen wurden noch schmaler. Ihm war anzusehen, dass er mit dem, was Torách verkündet hatte, nicht einverstanden war.

Er schüttelte langsam den Kopf und fragte etwas. Torách nickte wieder, ohne ihn aber anzusehen. Raggarak stellte die Frage nochmal – deutlicher. Torách richtete sich gerade auf – er war eine Handbreit größer als sein Cousin – und sah ihm direkt in die Augen.

Seine Antwort ließ die ganze Autorität spüren, mit der er sprach. In unserer Sprache wiederholte er: „Ich habe das Wort des Träumers und des Hauptmanns der Chilioi. Ich vertraue beiden.“

Raggarak richtete sich ebenfalls auf, schlug sich mit der rechten Faust vor die Brust und trat zwei Schritte zurück zu den Kriegern, die sich jetzt auch vorsichtig aus den Zellen gewagt hatten.

„Ka, Torách!“, brüllte er.

Und die anderen salutierten ebenso.

Es dauerte nur kurz, bis alles sortiert und organisiert war. Zwei Chilioi würden den Weg weisen. Und Raggarak bewies, dass er nicht nur der Cousin des Generals war, sondern selbst den Anführer im Blut hatte. Mit knappen Befehlen sorgte er für eine Marschordnung. Die wenigen Widerworte einiger Krieger erstickte er im Keim. Er forderte in Toráchs Namen Disziplin ein und bekam sie, ohne jemals übermäßig laut werden zu müssen.

Dann setzte sich die Kolonne in Bewegung und war bald darauf schon außer Hörweite.

Hymalo'on nickte zufrieden.

„Ein guter Soldat, der Ra...“, fing er an, stockte aber beim Namen.

„Raggarak“, half ihm Torách aus.

„Raggarak, genau“, wiederholte der Engel. „Er ist ein guter Anführer.“

„Ja“, sinnierte der Dabol, „ich denke, er wird der nächste akon toge, der nächste Stammesführer.“

Hymalo'on sah versonnen den Gang entlang, in dem gerade die anderen verschwunden waren. Dann lachte er leise.

„Engel helfen Dabol!", schnaubte er laut.

„Dabol unterhalten sich mit Engeln!", gab Torách die Gegenseite.

„Unmöglich!", sagten sie wie aus einem Mund. Sie sahen sich dabei an, ohne eine Miene zu verziehen, ohne zu lachen.

Hymalo'on bewegte sich als erster. Er drehte sich zu uns und winkte uns heran.

„Ich bring euch nach oben", sagte er knapp und ging uns voran in einen weiteren Gang.

Der Engelskrieger hielt sich sehr bedeckt auf meine Frage, ob der Übergang in unseren Keller schon immer bestanden hat oder neueren Datums war. Mehr als eine vage Aussage zu Notwendigkeiten und Lösungen bekam ich nicht. Da ich weder die eine noch die andere Hälfte meiner Wohnung tatsächlich selbst gekauft hatte, dachte ich mir meinen Teil.

Hymalo'on verabschiedete sich noch im Keller und schloss die Tür, die sich so sauber in das Mauerwerk einpasste, dass sie nicht zu erkennen war, wenn man nicht wusste, wonach man schauen sollte.

Torách grunzte halblaut, nickte und sah mich abwartend an.

Ich deutete mit dem Kopf, mir zu folgen. Ich fischte meinen Schlüsselbund aus der Hosentasche und drückte ihn Lissi in die Hand. Glücklicherweise hatte ich beim Anziehen daran gedacht, die Schlüssel einzustecken. Es war wohl mehr ein Reflex. Ich konnte ja nicht ahnen, dass wir auf fast herkömmliche Art wieder zurückkommen würden.

Lissi schloss den Kellerverschlag hinter uns zu und ließ uns dann durch den Zugang zum Treppenhaus.

Die ganze Zeit über schwieg Torách. Er schaute sich alles interessiert an, blieb aber still. Erst als wir durch die Wohnungstür schritten, ließ er einen Laut vernehmen, der sich nach 'aha' anhörte.

„So, da wären wir", sagte ich. „Das ist unsere Wohnstätte." Ich führte ihn anschließend durch alle Räume und erläuterte ihm die Funktion und wer derzeitiger Bewohner ist. Zu guter Letzt zeigte ich ihm den Raum gegenüber von unserem Büro.

Das Gästezimmer war spärlich eingerichtet, aber durchaus nicht unbequem. Das Bett hatte sogar Übergröße, damit auch Engel zur Not Platz hätten. Torách war einen halben Kopf größer als ich. Er würde es brauchen können. Jedenfalls erkannte er die Annehmlichkeiten und brachte ein halbes Lächeln zustande.

„Ich nehme an, das wird mein Quartier für die nächste Zeit", seufzte er.

„Wenn du willst, ja!", bot ich ihm an. Wir wussten beide, dass er keine große Wahl hatte – zumindest im Moment – aber wenn es nach mir ginge, sollte er wenigstens das Gefühl haben, es bliebe seine freie Entscheidung. Er war lange genug in die Politik verstrickt, um meine Intention zu durchschauen und war dankbar dafür – wenn er es auch nicht offen zeigte.

„Ja, ich nehme das Angebot an", sagte er leise, fast als hätte er Angst, jemand könnte ihn belauschen.

„Das freut mich", erwiderte ich und meinte es auch. „Und wenn du noch irgendetwas brauchst, sag mir Bescheid. Dann schauen wir, was geht."

Wieder ein Nicken.

„Dann lass ich dich erstmal allein", fügte ich an und machte die Zimmertür hinter mir zu.

Wo bist du?, fragte ich Lissi in Gedanken.

Arbeitszimmer, kam ihre Antwort.

Bisher hatte ich mich immer weitestgehend davor gedrückt, meinen Papierkram zu ordnen. Aber mit einem Vier-Personen-Haushalt war diese Arbeit wohl nicht lange zu vermeiden.

„Sieh es so", lachte Lissi, „wenn wir einmal Grund drin haben, geht es später leichter."

„Das dachte ich im Büro auch einmal", murmelte ich. Ich musste aber auch feststellen, dass die Aufgabe schnell von der Hand ging. Unsere Haus-und-Hof-Psychologin hatte ganze Arbeit geleistet. Alle Post war geöffnet und nach Adressat sortiert. Dazu gab es für jeden von uns drei Stapel: eindeutig Werbung, eindeutig wichtig und eindeutig dazwischen. Ich musste an unsere Postabteilung denken und – ja, in einem unteren Regalfach sah ich einige Ablagekörbe aus Plastik. Und nur wenige Minuten später war eine Sortierstation neben der Zimmertür eingerichtet.

Mit dem Beschriften und Einrichten so beschäftigt, hatte ich nicht mitbekommen, dass Lissi mir schon eine ganze Weile zugeschaut hatte. Erst als ihr Lächeln sich durch unser geistiges Band bemerkbar machte – mit einem leichten Goldton – wendete ich mich zu ihr um.

„Was?"

„Nichts", erwiderte sie unschuldig. Sie sah mich unverwandt lächelnd an.

„Ja, o.k.! Ich hab mal wieder den Bürohengst wiehern lassen", seufzte ich. Die Bilder, die ich ihrem Geist entnehmen konnte, gaben mir dann doch den entscheidenden Hinweis. Sie konnte mich noch immer von vielen Bereichen ihres Geistes ausschließen, aber es wurden weniger.

„Mach du nur", winkte sie ab. „Es ist das Ergebnis, das zählt. Und das da sieht nach einer praktischen Sache aus."

„Na, mal sehen."

Ich wollte mich gerade zu ihr hinunterbeugen, um sie zu küssen, als es einen dumpfen Knall gab und das ganze Haus zitterte. Alles, was nicht mit Wänden und Boden verbunden war, wackelte kurz bevor es wieder still wurde.

Vielleicht waren nur zwei Sekunden seit dem Knall vergangen, aber schon hörte ich, wie die Tür zum Gästezimmer aufflog. Nur einen Wimpernschlag später war der Stuhl vor mir leer und Lissi zur Tür hinaus. Ich folgte etwas langsamer.

Im Wohnzimmer angekommen bot sich mir ein seltsames Bild. Torách war da. Er hatte sein Schwert fest umklammert, schwebte aber wenigstens eine Handbreit über dem Boden, als wenn ihn eine Faust im Genick gepackt und hochgehoben hätte.

Und Lissi hatte offenbar versucht, ihren Bogen zu holen. Der lag jedoch zusammen mit dem Köcher vor ihr auf dem Fußboden. Sie selbst hing an der Wand, wie ich sie damals in der Höhle der Dabol gefunden hatte. Ihr Gesicht war wutverzerrt und die Zähne gefletscht. Mit den nachtschwarzen Augen und ihrem kehligsten Knurren hätte sie eines der finsteren Geschöpfe dessen sein können, den sie jetzt so gerne angreifen würde.

Satanael.

Der Gefallene stand mitten im Raum, die Flügel, die alles Licht aufzusaugen schienen, ausgebreitet, und lachte.

„Schön, dass du auch da bist", grüßte er. Mir lief es kalt den Rücken runter. Das Lachen erreichte nicht seine Augen. Sein Humor war grausam. „Mit dir wollte ich reden, nachdem mein Bruder es offensichtlich nicht getan hat."

„Was willst du?", fragte ich vorsichtig, fast flüsternd.

„Reden wie gesagt", wiederholte er. „Aber nicht hier."

Kaum gesagt, verschwammen die Konturen unseres Wohnzimmers und Schwärze umfing mich.

Nur wenig später hatte ich wieder das Gefühl, Boden unter den Füßen zu haben. Einzig die Luft war nur schwerlich als solche zu bezeichnen. Es war kühl – fast kalt – aber ohne, dass ein Hauch von Sauerstoff zu spüren gewesen wäre. Atmen wurde für mich zur Herausforderung.

Auch die Schwärze blieb undurchdringlich. Bis auf das Gesicht Satanaels, das aus sich heraus zu leuchten schien, war nichts zu erkennen.

Angst kroch meinen Rücken hoch. Ich zwang mich dazu ruhig zu atmen. Panik würde mich töten. Dass zu meinem Ableben nicht viel fehlte, merkte ich, weil neben der zunehmenden Wut auch Lissis Lebensenergie durch unsere Geistverbindung floss. Trotz ihres unbändigen Zorns verlor sie mich nie aus den Augen. Sie hatte geschworen, mich zu schützen. Aber spätestens jetzt, wo wir wussten, wer wir sind und wie wenig wir uns überhaupt voneinander trennen konnten, galt das natürlich auch in die Gegenrichtung.

Ich atmete langsam ein.

„Ich denke, du kannst die anderen jetzt loslassen", sprach ich so ruhig es eben ging den Gefallenen an.

Ein Lächeln umspielte seine Mundwinkel.

„Du bist ungewöhnlich ruhig, dafür dass du mit dem Tode ringst", sagte er leise. Sein Blick wanderte kurz von mir weg. Noch kürzer bildete sich einen senkrechte Falte auf seiner Stirn.

Ich spürte Lissis Wut wie einen heißen Wind über meinen Geist fahren. Sie war wieder frei.

Ich nickte knapp und schickte ihr eine hellgrüne Bestätigung, dass es mir weitestgehend gut ging.

„Danke“, wendete ich mich wieder an den Gefallenen.

Satanael lächelte jetzt breiter.

„Du bist erstaunlich, Karl“, erwiderte er. „Ich spüre, dass du auf mehreren Ebenen bestehst.“

Er schaute mich betont fragend an. Ich sollte offensichtlich Stellung nehmen, verspürte aber keine große Lust dazu.

Der Engel rümpfte die Nase.

„Ah, wir reden wohl nicht mit jedem“, brummte er. „Und du bist arrogant für einen Sterblichen.“

„Nein“, hauchte ich atemlos, „das ist dein Attribut. Was willst du von mir?“

Satanael schaute nachdenklich an mir vorbei. Er ließ sich Zeit mit der Antwort. Vielleicht hoffte er, ich würde welchem Vorschlag auch immer schneller zustimmen, je weniger Luft ich hätte.

„Wir stehen in dem aufkommenden Krieg nicht auf der gleichen Seite“, sagte er dann bedächtig. Ich war etwas verwundert, wie ernst und wertfrei er das aussprach. „Das muss nicht so sein.“

„Ich soll mich dir anschließen?“, fragte ich so ruhig es ging.

„Du und der Vampir“, bestätigte er. „Oh, und das blinde Mädchen. Für sie hätte ich auch Verwendung. Also, was sagst du? Bedenke die Möglichkeiten! Du wärst in kürzester Zeit der mächtigste Mensch deiner Welt.“

„Wie kommst du auf die Idee, mir ginge es um Macht?“

„Jeder will Macht“, erklärte er lapidar. „Ich biete sie dir.“

„Danke, aber ich habe kein Interesse“, erwiderte ich fest.

Satanael lachte laut auf.

„Dann frag deinen Vampir. Der hat Macht schon genossen.“

„Und dir den Rücken gekehrt. Ich werde mich dir nicht anschließen.“

Es wurde in dem Moment etwas heller in der Höhle. Ich spürte Lissi hinter mir. Sie schob unsere gemeinsame Geistsphäre ein Stück nach außen und verdichtete sie. Durch die schwach milchige Hülle sahen wir das verwunderte Gesicht des Gefallenen.

Er streckte eine Hand aus und legte sie an die Sphäre.

Grenzenlose Energie, wisperte Lissi mir im Geist zu. Ich wusste, was sie mir sagen wollte. Ich konzentrierte mich und zog gemeinsam mit ihr von jener Quelle, die uns mit Kraft versorgte. Und wieder schien sie unerschöpflich.

Binnen Sekunden vibrierte die Sphäre vor gebündelter Energie. Satanael nahm erstaunt die Hand weg.

„Ihr scheint eure Entscheidung gefällt zu haben“, seufzte er. „Ihr werdet es bereuen.“

Der Schlag, der uns kurz darauf traf, war gewaltig. Einem schweren Erdbeben gleich wurden wir durchgerüttelt. Ich hatte das Gefühl, meine Zähne würden ohne Unterlass aufeinander schlagen.

Lissi kürzte den Angriff mit einem unbeschreiblichen Akt der Konzentration ab und zog uns aus der Höhle heraus, wie sie gekommen war. Ein kurzes

Fauchen, wie von einem jetschnellen Luftstrom, und wir standen in unserem Wohnzimmer.

„Boah!", rief ich aus. „Was für eine Scheiße!"

Ich streckte mich in alle Richtungen und atmete tief und langsam ein und aus. Köstliche Stadtluft!

„Ja, das war knapp", bestätigte Lissi erleichtert. „Lange hätte ich dich nicht mehr halten können."

Nach einigen Dehnübungen und mit klarerem Blick entdeckte ich den Dabol-General, der vorn übergebeugt in einem Sessel saß und sich das Genick rieb.

„Torách, geht es dir gut?", fragte ich ihn sofort.

„Hm", brummte er und massierte weiter seine Halswirbel. Sein Schwert hielt er immer noch fest mit der Rechten. „Vielleicht war es ein Fehler, sich gegen IHN zu stellen."

„Das musst du mit deinem Gewissen abmachen", stellte Lissi trocken fest. „Ich bereue es nicht."

„Warst du unzählige Jahre in SEINEM Gefolge, Vampir? Im engeren Kreis der Vertrauten?", brauste Torách auf.

„Nein, war ich nicht", bestätigte sie. „Trotzdem hast du eine Wahl."

Torách machte zur Antwort ein unanständiges Geräusch.

„Du hast keine Ahnung, Blutsauger", spie er verächtlich. „Da gibt es keine Wahl."

Lissi sah ihn noch ein paar Augenblicke nachdenklich an.

„Vielleicht hast du Recht", merkte sie dann tonlos an und wendete sich Richtung Schlafzimmer. Im Durchgang zum Flur drehte sie sich aber nochmals zu ihm um.

„Finde eine Antwort auf deine Frage", sagte sie kalt. „Du hast Karls Gastfreundschaft. Ich teile seine Friedensliebe aber nicht in allen Punkten und habe keine Bedenken, dich persönlich zu töten, solltest du uns hintergehen."

Torách und ich schauten ihr hinterher, wie sie im Schlafzimmer verschwand. Er erhob sich langsam und legte mir eine Hand auf die Schulter. Auch wenn er mich dabei nicht ansah, wusste ich, dass er es ernst meinte.

„Ich werde euch nicht hintergehen", sagte er leise aber fest. „Ich werde mir aber dennoch ein anderes Quartier suchen. Danke für alles!"

Ihn halten zu wollen, wäre vergebens gewesen. Also nickte ich nur und ließ ihn gehen.

Ich blieb in der Schlafzimmertür stehen. Lissi saß auf der Bettkante und hatte das Gesicht in die Hände gestützt.

„Was ist los?", fragte ich leise.

Sie schaute müde zu mir auf, ließ die Hände sinken und klopfte neben sich auf das Bett. Ich setzte mich an ihre Seite und nahm sie in den Arm.

„Ich hatte eine Scheißangst wie nie zuvor", wisperte sie. Ich brummte eine Bestätigung in ihre Haare. Ich war ja schließlich dabei gewesen und fühlte mich ebenso ausgelaugt. „Bisher war doch alles nur Spiel", stellte sie etwas lauter fest.

„Du hast die Lage unterschätzt. Das hätte jedem passieren können. Überlege, mit wem wir es zu tun haben."

„Können, aber nicht dürfen!", entgegnete sie niedergeschlagen.

Ich lachte leise in ihren Hals.

„Liebste Lissi, ich finde dich schon irgendwie göttlich, aber sicher nicht im wörtlichen Sinne. Warum sollte gerade dir ein solcher Fehler nicht unterlaufen dürfen?“

„Na, immerhin ... ich bin doch ...“ Sie kam ins Stottern.

„Na, was bist du?“, fragte ich lächelnd. „Du bist ein Vampir mit besonderen Fähigkeiten, aber weder perfekt noch allmächtig. Du bist – ich muss es leider so brutal sagen – fehlbar.“

„Hab ich schon mal gesagt, dass ich dich hasse?“, hauchte sie mit einem müden Lächeln.

„Bisher noch nicht“, kicherte ich, „aber ich liebe dich trotzdem.“

„Das hatte ich befürchtet.“

Sie entspannte sich langsam wieder.

Ich löste mich sachte von ihr, setzte mich am Kopfende des Bettes an die Wand und forderte sie mit einem Kopfnicken auf, sich vor mich zu setzen.

Sie kroch zu mir herüber und setzte sich bereitwillig an den angebotenen Platz.

„Hier!“ Ich hielt ihr diesmal den rechten Arm hin. „Nimm erstmal einen Schluck. Dann geht's dir besser.“

Sie setzte zum Biss an, hielt aber noch inne. Sie nahm sich dann auch meinen linken Arm, den ich locker an ihrer Hüfte abgelegt hatte und legte sich ihn ebenfalls auf die Brust. Mit einem Seufzen und geschlossenen Augen lehnte sie sich zurück.

„Es geht mir schon besser.“

„Ohne Abendbrot? Oder gehst du zu Osmose über?“, flachste ich.

Mit einem entspannten Lächeln sah sie zu mir herauf.

„Bei uns Zweien würde das wahrscheinlich auch funktionieren", lachte sie. „Nein, ich weiß, dass du immer für mich da bist. Und das ist ein sehr gutes Gefühl."

„Das stimmt allerdings." Ich drückte sie etwas fester. „Wir sind ein Teil des anderen und deshalb unteilbar."

„Ich hoffe, du behältst damit Recht", seufzte sie.

„In dem Punkt bin ich grenzenlos optimistisch."

„Ich weiß. Auch wenn ich es nicht nachvollziehen kann."

Ich küsste sie zur Antwort auf die Stirn und hielt ihr erneut den Arm hin. Lissi nickte nur und versenkte ihre Fangzähne in meinem Fleisch.

Die Kinder schliefen alle noch. Die Idee, die Kleinen nach dem Mittagessen schlafen zu legen, war Perach'el neu. Sie verstand aber den Gedanken dahinter. Zu ihrer Zeit hatten die Kinder mit drei bis fünf Jahren bereits kleinere Aufgaben im Haushalt zu erledigen. Schlafen taten sie zwischendurch zur Not einmal im Heuschober. So hatte sie aber wenigstens etwas Zeit für sich. Die Kleinen waren lieb und sie scheute die Anstrengung nicht, doch etwas Entspannung tat auch ihr gut.

Aus einem kleinen Plastikkasten kam von einer dieser silbernen Scheiben leise Musik. Mareike hatte einmal versucht, ihr zu erklären, wie das funktionierte. Es wollte sich ihr jedoch nicht erschließen.

Sie spielte mit dem Gedanken, den alten Vampiren die Harfe abzukaufen, die sie in deren Geschäft gesehen hatte. Sie würde ein kleines Vermögen kosten, aber nach dem was Karl und später der alte Bäckermeister Semmler erwähnt hatten, war sie jetzt wohl reich genug, um sich so etwas teures leisten zu können.

Während sie noch das Für und Wider abwägte, wurde sie von einer Bewegung abgelenkt. Sie schaute durch die großen Fenster nach draußen in den Garten und sog erschrocken die Luft ein.

Minaeon?, rief sie nach ihrem Beschützer, der augenblicklich neben ihr erschien. *Daboli!*, sagte sie nur auf seinen fragenden Blick hin und zeigte in den Garten.

Mit metallenem Zischen riss er sein Schwert aus der Scheide.

Ich beschütze Euch.

Redet nit wirr, erwiderte sie streng. *Ich schütze die Kindlein. Ihr ruft Verstärkung.*

Als guter Krieger erkannte er, wenn es einfach einen Befehl zu befolgen galt. Er salutierte knapp und verschwand, um kurz darauf mit zehn weiteren Chilioi im Garten aufzutauchen. Die Engelskrieger fackelten nicht lange und griffen an.

Perach'el schritt langsam in die Mitte des Schlafraumes und sammelte dabei die kleinen Geistsphären in ihrer Nähe. Es kostete sie schon einiges an Konzentration, was sie gleich vorhatte. Sie wollte die Kleinen nicht auch noch suchen müssen.

Am Ziel angekommen, schloss sie für einen Moment auch die inneren Augen und ließ ihren Geist in alle Richtungen zugleich über die Kinder schweifen, bis sie die Wände erreicht hatte. So blieb sie stehen und wartete.

Sie stimmte leise ein altes Wiegenlied an, das sie noch von ihrer Großmutter kannte. Die Kleinen sollten wenn möglich nicht aufwachen, wenn um sie herum noch gekämpft wurde.

Kaum hatte sie sich in Position gebracht, krachte es vor und hinter ihr.

Durch die Saaltür stürmten Heike und Susanne, die erst jetzt das Kämpfen mitbekommen hatten. Büro und Küche des Kindergartens lagen auf der dem Garten abgewandten Seite des Gebäudes.

Sie kamen nur kurz hinter dem Durchgang zum Stehen und starrten mit offenem Mund in den Raum.

Gerade zerbarsten die großen Fenster. Drei Dämonenkrieger hatten sich an den Chilioi vorbeidrücken können und hieben mit ihren Äxten durch das Glas. Abertausende Splitter schossen in den Saal. Die Frauen kreischten, verstummten aber sofort wieder. Die Splitter prasselten auf den durchscheinenden Dom, der den ganzen Raum füllte, prallten jedoch harmlos davon ab. Kein einziges Geschoss drang zu den Kindern oder der Gestalt durch, die aufrecht und mit ausgebreiteten Armen unter der Kuppel stand.

Die Frauen konnten nicht genau sehen, wer dort stand, schworen jedoch hinterher Stein und Bein, sie hätten einen strahlenden Engel mit goldenen Flügeln gesehen.

Die Daboli sahen erst nur eine kleine, junge Frau. Als die aber ihre Binde abnahm, schienen ihnen zwei leuchtende Sterne aus den tiefen Augenhöhlen entgegen, die größer wurden, je länger sie hinsahen.

Einer der Dabol brüllte einmal, schwang seine Axt und drosch auf den Energieschild ein, ohne ihn jedoch auch nur im Geringsten zu durchdringen.

Perach'el spürte den Schlag auch. Es tat weh. Der Schmerz hatte sie aber kaum erreicht, als auch schon die Geistsphären der Kinder reagierten. Waren sie vorher in ihren Bewegungen ziellos, entstand jetzt so etwas wie eine Ordnung. In viel ruhigeren Bahnen kreisten sie um den blinden Engel, und Perach'el merkte, wie ihr von den Kleinen Liebe und Kraft zufloss. Sie gaben ihr, was sie hatten: Unbändige Energie und bedingungslose Liebe.

Aus den Sternen in ihren Augenhöhlen wurde das, was sie nun einmal waren: Sonnen!

Der Dabol, der gerade noch versucht hatte, durch ihren Schild zu brechen, starrte jetzt nur kurz in ihr Gesicht, bevor er mit einem spitzen Schrei die Hände vor die Augen schlug und hintenüber fiel.

Perach'el wendete ihr Augenmerk einem der anderen Kämpfer zu, der sich anschickte, selbst einen Schlag gegen sie zu führen. Einer Medusa gleich fand sie seinen Blick und hielt ihn lange genug, um auch ihm das entgegenzuwerfen, was die Kinder um sie herum so freigiebig mit ihr teilten. Und auch dieser kampferprobte, grausame Krieger wurde unvermittelt von ihrer geballten Macht getroffen.

Keuchend ging er in die Knie. Und das letzte was er für lange Zeit sah, war das sanfte Antlitz eines jungen Engels. Die Erkenntnis traf ihn hart, als er sich der Geschichten erinnerte, die er von Daboli aus Rabals Clan gehört hatte.

„Fama antro![73]“, hauchte er leise und rollte sich weinend auf dem Boden zusammen, als Bilder seiner Kindheit vor seinem inneren Auge vorbeizogen.

Minaeon staunte mit offenem Mund. Er hatte sich nur kurz ablenken lassen und wollte gerade näher an das Gebäude heranrücken, um Perach'el direkt schützen zu können. Doch die hatte seinen Schutz offenbar

---

[73] dabol: 'Hexe aus der Höhle'

nicht nötig. Was er vor sich sah, war ihm in seinem langen Leben noch nicht untergekommen.

Ein Dabol stand noch vor ihr. Aber gerade als er sich den vorknöpfen wollte, ließ der seine Waffe fallen und sank mit gesenktem Kopf auf die Knie. Minaeon schaute nochmal in die Runde, sah aber keine weiteren lebenden Dabol. Also trat er hinter den Knienden und legte ihm sein Schwert auf die Schulter.

„Minaeon!", erklang eine Stimme, die seltsam widerhallte. Leises Kinderlachen schwang wie ein entferntes Echo mit. Der Angesprochene brauchte einen Moment, um zu erkennen, dass es Perach'el war, die sich an ihn gewendet hatte.

„Perach'el!", rief er verwundert. „Herrin?", kam es fragend hinterher.

„Seid nit albern, Minaeon", schalt sie ihn sanft. „Aber seid so freundlich und tötet jene Dabol nit. Für lange Zeit werden jene Drei keinerlei Waffe zur Hand nehmen. Dessen könnt Ihr versichert sein."

„Ja, Perach'el", erwiderte Minaeon und neigte ehrfürchtig das Haupt. Er nahm sofort sein Schwert vom Hals des knienden Kriegers. „Was soll mit ihnen geschehen?", wollte er noch wissen.

„Geleitet sie zu einem Eingang zu den Tunneln. Die ihren werden sich kümmern."

„Jawohl, Perach'el."

Minaeon war ein klein wenig erschüttert von der Wandlung des blinden Engels. Ihm war schon aus früheren Begebenheiten bewusst, dass sie durchaus einen eisernen Willen hatte. Aber eine solche Macht des Geistes?! Die Kuppel war enorm. Und undurchdringlich. Die Ältesten würden beeindruckt sein.

+++++

War es das, was du im Sinn hattest?

Ja, sie ist so geworden, wie ich es mir vorgestellt hatte.

Meinen Glückwunsch, alter Freund! Nach der langen Zeitspanne eine Punktlandung hinzulegen, ist bemerkenswert.

Danke. Aber bist du denn mit deinen Schützlingen unzufrieden?

Nicht im Geringsten!

Es hörte sich ein wenig danach an.

Nein, mein Freund, ich bin sehr zufrieden.

Auch das war eine beeindruckende Leistung. Du hast noch vor der Zeit begonnen, die Fäden zu spinnen, nicht wahr?

Sobald mir klar war, was kommen würde, habe ich angefangen.

Ja, ich hätte meinem Ersten vielleicht weniger Freiraum lassen sollen.

Ich hatte dich gewarnt.

Ich weiß. - Ha, und jetzt weiß ich auch, warum Karl so ist, wie er ist! Seine Art hat er eindeutig von dir, alter Freund.

Jaaa ... er könnte etwas von mir abbekommen haben. Dafür ist Lysje doch die Vernunft selbst.

Da hast du allerdings Recht. Ich bin etwas neidisch.

Das musst du nicht. Wir haben doch das selbe Ziel im Sinn. Und unsere Kinder arbeiten perfekt zusammen.

Das ist wohl wahr. Also machen wir weiter wie bisher?

Genau so.

KAPITEL 20

Etwa eine Stunde hatten wir geschlafen. Nachdem Lissi getrunken hatte, rutschten wir unter die Decke, schmiegten uns aneinander und drifteten schnell in den Schlaf. Auch auf der anderen Seite schwebten wir ineinander verwoben als eine Sphäre in der Geistwelt. So bemerkten wir auch nicht das 'Wetterleuchten' am Horizont.

Lissi war als erste wieder wach. Sie saß auf der Bettkante, als ich die Augen wieder aufschlug. Ich strich ihr mit der Hand langsam über den Rücken.

„Die Löcher sind fast alle geschlossen", merkte ich an.

„Deine gute Pflege", erwiderte sie leise.

Ich schwang mich lachend neben sie.

„Vielleicht auch das", sagte ich. „Anziehen?"

„Ungern", seufzte sie, griff sich aber gleich ihre Sachen.

Wir waren kaum angezogen, als es auch schon an der Schlafzimmertür klopfte.

„Seid ihr wach?", kam Charlottes Frage gedämpft. Lissi machte zur Antwort einfach die Tür auf. „Ah, sehr schön. Es gibt Neuigkeiten."

„Von unserer Seite auch", gab ich zurück.

Ich holte mir noch eine Flasche Wasser aus der Küche und wir setzten uns ins Wohnzimmer. Kaum hatten wir Platz genommen, hörten wir das Klacken des Schlosses an der Wohnungstür. Kurz darauf stand Septimus im Raum.

„Ich hab Neuigkeiten", platzte er gleich heraus, ohne sich lange mit der Begrüßung aufzuhalten.

Wir sahen ihn nur breit grinsend an.

„Was?“, fragte er misstrauisch. „Hab ich was verpasst?“

„Das wird sich gleich zeigen“, antwortete Charlotte amüsiert. „Setz dich doch zu uns.“

„Oh, na gut.“ Er setzte sich auf einen freien Platz und schaute in die Runde.“Wer fängt an?“

Charlotte machte eine vage Handbewegung in unsere Richtung. „Lissi, du vielleicht?“

„O.k.!“ Sie holte einmal Luft. „Satanael war hier.“

Charlotte stand kurz der Mund offen.

„Sacra merda![74]“, fluchte der Römer halblaut. „Und was wollte ER?“

„Mich davon überzeugen, dass seine Seite die Bessere sei“, antwortete ich. „Und um mir die Entscheidung zu erleichtern, hat er mich in irgendein Felsloch entführt, in dem es so gut wie keinen Sauerstoff gab.“

„Konntest du nicht helfen?“, fragte Septimus Lissi.

Lissi sah ihn nur mit hochgezogenen Augenbrauen mitleidig an.

„Du hast Recht“, seufzte der Römer. „Gegen IHN besteht niemand einfach so.“

„Was ist eigentlich aus Torách geworden?“, fragte Charlotte. „Wolltest du ihn nicht auch hier einquartieren?“

„Ja“, erwiderte ich. „Er war auch der Erste, der sich IHM entgegengestellt hat.“

„Auch wenn er es nicht wahr haben wollte“, ergänzte Lissi.

„Und deshalb ist er auch gleich wieder ausgezogen“, schloss ich. Ich erzählte dann auch gleich noch den Rest von meiner Begegnung mit dem Gefallenen.

---

[74] lateinisch: 'Heilige Scheiße'

Septimus pfiff verblüfft durch die Zähne.

„Wow! Dann macht er jetzt also ernst."

„Wie meinst du das?", wollte Lissi wissen.

„Der Rat nimmt an, dass das direkte Einschreiten Satanaels quasi den Startschuss bildet."

„Und dann kommen wir auch gleich zu dem, was ich berichten wollte", ergänzte Charlotte.

Alle Augen richteten sich gespannt auf sie.

„Eine Horde Dabol hat Perach'els Kindergarten angegriffen", ließ sie die Bombe platzen.

„Es geht ihr gut!", rief sie hinterher und wedelte mit einer Hand Lissi beschwichtigend wieder in ihren Sitz. Sie hatte sich schon halb erhoben. „Ihre Instinkte sind noch so fein abgestimmt, dass sie die Daboli wahrscheinlich sogar gerochen hat."

Sie gab dann schnell das wieder, was ihr Hymalo'on, der Hauptmann der Engelskrieger, berichtet hatte.

Wieder waren die Zuhörer sprachlos.

„Meine Herren", schnaufte der Römer. „Dagegen sind meine Nachrichten nur Kinderkram."

Er langte in die Innentasche seines Mantels und förderte ein Bündel Briefe hervor. Nach einem kurzen Blick auf die Adressfenster der Kuverts legte er einen Umschlag oben auf und reichte Lissi den Stapel.

„Die Holländer sind aktiv geworden und haben geantwortet", merkte er kurz an. „Ich habe mir den Schriftwechsel kopieren und übersetzen lassen. Du dürftest weniger Probleme mit den Originalen haben."

Lissi zog den ersten Brief aus dem Umschlag und faltete ihn auf. Neugierig, wie ich war, schaute ich ihr über die Schulter.

„Ministerie van ... was?", fragte ich sie.

„Van Buitenlandse Zaken! Das ist, glaub ich, das Außenministerium", erwiderte sie langsam, während sie sich auf den Inhalt konzentrierte.

„Und was schreiben die so?", hakte ich nach.

Sie überflog noch schnell den Rest des Textes und warf einen kurzen Blick auf Brief Nummer zwei.

„So", begann sie langsam. „Hier steht: Sehr geehrte Kollegen ... nanana ... interessanter Fall ... blabla ... haben ihn an 'het Ministerie van Binnenlandse Zaken', also das Innenministerium weitergeleitet und von dort ... äh, Antwort erhalten ..." Sie besah sich den zweiten Brief jetzt etwas genauer. Nach nur wenigen Sekunden ließ sie das Papier langsam sinken und schaute mich mit großen Augen an. Sie war, so weit das bei ihr möglich war, noch blasser geworden.

„Die haben meine Eltern angerufen", hauchte sie entsetzt.

„Oh", entfuhr es Charlotte. Sie konnte sich denken, wie Lissi sich fühlte.

„Irgendwelche Details? Oder nur als Fakt hingestellt?", fragte ich lieber direkt nach.

Lissi nahm sich wieder das Schreiben vom Innenministerium vor und las es etwas genauer.

„Die gehen nicht so ins Detail. Aber die wollen mich persönlich sehen!"

„Oh – kay!", atmete ich langsam aus.

„Vielleicht ist meine Nachricht ja doch nicht so belanglos", merkte Septimus nachdenklich an.

„Wirst du der Aufforderung nachkommen?", nahm Charlotte mir die Frage voraus.

„Ich ..." Lissi war unsicher. Sie seufzte einmal langgezogen. „Ich ... werde hinfahren!", beschloss sie mit fester Stimme, nachdem sie für sich die meisten Zweifel ausgeschlossen hatte.

„Würdest du auch deinen Eltern gegenübertreten?“, fragte ich leise.

„Karl“, begann sie so weit es ging aufgeräumt, „ich male mir diese Situation schon aus, seitdem ich wieder ich selbst bin.“

Ich sah sie forschend an. Ich wusste schon ganz genau, was sie sagen wollte ...

„Ich bin mir nicht sicher, ob das so gut wäre. Bin ich für sie ein Monster, oder das geliebte Kind?“

„Das kannst du nur herausfinden, wenn du dich bei ihnen meldest“, gab ich zu bedenken.

„Ich weiß.“

„Und wenn du erstmal im Ministerium anrufst?“

„Und dann?“

„Die können dir doch sagen, wie sie reagiert haben.“

Sie sah mich etwas gequält an.

„Oder wenigstens, wie es mit deiner Identität weitergehen soll“, legte ich nach.

Sie nickte kurz.

„Ich kann mich ja erstmal darauf konzentrieren.“

Sie stand zögerlich auf und machte ein paar Schritte in Richtung Arbeitszimmer. Sie deutete vage dorthin.

„Ich ... geh dann mal“, sagte sie tonlos.

„Soll ich mich dazusetzen?“, bot ich ihr an. Sie nickte wieder kurz. Also stand ich auch auf und verabschiedete mich mit einem Winken bei den anderen.

Das Arbeitszimmer stand noch so, wie wir es verlassen hatten. Auch unser Rechner lief noch. Im Standby-Modus sah man nur zwei kleine grüne Lichter am Computer leuchten. Ich wollte ihn schon herunterfahren, aber Lissi bremste mich.

„Lass ihn an. Vielleicht brauchen wir ihn ja noch."

Sie setzte sich an den kleinen Konferenztisch, starrte kurz die Zimmerdecke an, rieb sich den nicht vorhandenen Schweiß von den Händen an den Oberschenkeln ab und zog dann beherzt das Telefon zu sich heran.

„Zentrale oder die Durchwahl? Was meinst du?", fragte sie nach einem weiteren Blick auf den Brief vom niederländischen Innenministerium.

„Immer die Durchwahl", antwortete ich bestimmt. „Die haben ja auch geschrieben. Und bis man der Zentrale erklärt hat, was man will ..."

„Dann so."

Sie tippte die Nummer in den Apparat, nahm den Hörer ans Ohr und wartete. Nach nur wenigen Tut-Geräuschen hörte ich eine männliche Stimme am anderen Ende der Leitung.

„Hallo, u spreekt met Lysje de Groot. U hebt me een brief geschreven.[75]"

Sogar ich konnte das Schweigen auf der anderen Seite spüren.

„Hallo? Ben je er nog?[76]", fragte Lissi in den Hörer. Ich hörte das Stottern des Niederländers. Dann brach der Damm und die beiden unterhielten sich einige Minuten in dem dem Niederländischen eigenen Singsang. Fasziniert lauschte ich Lissis Fragen und Antworten. Ihre ganze Haltung änderte sich, ihre Stimme. Das waren ihre Wurzeln und ich lernte gerade eine vollkommen andere Lissi kennen.

---

[75] niederl.: „Hallo, Sie sprechen mit Lysje de Groot. Sie haben mir einen Brief geschrieben."

[76] niederl.: „Hallo? Sind Sie noch dran?"

Dann seufzte meine Freundin lautstark, sagte noch etwas, was sich wie eine Bestätigung anhörte und legte auf.

Sie kämmte sich beidhändig mit den Fingern die Haare nach hinten und sah mich mit großen, weißen Augen an.

„Ich fahre in die Niederlande", hauchte sie.

Erzengel Gabriel stand in seinem Raum. Er hatte sich von seiner körperlichen Form getrennt und zeigte sich der Welt als helle Lohe. Gelöst von allem Irdischen fiel es ihm leichter, sich zu konzentrieren. Viel war passiert in letzter Zeit, vieles hatte sich gefügt.

Seine Schülerin Charlotte war endlich soweit. Sie sah vieles im Voraus, insbesondere die Angriffe der Dabol.

Unter ständigem persönlichen Schutz seines Bruders Michael saß sie in ihrer Kammer und schaute in die wirbelnden Schleier der Zukunft, immer auf der Suche nach Mustern, die ihr künftiges Geschehen offenbarten.

Tja, und dann waren da noch die 'Zwei mit einem Geist'. Die hatten sich ja schon gefunden. Sie hatten zwar ein bisschen Hilfe vom Buch, zu dem Karl wohl eine besondere Beziehung hat, aber dennoch waren sie bereits eins. Sie waren die Kraft und die Intuition. Brachen die zwei auseinander, wäre alles verloren.

Eine stete Gefahr ...

Gabriels Grübeleien wurden durch einen kurzen strengen Akkord unterbrochen.

Vater?!

Der nächste Akkord war etwas sanfter aber zugleich mahnender.

Ja, Vater, ich werde glauben. Gabriel lächelte im Geiste. ER verstand es immer wieder, seine Bedenken zu zerstreuen. *Ich vertraue auf deine Weisheit.*

Eine fragende Note folgte.

Ja, ich weiß. Habt Dank, Vater. Er sendete einen Gedanken an seinen Sekretär um Hymalo'on, den Hauptmann der Chilioi, hereinzubitten.

Mit einem Seufzer nahm er wieder seine materielle Form an und trat von seinem Podest herunter, als auch schon die Tür aufging und der Krieger hereinkam.

„Hymalo'on, mein Freund! Bringst du Neuigkeiten?"

„Ja, Ältester." Hymalo'on ließ sich auf ein Knie herunter und senkte das Haupt zum Gruß. Gabriel winkte mit beiden Händen ab.

„Ach, vergiss die Formalitäten!" In einem Nachsatz fügte er nachsichtig an: „Wenigstens für den Augenblick. Was ist aus dem Überfall geworden?"

„Ihr wisst davon. Natürlich." Der Krieger war nicht wirklich überrascht.

„Ihr kennt Charlotte. Sie hat uns benachrichtigt."

Hymalo'on nickte verstehend.

„Azraels Schülerin hat über ihren Wächter die Chilioi informiert. Genau konnte der nicht erklären, was passierte. Er berichtete nur, dass Perach'el die ganze Zeit über die Ruhe selbst war und einen Kraftschild über sich und alle Kinder gelegt hatte, der massiven Angriffen standhielt. Außerdem erzählte er, dass sie offenbar ein paar der Daboli mental in die Knie gezwungen hat. Und ich meine wortwörtlich 'in die Knie'! Minaeon behauptete, er hätte leuchtende Augen und goldene, durchscheinende Flügel bei ihr gesehen. Sollen wir ihn abziehen und prüfen lassen?"

Gabriel dachte kurz nach. Die Ereignisse waren noch verrückter geworden. Und sein Vater hatte nichts angedeutet.

„Nein ...", setzte er langsam an. „Mir ist, als wenn ich da einmal etwas gehört hätte."

Hymalo'on versuchte, nicht den Mund zu bewegen, grinste aber deutlich mit den Augen. Als wenn der Erzengel jemals Gedächtnislücken gehabt hätte.

Gabriel entging das natürlich nicht und lachte verhalten.

„Wir kennen uns zu lange, Hymalo'on. Perach'el ist ein weiterer Teil der Prophezeiung um die 'Zwei mit einem Geist'. Sie wird darin beschrieben, als 'der beflügelte Geist ohne Schwingen' und als 'des klaren Himmels nächtlicher Blick'."

Mit ebenso 'klarem Blick' sah ihn der Krieger an.

„Dem ersten Teil kann ich noch folgen", sagte Hymalo'on vorsichtig.

„Ja, ich weiß. Und das waren nur die Stellen, die halbwegs verständlich sind. Ich habe Charlotte während ihrer Ausbildung einmal die Prophezeiung lesen lassen."

„Und?"

„Sie hat einen ungemein beeindruckenden Wortschatz, der auch eine große Zahl Flüche und Schimpfworte enthält. In mehreren Sprachen und Dialekten sogar!"

„Ja, sie ist sehr klug. Das ist mir auch schon aufgefallen."

„Ach, Hymalo'on", lachte Gabriel wieder, „du weißt sicher, was ich damit sagen wollte."

Der Krieger lachte kurz aber von Herzen.

„Natürlich, Ältester! So klug wie sie ist, so ungeduldig ist sie auch. Und darüber hinaus", schob er schnell nach, da der Erzengel schon zu einer weiteren Erläuterung ansetzen wollte, „ist die Prophezeiung so geschrieben, dass ... sagen wir mal ... sie kaum lesbar ist."

„Oh, das Lesen ist nicht das Problem. Aber ich gestehe, das sich auch mir nicht alles erschließt."

Hymalo'on lachte leise.

„Ältester, ich habe keinen Zweifel, dass Ihr alle Informationen habt, die in Eurer Position wichtig sind."

„Dein Vertrauen ehrt mich. Aber lass dir – in diesem Vertrauen – gesagt sein, dass mir auch mein Vater nicht alles erzählt."

Der Krieger versuchte wieder, sich nichts anmerken zu lassen, aber dieses Detail schockierte ihn doch einigermaßen.

Der Fürst der Hölle, wie er über die letzten Jahrhunderte von den Menschen gerne genannt wurde, war entnervt.

Gerade hatte er die Nachricht bekommen, dass der Angriff auf den blinden Engel zu einem totalen Fiasko geworden war. Er wollte den Boten schon töten, als dieser noch von den geblendeten zwei Kriegern berichtete. Das ließ ihn aufhorchen. Er ließ sich detailliert erzählen, was dieser gehört oder mit eigenen Augen gesehen hatte.

Zu dessen Verblüffung ließ ihn der Gefallene dann auch noch gehen.

Satanael war zu weit weg mit den Gedanken, um sich auch noch um den wertlosen Dabol kümmern zu können. Soll der sich doch selbst töten.

Aber was war das für eine Nachricht! Der kleine Engel mit solch einem starken Kraftschild! Und dann noch ganz offensichtlich mentale Beeinflussung seiner Krieger. Das konnte nur eines bedeuten: Der blinde Angelos würde die Kinder manipulieren und gegen ihn in den Krieg führen.

Das Mädchen musste unter allen Umständen vernichtet werden!

„Parr!", brüllte er.

Aus den tiefen Schatten seines großen Thronsaals huschte ein buckliger Dabol heran.

„Meister?"

„Ruf meine Generäle zusammen. Ich will sie sehen. Anschließend mach Torách ausfindig. Ich will wissen, wo er sich aufhält", befahl der Gefallene.

„Ja, Meister!" Der Diener verneigte sich tief und verschwand wieder in den Schatten.

Lissi hatte eine Fernbusverbindung nach Eindhoven gefunden. Sie wusste, dass es von dort einen Schnellzug nach Den Haag gab. Sie hatte deswegen lange mit Charlotte diskutiert. Karl war zwar nicht begeistert, dass sie nicht stattdessen den Raumsprung machte, aber er hatte ihre Begründung verstanden und vor allem akzeptiert. Für sie war es eine Fahrt in ihr altes Leben. Und sie wollte sich langsam an den Gedanken gewöhnen können.

Sie hatte sich also ihre neue Kira, das Kleid, dass sie in Bhutan gekauft hat, angezogen und eine große Sonnenbrille aufgesetzt. So sah sie wenigstens einigermaßen menschlich aus. Septimus hatte sie zudem mit einem gefälschten, niederländischen Ausweis versehen, damit sie bei Antritt der Fahrt keine Probleme bekam. Mit etwas Glück würde sie den nur dieses eine Mal vorzeigen müssen.

Draussen wurde es langsam dunkel, als der Fahrer den Motor des Busses anließ und die Türen sich mit einem Zischen schlossen. Sie wollte gleich am Morgen den Behördengang hinter sich bringen. Zurück würde sie dann einen Sprung machen. Sie spielte aber auch mit dem Gedanken, einen Abstecher in ihre alte Heimat zu wagen.

Abwarten, was der Tag bringen würde.

Perach'el hatte die Geister der Kinder mit ihrer Liebe und Dank wieder entlassen. Langsam rührten die Ersten sich. Minaeon hatte mit reichlich gutem Zureden die beiden Kindergärtnerinnen wieder beruhigen können und fegte jetzt mit ihnen die Glassplitter weg, damit sich die Kleinen nicht verletzen konnten.

Die anderen Chilioi räumten in der Zwischenzeit die toten Dabol-Krieger weg und geleiteten die drei Überlebenden zum nächsten Eingang zur Unterwelt.

Perach'el hatte ihre Augenbinde kaum aufgehoben und ordentlich am Kopf befestigt, als auch schon ein Kind wach wurde. Sie begrüßte den Jungen ruhig und freundlich, bat ihn aber, noch einen Moment liegen zu bleiben, bis Heike und Susanne die Kehrschaufeln beiseite legen konnten. Und schon schlugen die nächsten zwei die Augen auf. So lief sie auf leisen Sohlen durch den Raum und begrüßte jedes der Kinder.

Wenige Minuten später standen die anderen beiden Frauen neben ihr. Sie schauten sie mit großen Augen an und Susanne zitterte noch leicht. Zum Wohl der Kinder rissen sie sich aber zusammen.

„Die Kleinen sind so ruhig“, merkte Heike verwundert an. „Die scheinen gar nichts mitbekommen zu haben.“

„O, sehr wohl“, widersprach Perach'el. „Mit ihrer Lieb und Kraft ward mir erst möglich, mich der Dämonenbrut zu wehren.“

„Was immer du damit sagen willst“, sagte Susanne verwirrt. „Hier stand doch aber gerade ein Engel im Raum.“

„Nun, dorten vermögt ihr ihn zu sehen“, erwiderte Perach'el ebenso verwirrt. „Das ist Minaeon, ein tapferer Krieger und mein Beschützer.“

Der mochte es gar nicht, Thema eines Gespräches zu sein, hob aber dennoch höflich eine Hand zum Gruß.

„Nein“, schaltete sich jetzt Heike ein, „da war doch noch einer mit goldenen Flügeln. Direkt unter der Glocke.“

Goldene Flügel? Perach'els Verwirrung wuchs.

„Ihr irrt ohn' Zweifel“, stotterte sie. „Nur ich stund hie in des Raumes Mitten.“

Heike wollte schon tief Luft holen, um ihrer neuen Kollegin von dem Gesehenen zu überzeugen, ließ es aber.

„Blanche“, fragte sie stattdessen halblaut, „was bist du?“

„Eines einfach Bauern Tochter aus Loddringe“, flüsterte sie mit gesenktem Kopf. Sie würde wohl doch nicht einfach hierher gehören können, ob nun freier Bürger oder nicht. „Und ... nunmehr daselbst ein Engelein“, fügte sie kaum noch hörbar an. Ihr war nach Heulen zumute. Sie liebte doch die Arbeit mit den Kindern ... und spürte, wie sich Heikes Arme um sie schlossen. Die Frau drückte sie sachte an sich.

„Und du hast die Kinder beschützt", sagte die Kindergärtnerin sanft.

Susanne schlang ihre Arme um beide Frauen. Gemeinsam standen sie so für einige Augenblicke.

Minaeon räusperte sich vorsichtig.

„Müsst ihr euch nicht um die kleinen Menschen kümmern?", fragte er im Flüsterton.

Perach'el kicherte in ihr Frauenbündel. Minaeon war nie Mensch gewesen, weswegen es manches Mal zu lustigen Äußerungen von ihr kam. Er wusste es meistens halt nicht besser.

Perach'el löste sich aus der Gruppe. Minaeon stand noch immer etwas abseits und schaute alarmiert auf die Kleinen, die langsam alle in ihren Betten saßen und sich gegenseitig wilde Geschichten erzählten.

Der blinde Engel ging auf ihn zu und nahm ihn fest in den Arm. Der Krieger starrte mit schreckgeweiteten Augen auf das Mädchen, dass jetzt an ihm hing, und wusste nicht wohin mit seinen Armen. Vorsichtig tätschelte er Perach'els Rücken.

„Minaeon, mein Lieber", sprach sie ihm in die Brust, „Ihr ward großartig!"

„Ähhh ... Danke?", stammelte der Chilios.

Die anderen Frauen standen kichernd an der Seite und halfen langsam den Kindern beim Anziehen. Minaeon bekam wohl das erste Mal in seinem langen Leben einen roten Kopf.

Perach'el löste sich kurz darauf von ihm, lächelte ihn breit an und fing ebenfalls wieder an, sich um die Kleinen zu kümmern.

Gabriel hatte sich eine Weile mit seinem Vater unterhalten, als es erneut an seiner Peripherie 'kratzte', wie er es gerne nannte. Jemand suchte seine Aufmerksamkeit.

Sein Vater erteilte ihm noch einen Rat für später und gab ihn sozusagen frei.

Gabriel wechselte wieder in seine körperliche Form und gab seinem Schreiber das O.k. für die Gäste.

Das Portal öffnete sich und ließ Charlotte und Michael ein, der sich in den letzten Tagen nicht mehr von ihrer Seite getrennt hatte.

„Ah, Charlotte, meine Liebe", grüßte er seine Schülerin. „Und auch du, Bruder! Was führt euch zu mir?"

„Unser Erster tritt aus dem Hintergrund und zeigt sich", fing Michael an.

„Und was hat er bisher getan?", schoss Charlotte gegen. „Euer Bruder will sagen, dass der Gefallene einen Schritt weitergehen will. Der Anschlag auf Perach'el ist fehlgeschlagen, also wird er jetzt eine Armee ins Feld schicken, um sie zu töten."

„Wann?" Gabriel überging die kleinen Kabbeleien zwischen den beiden. Er wusste, dass sie sich innig liebten.

„Das Bild ist noch undeutlich. Ich nehme an, dass der Gefallene selbst die Entscheidung noch nicht getroffen hat."

„Spüre ich da noch eine Unsicherheit?", hakte der Erzengel nach.

Michael schaute seine Liebste fragend an. Auch er hatte das Gefühl, dass da mehr war.

Charlotte seufzte einmal lautstark und streckte die Arme hilfesuchend von sich.

„Aus dem Teil der Vision werde ich nicht schlau."

„Beschreibe sie trotzdem", forderte Gabriel sie auf.

„Ich sehe den Angriff einer großen Zahl Dabol-Krieger. Ich sehe aber auch noch eine andere Gruppe."

Die Erzengel schauten sie geduldig an, wie sie für sich versuchte, Klarheit in die Sache zu bringen.

Charlotte verschränkte die Hände hinter dem Rücken und lief in kleinen Schritten einen Kreis ab, den nur sie sah.

„Die Dabol sehe ich klar. Genaugenommen so klar, dass ich manch einen Anführer sogar mit Namen nennen kann. Die andere Gruppe hält sich noch abseits, nähert sich aber langsam. Mitten drin ist eine Gestalt, von der ich schwören könnte, sie schon einmal gesehen zu haben. Ich ..." Sie zuckte ratlos mit den Schultern und blieb den Erzengeln gegenüber stehen.

„Was denkst du?", fragte Michael. „Sind sie auf der Seite der Unterwelt?"

„Hm, mein Verstand will sie als Feinde sehen. Mein Bauchgefühl sagt mir aber etwas anderes." Charlotte zuckte wieder mit den Schultern. „Das macht keinen Sinn, oder?"

„Du wirst lachen", sagte Gabriel, „wenn du hörst, was mir mein Vater kurz zuvor geraten hat."

„Und?", fragten Charlotte und Michael wie aus einem Mund.

„ER sagte zu mir: Mischt euch nicht ein!"

„Wie ist das denn zu verstehen?", wollte Charlotte verwirrt wissen.

„ER gab mir ein Bild mit. Ebenfalls unklar wie deines. Deutlich war für mich aber, dass außer Perach'el nur noch Karl, Minaeon und du, Charlotte, dort sein würden. Minaeon ist Perach'els Beschützer und du bist der von Karl, wenn Lysje nicht da ist."

„Ja, ja! Das ist klar", winkte Charlotte ungeduldig ab. „Aber was kommt dann?"

„Ich weiß es nicht", gab ihr Mentor offen zu. „Aber hab einfach Vertrauen in IHN."

Die Generäle standen dicht beieinander und so weit vom Thron entfernt, wie es die Achtung vor dem Gefallenen zuließ. Sie wussten alle, dass in letzter Zeit einiges ... nicht erwartungsgemäß abgelaufen war. Nur wen würde der Herr dafür zur Verantwortung ziehen? Einen? Alle? Niemand war unersetzbar.

Satanael hörte sich gerade noch einen Bericht von seinem Diener an, den dieser im Flüsterton vortrug. Ohne Vorwarnung wendete sich der Engel dann seinen Generälen zu.

„Nun, was habt ihr mir zu berichten?", fragte er unvermittelt. Die Generäle, allesamt alte, kampferprobte Soldaten, zuckten zusammen. Jeder hatte aber mindestens einen Schuldigen für die jüngsten Fehlschläge parat und äußerte das auch. Alle gleichzeitig.

„Ruhe!", brüllte Satanael nachdem er sich einen Moment lang das laute Stimmengewirr angehört hatte. „Ich sollte euch gleich hier und jetzt häuten, rädern und verbrennen lassen", fügte er lautstark an. Wie er diese Kriecher mittlerweile hasste. Aber er brauchte sie auch. Keiner von denen war so fähig wie Torách, nur waren halt keine anderen da. Und sie waren durchweg auch Stammesführer.

Die Krieger waren noch ein Stück weiter zusammengerückt.

Satanael hatte eine Idee.

„Pradak!", brüllte er. Der Angebrüllte trat zögerlich einen Schritt vor. „Geh zu Morgarachs Stamm. Greif dir jeden Krieger, der laufen und eine Waffe halten kann."

„Morgarachs Stamm?", fragte der General verwirrt.

„Rede ich undeutlich?", brüllte der Erzengel gegen.

„Nein, Herr!", antwortete Pradak mit gesenktem Haupt. „Morgarachs Stamm also."

„Und mit diesen Kriegern ziehst du los und tötest den blinden Engel. Hast du mich verstanden?"

„Ja, Herr!", salutierte der General laut.

„Töte jeden, der sich euch in den Weg stellt. Und bring mir den Kopf des Engels!"

General Pradak salutierte erneut, blieb aber stehen. Vielleicht kam ja noch ein Befehl. Er sah seinen Herrn erwartungsvoll an.

Satanael starrte einige lange Augenblicke zurück, bis der Dabol langsam unruhig auf der Stelle zu treten begann.

„Wollen wir warten, bis sich schönes Wetter einstellt?", fragte der Erzengel gefährlich leise in den Saal.

Mit großen Fragezeichen im Blick sahen ihn rund ein Dutzend Augenpaare an.

„Herr?", meldete sich wieder Pradak, der noch immer etwas weiter vorn stand.

„Würdest du mir vielleicht verraten, warum du noch hier bist?", fragte der Engel zuckersüß und noch leiser.

Pradak wurde blass wie ein Leichentuch und rannte, was seine Beine hergaben.

Satanael massierte sich die Schläfen. Dieser unfähige Haufen würde ihm irgendwann noch mal Kopfschmerzen bereiten. Aber da musste er jetzt durch.

„Bo'ol!", rief er in den Saal.

„Ja, Herr?“, antwortete ein untersetzter Krieger und trat aus der Gruppe vor den Thron seines Meisters.

„Bereite deine Krieger vor. Du wirst die nächste Stadt der Menschen angreifen. Du hast vier Stunden. Ein Läufer wird dir die Richtung mitteilen.“

„Ja, Herr!“, antwortete der General und lief eilig aus dem Saal.

„Und ihr anderen? Raus!“

KAPITEL 21

Lissi erreichte Den Haag gegen 8 Uhr. Der Bus war pünktlich und die Bahn ebenfalls. Dem Internet hatte sie entnehmen können, dass das Ministerium gleich gegenüber dem Bahnhof lag. Easy peasy also.

Sie betrat das moderne Verwaltungsgebäude mit gemischten Gefühlen. Karl hatte sie bewusst in alle menschlichen Belange mit einbezogen, trotz oder gerade wegen ihrer Besonderheiten. Hier stand sie allein da. Jetzt war es nicht mehr so easy für sie.

Sie schloss kurz die Augen, um sich zu sammeln. Als sie sie wieder öffnete, sah sie am anderen Ende des langen Flures vor ihr eine Person, die sie bereits immer schon von weitem erkannt hatte. Ihren Vater!

Karl?

Ich bin da. Was ist?

Mein Vater ist hier.

Oh! Mehr fiel mir nicht ein.

Karl?

Da hatte ihr Vater sie aber schon bemerkt. Seine Augen waren natürlich bei weitem nicht so gut, aber das brauchte es natürlich nicht.

Was mach ich jetzt?, fragte sie mich.

Geh es vorsichtig an, aber bring es hinter dich, erwiderte ich mit einem Seufzen. *Wir hatten darüber gesprochen.*

Ich weiß, gestand Lissi resignierend.

Sie ging also langsam weiter auf ihren Vater zu, der sich jetzt auch in ihre Richtung bewegte. Kaum zwei Schritte trennten sie, als sie stehenblieben. Lissi konnte seinen Herzschlag hören. Er war sehr aufgeregt, ließ sich aber nichts anmerken. So kannte sie ihn.

„Ben je het echt?[77]“, fragte er dann leise. Den hoffnungsvollen Unterton konnte er dann nicht mehr verbergen.

„Ja en nee“, antwortete Lissi ehrlich. „Ik heb me verandert.“

„Maar ... je bent toch overleden of toch niet?!“

„Toch. Maar ik heb dan een tweede leven bekomen.“

Ihr Vater nickte, als wenn er es verstanden hätte. Unsicher starrte er auf seine Schuhe.

Bevor die Situation zu unangenehm werden konnte, schlug Lissi vor: „Gaan we naar binnen?[78]“

Sie standen direkt vor dem Büro, in dem sie vorsprechen sollte.

Der Beamte staunte nicht schlecht, als die beiden eintraten. Er hatte die ganze Zeit noch geglaubt, es mit einem Scherz zu tun zu haben. Jetzt saß ihm eine leibhaftige Vampirin gegenüber. Und die hatte auch noch ihren Vater mitgebracht.

Sie unterhielten sich ein wenig, wobei es der Behördenvertreter weitestgehend vermied, Lissis jetzige Natur anzusprechen. Er hatte nicht lange gebraucht, um mitzubekommen, wie zerrissen und verwirrt ihr Vater war.

Willem de Groot hatte natürlich keine Probleme, sein Kind zu erkennen. Er hatte auch keine Zweifel, dass sie es tatsächlich war, auch wenn sie sich ohne

---

[77] niederl.: „Bist du es wirklich?“

      „Ja und nein. Ich hab mich verändert.“

      „Aber ... du bist doch gestorben. Oder doch nicht?“

      „Doch, aber ich hab dann ein zweites Leben bekommen.“

[78] niederl.: „Gehen wir hinein?“

Frage sehr verändert hat. Aber gerade diese Veränderungen machten sie fremd.

Ihre schönen grauen Augen, die sie von ihrer Mutter hatte, waren jetzt weiß. Und die spitzen Eckzähne, die immer aufzublitzen schienen, wenn sie lächelte, gaben ihr viel von einem Raubtier. Andererseits war es aber genau dieses Lächeln und wie sie dabei den Kopf zur Seite legte, worin er sein Kind erkannte.

Er war sich seiner Gefühle nicht sicher.

Das Verwaltungstechnische war dagegen klar und schnell erledigt. Der Anwalt der Vampirin hatte über einen niederländischen Rechtsvertreter alles im Vorfeld erledigen lassen, inklusive der Gebühren. Der Beamte händigte Lissi also mit seinen besten Wünschen für die Zukunft ihren neuen Personalausweis aus.

Lissi hatte die kleine Plastikkarte immer noch in der Hand als sie wieder in den Gang trat. Versonnen betrachtete sie ihr Foto.

Ihr Vater, der ihr gleich gefolgt war, stand etwas ab-seits und betrachtete wieder sein Kind.

„Kom je dan weer naar thuis?[79]“, fragte er nach einem kurzen Moment.

„Ik kom graag op jullie bezoeken, als jullie het graag willen“, bot Lissi freundliche an, „maar ik heb nu een nieuwe thuis.“

„Oh.“ Mehr brachte ihr Vater in dem Moment nicht heraus.

---

[79] niederl.: „Kommst du dann wieder nach Hause?'
„Ich komme euch gerne mal besuchen, wenn ihr möchtet, aber ich habe ein neues Zuhause.“

Lissi bedeutete ihm mit einem Finger, er möge kurz warten, bevor sie nochmals in dem Büro verschwand. Heraus kam sie mit einem Notizzettel, auf dem sie schnell die Adresse und Telefonnummer von Karls Wohnung notierte.

„Wie is dat?[80]", fragte er mit Blick auf Karls Namen.

„Mijn vriend."

„Is hij ook een ...?" Er deutete mit einer vagen Handbewegung in Richtung seiner Tochter.

Lissi spürte einen kleinen Stich. War da ein Vorwurf mit bei? ... Und wenn! Sie wischte das ungute Gefühl beiseite.

„Hij is een mens."

„Goed."

„Ik zou hem graag willen jullie presenteren." Die Erleichterung in seiner Bemerkung wischte sie auch weg. „Oh, een dingetje nog.[81]"

Sie nahm ihm den Zettel noch einmal aus der Hand und schrieb ihre E-Mailadresse darauf.

„Jullie hebben toch nog internet, toch?"

„We gebruiken het ook zelf", erwiderte er lachend.

Lissi stimmte in sein Lachen mit ein, auch wenn es nur kurz währte. Sie hatte ihre Eltern doch mehr vermisst, als sie sich selbst eingestanden hätte.

Wieder entstand ein Moment des Schweigens.

---

[80]   niederl.: „Wer ist das?"
      „Mein Freund."
      „Ist er auch ein ...?"
      „Er ist ein Mensch."
      „Gut."

[81]   dto.: „Ich würde ihn euch gerne vorstellen."
      „Oh, eins noch."
      „Ihr habt doch noch Internet, oder?"
      „Wir nutzen es jetzt sogar selbst."

„Wat nu?[82]“, fragte ihr Vater dann.

„Ik rijd weer terug[83]“, erwiderte sie leise.

Lissi setzte ihre Sonnenbrille wieder auf, um den Abschied zu besiegeln.

„Ik hou van je“, schob sie mit zittriger Stimme nach und zog sich durch die Raumzeit auf den Vorplatz des Ministeriums.

Sie ignorierte das wilde Schreien und Auseinanderstieben einer Schülergruppe, in deren Mitte sie unvermittelt auftauchte, und ging mit schnellen Schritten zum Bahnhof. Hier gab es für sie nichts mehr zu tun.

Perach'el war für heute fertig und ließ sich von Mina-eon nach Hause bringen. Die anderen Frauen waren nach dem Mittagsschlaf mit den Kindern zu einem Spielplatz gelaufen, der etwas außerhalb des Ortes lag, und hatten Perach'el daher für den Nachmittag freigestellt. Sie hätte es nicht nötig gehabt, aber die anderen brauchten nach den gestrigen Ereignissen wohl etwas Abstand.

Auf Perach'els Bitte hin waren sie ein paar Straßen früher wieder auf die Erde gekommen. Sie wollte noch ein wenig spazieren gehen und sich endlich einmal in aller Ruhe mit ihrem Beschützer unterhalten.

„Wie ist solch ein Leben als Krieger, werter Mina-eon?“, machte sie den Anfang.

Der Angesprochene schaute seine Begleiterin kurz von der Seite an. Aber die war vollkommen entspannt. Im Gegensatz zu ihm. Er hatte keine Erfahrung mit 'Beziehungen'. Er war nie ein Mensch gewesen und

---

[82]   dto.: „Was jetzt?“

[83]   Niederl.: „Ich fahre wieder zurück.“
      „Ich liebe euch.“

kannte daher nicht deren Bedürfnisse und Neigungen. Auch hatte er bisher wenig Kontakt zum Neunten Chor, zu den Engelgewordenen, die viele ihrer menschlichen Eigenheiten sozusagen mitgenommen hatten.

Aber er fühlte sich dennoch stark zu Perach'el hingezogen. Und sie sich wohl zu ihm. Jedenfalls hatte sie das neulich gesagt.

Also fing er an, sein Leben als Chilios zu beschreiben, das ständige Trainieren, die regelmäßigen Kampfeinsätze. Er war erst seit etwa fünfhundert Jahren bei den Tausend. Hin und wieder fragte Perach'el nach und Minaeon war jedes Mal erstaunt, wie genau sie zuhörte, um sich dann ein Detail herauszupicken, das ihm besonders wichtig war.

Perach'el musste die ganze Zeit über Lächeln. Ihr Beschützer hatte noch nie so lange hintereinander geredet. Sie mochte seine Stimme. Aber wieder war die Zeit, in der sie ungestört waren, viel zu kurz. An der nächsten Straßenecke konnte sie schon den Beginn ihrer Häuserreihe ausmachen.

Minaeon war das auch nicht entgangen und wurde zu Perach'els Verdruss wieder einsilbiger. Sie seufzte leise. Sie musste wohl oder übel mit seiner verschlossenen Art leben, wenn sie ihn nicht loslassen wollte. Und das stand für sie im Moment außer Frage.

Sie bogen also in die Straße ein und sahen schon Karls Hauseingang, als Perach'el unvermittelt wie angewurzelt stehen blieb.

„Was ist euch ... dir?", fragte Minaeon alarmiert. Das Duzen hatten sie gerade erst ausgemacht, weswegen er etwas ins Schlingern geriet.

„Jenen Geruch werd ich mein Lebtag nit vergessen", zischte sie.

Minaeon zögerte nicht und riss sein Schwert aus der Scheide.

„Weißt du wo sie sind?", fragte er knapp. Er hatte sie lange genug begleitet, um sofort zu wissen, dass sie nur Daboli meinen konnte.

Perach'el musste nicht mehr antworten, da die von ihr erkannten Daboli schon aus einer anderen Nebenstraße zu strömen begannen.

Brüllend rannten sie auf die zwei Engel zu, allerlei Waffen schwingend. Minaeon schob sich - wieder ganz in seinem Element – geradezu langsam vor Perach'el. Seine Flügel breitete er leicht aus, um notfalls auch Pfeile oder andere Geschosse von ihr fernhalten zu können.

Die Angreifer hatten vielleicht noch vierzig Meter, als wir das Kriegsgeschrei auch in der Wohnung hörten.

Ich saß mit Charlotte gemütlich im Wohnzimmer und wir quatschten entspannt über Gott und die Welt.

Plötzlich ...

„Hast du das gehört?", fragte Charlotte unvermittelt.

Ich lauschte in die vermeintliche Ruhe. Zögerte kurz.

„Was ist das für ein Geschrei?", fragte ich konzentriert gegen.

„Daboli!", hauchte sie. „Vor unserem Haus!"

In dem Moment bekam ich schon die Gedankenwelle von Perach'el, die auch unten auf der Straße stand.

„Blanche!", rief ich, aber Charlotte hatte schon reagiert. Mit einem scharfen Plopp war sie weg. Ich kehrte mich nach innen, griff nach dem Raumnetz und stellte mir den Platz vor dem Haus vor. Ob es bei mir

zum Plopp reichte, weiß ich nicht, aber kurz darauf
stand ich auch dort vor dem Haus.

Das Bild, das sich mir bot, war schockierend, uner-
wartet. Wir waren jetzt mit Blanche, Minaeon, Charlotte und mir zu viert. Uns entgegen kamen ... ein
Heer? In den Höhlen der Unterwelt hatte ich ja bereits
große Gruppen Krieger gesehen, aber was hier aus der
Seitenstraße quoll, war unglaublich. Ich konnte nicht
ahnen, dass es tatsächlich die männliche Hälfte eines
ganzen Stammes war.

Wie ich es auch schon gesehen hatte, kamen sie un-
geordnet und traten sich so gegenseitig auf die Füße.
Das war ein großer Vorteil für den Gegner. Zumindest
wenn der vollständig bewaffnet wäre.

Perach'el hatte nichts, womit sie sich hätte verteidigen können, und ich auch nicht. Lissi hatte meine
Caestus immer in ihrer 'Zweitsphäre' geparkt, oder
wie man das nennt.

Es sollte aber anders kommen.

Wie aus dem Nichts stand plötzlich eine blasse
Gestalt zwischen uns und den herannahenden Dabol-
Kriegern. Sie hatte uns den Rücken zugewendet.
Bevor Minaeon aber, der zuvorderst stand, die Person
befragen konnte, stand auch schon eine weitere neben
der ersten. Und noch eine. Und noch eine weitere.

Ohne meine Bekanntschaft mit Lissi wäre ich nicht
in der Lage gewesen zu sehen, woher sie kamen. So
konnte ich beobachten, wie immer mehr aus den anderen Straßen oder Toreinfahrten heraneilten, um sich
zwischen uns und den Daboli in Position zu bringen.

Auch die Angreifer kamen zum Stehen. Unnötigerweise gab General Pradak noch das Handzeichen zum
Anhalten. Seine Krieger standen bereits.

Mittlerweile hatte sich eine Mauer aus Leibern zwischen uns und den Dabol gebildet, ohne dass wir eine Ahnung hatten, wer sich da versammelte.

Die letzten zwei Ankömmlinge ließen sich mehr Zeit und bewahrten sich damit etwas majestätisches.

Der General der Dabol trat gleich zwei Schritte vor. Er hatte die letzten zwei der neuen Gegner sofort erkannt.

Ich war mir nicht ganz so sicher, glaubte aber, der letzten Person schon einmal begegnet zu sein. Diese wallende Löwenmähne ...

In dem Moment in dem ich wusste, wer mir gegenüber stand, wendete sich dieser auch schon mit mächtiger Stimme an die Dabolarmee.

„Krieger der Dabol!", rief er. „Heute muss hier niemand sterben. Freies Geleit demjenigen, der seine Waffen niederlegt und nach Hause geht."

Und an sein Gegenüber gerichtet: „Pradak, ich weiß, weswegen du hier bist. Es soll dir nicht gelingen. Geh und lebe, oder bleib und stirb!"

„Dann sterbe ich in jedem Fall!", brüllte der General. Er musste nicht extra erwähnen, dass sein Herr ihm ein Versagen nicht verzeihen würde. Wilhelm, der alte Graf von Bozen und nunmehr über tausend Jahre alte Vampir, wusste es nur zu gut. Er nickte nur.

„Gisbert?"

Sein alter Freund und Wegbegleiter in all den Jahren sah seinen früheren Schildherrn nur kurz an.

Pradak hatte keine Chance. Sogar für mein geübtes Auge war der alte Vampir noch viel zu schnell. Von einem Wimpernschlag zum anderen stand er hinter dem Dabol und hatte sogleich seine muskulösen Arme um dessen Schulter gelegt. Pradak schaute überrascht, aber gleichzeitig erleichtert. Die Würfel waren für ihn gefallen.

Ohne erkennbare Mühe brach Gisbert ihm nicht nur das Genick, sondern riss ihm gleich auch den Kopf ab. Ein lautes Knacken, ein Reißen und der Vampir hatte den Kopf des Dämonen vom Rumpf getrennt. Blut schoss aus dem Halsstumpf und tränkte den alten Schildknappen in nasses, glänzendes Dunkelrot.

Die Krieger aus Morgarachs Stamm standen wie angewurzelt. Ihr Anführer war tot. Was tun?

In den hinteren Reihen legten tatsächlich einige Dabol ihre Waffen nieder und traten den Rückweg an. Die Reihen der sonst unbeweglichen Vampire öffneten sich sofort und ließen sie durch, ohne sie weiter zu behelligen. Viele andere aber fletschten die Zähne und knurrten ihre neuen Gegner laut an.

Dann – ein Signal oder Auslöser war nicht auszumachen – bewegte sich der Rest der Armee vorwärts.

Minaeon versteifte sich.

Ich sog aufgeregt tief Luft ein.

Was dann aber kam, überraschte mich sehr. Ich hatte so etwas noch nie gesehen.

Während die Daboli in einem Block vorwärtsstrebten, formten die Vampire in einer fließenden Bewegung einen Keil, den sie mitten durch die Reihen der Gegner trieben. Wilhelm von Bozen bildete dabei die Spitze.

Mit unbändiger Gewalt drosch er einen Anderthalbhänder von links nach rechts und zurück. Sein alter Schildknappe war schnell wieder an seiner gewohnten Position und hielt ihm den Rücken frei. Und was die zwei nicht niedermähten, zerfetzten, zerschlugen, zermalmten die anderen Vampire.

Das Blutbad war so schnell beendet, wie es angefangen hatte. Was Lissi in meiner Wohnung im Kleinen angerichtet hatte, erledigte hier eine ganze Rotte ausgewachsener Vampire. Was folgte waren unweigerlich wieder die heulenden Sirenen der herannahenden Polizeiwagen.

Die Vampire verschwanden lautlos wieder. Nur Gisbert und Wilhelm blieben zurück. Wie bei einem Sonntagsspaziergang kamen sie gemächlich auf uns zugeschlendert. Gisbert hatte bereist angefangen, das Schwert seines alten Lehnsherren zu säubern.

Minaeon zögerte für einen Moment, trat aber beiseite, als er merkte, dass Wilhelm keine Anstalten machte anzuhalten. Perach'el war sein Ziel und vor ihr hielt er endlich an. Die hatte ihren Blick noch von dem Massaker abgewendet, drehte sich dem Vampir aber zu, als sie bemerkte, dass der auf ihre Aufmerksamkeit wartete.

„Hochgeboren", grüßte sie ihn höflich mit einem tiefen Knicks.

Wilhelm hingegen beließ es nicht bei einer Verbeugung. Er ging auf die Knie herunter wie seinerzeit als angehender Kreuzfahrer, der den Segen des Bischofs erwartete. Gisbert dahinter tat es ihm gleich.

„Verzeiht, weiße Blume, wenn wir Euch mit unseren Frivolitäten Ungemach bereiteten", richtete Wilhelm das Wort an sie. „Der Gegner ist zu Schaden gekommen und hat ein wenig Herzeblut gelassen."

Angesichts des Blutbades und der maßlosen Untertreibung des Ritters hatten Charlotte und Minaeon erstaunt die Augenbrauen hochgerissen. Ich konnte mir ein leises Kichern nicht verkneifen.

Perach'el lächelte nur fein.

„Habt Dank für Eure Sorge um mein Seelenheil, doch was verschafft mir die Ehre von so viel Aufmerksamkeit? Und ich bitt Euch, erhebet Euch! Vor mir zu knien, die Würde hab ich nit."

„Verzeiht mir den Widerpart", entgegnete Wilhelm kopfschüttelnd, „doch alle Ehr soll Euch zu Teile werden, seid Ihr doch der 'weiße Engel der Unschuld', den mir eine weise, alte Hexe prophezeite, als ich dereinst zum Widergänger wurde. An Euch soll es sein, uns zu erlösen, oder ewiglich der Verdammnis anheim zu geben."

Jetzt war die Katze aus dem Sack. Ich spürte Perach'els Schrecken fast körperlich. Zu ihrer Zeit noch und mit diesen Worten kam ihre Entscheidung einem Gottesurteil gleich.

„Isch benn nit ... awwer ...", stammelte sie.

Wilhelm – immer noch auf den Knien – winkte eine schmale Gestalt heran, die sich abseits hinter einem Baum versteckt hatte. Zögerlich kam sie hervor, näherte sich dann aber mit raschen Schritten. Ich erkannte sie beinahe sofort. Es war die Begleiterin der Baronne de 'Chichi', wie ich sie immer genannt hatte, also der Vampirin, die vor einiger Zeit versucht hat, Lissi und mich zu töten.

Vivianne Marchot hatte sich nicht verändert. Natürlich nicht. Sie war selbst eine Vampirin. Nur die Arroganz, die sie in Begleitung ihrer Herrin an den Tag gelegt hatte, fehlte jetzt. Sie kniete sich daher noch hinter Gisbert auf den Boden und wagte nicht ein einziges Mal, Perach'el direkt anzusehen.

Wilhelm nickte ihr kurz zu.

„Es gibt mit Sicherheit viele Gründe, uns nicht zu vergeben, aber ...", fing er an, wurde aber gleich von dem blinden Engel mit einer schroffen Handbewegung unterbrochen.

„Graf Wilhelm, ich bin mir der Tragweite Eures Ansinnens durchaus bewusst", erklärte sie mit einer harten Stimme, wie ich sie bei ihr noch nie zuvor gehört hatte. Auch Minaeon schaute verdutzt seinen Schützling an. „Doch mir Eure Schutzbefohlene vor Aug zu führen und in selbigem Atemzuge der Nephilim Vergebung erlangen wollen, ist ein tolldreistes Stück. Karl daselbst, exemplum specialis magistri advocati diaboli, wär einer solchen Posse nit fähig!"

„Fähig schon", murmelte ich nachdenklich und erstaunt über ihre Umschreibung meiner Person.

Wilhelm zeigte sich ungerührt. Er blieb, wo er war, und schaute den Engel erwartungsvoll an. Er wusste, dass er sehr hoch pokerte, aber sein Leben hatte immer wieder diese Alles-oder Nichts-Momente gehabt. Und auch wenn es jetzt vielleicht um eine ganze Spezies ging, wollte er die Ruhe wahren. Mit einem kühlen Kopf konnte er auch größte Niederlagen schultern. Das wenigstens hatte er bei den Kreuzzügen gelernt.

Er wusste aber auch, dass es unklug war, sich einer Staatsmacht in den Weg zu stellen, wenn man kein Heer im Rücken hatte. Und die war gerade mit Blaulicht und einer halben Hundertschaft am Ort des Geschehens angekommen.

„Gisbert! Vivianne! Verschwindet! Sofort!", befahl er knapp über die Schulter. Die Angesprochenen zögerten nicht und waren im Nu weg von der Bildfläche.

„Minaeon, geht bitte", wendete sich Perach'el erst an ihren Beschützer. „Ihr auch, Charlotte. Seid so gut."

Minaeon wollte schon widersprechen, aber Charlotte nahm ihm den Wind aus den Segeln, in dem sie wortlos verschwand. Er schaute kurz auf die Stelle, wo die Luft noch für einen Wimpernschlag flimmerte. Er seufzte, nickte dem blinden Engel zu und tat es Charlotte gleich.

Wir drei verbliebenen waren unbewaffnet und boten darüber hinaus sicherlich ein seltsames Bild. Der alte Mann auf den Knien, ein blindes Mädchen und ... naja, ich. Und entsprechend arbeiteten sich sieben, acht Beamte in kugelsicheren Westen und Helmen sowie ein Kommissar mit gezogenen Waffen im Anschlag auf uns zu. Letzterer kam mir leider sehr bekannt vor.

Da ich ähnliches schon erlebt hatte, konnte ich entspannt bleiben. Und meine beiden 'außerirdischen' Begleiter ließen sich von so etwas eh nicht beeindrucken. So starrte Perach'el weiterhin nachdenkend den alten Vampir an, ohne ihn wirklich zu sehen. Die Zahnrädchen in ihrem Hirn surrten wie wild. Sie konnte alle Nephilim lossprechen. Dann aber auch Lucienne und Vivianne oder die Daboli, die sie gequält hatten. Oder sie verdammte alle. Das würde jedoch auch den alten Grafen mit einschließen, der geschworen hatte, sie zu beschützen. Oder Lysje, die ihr irgendwie ans Herz gewachsen war.

„Hände über den Kopf und runter auf den Boden!", riefen mehrere Polizisten fast gleichzeitig.

Perach'el war mit den Gedanken noch woanders und schüttelte in dem Moment den Kopf. Das konnten die Vertreter der Staatsmacht nur in den falschen Hals bekommen.

„Runter auf den Boden!", brüllte erneut ein Behelmter und erneut wurde er von dem Engel ignoriert.

„Wilhelm, Graf von Bozen", begann sie dafür mit getragener Stimme. Sie hatte ihre Entscheidung getroffen.

„Was?", fragte der Polizist verwirrt.

„Stellvertretend für die Schar der Nephilim vergebe ich Euch!", sagte sie ruhig. „Beginnt ein neues Leben. Vor mir seid Ihr nun frei von Sünde."

Wilhelm schloss die Augen und sackte in sich zusammen. Ein tiefer befreiter Seufzer entfuhr ihm.

Die Polizisten waren dafür weit entfernt von entspannt. Aus dem Augenwinkel sah ich, dass zwei Beamte ihre Waffen weggesteckt hatten und auf Perach'el losliefen.

Sie waren keine zwei Schritte gekommen, als der Engel begann, von innen zu leuchten. Binnen zweier Sekunden war sie so hell, dass ich nicht mehr hinschauen konnte und mir sogar bei geschlossenen Lidern die Augen wehtaten.

Leider hatten die Uniformierten nicht meine Erfahrungen. Sie zogen sich also auf Bekanntes zurück.

„Blendgranate!", gellte ein Schrei über die Straße. Ein Schuss fiel. Ich warf mich auf den Boden. Weitere Schüsse krachten. Eine Kugel sirrte trotzdem nur knapp an meinem Kopf vorbei. Dann fiel etwas Schweres mit einem Seufzer auf mich drauf. Perach'el.

„Bist du getroffen?", fragte ich sie nervös.

„Ja", antwortete sie müde. Es klang beinahe genervt.

Ist mit dir alles in Ordnung?, fragte ich vorsichtshalber noch auf der anderen Ebene.

Jetzt schon. Es war sehr hart eine Entscheidung zu treffen.

Das kann ich mir vorstellen. Aber deine Verletzung?!

Der Mann in der Uniform hat mich in den Bauch getroffen. Das wächst wieder zu.

Meine Nackenhaare sträubten sich, wie sie das so beiläufig erzählte. Trotz meiner Beziehung zu Lissi konnte ich mich nicht recht daran gewöhnen.

Ich öffnete vorsichtig meine Augen. Perach'el leuchtete nicht mehr. Sie lag neben mir auf dem Asphalt und starrte in den Himmel. Die zwei Polizisten, die gerade noch auf sie zu gerannt waren, saßen jetzt auf dem Boden und versuchten, ihre Sicht wieder zurückzublinzeln.

Ich wollte mich gerade hochstemmen, als mir die Arme nach hinten gerissen wurden. Handgelenke über Kreuz gedrückt und schon ratschte ein Paar Handschellen fest.

„Wo wir sie schon mal in Position haben", feixte ein weiterer Polizist und zog mich etwas unsanft in die Senkrechte. „Bleiben Sie ruhig, dann passiert Ihnen auch nichts."

„An mir soll's nicht liegen", antwortete ich, um Friedfertigkeit zu signalisieren. Wilhelm ließ sich auch gerade ohne Widerstand abführen. „Aber seien Sie sanft zu meiner blinden Freundin. Die hat keine Erfahrung mit der Polizei."

„Wir beißen nur selten", erwiderte mein Begleiter in einem Anflug von Humor.

Mit einem breiten, fast boshaften Grinsen erwartete mich aber schon der Inspektor am Einsatzwagen.

„Wenn das nicht der Herr Mustermann ist", feixte er. „Schön Sie mal wieder zu sehen. Ich nehme an, Sie bleiben diesmal länger." Er schob mich, ohne auf eine Antwort zu warten, in das Auto und schmiss die Tür mit einem dumpfen Knall hinter mir zu.

Durch die Scheibe konnte ich verfolgen, wie Perach'el von einer Polizistin zu einem dritten Wagen gebracht wurde. Die Frau kletterte dann auch neben sie auf den Rücksitz. So weit, so gut. Wir mussten halt abwarten, wie es im Präsidium weitergehen würde.

Inzwischen wimmelte die Straße vor Uniformen. Feuerwehr, Technisches Hilfswerk und Gerichtsmedizin waren jetzt auch in großen Zahlen aufgelaufen und taten, was immer nötig war. Mehrere Zelte und Sichtschutz waren schnell aufgebaut. Jetzt wurden die Toten begutachtet.

In dem Moment stiegen aber zwei Beamte vorn ein und fuhren mit mir los. Da die Herren keine Anstalten machten, mit einer Konversation zu beginnen, und ich wusste, dass wir eine gute Viertelstunde brauchen würden, war jetzt der richtige Zeitpunkt für eine Konferenz.

Ich ließ also meinen Geist in die Richtung wandern, in der ich Charlotte vermutete, und wurde auch schnell fündig.

Klopf, klopf!, meldete ich mich bei ihr an. Sie wusste natürlich schon vorher, dass ich es war. Wir kannten uns schon lange genug.

Endlich, seufzte sie erleichtert, als sie meinen Raum betrat. „Was ist da unten passiert?"

„Lass uns erst noch die anderen zwei holen", bremste ich sie. Ich zog sie dafür auch gleich mit in Perach'els Richtung.

„Oh, lieb Karl! Und Charlotten!", begrüßte sie uns fröhlich.

„Wenigstens eine, die hier Spaß hat", brummte Charlotte.

Perach'el war von der Situation offenbar gar nicht betroffen. Sie wippte selig lächelnd wieder auf den

Fußballen und strahlte uns mit ihren leuchtend blauen Augen an. Auch ihre weißen Flügel hatte sie hier wieder.

„Hallo, Perach'el", grüßte ich zurück. „Jetzt fehlt ja nur noch Lissi."

„Die hab ich im Gepäck", informierte uns Charlotte. „Ich wollte sie nicht außen vor lassen."

Und so trat aufs Stichwort meine Freundin in den Traumraum. Ohne Worte kam sie auf mich zu und drückte mich fest an sich. Dann löste sie sich, hielt mich aber auf Armeslänge an den Schultern.

„Keine zwei Tage getrennt und das Chaos bricht los. Was ist jetzt schon wieder passiert?", forderte sie.

Ich klärte also Charlotte und besonders Lissi auf, was vorgefallen war und dass wir drei jetzt bei der Polizei festsäßen. Lissi nahm daraufhin eine verblüffte Perach'el in den Arm.

„Man kann dich auch keinen Moment aus den Augen lassen."

„Ich wusst nit, wie mir geschah", entgegnete der Engel wahrheitsgemäß.

„Wie solltest du auch?", bestätigte Lissi und gab ihr einen Kuss auf die Stirn. „Aber vielen Dank für deine Absolution. Das bedeutet mir viel."

„Sie ward auch Euret halben gegeben", flüsterte Perach'el etwas beschämt von der vielen Aufmerksamkeit, die man ihr deswegen widmete.

Lissi drückte sie noch einmal, wendete sich dann aber energisch uns anderen zu.

„Und? Sollen wir euch raushauen?"

Ich sah Charlotte an, die sich ein kurzes Grinsen nicht verkneifen konnte.

„Ich denke, wir machen es wie beim letzten Mal: Wir warten erstmal ab, was passiert. Im Grunde kann uns nichts angehängt werden.“

„Wird man uns foltern?“, fragte Perach'el mit großen Augen.

„Nein, das ist bei uns aus der Mode gekommen“, entgegnete ich trocken.

„Karl!“, scholt mich Charlotte. „Hab keine Angst, Perach'el. Sogar das Androhen von Folter ist heutzutage verboten.“

„Ich hab keine Angst“, erwiderte der kleine Engel munter. „Die Frau vun der Stadtwache ist sehr freundlich.“

Ich lächelte versonnen. Sie würde wohl noch ein paar Jahre brauchen, um ganz in der Neuzeit anzukommen. Ich war mir aber auch sicher, dass ich die alte Perach'el dann vermissen würde.

„O.k., ihr wisst jetzt alle Bescheid“, schloss ich unser Treffen. „Lasst uns alle zurückgehen. Außerdem, glaube ich, wirst du gerade gerufen, Perach'el.“

Sie lauschte kurz in ihren Körper und nickte.

„Ihr habt Recht, Karl.“

Meine Frauen lösten sich aus der Verbindung und auch ich kehrte zu meinem Körper zurück. Wir hatten mittlerweile das Präsidium erreicht und ich bekam ein Verhörzimmer ganz für mich allein.

KAPITEL 22

„Hallo-ho! Frau Grandchamp? Sind Sie da?", fragte die Beamtin erneut und mit Nachdruck. Sie hatte sich nur wenige Augenblicke ihren Notizen gewidmet und ihre Zeugin war scheinbar vollkommen weggetreten.

Perach'el lächelte noch immer.

„Oh, verzeiht, gute Frau, ich bitt Euch", wendete sie sich endlich ihrem Gegenüber zu.

„Na, Sie waren ja wohl ganz woanders", bemerkte die Wachtmeisterin.

„Nun, ... ja!", erwiderte Perach'el verwundert. Wie konnte die Frau das wissen? „Mein lieb Freund, Karl, bat um ein Gespräch."

Die Frau sah sie ungläubig an.

„Reden Sie jetzt über die Vorkommnisse auf der Straße?"

Jetzt war es an dem Engel, verwirrt zu sein.

„Straße?"

„Wo vorhin die vielen Menschen getötet wurden", half die Frau ihr aus.

„Ach, Menschen waren es nit", winkte Perach'el ab. „Dabol-Krieger sind's wesen."

„Ich werd aus Ihnen nicht schlau", schnaufte die Beamtin und lehnte sich in ihrem Stuhl zurück. „Sie waren doch dabei, als diese – nennen wir sie mal 'Krieger', getötet wurden, richtig?", fing sie nochmals an.

„Ja, ich ward zugegen", antwortete der Engel wahrheitsgemäß.

„Was haben Sie ... äh, gehört?", wollte die Frau weiter wissen.

„Die Krieger sahen mich und meinen Beschützer und rannten Waffen schwingend auf uns zu."

„O.k." Etwas störte sie an der Aussage. „Was geschah dann?"

„Der Herr Wilhelm stellte sich mit seinen Mannen in den Weg", begann Perach'el und erzählte dann, woran sie sich erinnerte. „In jenem Momente vermocht ich sodann nit mehr hinsehen", schloss sie an dem Punkt, an dem das Gemetzel richtig losging.

Die Polizistin stutzte erneut. Ihre Zeugin hatte einerseits alle Gespräche Wort für Wort wiedergegeben und zudem den anderen Verdächtigen durch ihre Aussage schwer belastet. Aber ...

„Nicht mehr hingesehen?", hakte sie nach. „Sie tragen eine Binde vor den Augen. Ich habe unterstellt, Sie seien blind."

„Nun, mit den Augen ward ich auch des Lichtes beraubt", erwiderte der Engel. „Doch ...!"

„Sie haben gar keine Augen mehr?", unterbrach die Polizistin.

„Nein?"

„Dann sind Sie doch blind?!"

„Karl und mein Mentor lehrten mich, mit dem Geiste sehen."

Stille im Raum.

Dann: „Sie nehmen mich jetzt auf den Arm!"

„Ich ... bin nit sicher, ob die Kraft mir dafür genüget. Ihr scheint recht schwer und ich bin nur ein kleins Engelein", entgegnete Perach'el, jetzt vollends verwirrt.

„Nein!", wehrte die Frau ab und kniff sich mit geschlossenen Augen in den Nasenrücken, „Nein, nein! So war das nicht gemeint." Ein leichter Kopfschmerz machte sich bei ihr breit. „Seien Sie so gut und nehmen Sie einfach mal die Augenbinde ab.“

„Es vermag Sie verschrecken“, warnte Perach'el höflich.

„Lassen Sie das meine Sorge sein“, entgegnete die Frau energisch.

Still betrachtete der Engel sein Gegenüber. Sie vermochte nicht, deren Alter zu schätzen, aber sie sah die Entschlossenheit in ihrem Gesicht. Seufzend löste sie den Knoten am Hinterkopf.

Der Polizistin stand noch der Mund offen, als sich die Tür zum Verhörraum öffnete und Patricia Bergheim, die Psychologin, gefolgt von einem Inspektor eintraten. Letzterer machte gleich einen Schritt rückwärts, als er Perach'els Gesicht sah. Die Psychologin lächelte nur.

„Oh, Patricia. Ich freue mich, Euch zu sehen“, grüßte der Engel.

„Hallo, Blanche“, grüßte die zurück.

Irgendwie schien man mich vergessen zu haben. Da ich üblicherweise keine Uhr trug, konnte ich nicht mit Sicherheit sagen, wie viel Zeit vergangen war, aber eine halbe Stunde würde es sicher gewesen sein. Gefühlt? Eine halbe Ewigkeit. Als die Tür dann endlich aufging, war ich doch einigermaßen erstaunt.

Nicht etwa eine Uniform bekam ich zu sehen, sondern einen etwas heruntergekommenen Typen mit schmalem, bartstoppeligen Gesicht und engstehenden Augen. Sein Trenchcoat war fleckig, dafür glänzte der lange Dolch, den er sofort aus einer Innentasche zog.

„Dabol'krat“, zischte er mit harter Stimme. „Kuros will deinen Tod.“

„Ich weiß", sagte ich so ruhig wie möglich. Ich wollte mir nicht die Blöße geben, tatsächlich einmal kalt erwischt worden zu sein, weshalb ich auch – zumindest nach außen hin – entspannt sitzen blieb.

Der Mörder grinste mit seinen schiefen Zähnen.

„Wird leicht."

Das dachte ich mir anfänglich auch. Wenigstens war er kein Vampir. Trotz des Trainings mit Lissi hätte mir das doch arge Probleme bereiten können.

Ohne weiter Vorwarnung sprang er auf mich los. Er zielte mit seinem Dolch auf meinen Brustkorb. In einer schnellen runden Bewegung zog ich meine Knie an und trat ihm in den Bauch. Er klappte keuchend in der Mitte zusammen und fiel nach hinten. Seine Waffe ließ er nur für einen Moment los, angelte sie sich aber gleich wieder. Er rappelte sich auch sofort wieder hoch, war jetzt aber auch gewarnt.

Ich stand vorsichtshalber auf. Der Überraschungsmoment war weg und ich hatte keine Ahnung, wie gut mein Gegner wirklich war. Ich vermisste meine Caestus. Das musste in Zukunft anders geregelt werden.

Brauchst du Hilfe?, kam Lissis leise Stimme über unsere Geistleitung.

Meine Armschienen wären jetzt toll, aber ich denke, ich werde mit dem auch so fertig.

Zur Not kannst du ja die Möbel werfen, schlug sie vor.

Der Tisch ist bestimmt ganz schön schwer, wendete ich ein.

Ja, ist klar, spottete meine Freundin.

Ich grinste breit – und offenbar auch nach außen. Das Gesicht meines Gegners verfinsterte sich.

„Du nicht grinsen. Du tot!"

„Da fehlt noch ein bisschen was zu", widersprach ich.

„Freunde tot. Dabol'krat auch tot", zischte er.

Freunde tot? Wen meinte er denn damit?

„Haben geweint und bitte-bitte", fuhr er genüsslich fort. „Ich habe langsam tot gemacht."

Der Typ ging mir aber jetzt gründlich auf den Zünder. Ich ließ meine Hände vorzucken, um einen Angriff anzudeuten. Das reichte, ihn verstummen zu lassen. Er schüttelte lässig seine freie Hand aus. Ich war aber auf seinen nächsten Zug vorbereitet, weil ich sah, wie er etwas Blitzendes in diese Hand rutschen ließ.

Zweimal in schneller Folge schnappte seine Hand vor und kleine Wurfpfeile flogen auf mich zu. Ich hatte meinen Geist aber schon ein wenig vorgestreckt und die Geschosse fielen harmlos zu Boden. Gleichzeitig hatte ich aber auch den schweren Tisch um wenige Millimeter angehoben. Mit ihm rammte ich jetzt meinen Gegner. Ein dumpfes Knacken zeigte mir an, dass ich ihm einen oder mehrere Knochen gebrochen hatte. Er grunzte mit schmerzverzerrtem Gesicht und schob den Tisch von sich weg. Langsam kam er auf mich zu. Er wollte nicht aufgeben.

Als ich einen Schritt rückwärts machte, um etwas mehr Platz für den nächsten Tanz zu haben, blinkte mich etwas vom Boden her an. Seine Wurfpfeile.

Klein waren sie. Zum Töten hätten sie auch unter idealen Bedingungen kaum gereicht. Außer ...

Ich streckte meinen Geist nach ihnen aus, umschloss sie und ließ sie fliegen.

Der Erste verfehlte ihn und flog sirrend zwischen seinen Beinen hindurch. Der andere jedoch blieb in seinem Oberschenkel stecken.

Mit schreckgeweiteten Augen starrte er einen Moment auf die Stelle, wo der Pfeil sich in sein Fleisch gebohrt hatte. Dann sah er mich an und warf mir seinen Dolch vor die Füße.

„Töte mich! Schnell!", flehte er.

Ich zögerte. Das er es ernst meinte, war offensichtlich. Ich konnte seine Angst beinahe riechen. Aber jemanden in einem Polizeirevier zu töten, wollte ich gerne einem professionellen Mörder überlassen. Andererseits hatte der vielleicht seine Gründe.

Etwas veränderte sich an ihm. Er schien dünner zu werden.

„Bitte!", hauchte er.

Ich machte einen schnellen Schritt auf ihn zu, bündelte meinen Geist und drehte ihm den Kopf mit einem Ruck, dass es krachte. Sein Genick war durch und er sackte in sich zusammen.

Das Gift oder was auch immer an den Pfeilen klebte, wirkte noch eine Weile nach. Der Attentäter sah zunehmend wie eine Mumie aus.

Ich setzte mich angewidert auf meinen Platz und rückte den Tisch noch an den Seinen, als die Tür ein weiteres Mal aufging. Wieder trat keine Uniform ein, dafür aber eindeutig ein Beamter mit einer Akte und einem Klemmbrett unter dem Arm.

Wie vom Donner gerührt blieb er in der Tür stehen und starrte mit offenem Mund den toten Mann an, der mitten im Raum lag.

„Was ist hier los?", fragte er entsetzt.

Nichts mehr!, lag mir auf der Zunge.

„Das wüsste ich auch gerne", gab ich frech zurück. „Ich dachte, für so was gibt's Raum in der Gerichtsmedizin."

„Der war vorhin nicht da“, stellte der Mann verwirrt fest.

„Sie müssen es wissen“, erwiderte ich trocken.

„Sie bleiben hier!“, befahlt er sinnigerweise. „Ich schau mir die Bänder an.“

„Jetzt wird's spannend“, murmelte ich.

Als Septimus Crassus den Anruf erhielt, musste er erstmal herzhaft lachen. Charlotte, die um seine Hilfe ersucht hatte, fand das nicht wirklich lustig, musste dann aber zugeben, dass es nicht einer gewissen Komik entbehrte. Karl war diesmal nur Zuschauer und trotzdem gleich mitten im Geschehen. Er zog diese Art von Situationen förmlich an.

Septimus wusste aber, wie er auf solche Fälle zu reagieren hatte. Er überlegte nicht lange, gab seinen Sekretärinnen Anweisungen und rief dann kurzerhand die namhaftesten und besten Kollegen an, zu denen er Kontakt hatte. Und er kannte sie fast alle.

Kaum anderthalb Stunden später marschierten sechs Anwälte im Talar, mit Aktentaschen und wichtiger Miene bewaffnet in das Polizeipräsidium.

'Wie die Geier', witzelte der wachhabende Polizist an der Anmeldung. Die Kollegen, die diesen Geiern gleich zum Fraß vorgeworfen wurden, konnten daran so gar nichts Lustiges finden.

Obwohl Perach'el ihn als einzig aktiven Beteiligten mit ihrer Aussage durchaus belastet hatte, war Baron Wilhelm quasi im Handumdrehen wieder auf freiem Fuß. Sicherlich nur gegen eine horrende Kaution, aber er war ein langjähriger und anerkannter Bürger dieser Stadt. Keine Einträge im Strafregister. Im Gegenteil.

Er war zudem als großzügiger Förderer bekannt. Leichtes Spiel also für die Anwälte.

Um Perach'el stand die Sache schon anders. Sie war in jeder Hinsicht ein unbeschriebenes Blatt. Gerade erst war sie aus dem Nichts aufgetaucht und gab den Ermittlern ein Rätsel nach dem anderen auf. Glücklicherweise konnte sich die mit uns befreundete Polizeipsychologin Patricia einschalten und schon einmal den Boden ebenen. Außerdem kümmerte sich Septimus persönlich um ihren Fall.

So betrat er als Letzter den Verhörraum, wo Patricia gerade wortreich den kleinen Engel beschrieb, immer auf der Gratwanderung zwischen Wahrheit und Märchen. Alles lauschte ihr gebannt, auch die Beschriebene.

Perach'el saß immer noch ohne ihre Augenbinde da, starrte aber mit offenem Mund ihre Freundin an, die scheinbar nicht mehr aufhören wollte zu reden. Septimus lächelte verhalten und setzte sich leise neben sie.

„Einen guten Abend, Septimus", grüßte sie ihn im Flüsterton. „Unsere Patricia erzählt eine gar grausige Mär. Es scheint fast, sie sprüche über mich."

„Guten Abend auch dir, liebe Blanche", lachte der Römer. „Es ist auch deine Geschichte. Aber vielleicht übertreibt sie ja ein wenig."

„So wird es sein", nickte der Engel zufrieden.

Nachdem die Psychologin ihre Erzählung beendet hatte, sahen die zwei Beamte und der andere Anwalt Perach'el mit einer Mischung aus Staunen und Respekt an. Septimus lehnte sich entspannt zurück. Nur Perach'el war es ein wenig peinlich, derart im Mittelpunkt zu stehen. Sie langte nach ihrem Tuch und band es sich wieder vor die Augen. Dann faltete sie die Hände im Schoß und saß still da.

„Wow! Was für eine Lebensgeschichte", kommentierte die Beamtin, die ihr von Anfang an gegenüber gesessen hatte. „Ich kauf die Filmrechte!"

Ihr Kollege lachte und die Anspannung im Raum löste sich.

Perach'el machte sich keine Mühe, dem anschließenden Gespräch der anderen zu folgen. Es ging um rechtliche Fragen, die zwar sie betrafen, die sie jedoch nicht verstand. Bei Septimus wusste sie ihre Belange aber in guten Händen. Außerdem hatte sie ja nichts getan. Und da, wie Charlotte ihr versichert hatte, nicht mehr gefoltert wurde, musste sie auch nichts fürchten.

So war sie dann ebenfalls nach nur wenig mehr als einer Stunde wieder auf dem Weg nach Hause.

Die Herren Anwälte, die die zwei Kripo-Beamte in den Verhörraum begleiteten, kannte ich nicht. Sie überbrachten mir aber beste Grüße von ihrem Kollegen, Dr. Krasselt. Ich war beruhigt.

Richtiggehend amüsiert war ich aber darüber, dass der Raum fast überquoll vor Menschen.

Niemand kam auf die Idee, mich vielleicht einmal in ein anderes Zimmer zu bringen, während eine Schar von Gerichtsmedizinern und Tatortspezialisten jeden Millimeter inspizierten, kartografierten, protokollierten.

Aus den Gesprächen der herumwuselnden Leute konnte ich schon entnehmen, dass es keine Aufnahmen der Überwachungskameras gab. Natürlich nicht. Jemand hatte sie manipuliert. Ich war nicht im Geringsten erstaunt darüber.

Jetzt saßen also vier weitere Personen an dem großen Tisch und starrten sich und mich mit finsteren

Mienen an. Die Polizisten wegen der Leiche und den fehlenden Bildern. Die Anwälte wegen der Leiche und den fehlenden Beweisen gegen mich. Wieder einmal. Das war auch dem Verhandlungsgegnern klar, was nicht zur Besserung ihrer Laune beitrug.

„So, Herr Mustermann", begann der eine Polizist, den ich beim letzten Mal schon als moderat kennengelernt hatte, „was sagen Sie zu den gegen Sie erhobenen Vorwürfe?"

Ich blinzelte ihn ein paar Mal verwirrt an.

„Äh ...", machte ich nur.

„Sagen Sie nichts, Herr Mustermann", unterbrach mich gleich der dünnere meiner beiden Anwälte, ein hochgewachsener, dunkelhaariger Mann.

„O.k., das kann ich", fügte ich mich mit erhobenen Händen.

„Als Erstes fordern wir für unseren Mandanten einen zumutbaren Aufenthaltsraum", legte der eine Anwalt gleich los.

„Nun, ...", wollte einer der Polizisten darauf antworten.

„Mit einer Leiche in einem Raum? Geht's noch?" Der andere Anwalt lief Gefahr, sich in Rage zu reden. Er war ganz offensichtlich eh schon schlecht gelaunt. Und seiner Körperfülle geschuldet, war sein Gesicht schon rot angelaufen, weswegen sein Kollege ihm mäßigend eine Hand auf den Arm legte.

„Sie werden einsehen, dass das so nicht geht", schaltete sich wieder der dünnere Jurist ein. „Und ich darf anmerken, dass diese Umstände hier durchaus eine Schmerzensgeldforderung seitens unseres Mandanten rechtfertigen könnte."

Die beiden Beamten saßen mit verkniffenen Mienen da.

„Die Tatvorwürfe ...", fing der eine nochmals an, obwohl ihn sein Kollege mit knappem Kopfschütteln schon warnte.

Der dicke Anwalt lachte lauthals und ziemlich gehässig.

„Wenn die so stichhaltig sind, wie beim letzten Mal, hat unser Mandant ja nichts zu befürchten."

Ich lehnte mich in meinem Stuhl zurück, um nicht in den ein oder anderen Schallkegel zu geraten, als die Vier anfingen sich anzuschreien.

Das ging eine Weile, bis die Tür erneut aufging und ein weiterer Uniformierter den Raum betrat. Langsam bekam ich das Gefühl, in einer Bahnhofshalle zu sitzen.

Der Neuankömmling – mit Gold an den Epauletten! - sah sich kurz angewidert das Treiben bei der Leiche an, bevor er sich die Akte griff, die seine zwei Kollegen vor sich liegen hatten. Die Zwei wollten schon aufspringen, der Mann hielt sie aber mit einer knappen Handbewegung ab.

Die Lektüre war offenbar kurz, denn er klappte den Aktendeckel schon nach wenigen Sekunden wieder zu und ließ ihn achtlos auf den Tisch fallen. Er sah mich mit gerunzelter Stirn an.

„Sie sind Herr Mustermann?", fragte er mich.

„Ja, live und in Farbe", antwortete ich lächelnd.

„Mitkommen!", forderte er. Er musste beim Militär gewesen sein.

„Aber ...", kam der Protest fast zeitgleich aus vier Mündern.

„Herr Mustermann?" Es war weniger eine Frage als eine Aufforderung.

Ich erhob mich und folgte dem Offizier vor die Tür. Unvermittelt hielt er mir eine Hand hin.

„Ich bin Polizeidirektor Kühlert." Wir schüttelten uns die Hände, was der jüngere Anwalt gerade noch sah. Sein Kollege wollte weiter verhandeln.

„Gisbert Rafenstein ist ... sagen wir, ein langjähriger Freund. Er hat mich angerufen."

Das erklärte einiges. Mein Lächeln wurde breiter.

„Ich mache es kurz: Haben Sie etwas mit den Vorkommnissen vor ihrem Haus zu tun?"

Der Anwalt wollte schon einspringen. Ich hob schnell eine Hand und bremste ihn.

„Außer dass wir das eigentliche Ziel des Angriffs waren, nein."

Der Mann nickte knapp.

„Zweitens: Haben Sie etwas mit dem Toten da drin zu tun?"

Er wusste etwas. Das konnte ich ihm ansehen. Aber was?

„Er wollte mich töten. Ich war dagegen", antwortete ich zurückhaltend.

„Erstaunlich", sagte der Direktor halblaut. „Das war ein faggos[84], ein Meister einer geheimen Assassinen-Sekte. Mir ist nur eine Person bekannt, die tödlicher ist."

Ich ahnte, was kommen würde.

„Haben Sie schon etwas von Kazass'mar gehört?"

„Ja?" Ich wollte nicht gleich alle Karten auf den Tisch legen.

„Das sollten Sie als Träumer auch", sagte er ominös. „Sie wissen, warum?"

„Sie hat in den letzten Jahren jeden Träumer beseitigt", antwortete ich gelassen.

---

[84] vom altgr. σφαγευς 'Mörder'

„An Ihrer Stelle wäre ich nicht so entspannt“, merkte er misstrauisch an. „Sie haben noch einen Trumpf im Ärmel, oder?“

„Den Trumpf für meine Sicherheit schlechthin“, erwiderte ich lächelnd. „Sie ist meine Freundin.“

Der Direktor sog mit großen Augen überrascht die Luft ein.

„Dann stehen Sie auf der Seite des Gefallenen?“, forderte er zu wissen.

„Ich hatte das Gefühl, Sie wären gut informiert.“

„Es ist meine Aufgabe“, entgegnete der Mann pikiert

„Dann wissen Sie, wer die junge Frau in dem anderen Verhörraum ist und wo sie die letzten Jahre war“, bohrte ich nach.

Er sah sich kurz um und sprach dann um einiges leiser weiter: „Sie wurde als junger Engel von den Daboli entführt und schwer gefoltert. Ihren Namen habe ich nie mitbekommen.“

„Perach'el heißt sie“, klärte ich ihn auf. „Sie ist hier unter ihrem Geburtsnamen Blanche Grandchamp gemeldet.“

Der Direktor nickt kurz.

„Nun ist sie aber aus der Hölle rausgeholt worden. Wissen Sie zufällig von wem?“

„Erzengel Michael war wohl beteiligt“, grübelte er.

„Darf ich klarstellen? Er hat die Rettung fast verhindert!“

Er schaute mich etwas verunsichert an.

„Wie das?“

„Er hat aus Wut einen Krieg angezettelt. Und direkt in unserem Fluchtweg.“

Der Direktor schluckte.

„Also ...“

„Ja, ich habe sie gerettet."

Mein Gegenüber schaute mich fast ungläubig an, seufzte dann aber und nickte.

„Das ist das Problem mit Informationen aus zweiter Hand. O.k., ich mache es kurz: Gehen Sie nach Hause! Ich kümmere mich um den Rest."

„Danke, Herr Kühlert", sagte ich mit einer zurückhaltenden Verbeugung.

Mein Anwalt, der die ganze Zeit geschwiegen hatte, nickte ebenfalls kurz und ging zurück in den Verhörraum.

Wir sahen ihm schweigend hinterher. Als die Tür ins Schloss gefallen war, wendete ich mich nochmal dem Vampir in Uniform zu.

„Haben Sie mitbekommen, was noch vor meinem Haus passiert ist?"

„Worauf wollen Sie hinaus?"

„'Der weiße Engel der Unschuld'!", sagte ich nur leise.

Die Augen des Vampirs wurden noch größer.

„Es ... Sie ... Wie war die Antwort?", stotterte er.

„Absolutio!", antwortete ich langsam.

Tiefes Einatmen. Ausatmen. Wieder ein tiefer Seufzer.

„Endlich! Nach all den Jahren! Vielen Dank für diese guten Nachrichten. Meine Leute werden feiern."

Er wendete sich von mir ab und verschwand mit schnellen Schritten in den Tiefen des Gebäudes. Ich stand alleine da und machte mich selbst auf den Weg nach Hause.

Ich hatte meine Hand schon nach der Klinke ausgestreckt, als mir die Eingangstür des Präsidiums mit

Wucht entgegenflog und ein wütender Septimus mit hochrotem Kopf an mir vorbei stürmte. Perach'el, die er an der Hand unsanft hinter sich herzog, zuckte nur entschuldigend mit den Schultern und winkte lächelnd während sie quasi an mir vorüberflog.

„Den grill ich bei lebendigem Leibe", schnarrte der Römer.

Ich ließ die beiden ziehen. Ich brauchte erstmal frische Luft.

Vor dem Haus atmete ich tief ein. Es war ein kühler Winterabend und es roch nach Schnee. Nur noch anderthalb Wochen bis Heiligabend. Die Stadtverwaltung hatte bereits vor Wochen die Straßen mit Lichterketten und Plastiktannenzweigen schmücken lassen. Ich hatte es vollkommen übersehen.

Auf der anderen Seite des Vorplatzes sah ich eine schlanke Gestalt im Schatten eines Baumes stehen. Eine angenehme Ruhe überkam mich. Ich lächelte und ging auf Lissi zu.

„Hallo, herzallerliebster Vampir", grüßte ich sie und küsste sie zärtlich.

„Hallo, mein lieber Knochensack", schnurrte sie und schlang ihre Arme langsam um meinen Hals. „Du hattest mal wieder ohne mich Spaß?"

„Na ja", entgegnete ich abschätzig, „als Spaß würde ich es nicht bezeichnen. Außerdem ist es ohne meine bessere Hälfte nur halb so lustig."

„Der Typ mit dem Dolch?"

„Ach, der! Der war sich zu sicher. O.k., war auch ein wenig Glück bei." Ich erzählte ihr kurz von den Giftpfeilen und dem, was der Polizeidirektor mir erzählt hatte.

Lissi pfiff etwas ratlos durch die Zähne.

„Satanael wird offenbar ungeduldig", merkte sie an.

„Ja", seufzte ich, „muss wohl." Ich winkte ab und
ließ ein unanständiges Geräusch folgen. „Was soll's?!
So, jetzt sag: Wie ist es in Holland gelaufen?"

Lissi zeigte mir doch ein wenig stolz ihren neuen
Personalausweis und erzählte mir ihrerseits von ihren
Erlebnissen.

Wir hatten uns zwischenzeitlich an der nächsten
Haltestelle in einen Bus gesetzt und fuhren zur Wohnung. Die Straße vor dem Haus war noch immer hell
erleuchtet, da die Techniker mit hohen Masten für
Flutlichtbeleuchtung gesorgt hatten. Die Gerichtsmedizin war auch noch emsig bei der Arbeit.

„Hast du eigentlich mitbekommen, was mit Blanche
und Septimus war?", fiel es mir wieder ein.

„Ja, Sep hat auf halbem Weg nach Hause mitbekommen, dass sie einen Bauchschuss gefangen hatte",
erzählte sie mehr verwundert als beunruhigt.

„Scheiße!", lachte ich. „Der alte Römer wird das
Präsidium Stein für Stein abtragen."

„Du warst dabei, oder?"

„Oh ja! Was für ein Spektakel."

„Äh ... aber nicht wirklich lustig."

Ich schloss die Haustür auf, warf aber noch einmal
einen Blick zurück.

„Nee, nicht mal ansatzweise", erwiderte ich nüchtern.

Wir stapften die Treppe hoch und ich erzählte ihr
kurz, wie Perach'el sozusagen zur Vorstadt-Supernova
wurde und die überforderte Polizei einfach nur reagierte.

„Tragisch", kommentierte Lissi.

Ich wollte gerade meinen Schlüssel ins Schloss der
Wohnungstür stecken, als die von innen aufgerissen

wurde. Eine wütende Charlotte stand uns mit beben-
den Flügeln gegenüber.

„Schön, dass mal jemand vorbeischaut!", fauchte
sie.

Ich stand noch etwas gebeugt mit dem Schlüssel in
der Hand da und schaute den Engel mit großen Augen
an. Lissi bekam erstmal eine Lachattacke, schob sich
aber, ohne auf Charlotte zu achten, an ihr vorbei.

„Deine Visionen haben dir also nichts verraten",
schloss ich, als ich mich wieder gefangen hatte.

„Nein", brummte sie und machte auch mir den Weg
frei. „Das ist es ja. Ich habe nicht einmal den Angriff
richtig vorhergesehen."

„Hm", antwortete ich nachdenklich.

„Und Michael hat mir sogar noch die Nachricht
zukommen lassen, das 'Ganz Oben' keine Einmischung will."

„'Ganz Oben'?", fragte Lissi aus dem Schlafzimmer,
wo sie sich gerade frische Sachen anzog.

„Dann war Blümchens Auftritt offenbar von der
ganz wichtigen Sorte", mutmaßte ich.

Charlotte sah mich stirnrunzelnd an. Ich wiederholte also für sie nochmal die Geschichte und fügte dann
für beide Frauen noch meine Erlebnisse im Polizeipräsidium an.

„Vampire in der Führungsetage", brummte der
Engel. „Wer hätte das gedacht?"

„Hat mich auch überrascht", stimmte Lissi zu. Sie
gönnte mir nur einen kurzen Blick auf ihren nackten
Oberkörper, bevor sie sich ein T-Shirt überstreifte und
mir zuzwinkerte. „Ich hatte in den zwei Jahren als
Jägerin nur Wilhelm und Gisbert kennengelernt. Die
anderen hielten sich fern."

„Echt? Warum?", wollte ich wissen. Den Part konnte ich noch nicht aus ihren Erinnerungen ziehen. Wie vieles andere auch.

„Na, für die Zivilisierten war ich ein unkontrolliertes Raubtier. Und für die anderen war ich von Anfang an zu stark."

„Der perfekte Jäger", sinnierte Charlotte, die die Auswirkungen ja mehrmals schmerzhaft erfahren durfte. „Niemand wagt es, sich zwischen dich und deine Beute zu stellen."

„Nur anfangs ein paar wenige von den wilden Vampiren, die mich nicht in ihrem Revier haben wollten."

„Futterneid?", fragte ich amüsiert.

„Was sonst? Nicht, dass mich das irgendwie interessiert hat, aber die ließen ja auch nicht mit sich reden", erwiderte sie schulterzuckend und schmiss sich im Wohnzimmer auf einen der Sessel. „Was mich aber mehr interessiert: Wie ist der Faggos in das Präsidium gekommen?"

„Durch die Tür wahrscheinlich", warf ich ein. Charlotte rollte demonstrativ mit dem Auge. „Warst du mal da? Wenn du da nicht gerade mit 'ner gezogenen Waffe reinmarschierst, bremst dich da keiner."

„Ja, o.k. Wahrscheinlich hast du recht", lenkte Charlotte ein.

„Worum es mir geht", meldete sich Lissi wieder, „was kommt als nächstes?"

„Ich denke, das müssen wir auf uns zukommen lassen", meinte der Engel. „Ich erkenne von mal zu mal mehr, aber ihr seht ja. Manches darf ich offensichtlich nicht vorhersehen."

„Unbefriedigend", kommentierte ich.

„Dito", schloss sich Lissi an.

„Hast du das Gefühl, du könntest dich freimachen? Also von solchen Beschränkungen, meine ich“, hakte ich nach.

Charlotte wiegte den Kopf nachdenklich hin und her.

„Ganz im Ernst?“

Lissi und ich sahen sie aufmunternd an.

„Ich habe das Gefühl, keine Grenzen zu haben.

Ich atmete tief ein. Das war auch wieder eine positive Nachricht. Ich sah meine Freundin kurz an. Sie dachte das gleiche.

„Das ist es wohl ...“, fing ich an.

„... was wir sind“, schloss Lissi.

Wir sahen uns wieder an.

„Grenzenlos“, sprachen wir unseren Gedanken gleichzeitig aus. „Und du gehörst zu uns“, stellte Lissi einfach fest.

„Genau wie Blanche“, fügte ich an.

„Seid ihr sicher?“, wollte der Engel wissen.

„Ja“, kam es wieder wie aus einem Mund.

KAPITEL 23

Ja, es waren eindeutig Kopfschmerzen. Ein feines aber aufdringliches Stechen hatte sich hinter seiner Stirn breit gemacht. Er hätte sich von seiner körperlichen Form trennen können, aber der Schmerz erinnerte ihn auch ständig an seine seelischen Leiden.

Das Buch war noch immer zu weit weg. Der Träumer und sein Gefolge waren noch immer am Leben. Und zwei Dabolstämme fast ausradiert.

Jetzt musste wirklich etwas geschehen. Er rief nach seinem Diener.

„Hol mir die Generäle her – was noch übrig ist", trug er ihm auf. „Und ich will meine Kinder sehen."

Der Diener zuckte ein wenig.

„Alle, Herr?"

„Ja, alle!", bestimmte der Gefallene. „Und schnell!"

„Ja, Herr." Der Diener verbeugte sich tief und eilte aus dem Saal. Er würde erst die Generäle suchen. Vielleicht brachte er dann eher den Mut auf, den Kindern des Gefallenen gegenüber zu treten.

Perach'el wusste in etwa, warum Septimus so wütend war. Dennoch war sie überrascht, wie laut der Römer werden konnte. Sie kannte ihn ja schon als gutmütigen, meist gut gelaunten Kerl. Und das seit ihrer Engelwerdung. Jetzt aber sah sie einen zornigen Mann.

Sie hatte nur erzählt, dass sie bei dem Aufeinandertreffen der 'Anderswelt' auf die menschlichen Wächter etwas in den Bauch bekommen hatte. Es tat anfänglich weh, war aber kaum noch zu spüren. Und sie war sogar ein wenig stolz auf ihre Disziplin. Sie wollte niemandem zur Last fallen. Und schon gar nicht mit solchen Lappalien.

Septimus sah das anders.

Der Polizeidirektor, der noch über dem Papierkram zu einem Herrn Karl Mustermann saß, ebenfalls. Dennoch ließ er den wütenden Mann erst einmal gewähren und ertrug stoisch dessen Tiraden, die alles andere als leise vorgetragen wurden. Nebenher hackte er eine kurze Nachricht in seinen Computer, in der er das sofortige Erscheinen des Einsatzführers und aller Polizisten einforderte, die dort einen Schuss abgefeuert hatten.

Keine zehn Minuten später standen neun Uniformierte vor dem Direktor stramm und hörten sich mit blassen Gesichtern an, was Perach'el über den Vorfall erzählte.

Der Direktor und der Einsatzführer besahen sich dann noch gemeinsam das Loch in ihrem Bauch und die Truppe marschierte mit gesenkten Köpfen aus dem Raum. Die Berichte der Verantwortlichen würden ellenlang werden.

Dem Engel war das egal. Perach'el wollte einfach nur nach Hause.

Der Direktor lehnte sich in seinem Bürostuhl weit zurück und rieb sich mit beiden Händen über Gesicht und Haare.

„Was in drei ... tflnmmmem ...“ - er fuhr in dem Moment mit einer Hand über den Mund - „... passiert jetzt noch?“

Perach'el sah deutlich die Müdigkeit in seinem Gesicht. Langgezogen atmete der Mann aus.

„Gerade noch habt Ihr die Nephilim freigesprochen“, fing er an. Perach'el und Septimus horchten alarmiert auf. Warum wusste der Mann davon? „Und zum Dank dafür werdet Ihr fast noch von meinen Leuten erschossen. Könnt Ihr mir verzeihen?“

Ihr Gegenüber hatte versehentlich kurz seine spitzen Zähne gezeigt. Sie wusste also wen oder vielmehr was sie vor sich hatte.

„Erneut?“, fragte sie daher lächelnd gegen. Seine dennoch erschrockene Miene wischte sie mit einer Handbewegung weg. „Herr Direktor, was geschehen ist, ist geschehen“, sagte sie ruhig. „Es mag wohl sein, dass Pflicht und Ehr Sie als Ihre sehen, doch nimmer vermag es Euer Haupt alleine treffen, was andere getan. Die absolutio ist gegeben. Ich nehm sie nit mehr weg.“

Der Direktor sah sie etwas zweifelnd an, nickte dann aber.

„Ich sehe jetzt, warum sich Wilhelm von Bozen so sicher sein konnte“, sagte er halblaut und fast nur zu sich selbst. „Alle – na gut, fast alle haben ihn ausgelacht“, erklärte er dann doch, „als er mit seiner Geschichte vom 'Unschuldsengel' ankam. Ihr ward also Jahrhunderte lang der Inbegriff für etwas, einen Wunsch, eine Idee, die sich nicht verwirklichen lässt. Ein Traumgespinst, eine unerfüllbare Hoffnung!“

„Und dennoch gibt es mich“, schloss der Engel amüsiert.

„Ja. Und nicht nur ich bin froh darüber.“ Er erhob sich und reichte dem Römer und ihr die Hand als Zeichen des Abschieds. Bevor sie den Raum verließen, sagte der Direktor noch: „Was immer der Gefallene gegen Euch schickt, wir schützen Euch mit unserem Leben!“

Perach'el sah ihn einen Moment schweigend an.

„Habt Dank", entgegnete sie dann nur und folgte dem Römer hinaus.

„Blanche kommt nach Hause", verkündete Charlotte ohne von ihrer allgegenwärtigen Zeitung aufzusehen.

„O.k.", sagten Lissi und ich zeitgleich. Wir hatten es uns ausnahmsweise einmal vor dem Fernseher gemütlich gemacht. Ich saß mit Lissi auf dem Schoß in einem der Sessel. Es lief die x-te Wiederholung eines alten Vampirfilms mit Christopher Lee in der Hauptrolle. Ich war erstaunt, wie viel Situationskomik der Film mit meiner veränderten Sicht auf die Welt hergab. Und es tat gut, sich einfach einmal nur berieseln zu lassen.

Die Luft flirrte und Erzengel Michael stand im Raum. Sein Blick fiel als erstes auf den Fernseher.

„Was läuft?"

„Darcula", antwortete Lissi.

„Ihr habt einen eigenen History-Channel? Erstaunlich."

Lissi und ich lachten laut los. Auch Charlotte prustete in ihre Zeitung.

„Das wäre wohl eher Kinderkanal", kicherte Lissi, nachdem sie den ersten Lachanfall abgeschüttelt hatte.

„Arschkomisch, wenn man mal den Originalen begegnet ist", kommentierte ich.

„Schade, dass ich keine Zeit habe", brummte der Erzengel.

„Wird schon noch klappen – in den nächsten hundert Jahren oder so", frotzelte Lissi.

„Ja, sicher", murrte Michael. „Kommst du, meine Liebe? Du hast Besuch", wendete er sich an Charlotte.

„Ich weiß", erwiderte sie. „Das Buch will mich sprechen."

„Wenn du es weißt, warum bist du nicht selbst zum Haus gekommen?", fragte Michael irritiert.

„Ich war mit der Zeitung noch nicht fertig."

Der Erzengel stieß seine Hände gen Himmel und stöhnte laut: „Vater hilf!"

Aber der hielt sich da lieber heraus.

Charlotte faltete gemächlich ihre Zeitung, legte sie bedächtig auf den Couchtisch und grinste Michael frech an.

„Vielleicht wollte ich ja nur, dass du mich abholst?!"

„Und schon hat sie mir den Wind aus den Segeln genommen", seufzte er. „Was soll ich darauf sagen?"

„Am besten gar nichts", beschied ihn Charlotte und stand auf. „Lass uns gehen."

Der Erzengel schaute dann doch eher amüsiert seine Freundin an und reichte ihr die Hand. Sie verschränkte ihre Finger mit seinen und lächelte ihn an.

Die zwei flimmerten kurz und waren verschwunden.

Charlotte wusste zwar, wer sie erwartete, der Ort des Treffens überraschte sie dann aber doch etwas. Michael führte sie direkt zu ihrer alten Kammer. Sie war jetzt schon seit ein paar Wochen nicht mehr hier gewesen. Entweder sie nächtigte bei Michael oder in Karls Wohnung. Aber sie mochte auch ihren kleinen Raum. Er war gerade groß genug für ihr Bett, Tisch und Stuhl. Und für Regalbretter an den Wänden, um ihre Bücher und Schriftrollen zu verstauen. Alles war noch so, wie sie es verlassen hatte, nur dass jetzt noch jemand – oder etwas – anwesend war.

Das Buch hatte eine fast menschliche Gestalt angenommen. Durchscheinend und nur auf das Wesentliche reduziert aber dennoch erkennbar stand es im Raum. Auch wenn die Gesichtszüge nur zu erahnen waren, schien es nichtsdestotrotz zu lächeln.

Hallo, Charlotte. Ich freue mich, dich zu sehen, grüßte das Buch freundlich.

„Hallo, ... Buch", antwortete sie. Es war schon eine seltsame Situation für sie. Das Buch hatte sie kaum jemals direkt angesprochen. Bisher liefen alle Gespräche über Karl und Lissi.

Ich weiß, du wunderst dich, warum ich mich direkt mit dir treffen will. Das Buch hatte natürlich in ihre Gedanken, ihre Seele gesehen. Also nickte sie nur. Worte waren nicht nötig. *Es gibt selbstverständlich einen Grund. Du kannst dir sicher denken, dass mein Blick in die Zukunft etwas weitreichender ist als deiner.*

„Alles andere hätte mich gewundert", erwiderte Charlotte lächelnd.

Ich habe etwas erfahren, machte das Buch weiter, ohne sich lange mit Vorreden aufzuhalten, *das speziell dich betrifft.*

„Oh!" Sie hatte so etwas geahnt. Es war trotzdem ein wenig wie eine kalte Dusche.

In nur wenigen Tagen wird etwas geschehen, bei dem du nicht anwesend sein darfst.

„Bin ich in Gefahr? Das ist mir egal", entgegnete sie trotzig.

Das weiß ich doch, beschwichtigte das Buch. *Und ja, du bist in Gefahr. Der Gefallene hat etwas vor uns* verbergen können, das es im Grunde nicht mehr geben dürfte.

„Greizdeifl awwer aa[85]!", fluchte Charlotte. „Ich hatte gehofft, mich mit den Grigori[86] geirrt zu haben."

Ah, du weißt es. Natürlich. Ja, und sie würden dich sofort töten, würden sie deiner habhaft werden. Das ist quasi ihre Natur, weswegen sie von IHM auch vernichtet worden sind. Dachten wir zumindest!

„Wir reden hier aber über den Ersten Engel!", gab Charlotte zu bedenken.

Richtig. Nur ihm konnte das gelingen. Das ist aber nicht der Grund für mein Anliegen.

„Mich von einem ... Schauplatz? ... fernzuhalten."

Wieder richtig. Es wird sich etwas ereignen, das du verhindern würdest.

„Und das zwingend geschehen muss, nehme ich an. Aber wie kann ich es dann verhindern?"

Selbst wenn du die Zukunft nicht sehen könntest, wüsstest du instinktiv, wann du eingreifen müsstest.

„Es geht um Karl und Lissi, oder?"

Ich sag ja: Instinktiv.

Charlotte schaute nachdenklich zu Boden, zuckte dann aber mit den Schultern.

„Dann muss es wohl so sein. Du sagst mir, wenn es soweit ist?"

Natürlich.

„Erfahre ich mehr?", fragte sie vorsichtig neugierig.

Nein, das muss genügen. Du kannst dich hinterher aufregen, lachte das Buch.

---

[85] badisch: „Kreutzteufel aber auch!"

[86] Der angeblich während der Sintflut von Gott ausgelöschte Zehnte Chor der Engelshierarchie.

„Ich hasse Überraschungen", brummte sie missmutig.

*Da musst du durch. Eines noch! Wenn ich dir das
Zeichen gebe, musst du hier in deine Kammer gehen.
Ich werde sie für dich versiegeln.*

„O.k.?! Ich nehme also an, dass Michael beschäftigt
sein wird", fischte sie weiter nach Informationen.

Ja, und damit ist genug gesagt.

„Und schon das Wenige darf ich selbstverständlich
nicht weitererzählen", mutmaßte Charlotte weiter.

Selbstverständlich, antwortete das Buch ruhig.

„Keiner Seele? Auch nicht Michael?", piekte sie
weiter.

Das Buch schwieg vielsagend.

„Hat ein Vampir ... also Lissi zum Beispiel ... überhaupt eine Seele?"

Das Buch sah sie fast strafend an.

„Tut mir leid! Ehrlich", ruderte der Engel wieder
zurück. „Ich ... bin nur nervös."

Ich weiß, erwiderte das Buch lächelnd. *Lass uns
das Gespräch einfach beenden. Ich werde nichts weiter verraten. Und du auch nicht!*

„Du hast mein Wort", gab sie resignierend nach.

*Lebe wohl bis dahin. Und sei wachsam. ER ist sehr
stolz auf dich.*

„Danke", antwortete sie aufrichtig. „Das bedeutet
mir viel."

Das Buch hob eine durchscheinende Hand zum
Gruß und löste sich auf.

Charlotte, auch bekannt als A'phrax'eleni – 'die, die
alles sieht', stand eine Weile noch in Gedanken in
ihrer kleinen Kammer.

Die Ereignisse kamen für ihren Geschmack jetzt
etwas schnell hintereinander. Sie musste sich arg kon-

zentrieren, um nicht den wenigen Überblick zu verlieren, den sie hatte.

Sie ärgerte sich schon darüber, dass ihr Blanches Schicksal scheinbar bewusst entzogen war. Jetzt auch noch Karls und Lissis!

Sie rieb sich kräftig die Nase zwischen den Augen. Sie durfte ihrer Müdigkeit nicht nachgeben. Es stand zu viel auf dem Spiel und die Traumwelt brauchte alle Vorwarnung, die zu kriegen war.

Es war dunkel in der Wohnung, als Charlotte zurückkam. Karl und Lissi hatten sich offenbar in ihr Zimmer verzogen. Sie lauschte kurz in die Dunkelheit. Karls regelmäßige Atemzüge konnte sie ausmachen. Ein immer wiederkehrendes Pfeiffgeräusch, Folge seiner Verletzungen, machte ihn unverwechselbar. Lissi und Perach'el würde sie nicht hören. Die atmeten ja auch nicht.

Um auf Nummer sicher zu gehen, räusperte sie sich leise und öffnete so geräuschlos es ging die Schlafzimmertür. Viel konnte sie nicht erkennen, nur Lissis kohlschwarze Augen, die sie unverwandt ansahen. Charlotte hielt zum Gruß und als Frage einen Daumen hoch, was Lissi in gleicher weise beantwortete. Sie nickte der Vampirin zu und schloss die Tür wieder.

Lautlos wie eine Katze lief sie dann noch zu Perach'els Zimmer und lugte auch dort kurz hinein.

Charlotte hatte immer angenommen, dass irgendjemand in der Nachbarschaft so laut schnarchen würde. Jetzt musste sie erkennen, dass es die kleine Blanche war. Sie hatte scheinbar das Atmen nie aufgegeben und sorgte daher für eine ordentliche Geräuschkulisse. Sie musste lachen – aber leise!

Sie wollte schon die Tür wieder schließen, als ihr noch etwas auffiel.

Perach'el hatte zwar ein Nachthemd, zog es aber meist irgendwann in der Nacht aus. So lag sie auch jetzt, wie Gott sie geschaffen hatte, auf einem Knäuel aus Decke und Kissen und zeigte der Welt ihre blanke Kehrseite. Was aber wirklich bemerkenswert war, war ein feiner, blass leuchtender Schleier, der über ihrem Rücken lag.

Neugierig trat sie an das Bett und schaute sich das genauer an.

Es war alles sehr verschwommen, doch glaubte Charlotte so etwas wie eine Struktur erkennen zu können. Die Form und Größe würden passen und das Muster erinnerte sie an ... ja, was eigentlich? Federn, fiel es ihr dann ein.

Sie sog überrascht die Luft ein. Sie hatte davon gehört oder gelesen, dass sich Flügel wieder neu bilden konnten. Aber war das nicht nur ein Märchen? Ein Wunschtraum, um die Unglücklichen zu trösten, die Perach'els Schicksal erlitten haben? Gabriel selbst hatte ihr auf ihre Frage hin nur lächelnd, vielsagend zugezwinkert. Deswegen hatte sie bis jetzt auch an Azraels Verstand gezweifelt, als er Perach'el neben dem Geistraum auch die Veränderung des eigenen Seins beibrachte. Aber so ...?

Charlotte atmete noch einmal tief durch. Nur jetzt keine voreiligen Nachrichten verbreiten. Sie würde nachher Gabriel berichten, aber ansonsten Stillschweigen bewahren.

Sie hätte fast laut gelacht. Sie wurde jetzt regelmäßig von Visionen heimgesucht, um die Traumwelt vor Schlimmerem bewahren zu können, war aber aus vielerlei Gründen zum Schweigen verdammt. Absurd!

Sie war noch in Gedanken, als sie hinaus in den Flur trat. Deswegen hätte sie das leise Kratzen auch beinahe überhört. Es kam von der hinteren Wohnungstür. Jemand machte sich am Schloss zu schaffen.

Sie schickte Lissi einen kurzen Gedanken. Sie hörte von ihr nichts, bis sie direkt hinter ihr stand und das Knarren der Sehne ihres Bogens sie verriet.

Soll ich uns ein Guckloch anfertigen?, schlug sie vor. Dass sie dabei grinste, war nur am kurzen Aufblitzen ihrer Zähne erkennbar.

Nein, lass uns erstmal schauen, wer oder was es ist, bestimmte der Engel. *Keine unnötigen Toten!*

Jetzt weiß ich, woher Karl das hat.

Umgekehrt! Und er hat im Grunde recht damit.

Mäh, machte Lissi abfällig. Sie war sicher nicht die Killermaschine, für die sie alle Welt hielt, aber mit ihren üblichen Feinden war nun einmal nicht zu spaßen. Und die schnelle Problemlösung war meist auch die bessere. Vor allen Dingen wenn man sie 'endgültig' gestalten konnte.

Das Kratzen ging weiter, als Lissi und Charlotte gleichzeitig herumfuhren.

Hast du das gehört?, fragten sie zeitgleich.

Das kam von der vorderen Wohnungstür, stellte Lissi alarmiert fest.

Schaust du nach? Lissi war aber schon weg. Sie vergaß aber genauso schnell, dass sie ständig mit mir verbunden war. Ich bekam das Gespräch also mit und war wach.

Ich schmiss mir ein paar Sachen über und wählte dazu aus einer Bauchentscheidung heraus eine dicke Jeans und eine wattierte Jacke, die ich vor längerer Zeit gewaschen aber nicht weggeräumt hatte.

Ich öffnete leise die Tür und stand Lissi gegenüber,
die mir wortlos meine Caestus hinhielt und anlegte.

„Was ...?" Ich schalt mich in Gedanken einen Idio-
ten. *Was ist los?*, fragte ich dann auf der anderen Leitung.

*Angriff von beiden Seiten. Sie versuchen durch die
Türen reinzukommen.*

'Ne Idee, wer es sein könnte?

Bisher nicht.

Soll ich mit dem Geist mal proben?

Wenn dann gemeinsam!

Wir schoben also unseren Geist langsam Richtung
Tür und durch sie hindurch. Die Sphären der drei Angreifer waren deutlich auszumachen. Sie waren zu
konzentriert, um uns zu bemerken. Auch nicht als ich
einen von ihnen gezielt streifte. Was ich in dem kurzen Moment an Eindrücken bekam, reichte mir. Ich
zog uns in die Wohnung zurück.

Sagt dir der Begriff 'Faggos' etwas?, fragte ich
Lissi.

Ja, und nichts Gutes.

Wir haben dreimal Ungut vor der Tür.

*Und auf der anderen Seite der Wohnung sicher ge-
nauso.*

*Und ich weiß aus jüngster Erfahrung, dass die ver-
giftete Wurfpfeile verwenden.*

Super. Charlotte?

Wie sieht's aus?, meldete sie sich gleich.

Faggos! Wir haben drei vor der Tür.

Der Tag wird immer besser. Wartet kurz. Sie löste
sich aus unserer Verbindung, war aber gleich wieder
da. *Auf meiner Seite auch*, vermeldete sie dann.

Vielleicht sollten wir ..., wollte ich anbringen.

Gabriel weiß schon Bescheid, nahm mir Charlotte den Gedanken vorweg.

Ein leises Klicken an unserer Tür verriet den Erfolg der Eindringlinge.

Achtet auf Giftpfeile!, mahnte ich noch einmal.

Minaeon ist hier. Viel Glück euch, verabschiedete sich Charlotte.

Lissi hatte sich bereits hingekniet und ihren Bogen voll durchgespannt. Ich wollte nur hoffen, dass mein türkischer Nachbar nichts oder etwas sehr massives in der Flugbahn stehen hatte. Die Durchschlagskraft des Bogens war ja enorm, selbst wenn etwas im Weg stand – wie zum Beispiel Angreifer aus der Unterwelt.

Ich stellte mich hinter Lissi und schob meine Sphäre über sie, wobei ich die Arme frei ließ.

Geht das so?

Ja, sehr gut, bestätigte sie.

Ich legte mehr Kraft in die Glocke, um sie widerstandsfähiger zu machen. Dann bewegten wir uns nicht mehr.

Es vergingen noch einige Sekunden, bis sich die Tür einen Spalt öffnete. Da wir eine Mondlose Nacht hatten, dürfte in der Wohnung nicht viel zu erkennen sein. Aber unsere Gegner kamen wie gesagt aus der Unterwelt ...

Lissi wartete nicht, bis sie ihr Ziel vollständig sehen konnte. Es knallte dreimal im Bruchteil einer Sekunde. Mit wahnsinniger Geschwindigkeit hatte sie ihre Pfeile abgefeuert und damit die Tür und den Rahmen durchlöchert.

Aber die Faggoi waren gut trainiert. Schon mit dem ersten Pfeil konnten sich zwei Mann aus dem Schussfeld nehmen. Der Angreifer, der an der Tür kniete, hatte weniger Glück. Er wurde vom ersten Pfeil mitgerissen und an die gegenüberliegende Tür genagelt. Er war sofort tot.

Die anderen zwei stürmten dann sofort in die Wohnung. Außer Silhouetten, die nur eine Spur dunkler waren als die Nacht, war nichts zu sehen. Ein feines Funkeln in der Finsternis verriet die Wurfpfeile, aber Lissi hatte die Arme schon hinter den Schutzschild gezogen. Die Geschosse prallten wirkungslos ab und fielen zu Boden. Die Faggoi setzten sofort nach und hieben auf unseren Schild ein. Über Lissis Sicht konnte ich sehen, dass sie kurze Schwerter führten, die mit ihrer mittig geknickten Klinge ein wenig an Bumerangs erinnerten. Die Klingen waren ansonsten matt schwarz, weswegen sie quasi mit der Dunkelheit verschmolzen.

Wir hätten sie dort festhalten können. An unserem Schild wären sie nie vorbeigekommen. Aber Lissi wollte das Ganze lieber zu Ende bringen, um vielleicht den anderen noch helfen zu können.

Ich bemühte meine eigene Geistsicht und löste auf ihr Kommando die Sphäre auf.

Lissi hatte kurz vorher ihren langen, schlanken Dolch aus der in ihre Hose eingenähten Scheide gezogen und machte einen blitzschnellen Ausfallschritt auf den linken Angreifer zu. Der wollte sie mit einem kurzen Schlag seines Schwertes treffen, da war sie ihm aber schon zu nahe. Ihr Dolch traf sein Ziel sicher. Mit einem harten Aufwärtsstich unter sein Kinn rammte sie ihm ihre Waffe knirschend bis zur Schädeldecke durchs Hirn.

Der andere Faggos wollte Lissi in die Seite fallen, weil er mich wohl nicht als Bedrohung sah. Zu meinem Glück führte er sein Schwert mit links. So konnte ich seinen Schlag mit der Hand abfangen und bekam sogar die Klinge zu fassen. Er sah mich verdutzt an und ruckte an seiner Waffe. Durch die Krümmung der Schneide konnte ich sie jedoch fixieren und holte meinerseits mit der freien rechten Hand zum Schlag aus.

Das Messer, dass er plötzlich in der anderen Hand hielt, zielte dagegen auf meinen Bauch. Ich konnte dem Stich mit Mühe ausweichen, indem ich mich zur Seite drehte. Schon einmal in Bewegung nutzte ich den Schwung und hieb ihm meine Faust gerade in die linke Schulter. Er schrie kurz vor Schmerz auf, ließ aber sein Schwert nicht los. Er versuchte hingegen, mit seinem Messer nachzusetzen. Doch dazu kam es nicht mehr. Er keuchte gepresst und versteifte sich, als Lissis Dolch ihn in die Nieren traf. Die Schwerthand löste sich. Ich zog seine Waffe, nahm sie in die Rechte und schlug hart nach ihm. Ich erwischte ihn knapp über der Schulter. Das Schwert ging widerstandslos durch seinen Hals und der Kopf flog in hohem Bogen gegen die Wand des Flures und blieb polternd an der Wohnungstür liegen.

Stille.

Nur mein schwerer Atem war zu hören. Der Kampf hatte kaum drei Minuten gedauert, aber der Adrenalin-ausstoß dürfte bei mir enorm gewesen sein.

Lissi war natürlich die Ruhe selbst. Ohne sichtliche Regung schaute sie auf die beiden Faggoi herab. Ich spürte, dass sie nicht einmal von den letzten Zuck-ungen ihres ersten Gegners betroffen war. Erst lang-sam löste sie sich aus ihrem Raubtier-Modus.

„Alles gut bei dir?“, fragte ich trotzdem nach.

„Ja“, antwortete sie zögerlich. „Schaust du mal an meinem Rücken? Ich bin nicht sicher, ob er mich nicht erwischt hat.“

„Sind die Klingen auch vergiftet? Du hast hier hinten an der Schulter einen Schnitt aber nicht tief“, beschrieb ich ihr.

„Soweit ich weiß, nicht“, erwiderte sie unsicher.

„Ach, shit! Charlotte!“, fluchte ich, wirbelte herum, wurde aber schon von Lissi überholt, bevor ich zwei Schritte machen konnte. Unsere Hilfe wurde aber just in dem Moment nicht mehr gebraucht.

Charlotte stand breit und mit brennenden Flügeln im hinteren Flur und hatte gerade mit wütendem Brüllen den letzten Angreifer niedergestreckt.

Unerfreulich war jedoch der Anblick Minaeons, der hinter ihr ausgestreckt an einer Wand lag und sich nicht rührte.

Mit einem entsetzten „Oh, nein!“ warf sich Perach'el auf den Leblosen. Sie war von dem Kampflärm vor ihrem Zimmer wach geworden.

Charlotte drehte sich langsam zu uns um. Traurig blickte sie auf den toten Engelskrieger.

„Es tut mir leid“, hauchte sie, sichtlich bewegt. „Die waren zu viert und offenbar auf den Kampf gegen Chilioi trainiert. Bevor ich ihn warnen konnte, hatte er schon ein Schwert in der Seite.“

Perach'el ließ sich davon nicht abhalten und untersuchte konzentriert den Körper des Kriegers. Besonders gründlich war sie am Kopf. Sie nickte zufrieden.

„Dem Haupte war kein Schaden beigebracht“, stellte sie nüchtern fest. „Ich vermag vielleicht etwas zu tun.“

„Blanche?“, rief Charlotte alarmiert. „Er ist tot. An der Grenze darf nicht gerüttelt werden!“

Der blinde Engel hob gebieterisch eine Hand.

„Meister Azrael hat mich dies wohl gelehrt, doch sagete er“, - sie wendete den Blick leicht zur Seite,

wie sie es immer tat, wenn sie in Erinnerungen kramte
- „'ist die Seele eines Menschen einmal herüberge-
gangen, gibt es kein zurück'!"

Sie schaffte es sogar, die seltsame Betonung Azraels zu kopieren, wenn sie ihn zitierte. Und wir hatten
keine Zweifel, dass sie ihn wörtlich wiedergegeben
hatte. Ihr Gedächtnis war beeindruckend.

Ich musste grinsen, denn ich wusste genau, worauf
sie hinaus wollte. Charlotte stand noch im Dunkeln,
weswegen sie mich säuerlich anstarrte.

„Charlotte", klärte ich sie auf, „wenn ein *Mensch*
hinübergeht ...!"

„Und mein Minaeon ist derlei nit", schloss Perach'el
triumphierend.

„Tu, was du nicht lassen kannst", winkte Charlotte
resignierend ab.

Der kleine Engel hatte sich aber bereits wieder dem
Krieger zugewendet. Sie war dabei so konzentriert,
dass sie nicht einmal die Ankunft von Michael und
zehn weiteren Chilioi mitbekam.

„Was ...", fing er an. Sein Blick fiel aber kurz darauf
auf den Chilios am Boden. Er fluchte laut, was ihm
einen erschrocken vorwurfsvollen Blick seiner Freundin einbrachte. Er sah sie nur kurz wütend an und
verschränkte die Arme vor der Brust, sagte aber nichts
mehr. Dann blieb sein Augenmerk an Perach'el hängen. Es dauerte ein wenig.

„Äh, sie versucht doch nicht etwa ...?"

„Scht!", zischte ihn Charlotte an.

„Du weißt aber schon, dass sie sich dabei verlieren
kann?"

„Natürlich weiß ich das!", fauchte sie zurück. „Aber
sie weiß es auch."

Michael atmete tief ein und beließ es erst einmal dabei. Er kannte Perach'el lange genug. Sie würde sich nicht von ihrem Ziel abbringen lassen.

Wir starrten abwartend den kleinen Engel an, ob sich nicht wider alle Vernunft etwas tat.

„Was ist das da an ihrem Rücken?", fragte ich leise in die Runde. Charlotte schüttelte nur heftig den Kopf und formte mit den Lippen ein 'später'. Ihr Gesichtsausdruck ließ mich verstummen.

Jetzt beugten sich auch Michael und Lissi neugierig vor. Lissi zuckte aber nur mit den Schultern. Sie wuss-te sich auch keinen Reim darauf zu machen. Michael hingegen sah aus, als wenn vor ihm ein Geist Hula[87] tanzte. Ihm stand der Mund offen. Vollkommen perplex schaute er seine Freundin an. Die hob aber ebenfalls nur unsicher die Hände.

Ich hörte etwas, glaubte zumindest, etwas gehört zu haben. Lissi legte den Kopf zur Seite, lauschte auch. Ich sah sie forschend an. Sie zuckte fast unmerklich mit den Achseln.

Und erneut. Es hörte sich wie ein fernes Kinderlachen an. Ich warf Lissi einen schnellen Blick zu. Ihr Gesicht verriet mir, dass sie es auch gehört hatte.

Und Perach'el begann wieder zu leuchten.

Ähnlich dem Traumstrom löste sich aus diesem Licht heraus ein glitzernder Tentakel, der sich vorsichtig tastend langsam in die Brust des Engelskriegers senkte.

Das schmale Gesicht des blinden Engels zeigte nichts als Konzentration. Nur die Lippen formten ohne Unterlass tonlos Worte, als schien sie auf jemanden einzureden.

---

[87] ursprünglich ein ritueller Tanz der Hawaiianer

Meine spontane Idee mir das Spektakel auf der Geistebene anzusehen, wurde von Lissi scharf gebremst.

Lass das!, fuhr sie mich an. Erschrocken schickte ich ihr ein riesiges Fragezeichen. *Es ist nur zu deinem Schutz, Karl, aber ihr Strahlen würde dich blenden.*

Oh. Echt jetzt?

Ja, bestätigte sie mir nochmals.

Kurz bildete sich bei Perach'el eine Zornesfalte auf der Stirn und sie klatschte dem noch immer toten Krieger mit der Hand auf den Oberarm und murmelte dabei ein paar scharfe Worte. Dann ging es noch einen Moment wie bisher weiter, bis sie sich plötzlich zurücksetzte und sichtlich erschöpft durch die Zähne pfiff. Das Kinderlachen hallte noch etwas nach und verlief sich dann in der Ferne.

„Er kann so eigensinnig sein", brummte sie.

Minaeon seufzte tief und schlug die Augen auf. Etwas verwirrt sah er sich um.

„Warum liege ich am Boden?", fragte er in die Runde. Er stützte sich auf die Ellenbogen und riss erschrocken die Augen auf. „Perach'el, Ihr seid ganz nackt!"

„Ach, Firlefanz!", schimpfte sie. „Was ist dem Engelein ein schöner Rock?!"

Sie wendete den Blick zum Himmel und seufzte leise. Dann stand sie auf und verschwand kopfschüttelnd in ihrem Zimmer.

Vom Wohnzimmer her schlenderte Hymalo'on, der Kommandant der Chilioi, heran. Er reichte Lissi wortlos drei Pfeile und schaute dann auf Minaeon herab, der noch immer am Boden saß.

„Es gibt hoffentlich eine wirklich gute Begründung dafür, dass du am Boden sitzt", grollte er.

Der Angesprochene sprang sofort auf und salutierte. Bevor er zu einer Antwort kam, war Michael an ihn herangetreten und hatte ihm eine Hand auf die Schulter gelegt.

„Hymalo'on", wendete sich der Erzengel an den Chilios, „Minaeon, hier, hat die beste Entschuldigung, die ein Krieger haben kann."

„Ich bin gespannt, Ältester."

„Er war schlichtweg zu tot zum Stehen", lachte Michael.

Hymalo'on glotzte ihn ungläubig an.

„Könnt Ihr das bitte wiederholen?"

„Was? Ich dachte, das passiert bei euch ständig", merkte ich spöttisch an.

„Er wurde im Kampf tödlich verletzt und Perach'el hat ihn wieder zurückgeholt", fasste Charlotte zusammen.

Der Kommandant war nicht ganz überzeugt. Er schaute in die Runde und blieb an Lissi hängen.

„Willst du auch etwas sagen?", fragte er sie.

„Danke für die Pfeile", antwortete sie, ohne das Gesicht zu verziehen.

Hymalo'on lachte kopfschüttelnd.

„Berichtet!", forderte er dann den Krieger auf. Der salutierte erneut und erzählte, was sich zugetragen hatte. Der Kommandant hob interessiert eines der krummen Schwerter auf und betrachtete es von allen Seiten. Dann pfiff er einen Engelskrieger heran, der mit anderen dabei war aufzuräumen.

„Bringt mir nachher alle Waffen, die ihr findet", trug er ihm auf. Und an Michael gerichtet: „Wir müssen das ins Training einarbeiten. Ich will deswegen keine Leute verlieren."

Er drückte Minaeon das Schwert in die Hand, griff sich einen toten Faggos und rief noch über die Schulter: „Mach dich nützlich!“

Minaeon seufzte und schnappte sich ebenfalls einen Toten.

KAPITEL 24

Es hatte nur wenige Minuten gedauert und die toten Faggoi waren genauso wie die Blutflecken in den Treppenhäusern beseitigt. Auch die Flure hatten Charlotte und ich schnell gereinigt. Ansonsten hatte ich jetzt echt die Schnauze voll von den ständigen Angriffen.

Ich saß auf einem Sessel im Wohnzimmer mit einer kühlen Flasche Limonade an der Stirn, als es an der Tür klopfte.

Lissi war kurz weg, um mit den alten Vampiren um Wilhelm die Situation zu besprechen. Und Charlotte saß im Bücherzimmer und erstattete Gabriel Bericht. Perach'el hatte sich wieder Schlafen gelegt.

Innerlich stöhnend ließ ich die Flasche sinken. Sollte ich antworten, oder das Klopfen ignorieren?

Es klopfte erneut. Und kurz darauf rief eine zaghafte Stimme: „Hallo?"

Offenbar war die Tür nicht verschlossen. Zudem erkannte ich die Stimme meines Nachbarn. Ich stand also doch auf.

„Herr Mustermann? Ist alles in Ordnung bei dir?"

„Ja, Mehmet", rief ich zurück, „ist alles in Ordnung."

Er stand in der offenen Tür zum Treppenhaus und schaute mich mit großen Augen an. Ich lugte an ihm vorbei und deutete auf das Loch an seinem Eingang.

„Das mit der Tür tut mir leid. Wenn du sie reparieren lässt, gib mir einfach die Rechnung", bot ich ihm an.

„Ach, musst du nicht, Herr Mustermann", winkte er
ab. „Aber was hast du gemacht?" Und mit Blick auf
meine Caestus: „Bei Allah! Bist du Fight Club oder
was?"

„Nein", lachte ich. Ich hatte die Dinger komplett
vergessen. „Aber meine Freundin kennt die falschen
Leute. Die haben versucht, bei uns einzubrechen. Da
hat sie auf die geschossen."

„Die mit weiße Haare? Schöne Frau!", sagte er
bewundernd.

„Danke", antwortete ich höflich.

„Ach, Polizei kommt nicht", ließ er mich wissen.
„Hab ich da angerufen, weiß du? Ganze Straße voll
davon. Aber wegen Schüsse? Kommt keiner." Er war
sichtlich enttäuscht.

„Sind die draußen immer noch am Machen?", fragte ich milde interessiert. Ich wusste ja, was dort wirklich passiert war.

„Ja, ja. Weißt du was, Herr Mustermann? Ich komm
spät nach Hause und alles ist abgesperrt. Keiner sagt
mir."

„Da kann ich dir auch nichts Genaues sagen." Weil
manches besser nicht gesagt wird. „Ich weiß nur, dass
es so etwas wie ein Bandenkrieg war. Mit vielen
Toten!"

„Hier? In diese Stadt? Scheiße, Herr Mustermann!"

„Das kannst du laut sagen."

Perach'el schlurfte heran. Sie muss wieder fest eingeschlafen sein, nachdem sie Minaeon von den Toten
zurückgeholt hatte. Ihre Haare waren zerzaust und sie
sah sehr abgespannt aus. Aber sie hatte es noch geschafft sich wieder ein Nachthemd überzuziehen und
die Augenbinde anzubringen.

„Scharlodde, isch hònn ès Klobbe gehòrscht.[88]"
Dann erst bemerkte sie mich und unseren Nachbarn.
„Oh, liew Karl, hònn mìr Gescht?[89]", fragte sie mich,
wobei ihr nicht auffiel, dass sie mit mir sonst nie ihren
Dialekt sprach. Sie war von dem Kraftakt der Wieder-
belebung offenbar sehr mitgenommen.

„Darf ich vorstellen? Mein Nachbar, Mehmet
Demir. Ich hab dir mal von ihm erzählt."

„Ah, der Muselmann! Ich grüße Euch, Herr Demir."

„Das ist eine weitere Freundin von mir. Blanche
Grandchamp", stellte ich ihm den Engel vor.

„Sie ist blind", merkte Mehmet unnötigerweise an.

„Mehr oder weniger", gab ich zurück.

„Mehr oder ... haha, du bist lustig, Herr Mustermann", kicherte der Türke. Er riss sich dann aber zusammen. „Entschuldigung, Frau." Er reichte ihr höflich die Hand. Perach'el schüttelte sie freundlich und
ging ansatzlos in eine theologische Debatte über.

„Sagt, Herr Demir, warum folgt Ihr nicht dem wahren Gott, so Ihr gläubig seid?"

Ich schaute sie vollkommen perplex an. Auch Mehmet war etwas verwirrt.

„Ich folge doch dem wahren Gott", erwiderte er
schulterzuckend.

„Nein, nein", versuchte Perach'el freundlich zu be-
richtigen, „Ihr als Muselmann habt doch den falschen
Gott."

Dann gab mein sonst so zurückhaltender Nachbar
eine Lektion in Theologie. Einfach, aber effizient.

„Frau, du hast sicher nie den Koran gelesen", fing
er an.

---

[88] lothringisch: „ich hab es Klopfen gehört"

[89] lothringisch: „Oh, lieb Karl, haben wir Gäste?"

„Ich kann nit lesen“, murmelte der Engel leise.

„Der Koran, eure Bibel und die Thora der Juden reden von nur einem Gott. Bei uns heißt der Allah, aber das ist der selbe, wie eurer. Wir haben sogar fast die gleichen Propheten. Isa, euer Jesus, ist auch einer von uns. Nur für uns ist Mohammed der Erlöser, verstehst du?“

„Wir haben keinen Mohammed“, stellte Perach'el vorsichtig fest.

„Ihr habt ja nach Isa aufgehört“, erklärte Mehmet ruhig. „Dann gab's nur noch Heilige und so. Allah bilir![90] Unser Prophet kam sechshundert Jahre später, weißt du?“

„Ihr seid ein gläubiger Mann, Herr Demir“, schloss Perach'el verunsichert. Sie konnte so etwas akzeptieren, auch wenn sie trotzdem seinen Glauben für den falschen Weg hielt. Aber er wusste scheinbar mehr über ihren als sie über seinen.

„Ach, nee“, winkte Mehmet ab. „Ich muss viel arbeiten. Für Familie in der Türkei und so. Allah versteht schon.“

„Das denke ich auch“, schloss ich mich an. „Und zur Not kann man ja überall beten.“

Perach'el sah mich erschrocken an.

„Der Herr will doch seine Schäflein in der Kirch sehen“, sagte sie entrüstet.

„Will er das?“, wollte ich wissen.

„Sicherlich!“, erwiderte sie.

„Hast du IHN gefragt?“, piekte ich weiter.

Sie sah mich an, als wenn ich von allen guten Geistern verlassen wäre.

---

[90] türkisch: „weiß Gott!“

„Sicherlich nit!", flüsterte sie mit einem vorsichtigen Blick nach oben. „Ich werd IHM nit vum Werte sein. Was soll ich IHM da zur Last werden."

„Ha", lachte ich. „Natürlich bist du keine Last für IHN. Los! Geh und frage!"

Sie sah mich nochmals irritiert an, ging aber dann ohne weitere Worte in ihr Zimmer.

„Eine seltsame Frau", kommentierte Mehmet verwundert. „Das macht dein Christus mit den Menschen, Herr Mustermann, weißt du?!"

„Das glaub ich kaum", lachte ich. „Und ihr habt auch genug Verrückte."

Mehmet hob unschlüssig die Schultern und grinste.

„Weißt du, Herr Mustermann, was wissen wir zwei schon von Religion?"

Ich klopfte ihn leicht auf den Rücken.

„Du hast da ein wahres Wort gesprochen, Mehmet", sagte ich anerkennend.

„O.k., ich geh dann mal zu mir. Feierabend", leitete der Türke seinen Abgang ein.

„Ich wünsch dir einen schönen Abend. Und mit der Tür ... Ich würd mich freuen, wenn ich das wieder gutmachen kann."

Mehmet nickte nur. Wir reichten uns kurz die Hand und er verschwand in seiner Wohnung.

Ich schob unsere Wohnungstür einfach nur ran. Das mit dem Schloss hatte auch bis morgen Zeit. Vielleicht konnte ich jetzt etwas ausspannen.

Mein Hintern hatte schon fast wieder den Sessel gefunden, als mich ein Glockenton aufhorchen ließ. ER sprach mit Perach'el.

Was hat ER gesagt?, hatte ich sofort Lissis Frage im Kopf.

Ich schau mal nach.

Ich klopfte leise an Perach'els Tür. Als keine Antwort kam, öffnete ich sie einen Spalt und bemerkte gleich das flackernde Licht. Ich schob sie weiter auf und sah IHN als mannshohe Flamme im Raum stehen.

Hallo, ihr zwei, grüßte ER in meine Richtung.

„Hallo", grüßten Lissi und ich fast gleichzeitig, was sich ausgesprochen seltsam in meinem Mund anfühlte.

Dann wendete ER sich wieder Perach'el zu, die vor IHM auf dem Boden kniete, die Hände wie zum Gebet ineinander verschränkt, und ihren Herren freudestrahlend anschaute.

Ich weiß immer, wo meine 'Schäflein' sind. Ich freue mich über die Häuser, die man mir baut. Aber mehr freue ich mich über die Wesen meiner Schöpfung, die wirklich reinen Herzens sind. Mit einer Hand, die sich aus der Lohe formte, strich er ihr sachte über den Kopf. *Vergiss das nie!*, fügte ER an.

„Sei du mein Leitstern, Herr", erwiderte sie mit zittriger Stimme.

Und sei du weiterhin die reinste Seele meiner Engelsschar. Ich bin sehr stolz auf dich, meine Blume.

Dann war er verschwunden.

Wow, war alles, was Lissi als erstes hervorbrachte. Ich spürte, dass sie genauso berührt war von der Szene, wie ich.

Und Perach'el erst! Die kniete noch immer und zitterte jetzt am ganzen Leib. Der wahre Grund zeigte sich kurz darauf.

Der Engel zog die Schulterblätter zusammen und bog sich nach hinten. Der feine milchig weiße Schleier über ihrem Rücken pulsierte.

Sie stöhnte, stieß dann einen heiseren Schrei aus und fiel nach vorn aufs Gesicht.

Als in dem Moment Charlotte ins Zimmer stürmte, krümmte sich Perach'el gerade wimmernd.

„Was ist hier los?", schrie Charlotte und warf sich neben den kleinen Engel auf die Knie.

Wir erzählten ihr kurz, dass sie einen Besuch von IHM hatte und was dann folgte, während ich mich neben Perach'els Kopf setzte, schnell die Caestus herunterriss und ihn in beide Hände nahm. Ich ahnte, was passierte und flüsterte ihr daher immer wieder ins Ohr, sie müsse stark sein und dass wir bei ihr wären. Ihr Gesicht war schmerzverzerrt, aber sie nickte schwach und biss die Zähne zusammen.

„Reiß ihr das Hemd auf", wiesen wir Charlotte an. Es wölbte sich bereits um einiges mehr, als die Stümpfe ihrer Flügel bisher erforderten.

Charlotte grunzte nur zustimmend, als sie begriff, was vor sich ging und folgte unserer Aufforderung. Mittig teilte sie das Nachthemd von oben bis etwa zur Hüfte. Was zum Vorschein kam, war in meinen Augen ein wenig ekelig aber gleichzeitig auch faszinierend.

Der gerade erst verheilte Rücken war um die Stümpfe herum wieder aufgerissen und blutete stark. In aller Langsamkeit wuchsen die Knochen nach, die – so meine Vermutung – ihre Flügel formen würden.

Wir folgten gespannt dem Schauspiel. Wie in einer gedehnten Zeitrafferaufnahme von Ästen, Blättern, Blüten wuchsen ihre Schwingen von kleinen flaumbe-deckten Ansätzen zu Federkielen an zwei langen schlanken und schneeweißen Flügeln, die nur an den Ansätzen zusammen mit den ersten drei Federn das dunkle Rot ihres Blutes aufgenommen zu haben schie-nen.

Perach'el war zwischendurch ohnmächtig geworden. Jetzt ließ sie mit einem langen Seufzen die angehaltene Luft los und entspannte sich unter meinen Händen. Es war vorbei.

Perach'el, geborene Blanche Grandchamp, war wieder ein ganzer Engel.

Charlotte stand noch der Schock ins Gesicht geschrieben, als Michael, Gabriel und Minaeon wenige Minuten später hereinstürmten. Sie hatte sich auf den Hintern fallen lassen und lehnte mit den Händen vor dem Mund an Perach'els Kleiderschrank.

Die Neuankömmlinge konnten den blinden Engel auch nur anstarren, trauten sie doch ihren Augen nicht.

Perach'el machte gerade Anstalten sich aufzusetzen, als Charlottes Kopf mit einem Knall nach hinten gegen den Schrank schlug. Kurz verdrehte sie das Auge, kam aber sofort wieder zu sich.

„Gabriel?", wendete sie sich sogleich an ihren Mentor. „Der nächste Angriff kommt. Mehr Dabol als beim heutigen, äh gestrigen", informierte sie ihn.

„Auch das noch", brummte er.

„Es kommt etwas mit", ergänzte Charlotte. „Ich kann es nicht genau erkennen, aber es ist groß und schwarz."

„Groß und schwarz? Hm, schmeckt mir nicht", sagte er säuerlich. „Michael, wen können wir schicken?"

„Wo findet die Party statt?", fragte der seine Freundin.

„Hier, in dieser Stadt. Auf der Westseite", antwortete sie.

„Na, toll!", knurrte der Erzengel. „Crassus ist gerade frei."

„Gut. Schick ihn mit 200", ordnete Gabriel an. „Und warne ihn!"

„Natürlich", bestätigte Michael und war mit einem Plopp verschwunden.

Jetzt saß Perach'el mit meiner Hilfe auch. Ihr Gleichgewichtssinn war noch gestört. Sie schaute mich ängstlich fragend an, hatte sie doch die Tränen in meinem Gesicht bemerkt. Das es solche der Freude waren konnte sie nicht wissen.

„Perach'el, mein Schatz", flüsterte ich ihr zu, „bewege deine Schultern."

Sie sah mich zweifelnd an, tat mir aber den Gefallen. Ihr Mund stand weit offen, als sie den Widerstand bemerkte.

„Lieb Karl, was ìsch dìss?"

Ich langte hinter sie und zog eine Schwinge etwas nach vorn. Erschrocken sog sie die Luft ein, griff dann aber mit zittrigen Fingern danach.

„Spürst du es?", fragte ich.

„Ja", hauchte sie. Wir strichen jetzt beide vorsichtig über ihr Gefieder. Dann half ich ihr auf die Beine und sie besah sich staunend im Spiegel.

Gabriel schaute ihr mit schmalen Augen grübelnd zu. Er musste sich unbedingt mit seinem Vater darüber unterhalten. Bisher galt die Wiedererlangung der Flügel als unmöglich. Es gab zwar Legenden, aber keine Belege. Und er war ja nun lange genug auf dieser Welt.

Ein dumpfer Knall holte ihn aus seinen Gedanken. Das Haus zitterte gleich noch unter einem zweiten Knall.

„Was jetzt noch?", rief Gabriel genervt.

„Angriff über den Höhlenzugang im Keller", berichtete Charlotte.

„Minaeon, hole fünfzig und sichere den Keller", ordnete der Erzengel an. Bevor der Krieger aber verschwinden konnte, bremste Charlotte ihn.

„Warte! Perach'el und Karl müssen gehen."

Gabriel sah sie verwundert an.

„Du ...", fing er an und tippte sich an den Kopf.

„Ja", bestätigte sie kurz. „Der Engel der Unschuld und die Zwei mit einem Geist."

„Lysje ist nicht hier", stellte Gabriel nachdenklich fest.

„Sie ist immer bei mir", berichtigte ich ihn. „Was erwartet uns denn da unten?", fragte ich Charlotte.

„Freunde", antwortete sie mit einem schwachen Lächeln.

„Die versuchen, unser Haus abzureißen", erwiderte ich schnaubend. Ein weiterer Knall erschütterte wie zur Bestätigung die Grundfeste. Ich wies mit beiden Händen Richtung Boden.

„Stell dich nicht so an", tadelte sie mich. „Schnapp dir Blanche und geh runter!"

Ich half also Perach'el schnell mit dem Nachthemd. Ein Gürtel um die Hüfte und eine Sicherheitsnadel für die Halspartie sollten genügen.

Der Engel war noch etwas unsicher auf den Beinen. Sie musste mit den neuen Flügeln noch ihr Gleichgewicht wiederfinden. Deswegen ließ ich sie auf der Treppe auch hinter mir laufen. So konnte sie sich mit einer Hand bei mir an der Schulter festhalten, wie sie es in den Tunneln getan hatte.

Von der Straße drang der helle Schein der Lampen herein, die das Technische Hilfswerk für die Polizei installiert hatte. Die Tatortspezialisten waren noch immer bei der Arbeit. Ansonsten war im Haus alles ruhig. Trotzdem, musste man wohl sagen.

Das Gebäude wurde noch einige Male erschüttert, bis wir endlich in unserem Kellerverschlag standen. Der Putz war schon großzügig abgeplatzt und die sonst nicht zu erkennende Geheimtür in die Unterwelt stach jetzt deutlich hervor.

Und sie wurde just in dem Moment geöffnet, als wir uns vor ihr postiert hatten.

Erst nur einen Spalt. Wir konnten ein Flackern ausmachen, dass sicher von einer oder mehrerer Fackeln kam. Unförmige Schatten tanzten über die Wände. Aber es blieb still. Kein Geräusch war zu vernehmen. Die Eindringlinge warteten.

Etwas zog an meiner Geistsphäre und Lissi erschien neben mir. Sie war jedoch nicht körperlich im Raum und war durchscheinend wie ein Geist.

Wie hast du das denn hinbekommen?, fragte ich sie.

Perach'el drehte sich zu uns, stutzte kurz, nickte dann aber bedächtig.

Ah, merkte sie an, *ich ward verwundert, ob Charlottens Kunde.*

Hallo, Blanche, grüßte die Vampirin. *Das Buch hat mir gezeigt, was ich machen muss, um nicht körperlich hier zu sein.*

Und bestimmt gibt es einen Grund, gab ich die Vorlage.

Ja, das nehme ich an, gab sie zurück, ohne sich darauf einzulassen. *Schöne Flügel!*, stellte sie an Perach'el gerichtet fest.

Der Engel grinste sie über die Schulter weg an, wendete sich aber wieder der Tür zu. Langsam öffnete sich diese weiter.

+++++

Septimus Crassus war die Ruhe selbst. Die Anspannung vor anstehenden Schlachten verspürte er schon lange nicht mehr. Dazu waren es einfach zu viele gewesen. Gelassenheit gepaart mit einer gewissen Heiterkeit traf es am Besten.

Michael hatte ihn zwar zur Eile getrieben, er fand aber noch die Zeit, seine alte römische Rüstung anzulegen, die er über all die Jahrhunderte gehegt und gepflegt hatte. Kein Rost, kein Fleck, keine Delle verunzierte seinen Helm oder Harnisch. Er war stolzer Centurio der römischen Legio X equestris[91], die – unter anderem – unter Gaius Iulius Caesar 58 vor Christi Geburt in Germanien gegen Ariovist, den König der Sueben, gekämpft hatte[92]. Dort hatte sich noch sein Großneffe Publius Licinius Crassus als Praefectus equitum hervorgetan und mit seiner Einheit die Entscheidung herbeigeführt. Siegreich waren sie.

Aber er war natürlich jetzt der einzige Überlebende.

Der Gedanke ließ ihn immer grinsen.

Aber er war stolz darauf, zu Lebzeiten der Kommandant mit den wenigsten Verlusten gewesen zu sein. Und genau deswegen hatte ihn Gabriel persönlich in die Traumwelt geholt. Der Erzengel wollte sein strategisches Talent und seine Entschlossenheit nutzen.

Jetzt ging es wohl eher um die Frage, wer verfügbar war. Aber auch das kratzte ihn nicht weiter. Er würde die Aufgabe selbstverständlich trotzdem gewissenhaft angehen.

---

[91]   eine fast ausschließlich aus Berittenen bestehende Legion

[92]   beschrieben in Caesars 'de bello gallico', Buch I

Michael hatte ihn und die Chilioi, die er führen sollte, unterrichtet. Mit einem Stirnrunzeln hatte er seine
Worte quittiert. Mindestens zwei Stämme stark, hatte
er gesagt? Und etwas großes Schwarzes würde sie
begleiten? Mit den zweihundert im Rücken musste er
sich wegen der Daboli nicht sorgen. Und das Andere
konnten hoffentlich seine Späher klären.

Sie waren also zu einem Übergang gesprungen, der
etwas weiter in der Stadt lag, als die Angreifer vorge-
drungen waren, und formierten sich auf der morgend-
lichen Straße. Fünf Mann breit und vierzig tief standen sie wie ein Block in der kleinen Nebenstraße.

Er ließ sie ihn im Laufschritt folgen. Alleine ihr
geballtes Auftreten sollte dem Großteil der Daboli die
eigene Sterblichkeit vor Augen führen und – so hoffte
Septimus zumindest – das meiste Blutvergießen verhindern.

Schon aus größerer Entfernung waren die schwarzen Rauchwolken zu sehen. Die Dabolkrieger hatten
eine Lagerhalle verwüstet und mehrere Lieferwagen
und LKWs angezündet. Erbärmlich, wie Septimus
fand, aber es sollte ganz offensichtlich erstmal nur
eine Provokation sein. Egal wer die Stämme anführte,
er wusste, wer der Gegner sein würde. Und nachdem
vor Karls Haus fast ein ganzer Stamm ausradiert worden war, stand ein bisschen was auf dem Spiel. Außer
natürlich der Gefallene war persönlich anwesend.
Aber das konnte sich Septimus beim besten Willen
nicht vorstellen.

Einer seiner Späher kehrte zurück, ein älterer Chilios. Er salutierte vor Septimus und erstattete sofort
Bericht.

„Die Daboli werden unruhig, weil von uns noch nichts zu sehen war. Sie werden bald weiter vorrücken.“

„Ist das Gelände für eine offene Auseinandersetzung geeignet, oder müssen wir uns auf Häuserkampf einstellen?“

„Die nächsten zwei Straßen sind noch eng. Dann kommt ein weiter Platz.“

Septimus nickte und hob zu den hinter ihm wartenden Kriegern die Faust. Sie standen sofort stramm. Mit einer knappen Handbewegung wies er vorwärts.

„Wir schließen die Engstelle! Im Laufschritt!“

Wie ein Mann setzte sich die Truppe in Bewegung. Die Strecke war schnell zurückgelegt. Und mit solch einer professionellen Mannschaft war die Position noch schneller gesichert.

Septimus schaute sich die Barrikaden an und war äußerst zufrieden. Seine Legion war schon gut damals, aber mit den Chilioi und Caesars strategischem Talent hätten sie ganze Kontinente romanisiert.

Der Römer musste lachen. Sein Adjutant schaute ihn amüsiert von der Seite an.

„Was ist so lustig?“, fragte er dann auch.

„Ach, ich musste nur an die alten Zeiten denken“, erwiderte er dann doch etwas wehmütig. „Und an die Möglichkeiten, die wir mit solch einer Truppe damals gehabt hätten“, ergänzte er mit erhobenem Zeigefinger.

Der Adjutant grinste kurz.

„Und wenn man bedenkt, wo wir überall tatsächlich beteiligt waren!“

Ein Späher pfiff leise und deutete über die Barrikade. Septimus trat an ihn heran und schaute auch auf den Platz davor.

Die Daboli waren gerade angekommen und quollen aus drei Nebenstraßen.

„Nicht wenige", bemerkte der Römer leicht beeindruckt.

„Ja, scheinen zwei bis drei Stämme zu sein", bestätigte sein Adjutant. „Tausend schätze ich mal so."

„Siehst du irgendetwas Ungewöhnliches?"

Der Adjutant wollte schon antworten, als sich eine Gestalt aus dem Schatten der Seitenstraße löste. Der Grigore überragte die Daboli um einen Kopf. Seine schwarzen Flügel waren weithin sichtbar.

„Ah!", rief Septimus aus. „Das war gemeint."

„Hatte der Herr sie nicht ausgelöscht?", fragte der Adjutant erstaunt.

„Das dachten alle", erwiderte der Römer trocken. Er trat von den Befestigungen zurück und wendete sich seinen Leuten zu.

„So, Männer! Große Überraschung", kündigte er an. „Es gibt doch noch Grigori. Zumindest einen und der steht da hinten am anderen Ende des Platzes."

Allgemeines Gemurmel setzte ein. Septimus hob die Hände und gebot den Kriegern zu Schweigen.

„Also!", rief er. „Wer alleine an den Grigore herangeht ist tot! Auch wenn ich hinterher dafür sorge", fügte er an.

Die Chilioi lachten nervös.

„Ihr seid die Besten der Besten! Ihr seid gut trainiert und ihr werdet euch zusammenschließen. Ihr seid aber nicht weniger als fünf," - er hielt eine gespreizte Hand hoch - „wenn ihr angreift!"

Er ließ seinen Blick über die Truppe schweifen.

„Ich will hier niemanden unnötig verlieren!", merkte er scharf an. Das war für ihn ein eherner Grundsatz, den er jetzt gut zweieinhalbtausend Jahre einhalten konnte.

Die Chilioi strafften sich und ordneten gewissenhaft ihre Ausrüstung.

Dann kam der Moment der Wahrheit.

Septimus hatte seine eigenen Panzerriemen und Waffen nochmals kontrolliert und stand jetzt in der Lücke, die die Barrikaden offen ließ. Er lief ein Stück auf den Platz hinaus und wartete, bis sich seine Mannen hinter ihm sortiert hatten.

Dem arroganten Grinsen des Grigore begegnete er mit einem feinen Lächeln.

Er gab den Befehl zum Angriff.

KAPITEL 25

Die Tür in der Kellerwand wurde zur Gänze von einer riesigen Hand aufgeschoben, die aus dem Felsen selbst zu kommen schien.

Ich musste lächeln. Jetzt war mir auch klar, was Charly mit den 'Freunden' meinte.

Erhobenen Hauptes stand aber Perach'el in der ersten Reihe und war damit auch für die Gigas gut zu sehen. Denen genügte auch nur ein Blick und sie wussten, wer vor ihnen stand. Bei den Dabol dauerte es etwas länger. Sie kannten sie nur ohne Flügel oder vom Hörensagen.

Die Gigas – vier an der Zahl – gingen sofort auf die Knie herunter und senkten die riesigen Häupter.

Kurz darauf ging ein erschrockenes Raunen durch die Reihen der Dämonenkrieger. 'Fama anto'-Rufe machten die Runde, als wir ein anderes Geräusch vernahmen. Ein tiefes Grollen, wie ein fernes Gewitter oder Erdbeben, lies den Boden zittern.

Der Anführer der Dabol brüllte etwas, wurde aber ignoriert bis auf einen Bogenschützen. Der Pfeil, den er von der Sehne lies, verfehlte Perach'el nur knapp und flog wirkungslos einfach durch Lissi hindurch.

Der blinde Engel öffnete nur ruhig die Arme.

„Auch für euch gab ich meine Antwort", sagte sie sanft.

Das Grollen wurde lauter. Die Gigas – was mir jetzt erst aufging – wiederholten gebetsmühlenartig immer die gleiche Tonfolge:

„PRAA EEL!"

Wieder und immer wieder wiederholte es sich, wobei sie stetig lauter wurden, bis der Putz anfing von der Decke zu rieseln.

„Ha", brummte ich, „die kennen tatsächlich ihren Namen."

„Hat einen Moment gedauert, was?", erwiderte Lissi leise. „Ich hab's auch nicht gleich geschnallt."

Ich zwinkerte ihr lächelnd zu.

Der Gesang endete abrupt und mit vier Fäusten, die gleichzeitig auf den Boden geschlagen wurden. Fels auf Fels und das Haus bebte wieder.

Die anschließende Stille war beinahe greifbar, aber wir rührten uns nicht. Und auch die Gigas waren wieder in ihrer Ruhe scheinbar mit dem Fels verschmolzen. Nur die Daboli wurden langsam unruhig, zumal sie keine Ahnung hatten, was gerade vor sich ging.

Der Anführer trat dann mit hochrotem Kopf vor und brüllte wieder etwas, bevor er sein Schwert hochriss und wütend auf den Durchgang zulief.

Er kam nicht weit.

Der Gigas zur linken der Tür sah nur kurz nach hinten und bellte seinerseits einen Befehl. Einer aus der hinteren Reihe schwang mit einer kurzen Bewegung seinen Arm und erwischte den Dabol mit der Rückhand. Der Anführer landete in weitem Bogen weit hinter seinen verdutzten Kriegern und rührte sich nicht mehr.

Ihres Anführers beraubt standen die Daboli ratlos herum und sahen sich fragend an.

Perach'el entspannte sich weiter und trat durch die Tür und direkt zwischen die Gigas. Die Daboli sahen ihr nervös entgegen, aber sie schaute nur freundlich in die Runde.

„Ihr alle, gehet heim!"

Die Krieger sahen sich unsicher an. Ein Kinderlachen war leise zu vernehmen. Es hallte langsam durch die Höhlen und verlor sich in der Ferne.

Wie macht sie das?, wisperte ich Lissi auf unserer privaten Ebene zu.

Ich habe keine Ahnung, gestand sie kopfschüttelnd.

Die Daboli hatten offenbar genug gesehen oder gehört. Wie ein Mann verbeugten sie sich vor ihr und traten geordnet den Rückzug an.

Die Gigas schauten ihnen mit unverhohlenem Hass hinterher. Perach'el schüttelte nur traurig den Kopf.

„Lasst es gut sein, ich bitt' euch!", sagte sie leise. Die Felsenwesen schauten sie unschlüssig an. „Wenigstens für den heutigen Tag", seufzte sie.

Der Größte der Gigas schnaufte, dass sich – mal wieder – der Staub aus den Ritzen der Steine löste. Er war überhaupt nicht glücklich.

„DUU PRAA EEL!", dröhnte er. Alle anderen Gigas schnauften ebenso, wendeten sich dann aber vom Durchgang ab und verschwanden gemächlich im Dunkel des Höhlenlabyrinthes.

Perach'el seufzte nochmal schwer.

„Derlei äonenalten Tort werd wohl auch ich nicht zu beendigen wissen", sagte sie mit hängenden Schultern.

Lissi hatte irgendwann ihren Bogen und die wenigen Pfeile gezogen, die sie noch hatte, steckte diese aber wieder in ihre Zwischenwelt zurück. Die Gefahr war gebannt.

„Sisyphos[93] hatte seinen Stein. Du hast deine Nephilim!", erwiderte die Vampirin sanft.

---

[93] der griech. Sage nach von den Göttern zu einer unlösbaren Arbeit verdammt.

Perach'els glockenhelles Lachen füllte den Kellerraum.

Ich weiß nicht, ob ich sie je so befreit hab lachen hören, aber ich musste über beide Ohren grinsen. Welch ein schönes Geräusch. Ich nahm sie fest in den Arm.

„Du bist großartig. Und wahrlich Gottes Blume", wisperte ich ihr ins Ohr.

Sie lachte kurz, drückte mich aber gleich wieder weg.

„Ach, lieb Karl", sagte sie, „ihr seid im Herzen gut." Dann wendete sie sich Lissi zu: „Lysje, ich bitt' euch, erklärt mir, was ihr mit jenem Bogen tuet."

Lissi in ihrer Geistgestalt sah sie seltsam an.

„Ich bin bei Sonnenaufgang zuhause, wenn dir das reicht?"

„Ja, das soll genügen", antwortete der Engel mit einer leichten Verbeugung.

Lissis Projektion löste sich auf.

Perach'el drehte sich langsam zu mir hin und senkte ihren Kopf an meine Schulter.

„Oh, mein Karl", seufzte sie, „habe ich gut getan?"

„Ja!", sagte ich überzeugt.

„Karl, ihr habt nicht nachgedacht", beschwerte sie sich.

„Meine herzallerliebste Blume", holte ich langsam aber ziemlich weit aus, „so, wie du dich heute deinen Ängsten entgegengestemmt hast ..."

„Ängsten?", fragte sie zwischen.

„Du bist ohne zu zögern einer ganzen Armee an Dabolkriegern entgegengetreten. Du hast dich dabei direkt zwischen eine Horde Gigas gestellt. Und ich weiß noch, wie viel Angst du in deren Höhlen hattest! Wenn das nicht mutig ist?!"

Der Engel sah nachdenklich zu Boden, seufzte noch ein Mal und sah mir ins Gesicht.

„Können wir einfach nach oben gehen?"

Ich lächelte sie breit an. „Natürlich."

Auf halber Strecke die Treppen hoch hielt sie mich plötzlich mit eisenhartem Griff fest.

„Oh, Herr im Himmel!", stöhnte sie, „Bei Sonnenaufgang vermag ich Lysje nicht mehr treffen. Bei den Kindlein sollt ich sein."

Ich löste vorsichtig ihre Finger und zog sie weiter nach oben.

„Lass mich kurz darüber nachdenken", bat ich sie. Ich war wohl schon zu lange mit allen drei Weltenvertraut. Ich kam gerade nicht darauf, wo das Problem lag.

Ich sah auf die Uhr. Minaeon würde wahrscheinlich bald da sein, um Perach'el abzuholen. Also schob ich sie im Wohnzimmer in einen Sessel, setzte mich ihr gegenüber und nahm ihre schmalen Hände in meine.

„So! Hilf mir bitte auf die Sprünge. Was bedrückt dich?"

„Ach, lieb Karl", lächelte sie, „mir waren neue Schwingen geschenkt."

„Ja, sicher! Ich war dabei."

„Wie soll ich dergestalt den Kinderlein begegnen?", fragte sie mich sanft. „Ward ich vor Tagen noch ein einfach Mägdelein, so kann ich nun nit mehr verbergen, der Engelsschar gehörig zu sein."

„Ah!", rief ich langgezogen. Endlich hatte ich verstanden. Aber ebenso schnell kam mir die Lösung in den Sinn. „Liebste Perach'el", lachte ich, „du weißt aber, welche Zeit wir gerade haben?!"

Sie sah mich fragend an.

„Es ist Weihnachtszeit", klärte ich sie auf. „Ich kann mir vorstellen, dass sich die Kinder über einen Engel freuen werden."

Perach'els Gesicht hellte sich sofort auf.

„Karl", rief sie mit breitem Lächeln, „was würd ich ohn' Euch machen?"

„Grimmig in deiner Höhle sitzen", antwortete ich lachend. Ich gab ihr einen Kuss auf die Stirn. „Aber jetzt lass uns schauen, was ein Engel so tragen kann."

Das stellte sich dann doch als etwas schwieriger heraus. Sie hatte schlichtweg nichts, was ihrer veränderten Anatomie angemessen war, weswegen wir ihr zu guter Letzt etwas aus Charlottes Schrank stibitzen mussten.

Sie war kaum ordentlich eingekleidet (nur Charlottes Haustunika war für sie kurz genug und reichte ihr trotzdem noch fast bis zu den Füßen), als auch schon Minaeon im Wohnzimmer stand.

„Das nenn ich perfektes Timing", rief ich.

Minaeon sah mich etwas irritiert an. Dann fiel sein Blick aber auf Perach'el, die er zum ersten Mal in Ruhe betrachten konnte. Sein Gesichtsausdruck sprach Bände.

„Perach'el, Ihr … du …", stotterte der Krieger. Dann holte er einmal tief Luft und erklärte mit wieder fester Stimme: „Perach'el, meine Liebe, du bist wunderschön!"

Man konnte zuschauen, wie der kleine Engel rot anlief.

„Habt Dank, Minaeon", hauchte sie. Dann hob sie den Kopf und strahlte ihn an. Sie ließ ihm keine Zeit zu reagieren und schmiss sich ihm an den Hals. Wie Lissi es gerne tat, vergrub sie ihr Gesicht in seiner Halsbeuge.

Minaeons Lächeln war zwar nur ganz fein, ließ aber auch sein Antlitz leuchten. Er streichelte ihr sanft über den Rücken und ließ auch die Flügel nicht aus, wobei er bewundernd ihr Gefieder betrachtete.

Ich klatschte zweimal vorsichtig in die Hände.

„Kinder", rief ich in Kopie von Charlotte, „ihr müsst los!"

Perach'el kicherte in Minaeons Schulter. Dann schob sie ihren Krieger von sich, strich ihr „Kleid" glatt und grinste mich breit an.

„Seid bedankt, Muttchen", entgegnete sie mit einem Knicks. „Wir werden umgehend des Tages Werk aufnehmen."

Sie schlug Minaeon mit dem Handrücken gegen den Oberarm. „Steht nicht herum und haltet Maulaffen feil! Der Herr will Resultate sehen!"

Minaeon schaute sie mit großen Augen sprachlos an. Perach'el schnippte dann mit den Fingern vor seiner Nase.

„Nit schlafen, Chilios!", fuhr sie ihn an. „Bringt mich an die Arbeit."

„Jawohl", antwortete er verunsichert.

Minaeon tat mir etwas leid. Ich kannte den kleinen Engel jetzt lange genug. Also brauchte ich nur einen kurzen Blick, um zu wissen, dass sie mit ihrem Beschützer ihren Spaß trieb.

Ich kicherte leise.

„Die Blume Gottes hat manchmal sehr spitze Dornen, Minaeon", merkte ich an. „Du kannst mir die Schuld geben, dass das jetzt scheinbar auch für ihren Humor gilt."

Der Krieger nickte kurz, nachdem er in meinem Gesicht gelesen hatte, dass ich es ernst meinte. Dann tat er etwas Unerwartetes. Er legte beide Arme wieder um den Engel, beugte sich herunter und küsste sie, mit allem was er hatte, auf den Mund. Perach'el stand erst stocksteif da, bevor sie fast in seine Umarmung hineinschmolz.

Ich ließ sie machen und drehte mich zum Fenster. Auch zum Hof hin hatten viele Nachbarn Weihnachtsbeleuchtung angebracht. Ich hatte mir noch nie viel daraus gemacht, konnte aber durchaus nachvollziehen, was die Menschen darin sahen.

Zu meiner Verwunderung bemerkte ich noch von einer anderen Seite her ein blinkendes Licht. Auf meinem Anrufbeantworter war doch tatsächlich eine Nachricht. Das hatte Seltenheitswert.

Als sich kurz darauf die zwei Turteltäubchen verabschiedet hatten, hörte ich die Nachricht ab und wünschte mir gleich, ich hätte es nicht getan. Mit belegter Stimme meldete sich mein Kollege Martin:

```
Hallo, Karl! Du bist ja nur schwer zu er-
reichen die Tage, also auf die Weise:
Andreas und Martina hatten einen Autounfall.
Sie haben … sie sind beide tot. Die Beerdi-
gung ist am Zwanzigsten, um zehn Uhr auf dem
Nordfriedhof. Ich wollte nur, dass du auch
Bescheid weißt. Tschö!
```

Ein lautes Piepen zeigte an, dass die Nachricht beendet war. Ich musste mich erst einmal hinsetzen. Wollte das Sterben denn gar kein Ende nehmen? Dann fiel mir das wieder ein, was der Faggos im Polizeipräsidium zu mir gesagt hatte. Er hatte mir weismachen wollen, dass er zwei meiner Freunde getötet hat. Ich hatte ihn nicht richtig ernst genommen und tat es auch jetzt nicht. Die Geschichten klafften zu weit auseinander. Aber er musste von dem Unfall gewusst haben. Das war etwas beunruhigend. Und die Beerdigung war heute.

Ich wollte gerade Lissi über unsere Geistverbindung informieren, als die Wohnungstür krachend aufflog. Ich wollte schon in den Angriff übergehen, als ich ihr zartes Stimmchen hörte.

„Ach, kaka!", fluchte sie in bestem Niederländisch. „Godverdomde doer![94]"

Ich lachte entspannt.

„Mach nicht so einen Radau und komm einfach herein", rief ich ihr zu.

„Aaaahh!", stöhnte sie lautstark. Sie stapfte missmutig ins Wohnzimmer und ließ sich nur widerwillig von mir in den Arm nehmen.

„Was ist los?", fragte ich vorsichtig.

„Ach, diese bekloppten Alten", schimpfte sie. „Erst schmeißen sie sich in den Kampf, aber wenn sie dann richtig Farbe bekennen sollen, kneifen sie."

„So plötzlich?"

„Sie haben wohl Besuch bekommen. Und jetzt ist es ihnen zu gefährlich."

„Der 'Besuch' muss ja Spuren hinterlassen haben", merkte ich an.

Lissi atmete resignierend aus. Ich nahm sie etwas fester in den Arm, weil sie fast den Eindruck machte, sie würde in die Knie gehen.

„Gisbert sagte, es waren zwei schwarze Engel, die als erstes drei alte – und mächtige! - Vampire getötet haben, bevor überhaupt mit Verhandlungen begonnen wurde."

„Ja, o.k.! Verstehe ich", merkte ich an. „Dann haben wir die Vampire also nicht in der vordersten Front."

„In gar keiner!", schnaufte Lissi.

---

[94] niederländisch: „Ach, Kacke! Gottverdammte Tür!"

„Warte es ab“, wendete ich ein. „Selbst wenn wir sie erst gegen Ende dabei haben, können sie uns nutzen.“

„Vielleicht“, entgegnete Lissi tonlos.

„Du bist frustriert“, stellte ich leise fest.

Sie schaute mich mit ihren großen schwarzen Augen eine Zeitlang an. Dann lachte sie ebenso leise, aber humorlos.

„Ja, ich bin frustriert.“ Mehr brauchte sie nicht sagen. Ich kannte ja die Situation.

Alles spitzte sich zu. Satanael sammelte alle Kräfte um sich, derer er habhaft werden konnte. Unsere Verbündeten waren entweder aus der Oberwelt, oder realistisch genug, sich aus der Schusslinie zu nehmen, wenn ihre Existenz bedroht war. Ich konnte die Vampire sehr gut verstehen.

Einen positiven Punkt wollte ich aber unbedingt vorbringen.

„Aber so, wie die Gigas heute auf Blanche reagiert haben“, machte ich weiter, „scheint sie so etwas wie eine Heilige für sie zu sein.“

„Ich habe keinen Plan wie, aber ihre Absolution scheint wirklich alle Ebenen erreicht zu haben.“

„Unser kleiner Engel hat halt einige Überraschungen parat“, erwiderte ich. „Wir können, glaub ich, nicht viel machen“, versuchte ich einen Schlussstrich zu ziehen.

Lissi machte ein unanständiges Geräusch. Ich nahm sie nochmals fester in den Arm und küsste sie knapp unter dem Ohr. Ich wusste, dass sie die Stelle liebte und konnte unmittelbar ihr Lächeln spüren.

„Wir haben jetzt so viel durchgestanden“, murmelte ich ihr ins Ohr, „da werden wir das bisschen Weltuntergang doch locker überstehen.“

Sie prustete kurz und drückte mich lächelnd weg.

„Was steht noch an?", fragte sie neutral.

Ich musste nicht fragen, woher sie ihre Erkenntnis hatte.

„Ich hatte einen Anruf."

Sie zog die Augenbrauen fragend hoch.

„Zwei meiner Kollegen sind bei einem Autounfall gestorben. Heute ist die Beerdigung."

„Soll ich mitkommen?"

„Nur wenn du möchtest."

„Wer …?"

„Andreas und Martina."

„Ach, blöd! Die waren nett."

„Ja, bei allen Frotzeleien. Ich mochte die beiden."

Lissi dachte kurz nach.

„Weißt du was?! Ich bin ja deine Freundin, also komme ich einfach mit."

„Danke. Das wird die anderen auch freuen."

Wie eine Welle, man könnte sagen substanzlos, strömten die Engelskrieger über die Barrikaden und weiter auf den Platz. Es waren nur zweihundert Soldaten, aber die bewegten sich so professionell, dass der übermächtige Gegner fast automatisch ein paar Schritte zurückwich

Septimus war zufrieden. Seine Truppen agierten, wie er es kannte und wie er es auch schon von seinen Legionären her erwartet hatte. Kein Zögern. Jeder stand für jeden ein.

Mit einem wenig Belustigung hörte er in der Ferne die Sirenen der Polizei. Das die Meldung erst so spät an die Einsatzkräfte rausging, wunderte ihn wenig, jetzt wo er wusste, dass der Chef der hiesigen Polizei ein Vampir war. Der würde seine Leute nicht unnötigen Gefahren aussetzen. Oder sie unter die Räder kommen lassen, wäre wohl zutreffender.

Die Krieger prallten ohne Gebrüll aber mit metallenem Getöse aufeinander.

Die Dabol-Krieger hackten, stachen und schlugen was ihre Kräfte hergaben. Ihre Gegner parierten in fließenden aber knappen Bewegungen, der Enge des Raumes folgend.

Der Grigore hielt sich zurück. Er und Septimus taxierten sich beinahe regungslos über die brodelnde Masse der Krieger hinweg.

Sekunden oder Stunden. Der Grigore versuchte etwas in seinem Gegenüber zu lesen. Vielleicht konnte er es. Er wendete den Blick nicht ab, als er sein Schwert zog und auf ihn losmarschierte.

Septimus pfiff kurz und sechs seiner Krieger lösten sich aus dem allgemeinen Kampfgetümmel, um sich ihm anzuschließen.

Der Grigore war in seiner tödlichen Effizienz ein richtig schwerer Gegner für den Römer und seine Mitstreiter.

Mit dem schwarzen Engel in der Mitte mutete das Vorgehen der Gegner wie ein Karussell an.

Der Nephil tötete im Zuge des Kampfes erst einen, dann einen weiteren Chilios, die aber auf einen kurzen Pfiff Septimus' sofort ersetzt wurden.

Im Gegenzug setzten die Engelskrieger dem Nephil schwer zu und fügten ihm etliche Verwundungen bei.

Auch Septimus war beileibe nicht untätig und fügte sich nahtlos in den Schwertrhythmus der Engelskrieger ein.

Mit seiner langen Klinge und den ausladenden schwarzen Flügeln war der Grigore aber eine harte

Nuss, die es zu knacken galt. Aber genau diese Flügel waren der Punkt, den die Chilioi ins Visier nahmen.

Die Angreifer auf seiner Vorderseite boten all ihre Schwertkünste auf, um den schwarzen Engel zu beschäftigen. Das genügte auch, denn auf seiner abgewandten Seite wurde jede Finesse über Bord geworfen und beidhändig die Schwerter wie beim Korndreschen abwechselnd gegen die starken, zähen Flügel geführt.

Der Grigore merkte schnell, dass er seine Gegner unterschätzt hatte. Der Gefallene hatt ihn gewarnt. Er hatte die mahnenden Worte in den Wind geschlagen. Jetzt wurde es eng für ihn.

Ein weiterer Engelskrieger fiel einem Ausfall des Grogore zum Opfer. Septimus pfiff wieder kurz und die Lücke war erneut geschlossen. Die meisten Daboli waren mittlerweile getötet oder vertrieben. Nur eine kleine Gruppe leistete noch Widerstand.

Septimus wechselte in dem Schwerterkarussell gerade von der Rückseite zur Front, als einem der Engelskrieger zwei, drei glückliche Treffer gelangen.

Der Grigore schrie auf, reagierte aber umgehend mit einem heftigen Angriff vorwärts.

Der Römer übersah einen Dolch, der einem Kämpfer entglitten war, und trat unglücklich auf den runden Griff. Er kam dabei aus dem Gleichgewicht und machte aus der Reihe der Angreifer heraus einen unfreiwilligen Schritt vorwärts. Direkt in die Schwertspitze des Grigore.

Sein in über zweitausend Jahren unbeschädigter Harnisch hatte dem Engelsschwert nichts entgegen zu setzen. Tief drang die Klinge ein und durchbohrte seine Brust.

Bei aller Verachtung für das Menschengeschlecht und die Oberwelt im Besonderen war dem Grigore bewusst, dass er gerade etwas Ungeheuerliches getan hatte.

Septimus Crassus war in allen Welten geachtet. Und er hatte ihn in diesem Moment getötet!

Mit einem leisen Knirschen rutschte der alte Traumrat von der Klinge.

Die Zeit schien fast stehen zu bleiben.

Der Grigore hatte sein Schwert gesenkt. Ein einzelner Blutstropfen glitt vom Stahl der Klinge und fiel zu Boden.

Septimus landete mit einem Seufzer auf dem harten Asphalt. Der Grigore kniete sich augenblicklich zu ihm und beugte sich herunter.

„Das habe ich nicht gewollt, Römer", flüsterte der Nephil.

Septimus lächelte ihn an.

„Sic transit gloria mundi[95]", antwortete der und schloss die Augen.

---

[95] Latein: „So vergeht der Ruhm der Welt"

KAPITEL 26

Also führten wir ein weiteres Mal unsere schwarzen Sachen aus.

Wir wanderten in aller Frühe zur Bahn und stiegen in den Regio Richtung Norden. Von dort noch zwei Haltestellen mit dem Bus und wir waren da.

Die Grabstellen lagen alle unter Bäumen. Man betrat durch das große Tor am Eingang quasi einen Wald. Zu dieser Jahreszeit wirkte die Anlage jedoch etwas trostlos. Die Bäume spiegelten so ohne Blätter und mit ihren dünnen kahlen Ästen ein wenig die Bewohner der Anlage wieder.

In der Ferne konnten wir einige Leute erkennen, die mir vertraut vorkamen. Die Trauergemeinde stand noch unschlüssig in den Grabreihen und unterhielt sich in gedämpftem Ton. Wir schlossen zu ihnen auf.

„Oh, ihr habt es noch geschafft. Das ist super", begrüßte uns Martin.

Wir gaben uns die Hände.

„Die Familie der beiden ist noch in der Kapelle."

Wir nickten verstehend. Es brauchte nicht viele Worte.

Martin seufzte tief, schob mit den Schuhen die Erde zu seinen Füßen von links nach rechts und schaute uns fragend, fast anschuldigend an.

„Ich bekomme ja nicht alles mit", fing er vorsichtig an, „aber ich glaube, einiges mitbekommen zu haben."

„Das ist mein Martin", sagte ich mit einigem Stolz. „Die Rede ist schwach aber der Inhalt trifft den Punkt."

„Mensch, Karl! Du hast mir in den letzten Monaten
so viel zu denken gegeben. Ich weiß ja nicht, wo mir
der Kopf steht."

„Was für ein Kopf?" Maria-Sophie hatte sich von
hinten an uns herangearbeitet und sicherlich unser
kurzes Gespräch belauscht.

„Na, die Omme, die ihm ständich im Weg is", antwortete Klaus, der sich von der anderen Seite unserer
Gruppe angeschlossen hatte.

„Euch hab ich echt vermisst", seufzte ich.

„Na, dann sehn wa dich ja bald wieda", beschloss
Klaus.

„Das wird wohl eher nichts", erwiderte Lissi kopfschüttelnd.

„Ja, ich bin jetzt wohl Sonderbeauftragter der
Himmlischen Heerscharen", grinste ich.

Martin fixierte mich mit schmalen Augen, unschlüssig, ob ich das ernst meinte oder nicht.

„Ah, der Herr macht Karriere", stellte Maria-Sophie
fest.

„Bei uns is ja ooch keen Blumentopp zu jewinnen",
erklärte Klaus trocken.

„Ich werd wohl nicht reich dabei", lenkte ich ein.
Und mit Seitenblick auf Lissi: „Oder?"

„Ich denke nein", antwortete sie schulterzuckend.

„Hattest du nicht mal was von 'Welt retten' erzählt?", meldete sich Martin zurück.

„Das gehört zur Jobbeschreibung", sagte ich leise.

Die Türen der Kapelle öffneten sich und die Fami-
lien von Andreas und Martina kamen langsam heraus.

„Jedenfalls seid ihr zwei mit viel … sagen wir mal
Körpereinsatz dabei", hakte Maria-Sophie nach.

Der Kreis der Bekannten, die nicht in der Kapelle waren, bewegte sich jetzt langsam der Grabstätte entgegen.

Ich zog MS mit einem Arm um die Schultern an mich heran und flüsterte ihr ins Ohr:

„Das im Pub war gar nichts. Ich bin jetzt viel besser.“

Sie schaute mich verwundert an. Lissi beugte sich, während wir den anderen folgten, zu ihr.

„Ich hab ihm ein paar Tricks beigebracht“, raunte sie ihr von der anderen Seite ins Ohr. „Ich will ihn nicht verlieren.“

MS schmachtete sie kurz an, nickte dann aber einfach nur. Sie konnte vielleicht Lissis Freundschaft haben, mehr war aber nicht drin.

„Liebe … zukünftige Ex-Kollegen und Innen“, rief ich leise in die Runde.

„Jetze kommt's“, kommentierte Klaus.

„Ich werde euch – wenn alles wieder ruhiger ist – definitiv mal zu mir einladen“, erklärte ich. „Ich bin genau genommen vielleicht bald nicht mehr euer Kollege, aber ich sehe euch als Freunde. Und als solche will ich euch nicht verlieren.“

Maria-Sophie sah Lissi kurz von der Seite an. Der Vampir zwinkerte ihr zu.

Klaus haute Martin freundlich aber ordentlich auf die Schulter.

„Wat Reden anbelangt, kannste dir von Karlchen echt ne Scheibe abschneiden.“

Martin schaute seinen Kollegen etwas genervt an.

„Ja, hast ja recht. Er hat mir da was voraus.“

Wir antworteten darauf nicht, weil in dem Moment der Priester um Aufmerksamkeit ersuchte.

Es folgte ein kurzes Gebet, ein paar Worte über die Verstorbenen und die weiteren üblichen Rituale. Dann wurden die Särge feierlich in das Erdreich abgesenkt und das zeremonielle Erde-in-die-Grube-Werfen begann.

Erfrischend für mich war der stressfreie Ablauf. Kein Zanken, kein Angiften. Einfach nur andächtiges Schweigen, oder gelegentliches Murmeln.

Während sich die Verwandten zu Kaffee und Kuchen oder was auch immer verabschiedeten, machten wir uns zur Bushaltestelle am anderen Ende des Friedhofs auf.

Wir quatschten noch über dies oder das, bis Martin sich genervt über etwas, das er weiter vorne gesehen hatte, äußerte:

„Ich weiß nicht", schnaufte er, „Engel in Stein oder so sind ja o.k. Aber die Plastikabteilung kann ich nicht leiden."

Ich schaute in die Richtung, die er gerade fixiert hatte und musste ein wenig lachen.

Im Schatten einer großen Grabstelle stand ein Chilios bewegungslos und sah uns an.

„Martin", sagte ich, „komm einfach mal mit. Ich werde dir und wer immer sich traut den Horizont erweitern."

„Ick gloobe meen Horizont is weit jenuch, jetzte wo die Mauer wech is", brummte Kläuschen unsicher. „Wir seh'n uns anne Straße", nickte er noch und schlenderte Richtung Ausgang weiter.

Maria-Sophie schaute ihrem Kollegen nachdenklich hinterher.

„Vielleicht hat er ja recht", murmelte sie nervös.

Martin nahm sie bestimmt am Arm und zog sie mit.

„Du nicht auch noch", sagte er ihr. „Irgendwer muss mich doch vor den Aliens beschützen."

„Da hast du dir ja genau die Richtige ausgesucht", nörgelte Maria-Sophie. Sie folgte aber ohne größeren Widerstand.

„Ganz entspannt!", beschwichtigte Lissi. „Wahrscheinlich werdet ihr nicht mal mitbekommen, was der Engel zu sagen hat."

„Also ist das ein 'echter' Engel?" Martin betonte das vorletzte Wort und hoffte sicher darauf, dass sich die Situation in einem Scherz auflösen würde.

„Hast du Zweifel, dass ich ein Vampir bin?", stellte Lissi die alles entscheidende Frage. Sie grinste dabei besonders breit.

Martin gab ein paar unartikulierte Laute von sich. Maria-Sophie hatte den Wink auch verstanden und schaute mit großen Augen dem Engel entgegen.

Der Chilios wartete geduldig und verzog keine Miene. Er bewegte sich nicht ein Mal. Das Gesicht kam mir bekannt vor.

„Seid gegrüßt, Chilios!", trat ich ihm entgegen. „Ihr seid Kreon, oder?"

Der Engel verbeugte sich tief in meine Richtung.

„Ich entbiete Euch die Grüße des Rates, Träumer."

Ich verbeugte mich ebenfalls.

„Und Euch, Kazass'lan."

Lissi sah ihn mit schiefem Blick und hochgezogenen Augenbrauen an. Ihr Spitzname hatte sich jetzt offenbar in Engels-'Freund' gewandelt.

„Habt Dank", antwortete sie für uns beide. „Gibt es Neuigkeiten?"

Die Frage war rhetorisch. Warum sollte der Rat sonst einen Krieger abstellen?!

„Mir ist die Aufgabe übertragen worden, euch den Tod des Traumrates Septimus Crassus zu vermelden“, führte der Engel mit gesenktem Haupt und gedämpfter Stimme aus.

Das tat weh. Der Römer war uns ein guter Freund geworden.

Lissi fauchte leise.

„Was ist passiert?“, fragte ich den Chilios ernst. Ich hatte etwas Probleme meine Stimme stabil zu halten.

„Es gab einen Vorfall mit einem Grigore“, antwortete er leise.

„Septimus war nicht alleine, oder?“, hakte ich nach.

„Er führte zweihundert gegen zwei Stämme. Mit dem Grigore hat niemand wirklich gerechnet“, erklärte er schulterzuckend. „Und der Treffer des Schwarzen war eher zufällig.“

Maria-Sophie und Martin schauten jetzt mit noch größeren Augen zwischen uns hin und her.

„Zufällig oder nicht! Das ist jetzt auch egal“, knurrte Lissi. MS und Martin rückten einen Schritt von ihr weg. „Wie geht es jetzt weiter?“, wollte sie von dem Engel wissen. „Hat der Rat sich geäußert?“

„Das wäre der zweite Teil der Nachricht“, erwiderte der Chilios gefasst. „Ihr werdet gebeten, euch zum Berg zu begeben.“

„Einfach so, oder gab es genauere Anweisungen?“, wollte ich noch wissen.

Kreon runzelte nachdenklich die Stirn.

„Gabriel erwähnte, dass ... ich bin mir nicht sicher, ob ich es richtig verstanden habe ... dass das Buch? ... euch zum Berg gerufen hat? Ich bin nicht sicher, ob ich das richtig verstanden habe“, wiederholte er sich grübelnd.

Ich grinste Lissi wissend an. Sie nickte lächelnd zurück.

„Kreon, mein Freund“, wendete ich mich an den Engelskrieger, „ich bin mir sicher, dass du dich nicht verhört hast.“

Er schaute skeptisch, nickte aber zur Bestätigung.

„Wenn du nach dem kommenden Krieg etwas Zeit hast“, erläuterte Lissi freundlich, „sprich mit Gabriel. Er wird dir bestimmt eine Zusammenfassung geben.“

Kreon sah sie etwas ungläubig an.

„Welcher Krieg?“

Jetzt schauten wir ihn etwas fassungslos an.

„Bitte?“, fragte ich entsprechend eloquent.

„Wo warst du die letzten Jahre?“, fragte Lissi nach.

„Ich ...“ Dem Chilios war sichtlich unbehaglich. „Ich war nur an der Pforte zum Berg eingesetzt.“

„Na ja, nicht ganz, soweit ich weiß“, berichtigte ich ihn. „Aber lassen wir die Details. Nur zu deiner Kenntnis: Der Berg wird mit an Sicherheit grenzender Wahrscheinlichkeit“ - der Amtsschimmel wieherte mal wieder sehr laut - „Ziel des nächsten großen Angriffs.“

Kreon klappte die Kinnlade herunter. Er hatte wirklich nicht viel mitbekommen in den letzten Jahren.

„It's the final countdown!“, trällerte Lissi grinsend.

„Oder so“, kommentierte ich lächelnd.

Kreon fiel dazu nichts ein. Er zog es daher vor, sich würdevoll zu entfernen. Er verneigte sich also und verschwand wortlos mit einem Plopp.

„Und was heißt das für uns?“, fragte Maria-Sophie in die nachfolgende Stille.

„Gute Frage!“ Ich schaute Lissi an. Die zuckte nur mit den Schultern.

„Wahrscheinlich gar nichts", antwortete sie dann. „Schlimmstenfalls das Ende."

„Das klingt ja mal beruhigend", brummte Martin.

„Der eigentliche Krieg spielt sich auf einer anderen Ebene ab − einer anderen Welt sozusagen", erklärte ich. „Nur wenn wir den Krieg verlieren, ist auch unsere Welt betroffen."

„Unsere Welt im Sinne von … unsere Welt?", hakte Maria-Sophie nach.

„Ja, MS!", antwortete ich ehrlich. „Der Krieg findet − sagen wir mal − zwischen Himmel und Hölle statt. Auf der einen Seite sind − einfach ausgedrückt − die Engel, auf der anderen die Teufel. Wer die Guten sind und wer die Bösen kannst du frei entscheiden."

„Sollte das nicht klar sein?", fragte Martin nach.

„Ha!", lachte Lissi. „Das ist Karls Lieblingsfrage."

„Ja, gut! Ich hab in den letzten paar Monaten genug gesehen, um mich nicht mehr auf Schwarz und Weiß einschränken zu lassen."

Martin grinste breit und knuffte Maria-Sophie in die Seite.

„Karl", verkündete er zufrieden, „genau so kenn ich dich."

Ich lachte leise, legte einen Arm um seine Schulter und drückte ihn fest an mich.

„Schau dir meine Freundin an." Ich zeigte auf Lissi. Sie schaute mit hochgezogenen Augenbrauen zurück. „Sie ist das beste Beispiel für 'Grauzone'. Und ich liebe sie von ganzem Herzen."

Ein Lächeln huschte über ihr Gesicht. Sie legte ihre Arme locker auf meine Schultern und küsste mich auf die Stirn.

„Wir wissen ja, dass dein Blick regelmäßig getrübt ist. Deswegen pass ich ja auf dich auf", schnurrte sie.

Maria-Sophie und Martin kicherten ungehemmt.

„Ja, ist klar", seufzte ich. „Vielleicht sollten wir uns langsam vom Acker machen", schlug ich vor. „Und ihr lasst Kläuschen nicht so lange warten. Wir sind dann auch weg."

„Alles klar." Maria-Sophie hakte sich bei Martin ein. „Wir sehen uns?"

„Ich bin Optimist", antwortete ich ernst. „Ich bin mir sicher."

Martin und Maria-Sophie nickten nur kurz und schlenderten Richtung Friedhofstor.

Wir schauten ihnen einen Moment versonnen hinterher.

„Wollen wir dann?", fragte Lissi leise.

„Nein", gab ich ehrlich zurück.

Wortlos zog sie mich mit einem Arm zu sich heran. Der Raum verengte sich zu einem Schlauch und schon waren wir vor der Ratskammer im Berg.

Der kleine Vorraum war verweist. Dafür war in dem Gang davor viel Bewegung. Einzelne Engel oder Menschen liefen hin und her, sicherlich mit wichtigen Dokumenten oder Botschaften betraut. Dazwischen füllten immer wieder Kolonnen bewaffneter Krieger den Flur.

„Wow!", hauchte ich.

Lissi sah mich kurz von der Seite an.

Inzwischen hab ich auch etwas Angst, teilte sie mir auf der Geistebene mit.

Kommt bitte herein, sprach uns Gabriel an.

Vor der großen Doppeltür standen diesmal keine Cherubim, was uns etwas wunderte. Der eine Flügel öffnete sich dennoch selbstständig.

Wir traten ein.

Der Raum lag im Halbdunkel. Nur etwa ein Duzend Kerzen gaben ein schwaches Licht ab. Mehr brauchte es aber auch nicht. Dies war kein Feldherrenzelt, wo stundenlang über Karten gebrütet und Kriegsstrategien ausgetüftelt wurden. Hier ging es nur um den Berg und den Saal mit dem Traumstrom. Und die Anwesenden waren lang genug hier, um ohne Karten auszukommen.

Altbekannte Gesichter sahen uns entgegen. Odoaker, der Merowinger Traumrat, und sein Kollege, der Bantu M'Safiri. Etliche, deren Namen ich noch nicht gelernt hatte, fehlten. Ich nahm an, dass sie die kommenden Aufgaben zur Verteidigung sozusagen vor Ort koordinierten. Ein Stuhl der menschlichen Ratsmitglieder würde jedoch eh leer bleiben.

Erzengel Gabriel, der ebenfalls am Tisch saß, erfasste meine Stimmung sofort.

„Er fehlt uns auch sehr, lieber Karl", sagte er sanft. „Aber es freut mich, dass ihr es so schnell hergeschafft habt."

„Ich hoffe, das Ganze findet bald ein Ende", seufzte ich. „Wir beerdigen zu viele Freunde."

„Auf die eine oder andere Weise", nickte er. „Es wird nicht lange dauern."

„Woher ... ?", wollte ich nachhaken.

Gabriel zeigte mit einem Finger lächelnd nach oben.

Perach'el saß im Schlafraum des Kindergartens an ihrer geliebten Harfe, die sie sich dann von ihrem ersten selbstverdienten Geld gekauft hatte, und spielte ein langsames Lied, dass sie noch aus ihrer Kindheit kannte. Die Kleinen schliefen tief und fest. Hin und wieder ließ sie ihren Geist über die kleinen Sphären der Kinder gleiten. Selbst im Schlaf waren sie voller Energie, während sie die Erlebnisse des Tages verarbeiteten.

Perach'el war ein wenig melancholisch. Hier saß sie nun und musste auf Nachricht ihrer Liebsten warten, die sich derweil den Gefahren des nahenden Krieges stellten. Ihr war bange um Karl, ihren Retter, und selbst um seine Freundin, die Nephil. Und natürlich um Charlotte, den manchmal so arg grimmigen Engel. Und ihren geliebten Minaeon, Engel der Chilioi und ihr Beschützer.

Sie hatte Kriegszeiten erlebt. Sicherlich nicht unmittelbar. Doch waren sie und ihre Familie nah genug am Geschehen, um von den Auswirkungen betroffen zu sein. Sie musste an ihren Verlobten denken, den Herebald. Er musste ins Feld ziehen und ward nimmermehr gesehen.

Karl hatte recht. Was scherte sich das Schicksal um gerecht oder ungerecht. Und solange Engel für ihren Gott starben, war das Auskommen allen Handelns ungewiss.

Doch stand es ihr nicht zu, den Herrgott zu kritisieren. ER würde den großen Plan schon kennen.

'Der große Plan'. Sie hatte das einmal irgendwo gehört. Sie war sich nicht sicher, was es zu bedeuten hatte, fand den Klang aber nett.

Gabriele oder Heike hatten es erwähnt, den Tag an dem sie erstmals mit Flügeln zur Arbeit erschienen war.

Karl hatte recht. Alle waren sie mit ihr voll Freude. Und die Kindlein staunten um so mehr und konnten es nit lassen, ihre Schwingen zu streicheln.

Sie musste leise kichern bei dem Gedanken an den Herrn Pfarrer, der den Neuigkeiten sogleich auf den Grund gehen wollte und angesichts ihrer ohnmächtig hint'überfiel.

Die Eltern waren zu ihrer Verwunderung recht gelassen und freuten sich darob, dass ihr kirchlicher Kindergarten jetzt sogar einen Engel unter den Betreuern hat.

Sie spürte einen leichten Druck auf der Geistsphäre. Ein Kinderlachen wehte leise durch den Raum.

„Lasst ja die Kinder viel lachen,
sonst werden sie böse im Alter!
Kinder, die viel lachen, kämpfen
auf der Seite der Engel.[96]“
Wo hatte sie das gehört? Sie konnte sich manches Mal nicht recht erinnern. War es aus ihrer Zeit noch als Mensch? Oder gar in der heutigen?

Etwas hatte sich verändert. Die Kindlein schliefen noch immer tief und fest. Sie waren aber ruhiger als sonst.

Wieder ein Kinderlachen. Dieses Mal stärker. Kraft floss ihr zu. Sie konnte es fühlen. Was geschah gerade?

Azraels Schrei jagte ihr eine Gänsehaut über den Rücken. Was passierte?

Nur einen Wimpernschlag später hatte sie ihre Geistsphäre über den schlafenden Kindern ausgebreitet.

---

[96] Hrabanus Maurus, Erzbischof von Mainz (*um 780 - †04.02.856)

Sie wartete ab.

Ein tiefer Glockenton kam aus der Oberwelt herüber und ließ die Luft vibrieren.

Das tierische Brüllen, das folgte, ließ ihr das Blut in
den Adern gefrieren.

Voll Angst, der Panik nah, breitete sie die Flügel
aus. Sie musste es wagen. Sie rief mit aller Kraft im
Geist nach Minaeon. Er sollte über die Kleinen
wachen. Und willte sich in die Oberwelt.

KAPITEL 27

Es war still in der Höhle. Soweit wir sehen konnten, war niemand geblieben, als die Kämpfe losgingen. Alle Traumleser und ihre Helfer hatten sich in Sicherheit gebracht. Da sie aber rechtzeitig gewarnt werden konnten, hatten sie sich geordnet zurückgezogen, vorher aber alle Materialien und Schriftrollen ordentlich in den Regalen verstaut. Da lachte mein altes Verwaltungsherz.

Als wir jetzt das Portal hinter uns schlossen, drang nur gelegentlich ein leises Donnern an unsere Ohren und hin und wieder bebte der Boden ganz leicht.

Es brauchte schon ungeheure Gewalten um diesen Berg erzittern zu lassen. Aber genau solche Mächte bekämpften sich jetzt dort draußen.

Ich vernahm außerdem noch das leise Klingeln und Rauschen des Traumstromes, der sich natürlich unablässig weiter in die Tiefen des Berges ergoss. Lissi konnte das Geräusch immer noch nicht hören, obwohl sie mehr oder weniger ein Teil von mir war.

Charlotte und Lissi nahmen mich in die Mitte, während wir Richtung Traumstrom weitergingen. Der Engel hatte sein Schwert nicht weggesteckt, genauso wenig wie die Vampirin ihren Bogen. Die Stille konnte trügerisch sein.

Entspannt euch, bitte. Es ist niemand hier, teilte uns das Buch leise mit.

Das ließ ich mir nicht zweimal sagen. Die Anspannung machte mich schon ganz fertig. Ich taugte halt nicht zum Krieger. Und trotzdem war ich zum Verteidiger des Buches auserkoren. Sehr witzig das Ganze.

Ist dir wieder nach Jammern?, fragte das Buch amüsiert.

Wenn du mich so fragst? Ja!

Das Buch lachte leise.

Auf dem Podest, der den Traumstrom umgab, angekommen, sahen wir uns erneut um. Vertrauen war gut, aber es schadete nichts, selbst nochmal zu kontrollieren. Mit Blick zum Portal stellten wir uns hin, etwas unschlüssig, was wir tun sollten.

„Und jetzt?", fragte ich dann die anderen.

„Na ja, wir warten erstmal", meinte Charlotte. Sie schob ihr Schwert aber in die andere Dimension und setzte sich im Schneidersitz auf den Boden.

Wir folgten ihrem Beispiel. Lissi nahm direkt vor mir Platz, so dass ich meine Beine und Arme um ihre Hüften schlingen konnte. Damit Charlotte nicht allein blieb, griff sich Lissi ihre Hand und ließ sie auch so schnell nicht los.

Ein dumpfer Knall war aus der Ferne zu hören. Der Berg zitterte heftig und kleine Steinchen und Staub rieselten von der fernen Decke der Höhle. Wir sahen uns mit mulmigem Gefühl an.

„Michael und sein Bruder?", riet Lissi.

Charlotte nickte nur. Sie hatte es kommen sehen, dass sich ihr Liebster und der Gefallene gegenüberstehen würden, um um den Einlass zum Berg zu kämpfen.

Während die Daboli und alle anderen Geschöpfe der Unterwelt – mit Ausnahme der Felsentrolle natürlich – versuchten, durch alle anderen Öffnungen in den Berg zu gelangen, hatte Satanael selbstverständlich den Anspruch, erhobenen Hauptes durch das große Portal das Haus zu betreten. Doch da stand Michael und verwehrte ihm den Zutritt.

Zwei Erzengel, die mit brachialer Gewalt versuchten, den anderen auszuschalten! Glücklicherweise hatten der Schöpfer und das Buch beschlossen, nicht einzugreifen, außer die Menschenwelt wäre in Gefahr ... oder sie selbst!

Die Ersten sind in den Berg eingedrungen!, teilte uns das Buch mit. *Es sind Grigori dabei. Mein alter Freund hat damals offenbar gepatzt.*

Charlotte wurde kreidebleich.

„Das war das Dunkle, dem sich Septimus entgegen gestellt hat", hauchte sie.

A'phrax'eleni, sei so gut und begib dich an den Ort, über den wir gesprochen hatten, meldete sich das Buch wieder zu Wort.

Lissi und ich schauten erst erstaunt den Traumstrom an, dann Charlotte. Die zuckte nur mit den Schultern.

„Muss das sein? Ich würde lieber hier bei den anderen bleiben und helfen", bat der Engel.

Du hilfst mehr, wenn du dich aus dem Weg nimmst. Ich will dich in Sicherheit wissen, widersprach das Buch. *Und du weißt, was du von den Grigori zu erwarten hast.*

Charlotte nickte niedergeschlagen. Diese Engelswesen, die es im Grunde nicht mehr geben dürfte, waren dennoch so etwas wie die Buhmänner der Traumwelt. Schaurige Geschichten machten seit Jahrhunderten die Runde, über Gewalt, Lust, niedere Instinkte. Und augenscheinlich war an den Beschreibungen mehr dran, als sie jemals geglaubt hätte.

„Was würde passieren?", fragte ich leise.

„Sie würden mich umgehend töten", antwortete Charlotte ebenso leise. „Und obwohl sie ebenfalls Engel sind, hassen sie uns abgrundtief ... wenn die Geschichten stimmen. Und sie scheinen ja zu stimmen."

„Du wusstest, dass es sie noch gibt?“, fragte ich das Buch. Es sollte nicht wie eine Anklage klingen und ich hoffte, dass ich mich jetzt nicht im Ton vergriffen hatte. Das Buch konnte aber genau wie Lissi – und um einiges besser – in mein Inneres schauen.

Nicht mit Sicherheit, Karl. Satanael hat sie gut versteckt. Ich wusste nur, dass er noch mindestens, wie man bei euch sagt, einen Trumpf im Ärmel hatte.

„Aber mussten es die Grigori sein?“, stöhnte Charlotte mit erhobenen Händen gegen die Höhlendecke.

Er hat sie jedenfalls. Und deswegen möchte ich dich nicht hier haben. Lissi und Karl sind für sie uninteressant. Das Buch klang fast schroff, aber die Sorge um seinen Schützling war spürbar für uns. Also nickte Charlotte nur und stand auf.

Auch wir erhoben uns wieder und schauten sie sorgenvoll an. Ich hätte sie sehr gerne um mich gehabt, wenigstens weil sie eine hervorragende Kämpferin war, aber natürlich auch, weil sie mir ans Herz gewachsen war.

„Jetzt schaut doch nicht so“, grollte sie. „Wir sehen uns wieder. Da bin ich sicher.“

Lissi hatte als Erste die Arme um ihren Hals.

„Und wehe, wenn nicht!“, raunte sie dem Engel ins Ohr. „Ich schick Dewer'el, um dich zurückzuholen.“

„Das gilt aber auch in die Gegenrichtung“, warnte Charlotte.

„Ja, klar. Und wenn ich draufgehe, kümmert sich keine Sau darum. Hauptsache ihr zwei seid zusammen“, nörgelte ich.

„Ich hab dich auch lieb, Sterblicher“, lächelte Charlotte und drückte mich kurz.

Ein scharfer Knall am Eingangsportal zeigte uns an, dass die ersten Eindringlinge reichlich schnell ihr Ziel erreicht hatten.

„Sieh zu, dass du wegkommst!", sagte ich zu ihr und schob sie von mir. „Wir sehen uns bestimmt wieder."

Charlotte sah noch ein Mal zum Traumstrom hoch und verschwand. Die Luft an der Stelle, wo sie gerade gestanden hatte, flimmerte noch, als das Portal unter dröhnenden Schlägen und mit markerschütterndem Kreischen nachgab. Die armdicken Bolzen, die die Scharniere sicherten, brachen mit scharfem Knall, und die Bruchstücke flogen weit in den Raum, um polternd in die Regalreihen zu fallen. Die schweren dicken Flügel des Portals fielen fast in Zeitlupe langsam in den Raum hinein. Mit ohrenbetäubendem Krachen schlugen sie auf dem rauen Höhlenboden auf.

Karl, komm bitte herein, wies mich das Buch an.

„Und Lissi?", fragte ich gegen.

Sie bleibt draußen. Um meinen aufkommenden Widerstand im Keim zu ersticken, erklärte mir das Buch aber gleich warum, *Ich werde sie beschützen, wie ich auch dich beschützen werde. Nur möchte ich sie für Satanael und seine Leute sichtbar lassen. Zeit und Zeitpunkt sind immens wichtig.*

Der letzte Satz schien mir etwas zusammenhangslos, aber das Buch würde schon wissen, was es wollte. Noch hingen dicke Staubwolken in der Luft, in denen aber schon schemenhaft die ersten Gestalten zu erkennen waren. Ich schnappte mir Lissi und küsste sie leidenschaftlich. Diesmal drückte sie mich nach einem Moment weg.

„Rein mit dir", flüsterte sie. „Wird schon schief gehen."

Ich trat vor den Traumstrom. Bevor ich hineinging, hob ich aber noch drohend einen Finger.

„Wenn ihr irgendwas passiert ...!“

Das Buch antwortete nicht. Es gab auch nichts zu sagen. Mir war selbst klar, dass nichts und niemand ihr helfen kann, wenn das Buch versagte. Sagen musste ich es trotzdem. Ich hatte Angst, und das nicht zu knapp.

Wie beim ersten Mal, umfing mich der Traumstrom wie ein feiner warmer Nieselregen. Und wie ein solcher an einem warmen Sommertag, spülte er auch jetzt wenigstens einen Teil meiner Sorgen weg.

Hallo, Karl.

Hallo, Buch.

Entspann dich bitte wieder. Wir müssen jetzt Geduld haben, bis Satanael hier ist.

Er kommt also an Michael vorbei?

In diesem Moment.

Und Lissi ist wirklich sicher?

Ja. Ich mach mit ihr das gleiche, wie mit Ariel den einen Tag.

Und auch Satanael kommt nicht durch den Schirm durch?

Erinnerst du dich an deine Belgariad-Bücher[97]?

Klar.

Der Zauberer Belgarath erklärt seinem Schüler, wie man mit Geistkraft Dinge bewegt. Er erklärt ihm aber auch, dass die Dinge dadurch nichts an ihrem Gewicht verlieren würden. Er musste das ganze Gewicht bewegen.

Ah, du meinst, dass niemand die Kraft hätte, deinen Schirm zu bewegen.

---

[97] Von dem amerikanischen Autoren-Duo David und Leigh Eddings

Du verstehst schnell. Gut.

Lässt sich das Gewicht deines Schirms benennen?

Und du bist neugierig. Das ist auch gut.

Bekomme ich trotzdem noch eine Antwort?

Ja, Dewer'el, lachte das Buch. *Kurz gesagt: Du müsstest das Universum bewegen. Und nicht nur das gegenwärtige!*

Oh. Und dann wurde mir klar, was das Buch mit der Ergänzung meinte, *Ooooh!*

Das Traumbuch enthielt die gegenwärtigen und natürlich auch vergangenen Träume, aber zu Teilen auch die zukünftigen. Und genauso, wie ich und andere mit den Gedanken Dinge bewegen und verändern konnten, also in die Materie eingreifen, so waren auch die Träume nicht einfach nur Hirngespinste. Die Geistwelt war die eigentliche und wahre Welt. Und die Träume ...

... sind ihre Antriebskraft, bestätigte mir das Buch.

Jetzt war ich baff. Dann war die dingliche Welt also nicht real und die Traumwelt alles. Den Brocken musste ich erst einmal verdauen. Einen Verdacht hatte ich vorher schon, aber wie leicht verdrängt man Gedanken, die schwer zu verarbeiten sind.

Darf ich jetzt ein wenig ohnmächtig werden?, fragte ich leise.

Später. Wir haben jetzt keine Zeit dafür.

Noch eins: Weiß Satanael das mit den umgekehrten Verhältnissen?

Nein, antwortete das Buch amüsiert, *aber er ahnt etwas, auch wenn er es nicht wahr haben will.*

Nein?, fragte ich ungläubig. *Wie das?*

Es beruhigte mich fast ein wenig, dass auch ein unsterblicher Engel sich selbst so belügen konnte.

Er wurde selbst erst mit der Geburt der dinglichen Welt erschaffen. Die Geistwelt ist älter, viel älter.

Das Buch konzentrierte sich kurz in eine andere Richtung und ich spürte Lissis Staunen.

Ist mit dir alles gut?, fragte ich sie über unsere Direktleitung.

Ja. Ich war nur gerade ein wenig von dem Gefühl übermannt, wenn sich der Traumstrom über einen ergießt. Ich hab jetzt meinen eigenen.

Für dich nur das Beste, meine Liebste.

Schleimer!

Liebst du mich trotzdem?

Sie musste nicht wirklich überlegen. Ich hatte sie nur mit dieser direkten Frage etwas überrascht, zumal ich die Antwort jederzeit spüren konnte.

Ja, lachte sie, *von ganzem toten Herzen.*

Das ist ja mal 'ne Ansage, grinste ich. Ich spürte aber, wie sie sich in eine andere Richtung konzentrierte, und war schlagartig ruhig.

Was ist los?, fragte ich in die Stille. Lissi hatte keinen Mucks von sich gegeben und ich saß wie auf Kohlen. *Ein Fenster wäre toll,* murrte ich mehr zu mir selbst.

Lissi kicherte kurz. Sie hatte mich also gehört. Dann fiel mir aber auch ein, dass ich manchmal ein echter Trottel war.

Äh, ich komm mal kurz rüber und leih mir deine Augen, o.k.?

Ja, klar.

Ich schob mein Bewusstsein in ihre Sphäre, wo sie mich an ihrer 'Sicht der Welt' teilnehmen lies.

Ich war von den Socken.

Bisher waren wir immer im gleichen Raum, oder es bestand keine Notwendigkeit, ihre Blickweise zu erfahren. Aber das war schlicht unglaublich.

Ich hatte echt Mühe, ihr Sichtfeld zu erfassen. Es waren zwar immer noch keine 180 Grad, aber weit mehr, als der normale menschliche Kegel dessen, was wir auf ein Mal überschauen konnten. Und dann noch mit einer Schärfe, die mich wie einen blinden Maulwurf dastehen ließ. War das ein Käfer, da hinten an der Felswand?

Ja, du Nervensäge, lachte sie. Tolles Gefühl, inmitten der Quelle des Lachens zu sitzen. Sie schüttelte amüsiert den Kopf.

Was ich mit ihr am Portal sah, war dann aber nicht mehr so lustig.

Eine große Zahl Daboli quoll in den Saal und verteilte sich in alle Richtungen.

Aus der Masse der Krieger ragten andere Wesen heraus. Wenigstens einen Kopf größer, breit gebaut und mit schwarzen Flügeln, die mich an Fledermäuse erinnerten, schritten vier Grigori durch den Eingang zur Höhle. Selbstbewusst nahmen sie den Raum ein und hatten offenbar allen Grund dazu. Die sie umgebenden Dabol-Krieger hielten gebührenden Abstand, reagierten aber auf jeden Fingerzeig der dunklen Engelswesen.

Einen kurzen Blick konnte ich ja schon auf sie werfen, als ich mit Lissis Hilfe Charlotte verteidigte, damit sie ihre Vision zu Ende führen konnte. Auch jetzt wieder empfand ich sie bei aller Schönheit der Gesichter doch als abstoßend, ohne sagen zu können, was der Grund dafür war.

Eine Aura unermesslicher Arroganz, gab Lissi mir eine Begründung. *Ganz wie ihr Meister.*

Ja, das war der Grund. Das ließ mich tiefe Abscheu bei ihrem Anblick empfinden. Ganz wie bei ihrem Meister.

Die Grigori wiesen einzelne Gruppen der Daboli an, den Raum zu durchkämmen. Was sie suchten, konnte Lissi zunächst nicht sehen, nur dass sie nicht zimperlich mit der Einrichtung umgingen. Tische und manche Regale wurden umgeworfen oder zertrümmert. Aus einer ferneren Ecke konnten wir lautes Johlen vernehmen, das das Umfallen gleich mehrerer Regale begleitete. Krach und Staub kam von allen Seiten.

Die schwarzen Engel schritten langsam auf den Podest zu, offenbar zufrieden mit dem Fortgang der Suche. Einer wies auf Lissi und sagte etwas, nachdem sie näher herangekommen waren und sie in ihrem Zweig des Traumstromes erkennen konnten. Die anderen lachten. Zumindest sah es wie Lachen aus. Ihre Gesichter glichen dabei eher Fratzen und zeigten keine Spur von Humor.

Der Erste, der nahe genug vor dem glitzernden Vorhang stand, streckte seine Hand nach der Vampirin aus. Er drang nur ein kurzes Stück in den Strom ein, zuckte jedoch gleich wieder zurück. Er rieb sich die Hand und verzog das Gesicht, als hätte es ihm weh getan.

Ein Weiterer, der sich anschickte hineinzugreifen, zog augenblicklich seine Hand wieder weg. Er griff dafür ohne Zögern nach seinem Schwert und stach zu. Die Klinge drang jedoch nur ein noch kürzeres Stück ein. Er stemmte sich gegen die Parierstange seiner Waffe. Es tat sich anfänglich nichts. Dann plötzlich begann die Klinge zu glühen. Verblüfft betrachtete der Grigore das zunehmende Leuchten und fiel unvermit-

telt nach vorn, als die Schneide mit einem leisen
Knacken kurz hinter dem Heft in mehrere Teile zer-
brach. Mit markerschütterndem Heulen ließ er seiner
Wut freien Lauf und warf den Rest seiner Waffe in
hohem Bogen in den Saal. Die anderen drei lachten
jetzt über ihn.

Bevor die Grigori sich auf ein weiteres Vorgehen
einigen konnten, wurden sie abgelenkt. Zwei Dabol
schleppten einen der Schreiberlinge an, der sich offenbar im Saal versteckt hatte. Warum er noch da war,
sollten wir nicht erfahren. Der Grigore, der zuerst den
Podest erreicht hatte – er schien auch eine Art Anführer zu sein –, trat auf den Mann zu und legte ihm die
Hände auf die Seiten des Kopfes. Die Augen des
Mannes weiteten sich augenblicklich. Der Grigore
schien in seinen Geist eingedrungen zu sein und
suchte wahrscheinlich nach Informationen.

Können wir dem Mann noch helfen?, fragte Lissi
das Buch.

Es ist bereits zu spät. Er ist so gut wie tot, antwortete das Buch leise.

Und wie zur Bestätigung, hatten sich seine Augen
in den Höhlen so weit nach oben gedreht, dass nur
noch das Weiße zu sehen war.

Lissis Miene verfinsterte sich. Sie nahm dennoch in
aller Ruhe ihren Bogen, legte einen Pfeil auf und zielte auf den Engel. Das Peitschen der Sehne konnte ich
dieses Mal nicht hören, obwohl Lissi diese mit aller
Kraft durchgezogen hatte.

Alles bewegte sich im Traumstrom langsam. Auch
der Pfeil wand sich im Schneckentempo durch die
glitzernde Materie des Stroms. Verwundert folgten
wir dem Geschoss mit Lissis Augen. Gleichzeitig ging

uns aber auf, dass der Pfeil sich noch vorwärtsbewegte, wo das Schwert des Grigore gescheitert war.

Ebenso ungläubig schaute dieser, als ihm aufging, was passierte. Er wollte auch nicht wahr haben, was er sah, weswegen er noch dort stand, als sich der Pfeil aus der Umklammerung des Traumstroms löste und mit einem scharfen Zischen seinen Brustkorb durchschlug.

Mit einem leisen Seufzen kippte der Engel nach hinten und rührte sich nicht mehr.

Stille herrschte auf der Empore. Die Dabol-Krieger, die sich um die Grigori geschart hatten, traten verängstigt einige Schritte zurück. Die übriggebliebenen Engel starrten ihren am Boden liegenden toten Kameraden mit undeutbarer Miene an.

Der Engel, der sein Schwert verloren hatte, sagte etwas zu den anderen Zweien. Die nickten kurz, worauf er den Kopf hob und die Augen schloss. Wir bekamen erst nicht mit, was er damit bezweckte, dann jedoch spürten wir ein Summen in der Peripherie unseres Geistes.

Er ruft jemanden, kann das sein?, fragte ich in die Stille.

Sieht ganz danach uns. Aber wen?, antwortete Lissi.

Ist das nicht offensichtlich?, meldete sich das Buch wieder zu Wort. *Er ruft seinen Meister.*

Na gut. Offensichtlich war das für mich nicht gerade, aber es macht Sinn, gab ich zurück.

Dann geht die Party jetzt erst richtig los, nehme ich an, ergänzte Lissi.

Ja, alles in der richtigen Reihenfolge. Mehr sagte das Buch nicht dazu und lies uns mit dieser kryptischen Ansage stehen.

Darf ich anmerken, dass ich das Ganze hier nicht freiwillig mache?, brummte ich.

Du darfst anmerken, was immer du möchtest, mein Schatz, erwiderte Lissi kichernd. *Doch ...*

... es nützt mir nichts, schloss ich. *Schon klar.* Und nach einer Gedankenpause: *Dann warten wir mal bis alle Gäste da sind. Der Saal ist ja groß genug.*

Wir mussten nicht allzu lange warten. Mit gewohnt großer Geste betrat Satanael den Saal des Traumstroms. Die Daboli fielen umgehend auf die Knie und verbeugten sich noch tiefer. Und auch die Grigori ließen sich auf ein Knie herab und beugten das Haupt zum Gruß – wenn auch langsamer. Sie standen auch sofort wieder auf.

Der Gefallene sah abschätzig auf seine Untergebenen herab. Nur bei den Grigori huschte ein kurzes Lächeln über sein Gesicht, dass jedoch gleich wieder verschwand, als er den getöteten Grigore bemerkte.

„Wer war das?", dröhnte seine Stimme durch die Höhle. Er schaute von einem der stehenden Engel zum nächsten, auf Antwort wartend. Der mit dem zerbrochenen Schwert deutete auf Lissi.

Typisch! Streit anfangen, aber dann auf andere zeigen, murrte ich leise. Ich spürte gleich Lissis Grinsen.

Satanael betrachtete den Traumstrom jetzt genauer, nachdem er ihn gerade noch mehr oder weniger ignoriert hatte. Verwundert aber auch amüsiert wanderten seine Augenbrauen ein Stück nach oben.

„Wenn das nicht meine kleine Jägerin ist?!", merkte er trocken an.

„War!", korrigierte Lissi ruhig.

„Ja, du bist mir ja untreu geworden. Bedauerlich. Besonders weil es auch noch wegen eines Menschen war."

„Gib dir keine Mühe es zu verstehen. Es hat etwas mit Liebe zu tun."

„Ha, Liebe!", lachte der Gefallene. „Was für eine dumme Umschreibung für Lust und Gier."

„Wie gesagt: Versuch es nicht zu verstehen. Du bist dazu ja offensichtlich nicht fähig."

„Wozu? Lust und Gier?", provozierte er. „Da kennst du mich schlecht." Er schaute sich betont im Saal um. „Wo ist denn überhaupt dein Menschlein? Hat er sich wieder verkrochen?"

„Da kennst du *ihn* aber schlecht", erwiderte Lissi lächelnd. „Er wird sich nicht vor dir verstecken."

„Warum sehe ich ihn dann nicht, deinen Helden?"

„Er wartet im Traumstrom auf dich", sagte Lissi dumpf. Ich spürte sofort, dass ihr das Buch den Satz in den Mund gelegt hatte. Lissi war sauer. *Lass das!*

Entschuldige, Lysje, flüsterte das Buch, *aber es war nötig für die Zeitenfolge.*

„Ah", nickte der Gefallene auf die Antwort der Vampirin. „Mir soll es recht sein. Ein Ort ist wie der andere", ergänzte er schulterzuckend.

„Du willst ihn töten", stellte Lissi fest.

„Höre ich da Bedauern?", fragte Satanael amüsiert.

„Da sind wir wieder beim Thema", seufzte sie. „Es macht keinen Unterschied. Du verstehst meine Liebe für ihn eh nicht."

„Vielleicht muss ich ihn ja auch nicht töten." Er ignorierte ihren Einwand. „Er muss sich ja nur zu mir bekennen."

Eher würde ich mich töten, raunte ich in Lissis Geist.

„Eher würde er sich töten", echote sie laut.

„Ich kann sehr überzeugend sein", lächelte der Gefallene.

„Dann würde ich ihn töten“, erwiderte Lissi finster.

„Oh, ich denke, du liebst ihn?!“, schnurrte der Teufel.

„Eben!“, schnarrte die Vampirin grimmig. „Ich wüsste dann auch, dass es nicht seine freie Entscheidung war. Und dann wäre der Tod eine Gnade für ihn.“

„Wir sind aber heute schlecht gelaunt“, lachte er leise und trat an den Traumstrom heran. „Hallo da drinnen?“

Durch Lissis Augen sah ich das Zögern im Gesicht Satanaels. Das verwunderte mich ein wenig.

Ich zieh mich mal zurück. Die Verbindung bleibt ja trotzdem, gab ich Lissi Bescheid, als der Gefallene sich anschickte in den Strom einzutreten.

Er zögerte einen Moment, als er die Bodenlosigkeit des Stroms bemerkte, machte aber den Schritt dennoch. Ich stand ja auch schon im Nichts.

„Endlich sehen wir uns mal wieder“, begann er. „Du hast mir in den letzten Monaten viel Ärger bereitet.“

„Ich habe nur getan, was ich für richtig hielt“, erwiderte ich so neutral wie möglich.

„Aber Ratschläge von Wesen, die bei weitem älter sind als du, schlägst du aus. Das lässt dich sehr arrogant erscheinen.“

Ich musste lächeln. Arroganz stand bei mir nun wirklich nicht auf der Agenda. Halsstarrigkeit, Wut, manches Mal Dummheit. Ja. Aber Arroganz?

„Die Personen, denen ich vertraue, konnten bisher mit meinen Fehlern leben.“

Diesmal musste Satanael lächeln. Er hatte meinen Wink natürlich verstanden.

„Bedauerlicherweise kann ich mit deinem fehlerbehafteten Wesen nicht leben. Du stiehlst mir meine

Jägerin, machst mir meine Daboli abtrünnig, raubst eine meiner Gefangenen und tötest meine Diener, wo immer du stehst und gehst. Ich bin sehr unzufrieden mit dir."

„Ich könnte mir die Mühe geben, darauf zu antworten, aber du willst meine Meinung bestimmt nicht wissen."

„Ich würde dir verzeihen, wenn du dich meiner Sache anschließt und deinen Freunden entsagst", schlug er dann direkt vor.

„Ich dachte mir schon, dass du den Vorschlag wiederholen würdest", bemerkte ich nachdenklich, „aber ich werde ihn auch dieses Mal nicht annehmen."

„Traurig. Weil dann muss ich dich tatsächlich töten", seufzte er kopfschüttelnd. „Ich frage trotzdem noch ein weiteres Mal: Willst du dich in meine Dienste stellen und mir helfen eine neue Weltordnung zu schaffen?"

Ich wollte schon antworten, als plötzlich mein Geist eingeschnürt wurde und Satanael sich gewaltsam Zugang verschaffte. Übermächtig war sein Wesen. Wo sein Bruder Gabriel behutsam vorgegangen war, füllte er mein Bewusstsein ungebremst mit dem seinen und riss jede Barriere nieder, die ich für meine innere Ordnung errichtet hatte. Lissi, die quasi als zweite Lage meines Geistes in der letzten Zeit immer vorhanden war, zog sich ruckartig von mir zurück, um nicht auch noch seinem Angriff zu erliegen. Als letztes bekam ich noch mit, dass sie ihren Bogen voll durchgezogen hatte. Dann begann der Schmerz in meinem Innern.

Er zerrte jeden positiven Gedanken, jede positive Erinnerung besonders an Lissi langsam hervor und verbrannte sie mit der Macht seines Geistes. Wie ein

Feuersturm in meinem Kopf, in meinen Eingeweiden
fraß er sich durch mich hindurch, nur um alle drei
oder vier Male kurz inne zu halten und zu brüllen:
„Ich bin dein Meister! Folge mir!"

Jedes Mal schrie ich: „Niemals!" Wobei ich nach
kurzer Zeit nicht einmal mehr wusste, warum ich das
schrie. Ich machte es einfach. Wahrscheinlich schrie
ich eh die ganze Zeit. Der Schmerz tötete Schritt für
Schritt meinen Körper und meinen Geist.

Nach einer Unendlichkeit der Agonie ließ mein Pei-
niger von mir ab. Ich schien im Nirgendwo zu schweben. Keines klaren Gedankens fähig und ohne Gefühl
für mein Selbst, meinen Körper, meine Umwelt.

Eine sanfte Stimme fragte, ob ich mich immer noch
weigern würde. Ich wusste es nicht. Was verweigerte
ich denn? Es war bestimmt alles nicht so wichtig.

„Nein?", antwortete ich. Ich glaubte jedenfalls, dass
ich etwas geantwortet hätte. Hatte ich?

„Na, siehst du? Es war doch gar nicht so schwer",
lobte mich die Stimme.

Plötzlich war die Stimme nicht mehr so freundlich.
Aber sie schien sich auch nicht mehr gegen mich zu
richten.

„Bist du dir immer noch so sicher, dass ich ihn nicht
überreden kann? Ich glaube, du hast gerade deinen
Liebsten verloren."

Es folgte ein tierisches Brüllen und ein Schwall von
hasserfüllten Worten. Die Stimme an meinem Ohr
lachte.

„Das traust du dich doch eh nicht", sagte die Stimme herablassend. „Er ist doch deine große Liebe, nicht
wahr?"

„Genau deswegen!", schnitt die andere Stimme jetzt
wie ein Peitschenhieb durch meine leere Hülle, das

ich zusammenzuckte. Ich hörte noch ein bedrohliches Knurren und …

„Was machst du? Niemals!"

… ein Knall zerriss meine ansonsten behagliche Ruhe.

„Nein!", brüllte wieder die Stimme an meinem Ohr. Dann wurde ich durchgerüttelt, als wenn ich vor einen Bus gelaufen wäre, und es machte sich von der Brust ausgehend erst kriechend Hitze breit, die langsam von Kälte gefolgt wurde. Ich starb!

Ich wollte mich wehren. Ich wollte doch ... was eigentlich? Irgendetwas nicht verlieren war es wohl. Aber was?

KAPITEL 28

Ich stand auf einer Wiese auf einer leichten Anhöhe. Neben mir ein Engel, den ich schon einmal gesehen hatte. Azrael! Der sogenannte Todesengel, fiel es mir wieder ein.

„Hallo, Azrael", grüßte ich freundlich.

„Hallo, Karl", grüßte er zurück.

„Was mach ich hier?", wollte ich wissen.

„Wir warten", antwortete er knapp. Nach einem kurzen Moment ergänzte er: „Wir warten auf die Antwort von IHM und dem Buch."

„Antwort? Wie lautet denn die Frage?"

Ein Lächeln huschte über sein ansonsten eher grimmiges Gesicht.

„Ob du bleiben darfst, oder ob du gehen musst."

„Oh." Ich konnte nicht ernsthaft sagen, dass ich wüsste, worum es hier eigentlich ging. „Ich ... hab keine Ahnung, was du meinst."

„Du bist tot", sagte er traurig.

„Ach." Mehr wusste ich nicht, darauf zu erwidern. Wahrscheinlich fühlte ich mich deswegen so leer.

„ER und das Buch klären gerade, ob du bei den Engeln aufgenommen wirst oder deinen Weg fortsetzen musst. Vermute ich jedenfalls. Ich hab noch nie so lange auf eine Anweisung gewartet", brummte er.

„Na, *ich* hab auf alle Fälle Zeit", neckte ich ihn. Er schaute mich nur etwas genervt an, sagte aber nichts dazu.

Wir standen eine ganze Weile so in der Gegend. Azrael stocherte mit einem großen Zeh in der Grasnarbe herum. Ich schaute mir indes den riesigen Berg am Horizont an, von dem stetig Rauch aufstieg. Das Haus! Sie nannten es 'das Haus'. Das war der Berg, in dem der Traumrat seinen Sitz hatte und auch die Erzengel mit ihrem Gefolge. Die Erinnerungen kamen langsam wieder.

Aber wieso stieg dort Rauch auf? Ich deutete auf ihn.

„Warum qualmt es da aus dem Haus?", fragte ich Azrael.

Er wendete sich dem Berg zu und dann mir.

„Du weist es nicht mehr?", fragte er verwundert.

„Ich habe das Gefühl, ich müsste. Aber beim besten Willen ...", sagte ich etwas hilflos.

Azrael schüttelte fassungslos den Kopf.

„Der Gefallene hat dich ja wirklich fast ausgelöscht", brummte er halblaut.

Einige wenige Erinnerungen stiegen in mir hoch. Undefinierte Worte, unscharfe Bilder, dann wieder deutlich Feuer und Schmerz. Ich verzog angewidert das Gesicht.

„Ich wundere mich gerade nur, dass deine Freundin noch nicht aufgetaucht ist", sagte der Engel nachdenklich.

Ich hatte eine Freundin? Cool! Keine Ahnung wer das sein sollte, aber ... cool halt. Ich zuckte wieder nur hilflos mit den Schultern.

KAPITEL 29

Lissis Welt stürzte wie ein Kartenhaus in sich zusammen. Die einzige Person, wegen der sie sich gegen alles und jeden gewendet und gnadenlos alle Konventionen niedergerissen hatte, war tot. Der einzige Mensch, den sie jemals wirklich geliebt hatte. Und dann auch noch durch ihre Hand. Welch Ironie! Sie hatte sich mit einem der mächtigsten Wesen des Universums angelegt, weil sie ihn nicht töten wollte und wäre selbst dabei fast umgekommen. Und jetzt hatte gerade sie ihn erschossen. Mit der Waffe, die er ihr geschenkt hatte. Jetzt hätte sie gerne den vollgetankten Panzer gehabt. Wut stieg in ihr auf, wie sie sie noch nie verspürt hatte.

Etwas Feuchtes rann ihr über die Wangen. Sie wischte darüber und betrachtete erstaunt ihre rotverfärbten Finger. Tränen aus Blut. Sie weinte. Ein Schluchzen folgte, das sie nicht aufhalten konnte. Das nächste atmete sie mühsam wieder weg. Mit zittrigen Atemzügen packte sie ihren Bogen. Sie umklammerte den Griff so fest mit der Hand, dass das Holz knirschte. Sie fühlte sich elend. Sie wollte etwas zerstören.

Sie holte tief Luft und schrie ihren Schmerz heraus, dass es in der ganzen Höhle dröhnte. Die Dabol-Krieger, die noch immer überall herumstanden oder den Saal verwüsteten, zuckten zusammen. Sogar die Grigori machten einen Schritt rückwärts.

Es gab plötzlich einen tiefen glockenartigen Ton und der Traumstrom versiegte. Die glitzernden Lichtstreifen rissen unvermittelt ab und die Höhle fiel in eine Art dunkle Dämmerung. Karl war tot.

Die Krieger und Engel sahen sich verwundert um. In der Mitte des Podestes stand nur noch eine schmale Gestalt mit pechschwarzen Augen. Die Stille wurde nur von einem raubtierhaften Knurren durchbrochen und das Dämmerlicht nur vom Blitzen gefletschter Zähne.

Selbst die Grigori hatten keine Chance gegen die entfesselte Gewalt der Vampirin. Sie hatte nur noch drei Pfeile in ihrem Köcher und die versenkte sie sicher in ihrem Ziel. Drei Mal krachte es in weniger als einer Sekunde und drei Engel sanken tödlich getroffen zu Boden, ohne dass sie die Bewegung ihrer Gegnerin überhaupt gesehen hätten. Kein Traumstrom bremste sie mehr.

Dann brach das blanke Chaos los.

Die Dabol-Krieger rannten um ihr Leben. Schreien und das Stampfen schwerer Stiefel füllten die Höhle. Alles versuchte das rettende Portal zu erreichen oder sich wenigstens irgendwo zu verstecken, in der Hoffnung dem Monster zu entgehen, dass gerade blutige Ernte hielt.

Widerstand regte sich nur gelegentlich, obwohl die Grigori tot waren und sogar ihr Meister verschwunden war. Nur wenige blieben, wo sie waren, mit den Waffen fest im Griff, um sich gegen den Angreifer zu verteidigen. Und die wenigen anderen, die sich überhaupt noch darum kümmerten, mussten mit ansehen, wie ihre Kameraden von unsichtbaren Händen oder Zähnen wie aus dem Nichts zerfetzt wurden. Manch einer schien unvermittelt zu bersten, auf das die Luft von blutigen Nebelwolken feucht wurde. Ein schwerer Eisengeruch hing in klammen Luft der Höhle.

Fast wahnsinnig vor Angst kletterten die Krieger über alles und jeden, der ihnen den Weg nach draußen versperrte. Die Menge hatte sich im Durchgang verkeilt. Während von draußen immer noch welche hinein wollten, wurden sie fast von den Flüchtenden überrannt, verstanden sie doch nicht, was vor sich ging. Zudem konnten die Chilioi und anderen Engelskrieger langsam wieder die Oberhand gewinnen und ihre Gegner zurückdrängen.

Den Dämonen in der Höhle half alles nichts. Die, die sich versteckt hatten, mussten feststellen, dass es kein Entkommen gab. Das Monster sah auch in der finstersten Ecke alles und zerstörte, was es in die Klauen bekam, um sich dann dem Zugang zur Höhle zuzuwenden. Wer nicht schon von den eigenen Leuten totgetrampelt war, beneidete sie schnell. Ohne Gnade und mit unsagbarer Brutalität löschte das Monster jedes Leben aus.

Die anrückenden Engelskrieger kamen aus dem Staunen nicht mehr heraus. Erst nur vereinzelt, kamen ihnen kurz darauf ganze Gruppen von Daboli entgegen und flehten sie um Schutz an. Am Portal zur Höhle des Traumstromes angekommen, wurden dann aber auch die hartgesottensten unter den Chilioi auf die Probe gestellt.

Die Daboli, die es ins Freie geschafft hatten, versuchten verzweifelt, ihre Kameraden durch das Portal zu ziehen. Anfänglich gelang es ihnen, Einzelne vielleicht verletzt aber lebend aus dem Gewirr zu holen. Zunehmend bekamen sie aber nur noch Teile zu fassen. Manchmal fehlte ein Bein oder der Unterleib, auch wenn der Dabol noch lebte. Der Boden vor dem Portal wurde rutschig von dem vielen Blut, dass aus den geschundenen Körpern floss. Und im Inneren wütete noch immer etwas, dass sich unbarmherzig durch die Reihen fraß.

Schockiert von den Dramen, die sich abspielten, griffen nach nur kurzer Überlegung einige der Engelskrieger beherzt mit zu und halfen dem Erzfeind. Das anfangs ohrenbetäubende Kreischkonzert ebbte langsam ab. Es lebte kaum noch ein Dabol, der noch nicht befreit war.

Als plötzlich der Berg aus Leibern nachgab, sprangen die Helfer zurück und schauten verunsichert und angstvoll auf die Öffnung, die sich gebildet hatte. Ein Fluss aus Blut schwappte ihnen um die Füße und folgte dem natürlichen Gefälle des Ganges. Die aufkommende Stille wurde nur vom gelegentlichen Stöhnen der Verletzten durchbrochen – und einem tierischen Knurren, dass aus der Höhle kam.

In der Hoffnung das Monster nicht zu reizen, bewegten sich die Daboli langsam rückwärts, vorbei an den ahnungslosen Engeln. Doch die Hoffnung währte nicht lange, denn nach nur wenigen Augenblicken flog der weiße Tod in seinem dunkelrot verfärbten Gewand aus dem Höllenschlund, der einst den Traumstrom barg, und begann von neuem sein grausames Werk.

Niemand konnte gegen sie bestehen. Wieder fand sie die Daboli und tötete sie mühelos. Auch zwei Engelskriegern brach sie im Vorübergehen das Genick wie Streichhölzer. Erst als sich ein paar der erfahreneren Chilioi zusammentaten, konnten sie sie eine Zeit lang in Schach halten.

Hymalo'on, der Hauptmann, stand in vorderster Reihe und wusste sehr wohl, wen er vor sich hatte, auch wenn er die Vampirin nicht sofort erkannte. Er reagierte schnell, formierte eine kleine Truppe um sie herum und schickte einen seiner schnellsten Läufer. Er kannte nur eine Person, die es kräftemäßig mit ihr aufnehmen konnte und helfen würde.

Gerade rechtzeitig kam die Schmiedin Brighid aus den Tiefen des Berges, denn schon ließen bei den Chilioi die Kräfte nach. Die Vampirin hatte unermüdlich versucht, die Reihen zu durchbrechen und hätte es auch bald geschafft. Doch die Schmiedin zögerte nicht lange, trat in den Kreis, wo ihr die Vampirin einen Moment den Rücken kehrte, und umklammerte sie mit ihren mächtigen Armen.

„Töte sie nicht!", bat der Hauptmann als es schien, die Schmiedin würde ihr jetzt auch den Lebenssaft rauspressen. „Ich weiß nicht, was passiert ist, aber sie ist irgendwie durchgedreht."

„'Berserksgangr' nannte man das in meiner Zeit bei den Nordmannen, Raserei", erläuterte die Walküre ruhig. Wie der Berg selbst stand sie inmitten des Ganges und rührte sich kein Stück, obwohl die Vampirin sich in ihren Armen wand und mit all ihrer Kraft versuchte sich zu befreien oder sie wenigsten zu beißen.

„Geht das vorüber?", fragte Hymalo'on unsicher.

„Ja. Meist dauert der Zustand nicht lange."

Und wie zur Bestätigung ließen Lissis Befreiungsversuche langsam nach, bis sie zu guter Letzt nur noch schlaff in Brighids Armen hing und schwer und rasselnd atmete.

„Geht's wieder?", fragte die Schmiedin sanft.

Es dauerte noch einen Moment, bis die Vampirin einen Ton hervorbrachte.

„Karl ist tot!", hauchte sie mit rauer Stimme.

Betroffenheit machte sich bei den Chilioi breit. Der Erste Träumer hatte sich ihren Respekt verdient, mit seiner Art sich für alle und jeden einzusetzen und zur Not auch mal Kopf voran in die Hölle zu stürzen.

„Und ich musste ihn töten“, schluchzte Lissi leise hinterher.

Das allerdings schlug ein wie eine Bombe. Selbst die sonst so stoische Schmiedin keuchte vor Schreck.

„Wie das?“, fragte der Hauptmann schockiert.

Lissi erzählte mit knappen Worten, was sich in der Höhle zugetragen hatte. Die Engel und die Walküre starrten sich wie vor den Kopf geschlagen sprachlos an.

„Der Träumer *und* der Gefallene verschwunden?“, fragte dann einer der Chilioi ungläubig.

„Das wäre bei Satanael fast zu schön, um wahr zu sein“, sinnierte Hymalo'on. „Ich kann es mir nicht ernsthaft vorstellen.“

„Da gebe ich dir Recht“, nickte die Walküre. „So wenig mag ich aber auch Karls Tod glauben.“

„Wie meinst du das?“, fragte plötzlich die Vampirin, die kurz zuvor wieder in Lethargie gefallen war und teilnahmslos in Brighids Armen zu hängen schien.

„Ist er nicht ein Kind des Buches?“, fragte sie gegen.

„Ihr wisst davon?“, fragte jetzt Hymalo'on ungläubig.

„Der Berg entscheidet, welche Informationen wir Schmiede bekommen und welche nicht“, antwortete sie kryptisch.

Der Hauptmann sah sie mit schmalen Augen von der Seite an, sagte aber nichts dazu.

„Wir müssten nur noch herausfinden können, wo er ist“, setzte die Walküre ihren Gedankengang fort.

„Ich weiß immer, wo Karl ist“, sagte die Vamiprin ohne nachzudenken. Kaum war der Satz raus, fluchte sie auch schon laut. „Verdammt! Brighid lass mich runter!“

Die Chilioi und die verbliebenen Daboli machten unwillkürlich einen Schritt rückwärts. Alle Waffen waren augenblicklich wieder auf die Vampirin gerichtet. Die Schmiedin war auch noch nicht so ganz überzeugt, aber auch nicht gerade beunruhigt.

„Bist du dir sicher, dass du wieder ganz bei dir bist?“, fragte sie daher vorsichtshalber.

„Teste es doch einfach. Wenn nicht, dann verspreche ich dir, dass ich nur die Dabol-Krieger töten werde“, entgegnete die Vampirin stöhnend. „Lässt du mich jetzt bitte runter? Ich will meinen Freund finden.“

Brighid lachte freundlich und löste ihren muskulösen Schraubstock. Lissi schüttelte sich ein wenig, um ihre eigenen Muskeln etwas zu lockern. Jede ihrer Bewegungen wurde dabei von den Umstehenden misstrauisch beäugt. Der Wald aus Speeren und Schwertern war sicherheitshalber noch immer in Position.

„So“, sagte sie dann laut und klatschte scharf in die Hände, das alle zusammenzuckten, „dann wollen wir mal.“

Sie schloss die Augen, legte das Kinn auf die Brust und stand regungslos da. Sie versuchte, ihre Geistverbindung zu Karl wieder herzustellen, die sie aus Furcht um ihren eigenen Verstand kurzerhand gekappt hatte, als Satanael auf ihn einstürmte. Der Gefallene war zu erfahren und zu schnell, als dass sie vielleicht auch gemeinsam irgendeine Chance gehabt hätten.

Beim letzten Mal hatten sie einfach nur Glück. Es ärgerte sie dennoch maßlos.

Sie strengte sich an, bekam ihn jedoch nicht zu fassen. Es kam ihr vor, wie einen Gegenstand greifen zu wollen, den man mit den Fingerspitzen erreicht, aber nicht heranziehen kann. Sie wollte schon in Frustration verfallen, als ihr ein Gedanke kam. Sie musste sich ja nicht mit ihm verbinden. Es genügt doch, wenn sie herausbekam, wo er sich aufhielt. Und das gelang ihr fast ansatzlos.

„Yes!", rief sie aus. Sie machte sich keine Mühe, den anderen zu erklären, was sie vorhatte. Sie zog sich einfach in einen Raum-Zeit-Tunnel und verschwand mit einem Plopp. Sie hatte ein Ziel.

KAPITEL 30

Ich stand immer noch mit Azrael auf diesem Hügel. Langsam wurde mir etwas langweilig. Die Anweisungen von IHM und dem Buch ließen weiterhin auf sich warten. Azrael war alles andere als gesprächig. Er hatte ja auch zu tun. In zahllosen Erscheinungen holte er die Seelen der Verstorbenen ab, um sie ins 'Jenseits' zu begleiten. Ein Fulltime-Job. Wir kannten uns zwar schon vor meinem Ableben, aber mehr als seine bloße Gegenwart durfte ich wohl nicht erwarten. Es war schon o.k. Ich war ja selbst ein Verwaltungsmensch – mit Betonung auf 'war' – und konnte mit Anweisungen leben.

Ein lautes Knallen schreckte mich aus meinen Grübeleien. Auch Azrael fuhr herum. Aus dem Nichts war eine junge schlanke Frau mit hüftlangen weißen Haaren erschienen, die jetzt mit schnellen harten Schritten auf uns zumarschierte. Sie war offensichtlich zornig. Ich schaute ihr dennoch bewundernd entgegen. Sie war trotz dieser Aura der Unnachgiebigkeit wunderschön anzusehen. Na gut, sie sah aus, als hätte man sie über und über mit dunkelroter Farbe besprüht, was ich irgendwie beunruhigend fand. Ich hoffte inständig, dass es nicht das war, was sich mir als erstes aufdrängte.

Wie mit einer Pistole richtete sie einen Zeigefinger auf den Engel neben mir, während sie näher kam.

„Du!", drohte sie. „Wage es ja nicht, mit meinem Freund abzuziehen!"

„Als wenn ich das beeinflussen könnte", erwiderte Azrael grimmig. „Das liegt in den Händen von IHM und dem Buch."

„Weißt du, wie egal mir das ist?", schnarrte sie. Ihre nachtschwarzen Augen schienen Blitze zu schleudern. „Ich habe mich schon dem Gefallenen entgegenge-stellt und ich werde nicht klein beigeben."

Azrael machte einen Schritt auf sie zu und breitete die Arme beschwichtigend aus.

„Lysje, ich weiß, das ist schwer ...", fing er an.

„Geh mir aus dem Weg!", fauchte sie. „Niemand nimmt mir meinen Freund. Nie wieder!"

Hastig trat er beiseite. Und ehe ich es mich versah, stand sie vor mir und hatte ihre Arme um meine Schultern geschlungen und ihr blutbeschmiertes Gesicht in meiner Halsbeuge. Ich stand wohl etwas sehr stocksteif da – immerhin erwartete ich einen Biss in ein größeres Blutgefäß oder so etwas – weswegen sie sich wieder ein wenig von mir löste und mich nachdenklich musterte.

„Er ... er scheint sich nicht mehr an dich zu erinnern", flüsterte der Engel traurig. „Sein Gedächtnis muss schweren Schaden genommen haben."

Die Vampirin sagte nichts, schaute mir nur weiter intensiv ins Gesicht. Dann machte es bei mir Klick. Das musste meine Freundin sein, von der Azrael gesprochen hatte. Und sie hatte das ja auch ziemlich lautstark verkündet. Wie hatte der Engel sie genannt?

„Lissi?", tastete ich mich vorsichtig an das Thema.

„Ja, Karl, ich bin Lissi", erwiderte sie fast tonlos, während sie mich die ganze Zeit ansah, als wenn sie etwas in meinem Gesicht suchte. Ihre schwarzen Augen machten mich ein wenig nervös. Sie blinzelte nicht ein Mal. Andererseits konnte man sich schön in ihren Tiefen treiben lassen. Woher ich das wusste, hätte ich nicht sagen können, aber ich wusste es.

„Warum bist du noch am Leben?", fragte sie plötzlich. Das kam eher als kalte Dusche.

„Bin ich denn?", fragte ich gegen. „Azrael sagte etwas anderes."

Sie wendete sich dem Engel zu.

„Ist er wirklich tot? Ich meine, er ist doch ganz materiell hier, oder nicht?! Außerdem hab ich selbst gesehen, wie mein Pfeil seine Brust traf und hinten wieder rauskam."

Jetzt war ich verwirrt. Erst befördert sie mich ins Reich der Toten, aber dann will sie mich nicht verlieren? Wie passte das denn zusammen?

Der Engel zuckte nur hilflos mit den Schultern.

„Und warum stehen wir hier noch und warten auf Weisung." Es war keine Frage. Er hatte auch keine Antworten.

„Azrael, ist das meine Freundin, von der du gesprochen hast?", wollte ich wissen. Ich hatte Lissi einen Stich versetzt. Das sah ich an ihrem Gesicht. Es tat mir auch unmittelbar leid, aber da waren noch so viele Unklarheiten.

Der Engel nickte nur. Ich sah die Vampirin etwas genauer an. Müsste ich nicht wenigstens einen Rest an Erinnerungen haben, quasi wie einen Umriss?

„Wir finden einen Weg deine Erinnerungen zurückzuholen", hauchte Lissi mir ins Ohr, als wenn siemeine Gedanken gelesen hätte.

Ich wollte schon darauf antworten, aber in dem Moment flimmerte die Luft wenige Meter von uns entfernt. Und schon hatte Azrael sich mit gebeugtem Haupt auf ein Knie heruntergelassen.

Eine mehr als mannshohe Flamme stand dort und loderte vor sich hin. Es war ein angenehmes Licht, das von ihr ausging. Auch das andere Licht, das jetzt neben der Flamme erschien, war angenehm anzusehen. Es loderte nicht, sondern zeigte sich nur als deutlich hellere Fläche, wie eine Sonnenscheibe bei Hochnebel zu beobachten war.

Ein Glockenton ging von der Flamme aus.

Lissi neben mir runzelte die Stirn und schaute zwischen mir und der Flamme hin und her. Dann schaute sie seufzend himmelwärts.

„Buch, wärst du so gut zu übersetzen?“, fragte sie dann. „Meine Verbindung zu Karl steht noch nicht wieder.“

Was für eine Verbindung?

„Dann stell sie doch wieder her“, forderte die Flamme selbst sie auf.

Azrael fiel jetzt mit einem Plumps flach auf den Bauch. Lissi hatte den Kopf etwas schiefgelegt und betrachtete jetzt die Flamme eingehend. Dann drehte sie sich wieder zu mir.

„Karl, ich werde jetzt in deinen Geist eindringen ... wenn ich darf?“, sagte sie etwas unsicher.

Richtig. Das war in der Traumwelt möglich. Daran konnte ich mich erinnern, nur nicht daran, dass sie schon einmal in meinem Kopf war. Aber sie war wohl meine Freundin. Und ER wusste auch von unserer Verbindung. Also war wohl etwas dran an der Sache.

„Ich weiß nicht, ob ich das noch kann, aber komm ruhig herein“, antwortete ich lächelnd.

Ihr Gesicht hellte sich deutlich auf und sie lächelte zurück.

„Entspann dich einfach und lass mich machen“, sagte sie noch und strich mir zärtlich über das Gesicht.

Dann spürte ich auch schon, wie etwas am Rand meiner Wahrnehmung kratzte und drückte. Es war ein seltsames Gefühl, aber nicht unangenehm. Plötzlich füllte sich mein Geist mit Bildern und Gefühlen, die definitiv nicht meine waren. Lissi war überall. Kurz kam eine leichte Panik auf, die sie aber sofort wieder ... wegstrich? Eine andere Beschreibung fiel mir nicht ein.

Karl? Geht's dir gut?, fragte sie mitten in meine Gedanken.

Ja, antwortete ich ohne weiter nachzudenken. *Wow, das hatten wir schon mal so, oder?*

Und viel, viel mehr, erwiderte sie. Ihr Gedanke hatte eine gräuliche Note.

Du bist traurig?!

Wie kommst du darauf?, fragte sie. Ein leuchtendes Blau zeigte mir, dass sie die Antwort bereits wusste. Sie war nur neugierig und wollte es von mir hören.

Die Farben!, entgegnete ich. Und schwups, hatte ich sie wieder am Hals. Und ein freudiges Lachen in meinem Kopf. Langsam bekam ich wieder ein Gefühl für meine Geistsphäre. Die Wellen ihrer Freude ließen mein Inneres schwingen. Es war jetzt aber auch für mich extrem augenfällig, dass meine Erinnerungen große Lücken aufwiesen.

Alles wird gut!, beschwor sie mich. *Du wirst dich auch daran nicht erinnern, aber wir haben einmal unsere gemeinsamen Erinnerungen in einer Kugel zusammengefasst. So wie du es am Anfang mal getan hast, um mich vor Gabriel zu verstecken.*

Erzengel Gabriel? Ich erinnere mich zumindest an ihn.

Mein Sohn hat versucht speziell die Erinnerungen an deine Freundin auszulöschen, meldete sich eine andere Stimme zu Wort. Wir wussten sofort, wer es war. Unsere nun wieder vereinte Geistsphäre vibrierte unter dem Eindruck von so viel Macht.

Er ist aber nicht tot, oder?, fragte ich vorsichtig.

Natürlich nicht, bestätigte ER ruhig. *Er ist nur in einer anderen Raum-Zeit-Ebene und ... wie würdet ihr sagen? ... und schmollt.*

Es war unverkennbar das Buch, dass herzhaft lachte. Lissi und ich konnten uns ein Grinsen nicht verkneifen. Dann wendete Lissi sich wieder nach innen und holte aus den Tiefen ihres Geistes eine kleine Gedankenkugel hervor. Sie ließ sie ein wenig kreisen.

Aufmachen?, fragte sie leise.

Ja!

Es war eine erstaunliche Fülle an Bildern und Emotionen, die sich wie eine Flutwelle in uns ausbreitete. Ich war ein wenig erstaunt, in welch kurzer Zeit wir es geschafft hatten, uns so nah zu kommen. Glücklicherweise hatten wir quasi eine 'Festplattenkopie' gemacht weswegen auch alle Erinnerungen wiederkamen, die ich ohne sie gesammelt hatte. Ich fühlte mich wieder vollständig. Lissi küsste mich, während sie mir die Tränen aus dem Gesicht wischte. *Wir* waren wieder vollständig.

„Es wäre jetzt aber an der Zeit zu gehen", unterbrach Azrael unsere Zweisamkeit.

Ohne dass wir uns irgendwie ausgetauscht hätten, standen wir schlagartig unter einem Dom aus Geistkraft. Azrael stand leider einen halben Schritt zu nahe bei uns und wurde etwas unsanft von den Füßen gehoben. Mit Mühe und viel Flügelarbeit konnte er einen Sturz verhindern.

Er wollte schon wütend auf uns los, sah aber rechtzeitig Lissis aggressive Haltung, wie sie sich mit gefletschten Zähnen knurrend vor mich gestellt hatte. Die Löwin war zu jedem Kampf bereit.

Mein alter Freund und ich haben uns lange beraten, meldete sich das Buch zu Wort. *Karls Zeit ist aber abgelaufen, so leid es uns tut. Es war notwendig, dass du ihn getötet hast. Ohne sein Opfer hätten wir in der Traumwelt jetzt Chaos.*

„Ich gebe ihn nicht her!", brüllte Lissi. „Egal, was ihr beschlossen habt!"

Warum musstest du sie so störrisch machen?, fragte ER das Buch.

Du weißt warum, antwortete das Buch gelassen.

Kannst du sie dann auch zur Vernunft bringen?

Ich dachte, du würdest dein Glück versuchen wollen, antwortete das Buch amüsiert.

Sie ist dein Geschöpf, entgegnete ER pikiert.

Und? Ich hab mich auch um Charlotte gekümmert. Ach, da kommt sie ja gerade.

Der Engel hastete in dem Moment die kleine Anhöhe hoch und blieb wie angewurzelt stehen, als sie sah, wer sich alles dort befand. Erzengel Michael, der mit Mühe mit ihr Schritt halten konnte, kam auf dem Gras fast ins Rutschen, ließ er sich angesichts seines Vaters doch noch beinahe im Laufen auf ein Knie herunter.

Etwas langsamer folgte dann eine ganze Prozession, angeführt von Erzengel Gabriel, der mit großen Augen seinen Schöpfer ansah. Er ließ sich neben seinem Bruder auf die Knie.

„Vater!", grüßte er ihn.

ER nickte ihm freundlich zu.

„Was passiert hier?", fragte Charlotte. Wie so oft scherte sie sich nicht um Hierarchie. „Lissi? Karl? Warum die Sphäre?"

„Mich musst du nicht fragen. Ich bin nämlich tot", antwortete ich fröhlich. Die Sache hatte langsam irgendwie etwas Komisches an sich.

„Ja, klar, Dewer'el!", schnaubte sie, wenig amüsiert. „Du bist gleich tot, wenn du nicht langsam mit der Sprache rausrückst."

„Och, ganz einfach", erläuterte ich. „SEIN Erster hat versucht, meinen Verstand auszuradieren, aber Lissi machte ihm einen Strich durch die Rechnung."

„Und?"

„Ich hab ihn erschossen", beendete Lissi die Story.

„DU HAST WAS?", kreischte Charlotte.

„Ein Pfeil. Zing. Mitten durchs Herz. Aus die Maus", ergänzte ich schulterzuckend. „Ehrlich? Das war richtig unangenehm", wendete ich mich an meine Liebste.

Lissi legte ihre Arme um meine Schultern und vergrub ihr Gesicht in meiner Halsbeuge. Ich drückte sie an mich und schickte ihr eine große, warme Welle meiner Liebe. Ich hatte so eine Ahnung, dass sie mich töten musste, um mich nicht an den Gefallenen zu verlieren. Hier fehlten mir wirklich ein paar Erinnerungen. Damit war auch keine Entschuldigung oder gar ein Schuldgefühl nötig. Und meine Gefühle zu ihr waren ungebrochen – jetzt, wo ich den Teil meines Gedächtnisses wieder hatte.

Charlotte hatte stöhnend die Hände vors Gesicht geschlagen und stand für den Moment nur da und versuchte, ihre Gedanken zu sammeln. Langsam sortierten sie sich aber. Sie stutzte und sah mich zweifelnd an.

„Aber warum bist du dann noch hier?"

Lysje lässt ihn nicht gehen, erwiderte ER an meiner Stelle.

„Ja, und?“ Charlotte sah ihren Schöpfer irritiert an. Gabriel neben ihr stöhnte vernehmlich. Michael versuchte vergebens eine prustendes Lachen zu unterdrücken.

ER wollte zu einer Antwort ansetzen, sie kam IHM aber zuvor.

„Warum muss er überhaupt gehen? Das Buch braucht einen Träumer und ihr glaubt nicht im Ernst, dass ich mir noch einmal die Mühe mache einen auszubilden. Außerdem ist ja wohl der Traumrat gerade ein wenig unterbesetzt. Warum kann er nicht hier bleiben und endlich mal was Sinnvolles tun?“

Sie schmiss die Arme frustriert hoch und ging den Hügel hinab.

„Ihr könnt mich alle mal!“, fluchte sie lautstark. „Schickt doch einfach alle guten Leute in die Wüste!“

Am Fuß des Hügels setzte sie sich ins Gras und ließ ihr Gesicht auf die Knie fallen.

Alle Anwesenden schauten ihr erstaunt hinterher. Gabriel fing sich als erster.

„Herr, nehmt es ihr nicht übel“, entschuldigte er sie. „Sie hatte es nicht leicht in der letzten Zeit und ...“

Gabriel, ich weiß das, unterbrach ER ihn amüsiert. *Und sie scheint dir so sehr am Herzen zu liegen, dass du sogar ihre Eigenarten übernimmst.*

Der Erzengel brauchte nicht lange, um den Hinweis zu verstehen. Er lachte kurz.

„Ja, obwohl sie mich doch immer wieder ordentlich erschreckt mit ihrer direkten Art.“

Aber Hand aufs Herz, Gabriel: Was denkst du?

Gabriel grinste ihn verschmitzt an.

„Du willst, dass ich es laut ausspreche.“

Ich muss dir sicher nichts über die Macht eines Wortes erzählen, konterte ER freundlich aber bestimmt.

„Natürlich nicht." Gabriel holte tief Luft. „Ich denke, dass A'phrax'elení Recht hat."

Michael neben ihm nickte bedächtig.

„Septimus ist tot und wir haben seit zweihundert Jahren noch eine weitere unbesetzte Stelle im Rat. Außerdem sieht auch A'phrax'elení auf lange Zeit keinen fähigen Ersten Träumer. Das hat sie mir vor kurzem erst erzählt."

Ich schaute Charlotte an, die noch immer zusammengekauert auf der Wiese saß. Hatte sie etwa geahnt, dass mir etwas passieren würde? Sie hatte sich jedenfalls Gedanken gemacht. Sie war ein guter Mentor und mir noch um einiges voraus.

Eine Bewegung am Horizont lenkte mich kurz ab. Etwas kam auf uns zugeflogen. Ich lehnte mich leicht in Lissi hinein.

Leihst du mir deine Augen?

Sie sah mich fragend an. Ich nickte in Richtung der Bewegung. Während sie ihren Blick auf den Punkt am Horizont richtete, wechselte ich in ihren Teil der Sphäre und dockte mich an ihre Sicht an.

Ist das nicht ...?

Wir mussten gleichzeitig lächeln. Erst noch mit langen Flügelschlägen, dann mit angelegten Schwingen näherte sich Perach'el im Sturzflug unserem Hügel. Nur wenige Meter vor dem Boden machte sie die Flügel auf und bremste sich zu einer sanften Landung ab. Sie ignorierte alle anderen und stürzte gleich auf mich zu.

„Karl, oh liebster Karl, es tut mir in der Seel weh!“,
jammerte sie und klammerte sich an mich. „Azrael hat
mir alles erzählt.“

Der genannte Engel zuckte nur mit den Schultern,
streckte dann aber eine Hand gegen unseren Schirm
aus, als ihm aufging, was sein Schützling gerade voll-
bracht hatte, ohne auch nur ein bisschen behindert
worden zu sein. Seine Hand drang nicht einen Finger
breit ein. Lissi sah Perach'el ebenfalls erstaunt von
der Seite an.

Mir war es natürlich auch nicht entgangen, dass sie
einfach so durch die Barriere marschieren konnte, die
andere weit mächtigere Engel aufhielt. Viel interessanter und vor allem komischer fand ich jedoch, dass
sie mit mir redete, obwohl sie gerade meinen Tod
beweinte.

„Ja, ich kann dich jetzt nicht mehr schützen, wo ich
tot bin“, erwiderte ich so ernst es ging. „Du musst
jetzt leider immer zu Lissi gehen, wenn du dich
anlehnen willst.“

„Oh, mein Karl ...“ Sie stutzte und sah mich dann
streng an. „Und wahrlich bist du Dewer'el!“

Also für den bin ich nicht verantwortlich, protes-
tierte ER halblaut. Das Buch kicherte leise.

Perach'el schlug mir mit einer kleinen Faust sachte
gegen die Brust, wurde aber auch gleichzeitig rot, als
ihr ihr Fehler aufging.

„Karl, ihr seid furchtbar“, beklagte sie sich dann.
„So seid ihr also nit tot?“

„Ich kann es dir nicht sagen. Ich glaube, dass wird
gerade noch verhandelt.“

Sie sah mich unsicher an.

„Wie soll ich das verstehen?“

„Na ja, tot bin ich wohl schon, aber ich bin noch nicht hinübergegangen. Oder so." Ich zuckte unschlüssig mit den Achseln. Ich wusste ja selbst nicht, wo ich stand.

Wo wir wieder beim Thema wären, warf das Buch ein. Alle sahen es erwartungsvoll an. Lissi spannte sich leicht und knurrte wieder tief und kehlig. Das Schwarz war die ganze Zeit nicht aus ihren Augen gewichen. Sie hatte nicht einen Moment ihren Kampfmodus heruntergefahren. Perach'el schaute sie erschrocken an und trat einen Schritt von mir weg und aus der Linie zwischen Lissi und dem Buch.

Sie bewegte sich vorsichtig hinter mich, behielt aber die Vampirin im Auge. Etwas hatte ihre Aufmerksamkeit erregt. Dann schlug sie sich aufgeregt die Hände vor den Mund.

Gabriel, du weist auch, dass wir nicht immer wieder die Regeln ändern können, erklärte der Schöpfer, der sich von dem blinden Engel nicht hatte ablenken lassen.

„Das Gleichgewicht! Ich weiß, Vater", nickte der Erzengel seufzend.

Die Ratsmitglieder sind nicht gestorben, sondern angeworben worden, führte ER weiter aus. Gabriel enthielt sich der Antwort. Er war ja lang genug dabei.

Lass gut sein, mischte sich das Buch ein. *Er weiß es doch. Und er hat ja auch ein bisschen recht.*

Natürlich, bestätigte ER, *aber es ändert ja nichts an den Tatsachen.*

„Die ihr selbst geschaffen habt", rief Lissi zornig dazwischen.

Sicher. Aber wenn ich jedes Mal die Regeln ändern wollte ...

„So nehmt denn mich, Herr!", kam eine leise feste Stimme von hinter mir. Perach'el trat hervor und stellte sich direkt vor ihren Schöpfer. „Und sei EUCH der Traumrat auch gleich, so bedenket, dass das Kind seinen Vater braucht."

Kind? Lissi stand der Mund offen. Sie fasste sich reflexartig an den Bauch.

Ich war ein echter Mann. Ich hatte keinen Plan, worum es gerade ging.

Und meine liebste Blume hergeben?, fragte ER besorgt.

„Ihr seid der regulae Schöpfer, Herr", erinnerte Perach'el noch einmal und mit erhobenem Zeigefinger.

ER schwieg eine Zeit lang und sah sie dabei forschend an.

Plötzlich fing das Buch an zu lachen.

Alter Freund, da hast du dir selbst ein Bein gestellt, kicherte es.

Es ist der Moment, wenn sich die Schöpfung gegen einen selbst richtet, seufzte ER. *Es musste ja irgendwann so kommen.*

Du hast immer betont, dass deine Geschöpfe freien Willen haben sollten. Sieh es so: Es ist dir bei denen hier trefflich gelungen.

Jetzt musste auch ER lachen.

Ich hasse es, wenn das Buch Recht hat, sagte ER zu niemandem im besonderen. *Perach'el, tritt bitte vor mich.*

Sie tat natürlich wie ihr geheißen und sah ihren Herrn lächelnd an. Sie mochte sich mit IHM streiten, doch war er immer noch ihr Gott. Und sie würde IHN immer ehren.

ER schüttelte bedächtig den Kopf.

Was soll ich nur mit dir machen?

„Seid Ihr mir gram, Herr?", fragte sie erschrocken.

Wie könnte ich dir böse sein, meine Blume? Ich wäre dir ein schlechter Gott, wenn ich nicht auch einen Rat von dir annähme.

Jetzt waren es die anderen Engel, die ihre Verblüffung zeigten.

„Ihr seid ein gütiger Gott, Herr. Habet Dank dafür", verneigte sich Perach'el.

Zum maßlosen Staunen der Anwesenden verneigte ER sich seinerseits vor dem kleinen Engel. Perach'el lief rot an und scharrte peinlich berührt mit einem Fuß in der Wiese.

ER hob mit einer Hand ihr Kinn, damit sie IHN ansah.

Perach'el, meine Blume, es sei, wie du es erbeten hast. Das Kind soll seinen Vater behalten.

So fest wie mich Lissi in dem Moment an sich drückte, fehlte nicht viel und sie hätte mich ein weiteres Mal erledigt. Zumindest unser Schirm war es damit. Sie hörte zwar nicht auf das Knirschen meiner Knochen, aber mein Röcheln bewegte sie dann doch dazu, von mir abzulassen.

„Danke, Lissi." Dann machte mein Herz aber einen Satz. „Aber was passiert dann mit Blanche?", warf ich ein.

Der Engel sah mich lächelnd an.

„Liebster Karl, ich gab mich für dein Leben hin und tat es von Herzen gern."

Und ich nehme, wie ausgemacht, ihr Leben hin.

Nicht nur ich, sondern auch die anderen setzten zu neuen Protesten an, als ER plötzlich ausrief:

Huch, ich hab ihr Leben ja schon.

Sogar Michael, der sonst kaum zu überraschen war, stand der Mund offen. Hatte sein Vater gerade einen Witz gemacht?

Schaut mich nicht so an. Wer, glaubt ihr, hat den Humor erfunden?

Ich!, antwortete das Buch trocken.

War das Humor? Du hast doch nur meine Schöpfung kritisiert.

Ich habe mich darüber lustig gemacht!, hob das Buch hervor. *Das ist ein Unterschied.*

„Und was ist nun mit ihr?", hakte ich nach. Ich konnte es nicht leiden, wenn man mich einfach so stehen ließ.

Was soll mit ihr sein?, fragte ER gegen. *Ich denke, sie kümmert sich bald wieder um ihre Menschenkinder und wird mich hoffentlich gut im Rat vertreten.*

Schweigen senkte sich über die Hügelkuppe. Dem Publikum wurde hier und heute ein Ding nach dem anderen eingeschenkt. Selbst den Erzengeln sah man an, dass sie Probleme hatten mit den Ereignissen Schritt zu halten.

Und da mein Sohn Gabriel offenbar zu alt ist, um schneller zu reagieren, bitte ich dich, Karl, unserer Sache zu folgen und dem Rat beizutreten.

Michael verschluckte sich fast beim Lachen, während Gabriel vollkommen überrumpelt vor seinem Vater kniete, aber langsam die Hände in die Hüften stemmte.

„Zu alt!!!", rief er. „Hab ich richtig gehört???"

Erst verhalten, dann immer lauter begannen auch die anderen zu lachen. Auch Charlotte gesellte sich wieder zu uns, nachdem sie mitbekommen hatte, dass die Geschichte hier eine ganz andere Wendung bekam.

EPILOG

Vor unserer Wohnung erwartete uns eine Frau um die dreißig. Sie war ᵗrecht konservativ gekleidet und machte mit den gedeckten Farben ihres Kostüms und den streng nach hinten gebundenen Haaren den Eindruck einer stillen Büromaus, die nur selten das Licht der Öffentlichkeit sieht. Sie hielt einen dünnen Aktendeckel vor der Brust und schaute unserem Aufstieg interessiert zu.

„Guten Abend", grüßte sie freundlich als wir den Treppenabsatz vor der Wohnungstür erreicht hatten. Wir erwiderten den Gruß neugierig. Sie kam mir irgendwie bekannt vor, was sich gleich aufklärte.

„Mein Name ist Livia Krasselt. Nach dem Ableben meines Vaters ist die Betreuung ihrer Gemeinschaft mir zugefallen. Ich darf anmerken, dass ich mich sehr auf die Aufgabe freue."

Ah, daher! Bei genauerem Hinsehen fiel die Ähnlichkeit doch auf.

„Wir bedauern den Tod Ihres Vaters, Frau Krasselt", wendete sich Charlotte an die Frau. „Vielleicht gehen wir aber besser hinein."

Die Frau nickte kurz und reichte ihr einen Schlüsselbund. „Ich habe mir die Freiheit genommen, in ihrer Abwesenheit die Tür austauschen zu lassen. Tür*en* genauer."

„Oh, das ist nett", bedankte sich Charlotte und nahm ihr den Bund aus der Hand.

In der Wohnung war es angenehm ruhig. Trotzdem ließen Lissi und ich kurz unseren gemeinsamen Geist durch alle Räume gleiten, um die Anwesenheit unliebsamer Gäste auszuschließen. Dann setzten wir uns zusammen mit Septimus' Tochter ins Wohnzimmer.

Livia Krasselt sah uns erst aufmerksam einzeln an, lehnte sich dann aber entspannt zurück.

„Mein Vater hat mir viel von ihnen erzählt, ohne jedoch die Besonderheiten zu erwähnen. Wie ich der Mappe entnehmen konnte, die er mir hinterließ, habe ich offenbar nichts über ihn gewusst. Leider hat er mir auch nichts über die Ober- und die Unterwelt verraten. Ich hätte also glauben können, sie bereits zu kennen. Ein großer Irrtum. Daher sehen sie es mir bitte nach, wenn ich hin und wieder Fragen stelle, die offensichtliche Antworten zu haben scheinen."

„Oh, offensichtlich ist hier das Wenigste", erwiderte ich. „Davon abgesehen waren wir immer der Meinung, dass Septimus' Büro in alles eingeweiht wäre."

„Leider nein", seufzte sie.

„Aber Sie wissen jetzt nicht nur, wer wir sind sondern auch was?", fragte Lissi nach.

„Ich ...", sie suchte nach den passenden Worten, schien aber bei der Betrachtung ihrer Hände auch keinen Erfolg zu haben. „Mein Vater hat mir augenscheinlich den gleichen harten Weg zugedacht, den er zu beschreiten hatte. Ich sehe sie, aber mein Kopf will dem noch nicht folgen."

„Seien Sie guten Mutes, Frau Krasselt", entgegnete Perach'el mit einem verschmitzten Lächeln und wedelte mit einer Hand in unsere Richtung. „Sogar jene Jünglinge haben es in wenigen Tagen zu Wege gebracht, der Welten Wesen zu erkennen."

Die Frau schluckte schwer und atmete ein, zwei Mal tief durch.

„Nur das Akzeptieren hat etwas länger gedauert", ergänzte ich trocken. Anschließend stellten wir uns der Reihe nach nochmals vor und erzählten kurz aus unserem Leben und was wir jetzt so machten.

Ich hatte nach all dem den Eindruck, sie würde sich schnell einarbeiten und ihren Vater würdig vertreten.

Die folgenden Tage waren ausgesprochen ruhig. Die Nervosität legte sich bei uns langsam und wich einer besinnlichen, fast heiteren Stimmung. Immerhin stand Weihnachten vor der Tür.

Mit einiger Anstrengung fand ich in der Kürze der Zeit sogar Geschenke für meine neue Familie. Kleinigkeiten sollten es sein. Darauf hatten wir uns zumindest geeinigt. Dank Internet und netten Nachbarn musste ich nicht zu oft in die Stadt fahren.

Auch Perach'el nutzte mit Lissis, Charlottes und Mareikes Hilfe schnell und effizient die neuen technischen Möglichkeiten. So erreichte uns in den nächsten Tagen eine wahre Flut an Paketen und Päckchen, die genauso schnell in den jeweiligen Zimmern verschwanden, um auf den Heiligen Abend zu warten.

Perach'el brauchte auch nicht lange, um sich mit ihren neuen Flügeln wohl zu fühlen. Mein Hinweis auf die besondere Jahreszeit hatte ihr ein ganz neues Gefühl vermittelt. Und die Kinder liebten sie, wie von mir vorausgesagt, um so mehr dafür. Sie waren stolz auf ‚ihren Engel'. Und den Eltern fiel nicht einmal auf, dass die Schwingen echt waren. Außerdem konnte sie morgens in der Dunkelheit jetzt zur Arbeit fliegen, was sie über alles liebte.

Auch die Kolleginnen, Susanne und Heike, hatten sich schnell von den Ereignissen der letzten Wochen erholt und freuten sich um so mehr über den fleißigen Engel, der scheinbar niemals müde wurde, mit den Kindern zu spielen oder die Schlafwache zu übernehmen und die Kleinen mit leisem Spiel auf ihrer Harfe durch die Mittagsruhe zu begleiten.

Perach'el war damit glücklich.

Lediglich die regelmäßigen Ratssitzungen waren ihr etwas unangenehm. Sie hatte die Anmerkung Gottes zu ihrem Ärger überhört und war daher nicht wenig erschrocken, als Minaeon sie eines Tages abholte und direkt in den Ratssaal führte, wo ihr der thronähnliche Stuhl in der Mitte zugewiesen wurde. Sie sollte tatsächlich IHN im Rat vertreten! Sie war sich nicht sicher, ob das Ganze nicht nur ein schlechter Scherz war, aber alle Ratsmitglieder einschließlich der Erzengel waren sich einig, dass ER es genau so gemeint hatte. Also war sie jetzt die letzte Instanz in kniffligen Fragen oder das ‚Zünglein an der Waage'.

Das wiederum fand sie alles andere als komisch!

Aber auch das ertrug sie mit der ihr eigenen stoischen Entschlossenheit. Solange sie ihren Chilios an der Seite wusste, war für sie alles gut.

Lissi und ich fanden ebenfalls zu einem gewissen Alltagstrott zurück, der uns sehr gefehlt hatte. Wir joggten morgens wieder zu ‚unserer' Kuhweide, wo sie sich stärken konnte, um mich anschließend wie gewohnt zu verprügeln. Die Zahl der blauen Flecke, die mich zierten, war mittlerweile aber überschaubar. Ich war inzwischen schnell genug, um das meiste abzufangen und hin und wieder sogar einen Gegentreffer zu landen.

Danach hatten wir neben unseren vielen Aufgaben häufig auch Zeit für uns. Ich saß ja jetzt im Traumrat und Lissi war seit Beginn der jüngsten Konfrontationen mit der Unterwelt im Ältestenrat der Vampire. Meinen Bürojob hatte ich zum Bedauern meiner Kollegen an den Nagel gehängt. Dank meiner Erbschaft war ich nicht mehr darauf angewiesen. Darüber hinaus hielten mich die Sitzungen im Rat und die Verwaltung der Grundstücke ganz schön auf Trab.

Im Treppenhaus begegneten wir unserem Nachbarn, Mehmet, der gerade seine Wohnungstür abgeschlossen hatte.

„Guten Morgen, Mehmet", rief ich ihm zu, als wir die letzten Stufen geschafft hatten, „heute nicht zur Arbeit, oder hast du verschlafen?"

„Hallo, Herr Mustermann", antwortete er fröhlich. „Hallo, schöne Frau."

„Hallo, Mehmet", grüßte Lissi lächelnd zurück.

„Ich hab heute freien Tag, weißt du? Meine Eltern kommen nach Deutschland. Urlaub machen. Und du, Herr Mustermann?"

„Ich arbeite jetzt von zuhause aus. Da hab ich mehr Zeit für meine Frauen", grinste ich. Lissi haute mir den Ellenbogen wortlos in die Seite.

Mehmets Lachen war noch auf der Straße zu hören.

In unserer Wohnung drückte mich Lissi als erstes gegen die Wand des Flures.

„Du wirst mir aber jetzt nicht untreu, nachdem ich dich so mühsam von den Toten zurückgeholt habe", knurrte sie.

Ich war etwas erstaunt, mit welcher Intensität sie mich dabei ansah. Und umso mehr als ich auf der Geistebene tatsächlich ein wenig Unsicherheit fand. Das kannte ich so von ihr gar nicht.

„Wer sollte denn dir bitte Konkurrenz machen?“, fragte ich also. „Und fang mir nicht mit Perach'el und Charly an. Die sind vergeben und ich geh eher in die Hölle zurück, als einem anderen die Freundin auszuspannen.“

Lissi sah mich traurig an.

„Entschuldige, Karl. Ich weiß auch nicht, was mit mir los ist“, sagte sie halblaut.

„Vielleicht hast du die ganze Sache noch nicht verdaut, da in der Oberwelt. Hymalo'on hat mir erzählt, was du in der Höhle veranstaltet hast, als ich tot war. Also mehr oder weniger tot“, fügte ich an.

„Das wird auch noch eine Weile dauern. Aber ich glaube, dass es das nicht ist. Eher das andere ...“

„Welches andere?“

„Ach, vergiss es“, winkte sie lächelnd ab. „Ich brauch einfach noch mehr Ruhe. Komm! Lass uns Duschen gehen.“

„Na endlich! Ich hatte schon Bedenken, ob wir heute überhaupt dazu kommen.“

Anschließend legten wir uns einfach wieder ins Bett. Wir hatten die Wohnung für uns. Perach'el war ein letztes Mal vor Heilig Abend im Kindergarten und Charlotte mit Michael in der Oberwelt unterwegs.

Eng aneinander gekuschelt, lagen wir nur da und lauschten wieder einmal meinem Atem. Worte waren überflüssig. Die Kühle ihrer Haut und der feine Geruch, den sie verströmte, gaben mir nach langer Zeit wieder meinen inneren Frieden zurück. Wir waren uns wieder gegenseitiger Ruhepol.

„Karl?“, fragte sie in die Stille.

„Ja?“

„Kann ich noch ein bisschen Blut von dir haben?“

„Sicher.“

„Wenn's dir nichts ausmacht?!"

„Du musst nur fragen."

Ich setzte mich auf, stopfte mir ein Kissen in den Rücken und lehnte mich an die Wand. Lissi setzte sich wie gewohnt vor mich und biss ohne langes Zögern zu. Den Schmerz spürte ich kaum noch. Auch daran hatte ich mich inzwischen mehr oder weniger gewöhnt. Ich konnte es zwar nicht wirklich genießen, aber es war schön, meine Freundin so intensiv zu spüren.

Nach nur wenigen Minuten löste sie sich wieder von mir und zog mich mit sich unter die Decke. Ich wollte sie gerade in intensivere Lippenarbeit verstricken, als sie unvermittelt aufsprang. Sie kam noch dazu, die Zimmertür aufzureißen, bevor sie sich lautstark übergab.

„Du hast nicht ernsthaft das Blut in den Flur gekotzt, oder?", fragte ich verdattert.

Sie sah mich mit einem etwas käsigen Gesicht über die Schulter an und zuckte mit den Achseln.

„Vampire scheinen das auch zu haben", entgegnete sie mit einem schmalen Lächeln.

„Was haben Vampire auch?", hakte ich alarmiert nach.

„Du Holzkopf!", schalt sie mich milde. „Ich bin schwanger!" Dann lachte sie herzlich, als sie mein Gesicht sah. Und ohne auf mögliche Flecken zu achten, warf sie sich auf mich und küsste mich lange und zärtlich.

Danksagung

Zu guter Letzt möchte ich noch ein paar Menschen danken, die maßgeblich oder in anderer Form an meinen Büchern Anteil hatten.

Ich danke meinen Eltern, die mir früh die Freude am Lesen vermittelt haben und den Sinn für freies Denken. Ich danke meiner Tochter, die mir den Anstoss für's Schreiben gab. Ich danke meinem Freund und ehemaligen Lehrer Jürgen, der sich durch den ersten Band gekämpft hat, um mich noch einmal an die Grundzüge der deutschen Grammatik heranzuführen (o.k., so schlimm war es auch nicht). Ich danke meiner Kollegin Jana, die fast alle meine Manuskripte als Erste gelesen hat und mich dennoch zum Weiterschreiben animierte. Zum Schluss ein besonderer Dank an Dennis. Er hat mit seiner Freundin alle Bücher gelesen und mir trotzdem noch bei der Umsetzung meiner Website geholfen

Außerdem danke ich den anderen Testlesern und Gesprächspartnern, Kritikern, Ideengebern.

Über den Autoren

Der Autor, Jahrgang 1965, ist geschiedener Vater einer mittlerweile erwachsenen Tochter. Er lebt seit frühester Kindheit in Berlin. Hat hier sein Abitur gemacht und ist nach wenig erfolgreichem Sprachenstudium in den öffentlichen Dienst gewechselt, wo er auch heute noch seine Brötchen verdient.

Zum Schreiben ist er erst spät gekommen, wozu ihn seine Tochter aufgefordert hat. Jetzt trägt er immer ein kleines Ringbuch mit sich herum und schreibt. Am liebsten in vollen Kneipen und engen Zugabteilen.